# 워즈워스와 시인의 성장

# 워즈워스와

# 시인의 성장

주혁규 지음

도서출판 동인

## | 감사의 말 |

　워즈워스를 읽기 시작한 지 꽤 되었다. 단행본으로 쓸 주제가 몇 가지 정해졌지만, 우선 이전에 쓴 글에서 몇 개를 뽑고 손을 봐서 내보내기로 했다. 이리저리 살펴보니 미리 하지 않았던 것을 아쉬워하게 된다. 출판을 주선하고 격려해주신 조일제 교수님께 감사를 드린다. 세세한 부분까지 들춰내주신 출판사 민계연 선생님께 많이 기대야 했다. 이성모 사장님은 일의 추이를 잘 파악하시고 너그럽게 양해해주셨다. 워즈워스 읽기는 리처드 랜드 교수 때문이었고, 이제 지리적 경계가 무색하게 되었다. 워즈워스는 국경 없는 공동체가 되었다. 그 성과를 얼마나 반영했는지를 살펴보니 부끄러움이 앞선다. 유학 시절 논문을 써야겠다고 느낀 것이 버밍엄 근처 언덕 위 반스 앤드 노블 서점이었는데, 비슷한 느낌을 요즘에 다시 갖게 된다. 해야 할 것을 알게 되니 부담이 덜하다. 이제 시작해도 되겠다고 생각해본다.

2016년 12월
주혁규

# | 차 례 |

이 책은 모두 10장으로 엮어져 있다. 처음 세 글은 『서정 민요집』에 관한 글이며, 다음 네 글은 여행, 국가와 풍경, 사물, 도시라는 주제로 워즈워스를 다룬다. 마지막 세 글은 저작권, 상호텍스트성, 언어라는 주제로 워즈워스와 다른 저자들 간에 발생하는 대화를 분석하는 데 치중한다.

「1798년 『서정 민요집』의 저자 기능과 시적 실험」은 몇 가지 논점을 담고 있다. 1798년 시집은 코울리지와 워즈워스의 공동 저술이며 저자의 이름을 밝히지 않고 출간했다. 이러한 사실을 세밀히 검토하여, 필자는 시집의 「공지문」에 등장하는 고유명사 저자("the Author")를 시집의 저자로 설정한다. 또한, 1798년 시집의 저자의 기능이나 구성 원칙을 고려하여 1800년 이후 윌리엄 워즈워스를 저자로 표기하는 다른 『서정 민요집』과는 구분되는 독립 시집으로 간주한다.

쉽게 공감할 수 있는 내용은 아닐 수 있겠지만, 최근 워즈워스 커뮤니티에서는 점차 공감을 얻는 주장이기도 하다. 필자의 의도는 워즈워스나 코울리지와는 구분되면서 그들의 「공지문」에서 천명하고 있는 "시적 실험"을 수행하는 장치로서 고유명사 저자를 내세워 시집에 실린 모든 시가 통일된 저자 기능을 수행하고 있다는 점을 부각한다. "왜 『서정 민요집』인가?"라는 질문을 한다면, 이 시집이 영국 로맨티시즘을 정립시키면서, 내적 자아와 그 성장을 다루며 현대 시의 방향을 설정했고, 르네상스 이후 가장 중요한 운문집이라는 사실을 생각해야 할 것이다.

「여행 문학과 1798년 『서정 민요집』」은 여행이라는 주제를 접목해 시집을 이해하려 한다. 시집의 여행자-화자는 탐험가의 자세를 견지하면서 도보 여행에서 마주치는 상황에 대처한다. 화자는 개별 시의 배경을 이루는 지리상 여행과 함께 시집의 지면상 이동을 통해 점차 정신적 성장을 이룬다. 이 점은 1798년 시집은 통용되는 로맨티시즘 문학의 본질적 가치가 여행 문학과 상당 부분 겹친다는 점을 보여준다. 자연과 초자연, 일상과 상상력의 통합과 변조, 낯선 지역으로 모험, 문명에 영향을 덜 받은 자연 풍경 탐색, 소박한 삶의 본질에 대한 애착, 개인적 가치의 존중이라는 점이 그것이다.

「1800년 판 『서정 민요집』과 워즈워스의 직업의식」은 문학적 협업 수행과정에서 발생하는 지적 재산권과 저자의 문제를 알아보는 한 사례로서 1800년 『서정 민요집』을 설정하여 시집의 문화사적 의미를 파악한다. 1800년 무렵 워즈워스는 코울리지와 공생적 창작 관계를 서서히 청산하고 코울리지의 영향력에서 벗어나 독자적 시인으로 자신을 재현하려 한다. 이 과정에서 1798년 공동으로 이룩한 시적 성과를 자기 것으로 전유하려 하며, 코울리지를 차별하고 배제하려 한다. 개별 시와 관련된 산문을 분석하여 이러한 주장을 뒷받침하면서, 시집 출간을 전후하여 워즈워스가 시를 쓰기를 생업으로 하는 시인으로 자신의 정체성을 확립하려 하며, 저술 활동을 사유 재산 창출 행위로 인식한다는 점을 부각한다. 시집의 실린 시의 순서를 바꾸고, 자신의 이름으로 시집을 출간하고, 「서문」에서 시집에 대한 소유권을 주장하는 행위는 이 점을 뒷받침한다.

「여행자의 집 쓰기 행위: 워즈워스, 1798-1802」는 시인과 장소의 관계를 다룬다. 당대에 이미 호수파, 호수 지역 시인이라는 명칭이 통용될 정도로, 워즈워스에게는 영국 호수 지역 시인이라는 꼬리표가 따라 다닌다. 필자는 여기에 몇 가지 질문을 덧붙인다. 우선, 호수 지역 시인이라는 범주를 당대나 현재 비평 사류에 따라 워즈워스 시의 특이한 지역성에 대한 단순한 표지로만 받아들여야 하는가? 질문은 계속 이어진다. 여행 글쓰기 관점에서 호수 지역과 워즈워스의 미학과 관계를 어떻게 정립할 수 있는가? 호수 지역의 풍경 묘사는 그가 생각하는 공동체나 국가와 어떤 관계가 있는가? 필자는 이러한 질문을 염두에 두고 최근에 본격적으로 논의되고 있는 로맨티시즘 여행 담론을 워즈워스에게 적용하여 워즈워스가 그라스미어 정착 이후 점진적으로 구체화하고 있는 고유한 공동체관을 파악하려 한다.

워즈워스가 호수 지역이라는 지역성을 포섭하면서 영국을 대표하는 국민 시인이 되었다는 사실은 추상과 특수, 일반화와 개별화의 양면을 동시에 지니며, 일반화된 개별화로서의 공동체나 국가를 재검토하게 한다. 이러한 관점에서 워즈워스의 시적 상상력은 개인적 차원의 치유력과 함께 국가나 공동체에 봉사하는 기능을 가진다. 워즈워스의 시에서 장소와 시인은 서로 응답하며 자연에 관해 말한다는 것은 시인과 그 시인이 소속된 전체 공동체에 관해 말하는 것이 된다. 그라스미어를 중심으로 호수 지역을 배경으로 삼아, 워즈워스는 부분을 전체로 통합하고, 파편화를 복구하며, 공동체는 개인으로, 개인은 공동체로 상호 교환되는 시적 상상력 패러다임을 산출한다.

　「워즈워스의 국가관과 풍경의 정치학」은 풍경에 투영된 국가를 읽으려 한다. 1980년대 영국에서 풍경은 국가를 대체하며 국가의 정신적 지주를 이루며 도덕적으로 국가를 치유하는 것으로 간주한다. 풍경이 국가를 대체하는 이러한 현상은 현대에만 국한되지 않고, 적어도 18세기 말 이후부터 진행되어 워즈워스에 이르러 명확해지면서 지금까지 전승된 영국 문화의 한 특성이라고 보는 것이 더욱 타당할 것이다. 워즈워스의 풍경 시에서 풍경은 문화적으로 설정되며 국가주의와 계층적 이해관계가 표출되는 장이 된다.

　풍경은 칼 마르크스(Karl Marx)가 『자본』에서 말하는 "사회적 상형문자"로서 그 이면에 사회적 관계를 담고 있다. 이 글은 워즈워스가 영국 풍경을 배경으로 창작한 시를 당대의 문화 조류와 결부시켜 분석하여 그의 고유한 국가관을 도출하려는 데 목적을 둔다. 특히 호수 지역 풍경 시에 워즈워스의 국가관이 투영된다는 가정을 입증하려 한다. 이 과정에서 이상적 국가를 누가 구성해야 하는지에 관한 문제와 이에 수반된 워즈워스의 계층의식이 다루어진다. 워즈워스의 풍경 정치학에 대한 분석은 사회적 자연의 태도를 고수하면서 그의 글을 생태 사상이나 자연에 관한 글쓰기의 관점으로 접근하는 입장과는 거리를 둔다.

　"Things, Words, Words-Worth"는 사물론(Thing Theory)의 관점에서 워즈워스의 언어와 시학을 살펴본다. 워즈워스가 사용하는 사물은 19세기 중엽 이후 산업화 과정을 거치면서 일반화된 의미인 생산품이나 재산과는 구분된다. 사물은 인간에 의해 만들어지는 것이 아니다. 특히 1790년대 후반에서 1800년 초반까지, 워즈워스의 사물은 존재하는 모든 것들 간의 근본적 관계를 구성하며, 이러한 관계에 의해 구성되는 존재를 지칭하며, 그의 시는 이러한 사물 간의 관계를 확장하는 인자가 된다. 사물은 자발성이 있으며, 말하고, 주체와 대상 간의 관계에서 주체의 전유를 거부한다. 계몽주의 이후 주체와 대상의 관점에서 사물은 궁극적 불가능성, 혹은 불가능한 대상이다.

사물은 개별성을 지니면서 동시에 서로 연결되어 포괄적 전체로 통합된다. 이러한 사물에서 워즈워스는 생명력을 인식한다. 사물의 생명은 주체와 대상의 이분법으로 포착할 수 없으며, 이러한 분리와 범주화에 선재한다. 사물의 생명을 담고 있는 워즈워스의 시는 개인의 가치를 내세우면서 인간을 세계의 중심으로 설정하는 인식의 틀을 대체하는 대안이 된다. 「틴턴 사원」은 이를 입증하는 대표적 사례이다.

워즈워스는 낱말을 사물의 상징으로 사용하기보다는 낱말 자체를 사물로 취급한다. 「가시나무」 주해에서 동의어 반복을 설명하면서, 그는 "열정의 상징으로서가 아니라, 능동적이며 효율적인, 자체가 열정의 한 부분인, 사물로서의 낱말"의 수행성을 제시한다. 언어가 사물이라는 워즈워스의 사고는 우리에게 사물, 사상, 낱말 간의 구분 근거와 그 정당성을 되묻게 한다.


「워즈워스의 도시수사학: 서시 7권의 런던 읽기」는 도시 담론을 워즈워스에게 적용한다. 워즈워스가 자연과 대화하고 자연을 시적 상징의 원천으로 삼았다는 점에는 이견이 없다. 그렇다면 런던이라는 도시와의 관계는 어떠한가? 도시에 대해 워즈워스는 양면적 감정을 표현하는 것이 사실이며, 당대의 런던이라는 도시환경은 워즈워스에게 문학 창작의 에너지를 공급했고, 보들레르(Charles Baudelaire)의 경우에서처럼, 언어 실험을 위한 거대한 기호 저장소로 인식되었다. 『서시』의 7권에서 구현되는 메트로폴리탄 모더니티는 윌리엄 블레이크(William Blake), 찰스 램(Charles Lamb), 토머스 드퀸시(Thomas De Quincey)로 대변되는 소위 도시 로맨티시즘 계보에 속한 작가들의 그것과 비교하면 손색이 없다. 『서시』 7권은 워즈워스의 시와 시론이 도시와 불협화음만을 이루는 것이 아니라, 메트로폴리탄 조류가 확대되는 것에 사실상 동참하고 있다는 사실을 제시한다. 전체적으로, 워즈워스의 도시수사학은 초기 로맨티시즘에서 이미 진행되고 있는 모더니티를 예시한다. 이 점은 워즈워스의 시학을 현대 시와 관련하여 평가할 때, 단절보다는 계승과 발전을 중시하는 측면에서 재점검해보는 계기가 된다.

7권에는 워즈워스-화자가 런던에 관해 특이하게 사용하는 메타포들이 있다. 이를 통해, 그는 물리적 현상인 런던과는 구분되는 언어적 구성물인 런던이 생겨난다. 이러한 런던은 혼돈, 임의성, 복수성, 익명성을 특징으로 삼는 현대적 메트로폴리스이다. 그렇다면, 그가 사용하는 메타포나 특색 있는 서술 방식은 탈중심화로 표현되는 우리 시대의 도시를 새롭게 바라보고, 도시에 관한 다양한 이해와 비평용어를 탐색한다는 과제에 많은 도움을 줄 것이다. 실제로 7권의 여러 장면은 관조적, 초월적 영감을 기준점으로 워즈워스 시를 해석하는 방식으로는 충분히 설명될 수 없다. 오히려 여러 장면에서 극적 상상력이 발휘되고, 언어의 힘에 대한 경탄과 함께 재현의 한계에 대한 인식, 파노라마 기법, 환상과 현실의 상호침투, 중심의 와해, 극장 메타포나 소비주의 시장경제-언어체제 내에서 이름과 실체 간의 괴리를 암시하는 메타포들이 등장한다. 이러한 다양한 언어 수사와 재현 방식은 전통적인 미메시스에 근거한 재현의 위기를 암시하는 것으로 받아들여질 수 있다. 이와 관련하여, 그의 텍스트 구성도 이질적 요소와 장면들이 헐겁게 꿰매어져 있는, 국부적 장면의 집성체로 비유될 수 있다. 이러한 도시 텍스트성에서 현대의 건축 또는 도시 구조와 어떤 상동성을 찾을 수 있다.

「부재성의 기념물로서의 저작권: 워즈워스의 예술적 자의식과 경제학」은 글쓰기를 생업으로 삼은 최초의 전문 작가 반열에 들어있는 워즈워스가 표출하는 저작권에 대한 관심을 분석한다. 저작권에 관한 워즈워스의 글은 문학 담론의 사회적 기능과 가치를 독특한 방식의 개인적 수사학으로 융합시키면서 예술의 미학적 측면과 문화적, 경제적 측면의 혼재를 여실히 드러낸다. 특이한 사실은 저작권에 대한 집착을 통해 워즈워스가 드러내는 세속적 욕망에는 창의력과 글의 속성에 관해 특이한 이상주의가 담겨있다는 점이다. 이 글은 워즈워스가 "저자"의 수사학을 교환과 유통 체제 속에서 형상화 시켜가는 과정을 추적하면서, 그가 문학 시장에서 교환시키는 독창적 저자의 창작품이 함의하고 있는 속성을 규명하려 한다.

워즈워스의 창의성은 독자들이 어떻게 읽어야 할지를 제시하는 측면과 함께 시인이라는 자신의 공적 정체성은 독자들에 의해 형성된다는 인식을 내포한다. 그는 저작권을 자신의 현실적 이익보다는 가족과 후손을 위한 '보험'에 가까운 것으로 생각하며 저작권을 세습 재산으로 파악하는 성향이 있다. 저작권에 대한 워즈워스의 관심은 시학과 경제학은 상반되거나 모순되는 가치의 차원들은 아니며, 혼재하면서 상호교환을 통해, 서로를 함의하면서, 겹겹이 서로 엮어져 있는 의미의 층을 만들어 낸다는 점을 보여준다.

「예이츠와 로맨티시즘 시인들과의 대화: 「학동들 사이에서」의 경우」 는 문학적 대화라는 주제로 그의 대표작에 속하는 「학동들 사이에서」 ("Among School Children")를 그가 계승하고 있는 로맨티시즘 시와 관련 지어 분석하려 한다. 예이츠가 어떤 방식으로 선행 로맨티시즘에 대해 응답하는지를 살펴보는 것은 그의 시가 영시 전통에 확고히 뿌리내리고 있음을 재차 확인하는 방편이 될 수 있다. 또한, 로맨티시즘과 모더니즘 의 상관관계를 연속선상에서 따져본다는 의미도 있다. 예이츠의 「학동들 사이에서」는 로맨티시즘 자연 서정시(Romantic nature lyrics)라는 한 특정 한 문학적 갈래를 계승하고 있다고 볼 수 있다. 이 글은 주로 코울리지의 「한밤의 서리」("Frost at Midnight")와 워즈워스의 「틴턴 사원」("Tintern Abbey")이라는 대표적 로맨티시즘 자연 서정시들이 어떻게 시대를 건너 뛰어 예이츠의 「학동들 사이에서」에서 되살아나고 있는지를 살펴본다. 이들 간의 대화와 전이의 과정에서 나타나는 굴절, 의식적 배제, 창의적 계승이라는 주제들은 헤럴드 블룸의 "시적 영향에 대한 불안"이나 존 홀 랜드가 언급한 "메아리의 수사"(the figure of echo), 혹은 전통적인 수사법 의 하나인 "인유"(allusion)와도 일맥상통한다.

「로버트 프로스트와 워즈워스, 코울리지의 언어 실험」은 1798년 『서 정 민요집』에서 천명되는 시적 실험이 현대 시의 출발점이 된다는 점에 착안하여, 미국 시인 프로스트(Robert Frost)가 그들의 언어 실험을 어떻 게 계승하고 있는지를 살펴본다. 1798년 시적 실험은 일상어를 활용한 참신한 시적 메타포를 통해 친숙한 사물이 관습의 굴레를 벗어나 본래 지니던 생생한 존재양식을 되찾아주려는 목적이 있다. 시적 메타포의 속성을 담고 있는 일상어에 대한 두 시인의 통찰력은 로맨티시즘 수사학의 한 특징을 이루고 있다. 프로스트 시에는 이러한 워즈워스와 코울리지의 시적 언어관이, 시간적 공간적 경계를 넘어 존속하는 문학 작품의 생명이 표현된다. 프로스트가 구사하는 메타포는 로맨티시즘 시인들과 마찬가지로 기호의 이동성이나 지시 관계나 의미의 비결정성을 함의하고 있다. 로맨티시즘 수사학을 계승하는 그의 시는 기원을 따지면서도 그 거리를 의식하고 있고, 대상과의 동일성에 대한 욕망을 느끼면서도 한편으로는 이러한 대상에 대한 향수를 자의식적으로 거부하며, 또한 표면적인 미학적 통일성 이면에 감추어진 화해될 수 없는 모순이나 갈등을 간결하고 섬세한 문장 구조로 드러낸다.

이 책에 실린 글은 저자 개인에게는 워즈워스 연구를 위한 출발점을 제시한다는 의의가 있다. 곧 후속 연구서가 나올 것이며, 워즈워스 공동체에서 논의되는 주제와 그것에 관해 오가는 말들을 정리하고 보강할 것이다. 워즈워스는 시대를 건너뛰어 새로운 생명력을 가질 것이다. 그러나 그를 읽는 독자들의 수준도 만만치 않다. 저자와 독자 모두를 참조점으로 삼아 세상의 지식 체계를 구성하는 것도 나름의 의미가 있을 것으로 생각해본다.

# 제1부

# 1

————

# 1798년 『서정 민요집』의 저자의 기능과 시적 실험

1798년은 『서정 민요집』(*Lyrical Ballads*)이 런던의 한 서점의 서가에 놓이게 된 해이다. 그 이후로 영시의 발전은 이전과는 사뭇 다르게 진행된다.[1] 이 시집은, 이 시집에 실린 개별 시들은, 현대 영시의 성립과 흐름에 지울 수 없는 자취를 남겼고, 많은 관심을 받았으며, 뛰어난 전문 독자들이 제각기 섬세하고 예리한 비평을, 학문적 성실함을 입증하는 경연장이 되어왔다. 전체적으로, 이 글에서는 다음 두 가지 전제를 구체화시키면서, 관련된 선행 연구 결과를 수용하여 접목시키고, 수정하여 발전시키려 한다. 첫째, 1798년 시집의 저자는 이 시집의 「공지문」("Advertisement")

---

1) 1798년 『서정 민요집』 출간과 함께 "급진적이며, 의미심장하며, 영원히 다른 어떤 것이 일어났다는"(Jordan 104) 생각은 이미 굳어진 관념이다. "역사적으로 볼 때, 이것은 [1798년 『서정 민요집』은] 르네상스 이후로 가장 중요한 운문집이다. 이 시집은 현대 시, 즉 성장하는 내적 자아의 시를 시작시켰기 때문이다"(Bloom 322).

에 있는 고유명사 저자이다.[2] 둘째, 1798년 시집은 저자의 기능이나 구성 원칙에서 1800년 이후 윌리엄 워즈워스(William Wordsworth)가 저자로 표기된 시집들과는 구분되는 독립된 시집이며, 사실상 1798년에 절판되었다고 볼 수 있다.

1798년에 발간된 『서정 민요집』에 실린 스물세 편의 시들을 코울리지(Samuel Taylor Coleridge)나 워즈워스의 것으로 각각 구분하는 것은 문제점을 내포한다. 영문학사에서 대표적 문학 협업의 산물인 1798년 시집에는 두 시인의 목소리가 너무나 긴밀히 뒤섞여 있어 얼마만큼이 코울리지의 목소리인지, 워즈워스의 것인지를 판별한다는 것은 사실상 불가능에 가깝다.[3] 그럼에도 불구하고, 1800년 이후의 문학적 수용은 시집에

---

2) 1798년 시집이 출간된 후 문학 시장에서 「공지문」에 있는 고유명사 저자를 저자로서 인정했다. 1799년 10월의 『영국 비평가』(*British Critic*)의 서평자는 워즈워스의 친구인 랭햄(Francis Wrangham)으로서 시집이 코울리지와 문학 협업의 산물이라는 것을 알고 있었다. 그는 서평에서 시집의 시들이 모두 "동일 작가가 쓴 것으로 보이며, 「공지문」에서 작가는 자신이 [시집] 전체를 책임지고 있는 한 사람이라고 밝히고 있다"(Vol. xiv)고 쓰고 있다. 「공지문」에 나타나는 고유명사 저자의 독립된 기능을 인정하는 이러한 논지는 「비평 논평」(*The Critical Review*)의 서평에서도 마찬가지이다. 로버트 사우디(Robert Southey)는 명백하게 1798년 『서정 민요집』이 워즈워스와 코울리지의 문학적 협업의 결과물인 줄 알고 있었지만, 고유명사 저자를 저자로 인정하면서, 「공지문」의 내용을 그대로 개별적 시에 적용시키면서 서평을 하고 있다(Vol xxiv. October, 1798; 『서정 민요집』에 관한 당대의 비평은 Elsie Smith 29-65를 참조할 것).

3) 많은 학자들은 이 같은 논지에 동의한다. 마골리오스(H. M. Margoliouth)는 "코울리지로 분류된 시에는 워즈워스가, 워즈워스로 분류된 시에는 코울리지가 함께 있어, 얼마만큼이 코울리지인지, 얼마만큼이 워즈워스인지는 구분할 수가 없다"(94-95)고 말한다. 맥파랜드(Thomas McFarland)는 두 시인 간의 관계를 괴테와 쉴러 간의 관계에 비유하면서 "공생체"라는 말을 사용하며, 상호 간의 깊은 영향력은 "일반적인 평가 방식으로는 곤란한 방식으로 진행되었음"을 지적한다. 그가 인용하는 괴테의 쉴러와의 관계에 대한 말은 워즈워스와 코울리지 관계를 명확히 해준다. "그렇다면, 대체 어떻게 내 것과 당신 것을 말할 수 있겠는가?"(57). 패리시(Stephen Maxfield Parrish)도 1798년 시집을 창작할 당시에는 두 시인이 "동일한 생각, 동일한 주제, 심지어 동일한 시들"에 대해

실린 시들을 각각 워즈워스 혹은 코울리지에게 귀속시키는 것에 아주 익숙해져있으며, 이를 흔들릴 수 없는 사실로까지 인정하기도 한다.

저자의 기능이나 시집의 구성 원칙 면에서 볼 때, 1798년『서정 민요집』은 1800년 이후에 출간되는 동일 제목의 시집들과는 분명히 구분되는 별도의 체제를 가지고 있다. 1800년『서정 민요집』은 두 권으로 출간되며, 첫 번째 권은 동일 제목의 1798년의 시집에 실렸던 스물세 편의 시들 중 한 편을 제외시키고 또 다른 한 편을 두 편으로 나누어 싣고 있으며, 고어투를 없애고 정치적으로 과격한 부분을 좀 더 완곡하게 표현하고 있다. 그러나 이 시집에는 1798년 판에 시적 구성 원칙을 제공해주던「공지문」이 나타나지 않으며, 윌리엄 워즈워스라는 실존인물이 저자로서 표제 면에 표기되며, 첫 번째 권에서도 시들의 위치와 배열이 완전히 다르게 배열된다. 1798년 시집에서의 시들 간의 유기적 배열과 이에 따른

함께 종사"(61)했음을 지적한다. 특히 패리시는 맥파랜드와 마찬가지로 공생관계에 내재한 양극성과 혼합성을 지적한다. 시츠(Paul D. Sheats)도 코울리지의 1798년 시들은 "워즈워스의 시들과 말 그대로 서로 짜여 있다. 주제, 모티프, 기법적인 참신함이 한 사람에게서 다른 사람에게로 전해졌다가 전해질 때마다 풍성해지고 변화되어 되돌아온다"고 말한다(163). 그럼에도 불구하고, 이들 학자들은 정작 개별적 시들을 분석할 때에는 워즈워스와 코울리지로 구분해버리거나, 두 시인들을 별개의 개체로 설정하고 상호 간의 교환관계를 분석한다. 한편, 메리 재코부스(Mary Jacobus)의 1798년 시집의 역사성과 상호텍스트성에 관한 방대한 저서는 제목에서부터 워즈워스를 1798년 시집의 주저자로 설정한다(*Tradition and Experiment in Wordsworth's Lyrical Ballads(1798)*). 그러나 이러한 논지는 1798년 당시의 표제 면에 워즈워스가 명시되지 않았다는 또 다른 역사적 사실을 간과하고 있다. 조단(John E. Jordan)은『서정 민요집』의 범위를 1798년부터 1807년 워즈워스의 두 권의 시집까지 확장하며, 워즈워스 중심적 관점을 보인다(*Why Lyrical Ballads?*). 최근에는 수잔 아일런버그(Susan Eilenberg, *Strange Power of Speech*), 루시 뉴린(Lucy Newlyn, *Coleridge, Wordsworth, and the Language of Allusion*), 폴 매그누슨(Paul Magnuson, *Coleridge and Wordsworth. A Lyrical Dialogue*) 등의 학자들은 자신들의 저서에서 보다 적극적으로 양자 간의 혼합성을 주장하고 있지만, 1798년 시집을 단일 저자의 기능하에서 분석하지는 않았다.

시집의 응집성과 의미의 통일적 효과를 염두에 둘 때, 시들의 위치와 순서상의 배열이 바뀐다는 것은 새로운 의미관계의 형성을 의미한다. 또한 「공지문」의 삭제와 함께, 그 속에 있던 고유명사 저자는 그 존재를 말살해버리면서, 그가 선언하였던 시적 실험은 원래의 색채를 잃게 된다.

  1798년 시집에 실린 시들은 엄밀히 말해 코울리지가 쓴 것도 아니며, 그렇다고 워즈워스가 쓴 것도 아니다. 이러한 사실에 대한 왜곡은 1800년으로 거슬러 올라간다. 1800년『서정 민요집』은 겉표지에 워즈워스를 저자의 이름으로 표기하고 있다. 워즈워스는 1798년의 「공지문」에서 시집의 저자(author)로서 등장하고 있는 고유명사 저자(the Author)의 존재를 제거하고, 자신이 마치 1798년의 저자였던 것처럼 일반 독자들을 현혹시키면서, 「공지문」에서 선언된 시적 실험에 내포된 중요한 의미를 희석시켜버린다. 워즈워스라고 불리는 실존인물이 자신이 법률적 주체임을 내세우면서, 시집에 대한 법적 재산권을 주장하는 것이다.[4] 문제는 워즈워스의 등장이 1798년의 텍스트에 거주하면서 고유한 기능을 수행하던 고유명사 저자의 존재를 제거하면서, 그가 수행했던 저자로서의 기능을 박탈한다는 것이다.[5]

---

4) 이 점은 저작권이라는 또 다른 논제와 연관된다. 골드버그(Brian Goldberg)는 1798년 시집 출간 이후 워즈워스는 공식적으로 "글쓰기와 수입을 끊임없이 뒤섞게"(332) 된다고 파악한다. 글쓰기를 통해 생계를 유지하려는 워즈워스의 입장에서는 저작권의 주체로서, 직업 시인으로서 자신을 설정해야만 했다. 워즈워스의 글쓰기에 거의 항상 붙어다니는 경제적 동기는 워즈워스 비평에서 새로운 사실이 아니다. 실제로 워즈워스는 1837년과 1838에는 탈포드(Thomas Noon Talfourd)와 함께 의회에서 저작권 연장법안을 통과시키기 위해 많은 노력을 벌인다. 한편, 많은 다른 학자들처럼, 클리포드 시스킨 (Clifford Siskin)은 이러한 직업 글쓰기를 로맨티시즘 논제로 파악한다(308).
5) 워즈워스는 1800년 시집을 자신의 이름으로 전유하면서 코울리지 이름과 목소리를 억압한다. 워즈워스의 억압을 부정하면 할수록, 그만큼 더 코울리지의 목소리는 기이한 방식으로 시집 주변을 맴돌며, 끝내 되돌아오고 만다(Eilenberg 30).

「공지문」이 「서문」으로 수정, 보완되었다는 일반적 통념은 워즈워스의 전유 전략에 문학 시장이 공모해왔다는 사실의 방증이며, 이러한 통념은 독립된 문서로서 「공지문」이 가져야 하는 진정한 문학사적 가치를 간과하고 있다. 비교적 짧은 글이지만, 특이한 수사학과 논리를 담고 있는 1798년의 「공지문」은 1800년 이후의 장황한 「서문」("The Preface")이 전달할 수 없는 창의적이며 급진적 시적 실험 정신을 표명하고 있다. 이 중요한 문서 자체는 1800년 이후, 워즈워스의 전집에서도, 코울리지의 전집에서도 그 중요성이 간과되고 있다. 그렇다면 누가 이 글의 소유자인가? 이 글이 어느 누구의 소유자도 아니라면, 그 의미는 무엇인가? 왜 양자 모두에게서 겉돌고만 있는가?

담론과 권력과의 결탁이 이러한 왜곡을 양산시킨 주된 원인이다. 예를 들어, 현재의 워즈워스와 코울리지 비평은 코넬 워즈워스 전집과 프린스턴 코울리지 전집이라는 제도화된 권력체가 막강한 영향력을 행사하고 있다. 그러나 이들 전집 어디에서도 「공지문」의 고유명사 저자의 존재는 배제되고 있으며, 고유명사 저자의 기능 아래에 놓였던 1798년 판에 실린 시들은 워즈워스가 아니면 코울리지 소유로 귀속되고 있다. 대체적으로, 두 시인에 대한 현재의 문학 산업은 양자택일의 논리가 양자합일의 논리를 부정하고 있으며, 이들 시인에 대한 문학 비평 자체는 제도화로 편입되고 있다. 물론 이러한 제도화된 권력의 틀에 대한 저항이 전혀 불가능한 것은 아니지만, 그럼에도 시도되는 저항은 소수 담론으로 전락할 개연성이 크다는 것을 인정해야 할 것이며, 그만큼 설득력을 잃게 될 것도 자명하다.[6]

---

6) 어네스트 하틀리 코울리지(Ernest Hartley Coleridge)의 『새뮤얼 테일러 코울리지 시 전집』(*The Complete Poetical Works of Samuel Taylor Coleridge*)에도 「공지문」은 나오지

워즈워스인가? 아니면 코울리지인가? 하는 양자택일의 문학적 관행은 푸코(Michel Foucault)가 지적한 대로 문학적 담론에서의 저자와 담론 간의 긴밀한 결속력을 말해준다. 그만큼 개별적 시들을 명시된 저자와 의식적으로 결부시키는 경향은 문화적으로 형성된 습관에 가깝다. 실제로 「저자란 무엇인가?」에서, 푸코는 공간적 산포와 시간적 전개를 함께 나타내는 텍스트의 조건을 표시하는 글쓰기(ecriture) 개념이, 단일하고 고정된 의미를 깨뜨리는 본래의 기능과는 달리, 실제로는 저자의 개념을 완전히 제거하지 못하고 오히려 저자를 초월적인 현존으로 만들어내고 있음을 말한다. 그는 저자가 담론의 기능임을 역설하면서, "저자를 실제의 작가와 관련시켜 찾는 것은 허구적 화자와 관련시켜 찾는 것만큼이나 잘못된 것이 될 것"이며, "저자의 기능은 이 둘 간의 분리와 거리, 즉 분열에서 비롯됨"을 주장한다. 또한, 저자의 기능은 확정된 형상으로 표시되기보다는 여러 형태의 자아가 동시에 여러 위치에서 공존하면서 분산되는 "자아의 복수성"이라는 특징을 가진다고 지적한다(129, 130).

　　푸코가 주장하는 저자의 기능은 후기구조주의의 글쓰기만을 표현하는 방식이 아니라, 1798년 『서정 민요집』에도 적용될 수 있다. 이러한 적용의 과정에서 「공지문」에서 말해지는 시적 "실험"의 실체가 보다 상세히 규명될 수 있다. 적어도 당대의 비평은 "실험"이라는 단어를 주시하며, 이를 "중하층 계층의 일상적 대화체 언어가 시적 쾌락이라는 목적에 얼마나 부합될 수 있는지를 확인"(3)하려는 의미로 설명하는 「공지문」의 취지를 그대로 수용하고 있다.[7] 그러나 1798년의 "실험"의 실제적 의미는

---

　　않는다. 반대로, 최근 던컨 우(Duncan Wu)가 편집한 앤솔로지는 『서정 민요집』 전체를 아예 두 시인과 구분하여 별도로 취급하고 있다(Romanticism, An Anthology).

7) The Critical Review, Vol xxiv, October, 1798; The Monthly Review, Vol xxix, June, 1799. 엘지 스미스 30-32, 34-37을 참조. 『서정 민요집』에 대한 인용은 오웬(W. J. B. Owen)을

언어적 측면 이외에도, 「공지문」에서 유추될 수 있고, 시집의 개별적 시들에서 행해지며, 이 시집이 영국 로맨티시즘이라는 문화사조와 심지어 이후의 영시의 전개과정에 끼친 영향력까지 고려하여 결정되어야 한다.[8] 워즈워스나 코울리지와 분명히 구분되는 독립된 인물로서 고유명사 저자가 수행하고 있는 『서정 민요집』에 실린 스물세 편의 개별적 시들에 대한 저자의 기능은 1798년 시집의 실험적 성격에 포함되어야 한다.

　　물론, 이러한 저자의 기능에 대한 반론도 있을 수 있다. 예를 들어, 표제 면에 저자의 이름이 표기되지 않은 것은 단순히 무기명 출판일 따름이라고 주장할 수 있다. 혹은 코울리지의 서간을 인용하면서, 워즈워스는 당시의 문학 시장에서 거의 알려지지 않았고, 코울리지의 급진적 정치 성향은 너무 알려져 있었기 때문에, 문학 시장에서의 부정적 반응을 염두에 둔 상업적 대응책으로서 두 작가가 실명을 밝히지 않았다고 주장할 수도 있다. 그러나 이러한 반론에 있어 두 입장의 차이는 확연하다. 두 번째 주장은 무기명의 서명 효과를 노린 의도적 숨김의 행위로서 저자의 기능이 작용하고 있음을 인정하고 있다. 또한, 첫 번째 주장에서는 영문학사에서 워즈워스와 코울리지의 이름을 『서정 민요집』과는 완전히 구분해서 어떠한 관련성도 맺지 않는다는 것을 사실로 성립시켜야 한다. 다른 한편으로는, 이러한 주장들은, 예를 들어 로버트 메이오 (Robert Mayo)가 상세한 문헌 조사를 근거로 기술하는 것처럼, 1790년 무렵의 급진적이며 활발한 문학적 실험 풍조(490)를 무시하고 있으며, 코울리지 자신이 이 기간 동안에 보이고 있는 저자의 기능에 대한 관심, 즉

---

따른다.

8) 워즈워스의 입장을 강화하는 논지이지만, 패리시는 시적 "실험"이 "주로 혹은 전적으로" "언어의 실험에만" 한정하는 경우에는 워즈워스의 독창성은 충분히 설명될 수 없다고 주장한다(*The Art* 81-82).

잡다한 주제와 이질적 언어와 형식 그리고 다양한 문체의 시들을 하나의 시집으로 묶어주는 저자의 기능에 대한 실험 정신을 간과하고 있다. 1796년 브리스틀(Bristol)에서 출간된 코울리지의『다양한 주제에 관한 시들』(*Poems on Various Subjects*)이라고 명명된 시집은 제목 그 자체에서 표현되듯이 한 사람의 저자가 작성했다고 믿기 어려울 만큼 주제나 언어, 형식, 문체 면에서 이질적인 시들을 담고 있지만 하나의 시집으로서의 통일성 효과를 산출하고 있다.[9]

# I. 「공지문」의 고유명사 저자

1798년 시집은 저자의 이름이 제목 페이지에 명시되지 않은 채 출간되었다. 그러나 빈자리로 남아있는(보다 정확하게는 빈자리로 채워져 있는) 저자의 존재는 소멸되거나 유기된 저자의 상태를 의미하는 것은 아니다. 이 시집의 표제 면에 뒤따르는 「공지문」에는 저자라는 실체가 등장하여, 자신의 시적 실험을 천명하고 있다. 그는 당대의 문화 현상을 비판하면서, 자신의 문학관을 피력하고, 시적 취향에 대한 가치 판단을 하여, "올바른 취향"(4)을 독자들에게 설명하여 납득시키려 한다. 심지어 그는 시집에 실린 개별적 시들의 창작 배경과 자신이 사용한 특이한 문학적 기법이나 문체에 대해 설명을 덧붙이기도 한다. 이어지는 「목차」(Contents)에서는 개별적 시에 대해 고유한 페이지 번호를 부여하며, 배열의 순서를 정한다.[10] 그렇다면, 이러한 「공지문」의 저자라는 존재를

---

9) 밀턴의 전집을 읽는다고 가정해보면 문제가 더욱 선명해진다. 라틴어로 작성된 시와 영어로 된 시가 동일 저자가 쓴 한 권의 시집 안에 같이 수록된 경우이다.

어떻게 이해해야 할 것인가?

「공지문」의 저자는 일반 명사가 아니라, 개별화된 고유명사 저자이다. 워즈워스의 1800년 시집이 저작권에 관한 워즈워스의 관심사를 반영한다면, 고유명사 저자의 1798년 시집은 이질적인 시들을 유기적으로 맺어주면서, 담론의 효과로서의 저자의 기능에 대한 코울리지와 워즈워스의 실험 정신을 반영하고 있다. 1798년 고유명사 저자는 데리다(Jacques Derrida)가 말하는 서명 효과를 구현한다.[11] 저자는 작품을 창작하여 출판하는 특성을 지니지만, 다른 한편으로는 산출된 작품에 의해서 사후적으로 구성되는 존재이기도 하다. 고유명사 저자는 1798년 시집에서 응집성과 통일성의 효과를 표시하고 있는 존재이다.

---

10) 표제 면과 「공지문」의 의미는 당대의 서평가들에게는 아주 중요했다. 1798년 시집 출간 후 서평가들은 시집의 표제 면에 내포된 점과 「공지문」의 의미를 충실히 따르며 서평을 했다. 매그누슨은 이 점과 관련지어, 서평가들은 "저자의 직함, 제목 페이지, 서문을 작품 자체만큼 꼼꼼하게 읽었다. 코울리지의 「크리스타벨」서문과 . . . 키츠의 「엔디미온」서문은 서평자들에 의해 시 자체만큼이나 꼼꼼하게 읽힌 서문의 보기들이 된다. 이러한 서문들은 일반적으로 서평의 행로를" 정했다(*Reading Public Romanticism* 43-44).

11) 힐리스 밀러(J. Hillis Miller)는 "서명이 서명자를 만들어낸다"는 "사후성"의 논리를 데리다가 말하고 있음을 설명한다(*Speech Acts in Literature* 124). 밀러는 또한 "작가의 자아를 작품을 해석해주는 기원으로 생각하는 것은 아마도 잘못"이며, "자아는 작품에 의해 만들어진다"고 주장한다. 즉 "자아는 단지 작품 속에서 존재하며, 저자의 현실에서의 삶으로부터 작품이 분리됨에 존재한다"(*Fiction and Repetition* 11-12). 같은 논지에서 푸코는 서구인은 "자신을 언어 내에서 파악했으며" "자신을 제거함으로써만 생겨나는 틈새 내의, 담론적 존재에 내맡겼다"고 말한다(*The Birth of the Clinic* 197). 키에르케고르(Kierkegaard)는 이러한 담론적 존재의 사후성의 논리를 극단적으로 밀고 나가 자신을 "저자로서 보기보다는 저작자의 독자로서 간주"하는 지점에 이르는 경향을 보인다(Garff 75-102). 1798년 판 『서정 민요집』에서 저자의 서명 효과가 문제시되는 것은 피에르 부르디외(Pierre Bourdieu)가 지적하듯이 글쓰기에서 저자의 서명 행위는 가치의 창출자로서의 자신의 예술적 적절성을 인식시키고자 하는 행위이기 때문이다(164).

담론의 효과로서 작용하는 저자의 기능이라는 면에서, 1798년 시집의 고유명사 저자는 워즈워스도 아니며 코울리지도 아닌, 두 시인 모두가 자신들의 시적 실험을 수행할 대리인으로 내세운 독립된 실체이다. 그가 수행하는 시적 실험은 워즈워스나 코울리지의 시적 원칙을 따르는 것이 아니라, 양자의 협업 과정에 생겨나는 차별과 배제 그리고 융합의 형태를 모두 포괄하는 원칙을 따른다. 고유명사 저자는 저자의 기능을 수행하고 있는 스물세 편의 시들에 의해 사후적으로 형상화된다. 그러나 그는 결코 언어적 유희의 산물은 아니다. 표제 면에는 저자의 이름은 표기 않지만, 시집의 출판 연도와 장소, 그리고 인쇄와 출판에 관한 정보를 담고 있다. 따라서 그는 1798년이라는 특정 시점과, 런던(그리고 브리스틀)이라는 특정한 장소와, 당시의 인쇄, 출판과 관련된 모든 물적 조건과 교섭을 벌이고 있다. 1798년 시집은 인쇄되었고, 출간되었으며, 서평을 받았고, 매진되었다. 당대의 문학 시장에서 고유명사 저자는 시집에 실린 스물세 편의 시들에게 유기적 응집성을 부여하는 저자의 기능을 인정받았다. 그가 과연 당시에 법률적 실체로서 인정되었는가라는 질문은 이것과는 별도로 취급되어야 한다.[12]

## II. 「공지문」의 수사학적 특성과 언어 수행성

「공지문」에서 독자는 여러 등급으로 분류된다. 이러한 분류는 이론적 성격을 띠고 있지만, 독자들에 대한 특별한 관심은 자신의 새로운 실

---

12) 이 경우 워즈워스는 저작권과 관련하여 글쓰기와 출판을 "사유 재산 체제"(Chartier 30) 내에서 수행한다고 할 수 있다.

험적 시론을 받아들일 수 있는 해석 공동체를 만들어내려는 고유명사 저자의 의도에서 비롯된다. 여기에는 되짚고 가야 할 점이 있다. 이상적인 해석 공동체가 아직은 완성되지 않았다면, 이들의 응답성이 중요한 요소로 작용하는 시적 실험의 결과도 미래로 미루어질 것이며, 연기되는 그 시점까지 시적 실험은 그들과 계속되는 대화 속에서 진행 상태를 유지해야만 한다. 다시 말해, 「공지문」에서 의도되는 새로운 시와 시인의 영역은 그 실체가 당시에는 확정되지 않았다는 것이다. 이러한 불확정성은 「공지문」이 고유명사 저자 자신뿐만 아니라, 그의 시적 실험을 이해하려는 독자들에게도 지우는 부담이다. 사실 「공지문」은 저자의 특이한 논리를 담고 있으며, 이를 전달하는 수사적 움직임도 예사롭지 않다. 「공지문」의 "실험"이라는 단어는 시집 속의 모든 시의 참조 점으로 작용하도록 의도되지만, 이에 대한 구체적 정의는 시집의 어느 곳에도 나타나지 않는다. 여덟 번째 시 「나이 든 사냥꾼 시몬 리」("Simon Lee, the Old Huntsman")의 화자는 고유명사 저자의 수사학을 대변할 수 있다: "이것은 이야기가 아니다. 그러나, 당신이 생각해본다면, / 아마도 이해하게 될 이야기이다"(79-80).

　　「공지문」의 언술적 가치는 직접적으로 주장되는 것만큼이나 「공지문」 자체가 이룩하려는 것에 의해서, 달리 말해 「공지문」의 주장이 "얼마나 잘"(3) 행해질 것인가에 의해 판단되어야 한다.13) 이렇게 두고 보면, 영국의 로맨티시즘 문학 사조를 여는 언술 행위로서의 가치를 지니는 「공지문」의 수사적 요체는 바로 언어의 수행적인 면에 있다는 것이 드러난다. 「공지문」의 고유명사 저자는 자신의 언술 행위를 통해 새로운

---

13) 매그누슨은 작품의 응답성의 중요성"을, 즉 "이미 말해진 것뿐만 아니라 잠재적인 반응에 의해 작품이 형성되는 방법"을 지적한다(*Reading Public Romanticism* 15).

사태가 일어나기를 의도한다. 그가 행한 언술은 참이냐 아니냐를 따지기 전에, 선언되고 있는 것에 부합하여 "얼마나 잘" 행위로서 수행될 것인가에 따라 그 가치가 판단될 것이다. 그는 자신의 시적 실험을 독자들이 쉽게 수긍하지 않을 수도 있음을 염려하고 있다.[14] 이들에게서 이끌어내는 승인과 동의가 자신의 계획에 정당성을 부여하고 시적 실험의 성패를 결정하는 데 있어 중요한 관건임을 인지하기 때문이다. 그러나 그가 원하는 이상적 독자의 실체는 구체화 되지 않았고, 오히려 시의 계도적 기능을 통해 자신이 교육을 통하여 형성시켜야 한다는 것을 의식하고 있

---

14) 「공지문」에서 독자는 적어도 다섯 부류로 분류된다. 즉, "당대의 허울만 그럴싸한 수사를 늘어놓는 작가들에게 익숙해져 있는 독자," 다소간 반어적 자세로서 대하고 있는 "식견이 높은 독자," "옛 작가들에" 정통한 독자, "판단에 오류"를 범하는 경험이 일천한 독자," 문학 시장에서 자신의 시를 구매할 독자이다. 패리시는 "말을 조심스럽게 쓴" 「공지문」은 비판을 가하고 있는 여러 부류의 독자들 가운데 첫 두 부류의 독자들의 반발을 "두려워"하고 있다고 분석한다(The Art 80). 레이먼드 윌리엄스(Raymond Williams)가 지적하는 대로, 작가의 작품을 이해할 수 있고, 학식이 있었던 후원자나 소규모의 친밀 집단이 주류를 이루었던 전 시대의 독자들과는 달리, 로맨티시즘 저자들은, 하나의 본질적인 문제로서, 익명의 독자들을 대하게 되었다(33). 이러한 상황에 직면하여, 심슨(David Simpson)은 워즈워스의 독자에 대한 "근본적 불안감"은 부르주아적 저자로서의 곤경을 표시한다고 설명한다(12). 시인과 독자의 관계를 어떻게 설정하느냐의 문제는 시인 자신의 정체성을 유지하면서 익명의 문학 시장과 어떻게 생산적으로 제휴할 것인가의 문제가 된다. 「공지문」에서 암시되는 것은, 골드버그 (Goldberg)가 지적하듯이, 시는 "교육적, 문화적 작품으로 다루어져야 함을 요구"(340) 하는 것이다. 그렇다면, 시인은 분명 이러한 시를 쓸 수 있는 전문 지식의 소유자이어야 한다. 「공지문」에서 나타나는 계도적 음조는 전문 시인으로서 자신을 상정하고 있는 저자가 교육과 문화화 과정을 거쳐서 공통적 이해 기반을 가진 독자층을 만들어내려 한다는 것을 이해할 때 납득될 수 있다. 그러나 「공지문」에는 시인의 정체성에 대해서도, 독자의 정체성에 대해서도 확실한 것은 없다. 마찬가지로 구체적 정의가 내려지지 않은 "실험"이란 말은 심슨이 지적한 저자의 근본적 불안감을 반영하면서, 익명의 독자들 자신의 시론에 대한 비난을 염두에 둔 저자의 수사적 방어책 역할을 하기도 한다.

다. 「공지문」에 담긴 이러한 불확정적 속성은 선언되는 내용이 선언자의 약속을 위배할 수도 있다는 위험성을 내포한다. 1798년의 저자의 입장에서는, 「공지문」은 시적 실험을 성공적으로 수행함으로써 새로운 시학의 선언문이 될 수 있는 동시에, 이러한 선언문이 행해지는 언어의 무대에서 자신이 떠난 후, 전혀 관련 없는 사람들에 의해, 관련 없는 말들이 난무하는 희극의 한 장이 될 수도 있었다. 「공지문」의 특이한 수사학과 불확정성은 1798년의 저자가 이러한 가능성에 노심초사하고 있음을 보여준다.[15]

　　제목 페이지에서 빈 공간으로 채워진 저자와 뒤따르는 「공지문」은 1798년 시집이 주도면밀하게 계획되었다는 것을 말해준다. 여기에는 "저자"와 "실험"이라는 핵심 논제 이외에도, "대화"(conversation)라는 또 다른 중요한 논제가 제시된다. 대화의 관건은 「공지문」에서 선언되는 시적 "실험"이 시집 전체에 걸쳐서 성공적으로 수행되는 정도의 문제, 즉 「공지문」과 시 전체 간의 유기적 관계성이다. 다른 한편으로는, 대화는 시집의 시들을 어떻게 읽어야 할 것인가에 대한 원칙이 된다. 대화 과정은 시집 전체에 걸쳐서 고유명사 저자의 기능 아래에서 나름의 질서를 가진다. 즉 대화는 『서정 민요집』이 구체적 계획을 가지고 있음을 입증하는 또 다른 근거를 제시한다. 「공지문」은 개별적 시들의 특이성을 강조하고 있다. 이와 함께 「초봄에 쓴 시」("Lines Written in Early Spring")에서처럼 "천 가지의 음조"(1)가 조화된 시적 효과를 의도한다. 개별 단위로서의 스물세 편의 시들은 서로 이질적 특성을 가지고 있지만, 가족 유사성을 지니면서, 보다 큰 유기체로 통합되어야 한다는 것이다. 대화적 독서법은 특정한 시속에서, 그리고 시들 간에서, 겹겹이 꼬여 있는 다층적 의미를

---

15) 「공지문」에 대한 상세한 수사학적 분석은 Joo 19-29 참조.

이끌어낼 수 있어야 한다. 이 경우 시와 시들 간의 경계는 독서 행위의 장이 되며, 고정되어 있지 않다.

「공지문」에서는 고유명사 저자가 "대화"하려는 중요한 대상을 표시하고 있다. 여기에는 중하층 계층의 사람들, 본보기가 될 만한 작품을 쓴 옛 시인들, 풍습과 감정을 적절하게 그려내고 있는 당대의 작가들, 자신의 시집을 생소하다고 느낄 독자들이 포함된다. 「가시나무」("The Thorn"), 「실성한 엄마」("The Mad Mother"), 「마지막 남은 양」("The Last of the Flock"), 「구디 블레이크와 해리 길」("Goody Blake and Harry Gill"), 「백치 소년」("The Idiot Boy")은 고유명사 저자와 중하층 계층의 사람들 간의 대화를 분명히 표현해주고 있다. 옛 시인들과의 대화는 「공지문」에서 공개적으로 거론되는 「노수부의 노래」("The Rime of the Ancyent Marinere")가 있으며, 「나이팅게일」("The Nightingale")에서는 밀턴(John Milton)의 실명이 거론된다. 이외에도, 「의붓어머니의 이야기」("The Foster-Mother's Tale")와 「감옥」("The Dungeon")에서는 셰익스피어(William Shakespeare)가, 「떠돌이 여자」("The Female Vagrant")는 스펜서(Edmund Spenser)가 대화의 대상이 되고 있다.

1798년의 『서정 민요집』에 실린 시들은 주제, 시어, 시 형식 면에서 아주 다양하다. 「공지문」에서 고유명사 저자는 "시"라는 말 자체가 관습화된 편견에 얽매어있는 당대의 상황에 대해, 그리고 『서정 민요집』이라는 생소한 제목에 대해서 독자들이 느낄 당혹감과 어색함에 대해 염려하고 있다. 독립 문학 장르인 서정시와 민요를 결합한 새로운 문학 장르로서 등장하는 서정 민요는 「공지문」에서 선언되고 있는 시적 실험의 한 부분임이 틀림없다.[16) 다양한 시 형식을 구체적으로 살펴보자. "단

---

16) 문제는 이 새로운 혼성 장르의 개념이 정의되지 않는다는 점이다. 로버트 메이오는

편"(fragment), "일화"(anecdote), 18세기 양식의 지형시, "라인"(lines), 민담 형식뿐만 아니라, 무운시, 스펜서 시체와 어휘, 밀턴이나 셰익스피어의 문체나 시어들도 감지된다. 「노수부의 노래」는 옛 시인들의 문체를 의식적으로 모방하고 있다고 언급된다. 이러한 이질적이며 다양한 요소들은 단일한 시집이 함의하고 있는 응집성에 대해 의문을 제기한다. 과연, 고유명사 저자는 어떻게 이처럼 이질적인 요소들을 단일 시집 속에 포괄할 수 있을 것인가?

시집의 조건인 시들 간의 조화 효과를 만들어낸다는 것은 저자가 수행해야 할 중요한 기능이다. 1798년 시집에서 개별적 시들의 다층적 목소리들이 조율되는 방식은 전 시대의 송시(Ode) 구조를 참고할 수 있다. 특히 18세기 후반의 송시는 음조나 이미지를 급격하게 전이시키고, 예술적인 불규칙성과 시상을 매끄럽게 전환시키는 기법을 잘 구사하고 있다.[17] 또 다른 한 가지는 이 시집에서 자주 나타나고 있는 스펜서의 영향을 고려해 볼 때, 「양치기 달력」(*Shepheardes Calendar*)의 구성 형식을 생각해볼 수 있다. 스펜서의 이 시에서는 달력의 틀이 개별적 목가시(eclogue)를 조합하고 조율하는 구조를 가진다.[18] 이 구조 속에서 각각의 목가시는 상호 관련을 맺으면서 나름의 방식으로 조화를 구현한다. 조화

---

서정 민요를 "다양한 주제와 종류를 묶어주는"(511) 의미로 받아들인다.

17) 1798년 시집의 중요한 구성 원칙으로서의 송시의 구조는 1800년에 워즈워스가 「틴턴 사원 몇 마일 위에서 적은 시」에 붙인 주해에서도 나타난다(Owen 149 참조). 코울리지는 출판업자 조셉 코틀에 보낸 1798년의 한 서한에서, 1798년 시집의 시들이 "정도의 차이는 있겠지만, 본질적으로는 한 작품"(*STCL* I, 412)임을 말한다. 코틀에게는 출판에 앞서 시집의 형식과 내용상의 동질성이 근심거리였다. 송시 이외에도, 전통 민요(ballads) 또한 급격한 시상의 전개, 과감한 생략 등의 고유한 특질을 가진다.

18) 불연속적 연속성, 복합 지시성을 표시하는 스펜서의 캘린더 형식에 대해서는 Maccaffrey 89를 참조할 것.

성 속에서 다양성의 효과를, 연속성 속에서 불연속성의 효과를 산출하는 이 구조는 『서정 민요집』의 구성 원칙과 유사한 점이 많다.

대화라는 논제는 1798년 시집을 읽는 과정에서 두 가지 중요한 질문을 제시한다. "시집 내의 다양한 시들을 어떻게 읽어야 할 것인가?"라는 것과 "시집 내에서 시들 간에 진행되며, 조율되고 있는 다층적 상호 교류를 어떻게 파악할 것인가?"라는 것이다. 1798년 시집 내에서 시들은 바흐친(Mikhail Bakhtin)이 주장하는 담론의 지시기능과 유사한 이중적 지시 기능을 가진다(185). 어휘나 비유, 구나 문장은 개별적 시들의 구성 원칙에 따르는 의미를 구축하지만, 다른 한편으로는, 직접적으로 혹은 수사적 기법을 통해 시집내의 다른 시들과의 관련성을 암시하고 있다. 시집의 시들은 모두 개별적 기능을 행하지만, 전체적으로는 개별성을 직조하는 가설적 통일체를 상정한다. 시들이 구축하는 통일체는 시들 간의 대화가 펼쳐지는 역학장에서 태동하며, 확고하게 고정된 것은 아니다. 가설적 통일체가 산출하는 질서와 조화의 효과는 또 다른 가능성에 열려있고, 이러한 가능성은 복수성 속에서 단일성을 지향한다. 전체를 구성하는 단편들 간의 갈등과 의심, 서로간의 상치성, 동시에 이를 조합하는 통일성의 큰 목소리, 그렇지만 통일성의 틈새에서 새어 나오는 불연속과 불규칙의 낮은 웅얼거림, 또다시 구축되는 질서의 효과 . . . 이러한 과정의 지연과 계속되는 반복은 1798년의 『서정 민요집』을 시적 대화의 역학장으로 만들어준다.[19]

---

19) 코울리지는 "주제의 통일성과 사상의 끊임없는 성장과 진화"를 말하고 있다(Coleridge, *Lectures 1808-19*, 2: 234).

## III. 1798년 저자의 기능

"1798년 시집에서 고유명사 저자가 어떻게 자신의 기능을 발휘하고 있는가?"라는 핵심적 질문은 한 가지 중요한 전제를 담고 있다. 이것은 한 권의 시집에 실린 시에 대한 독법은 앤솔로지에 실린 시에 대한 독법과 구별된다는 것이다. 시집 속에서 특정한 시가 특정한 순서와 위치를 가진다면, 그 순서와 위치는 나름의 의미를 산출하며, 시집 저자의 기능적 관심사를 반영한다. 여러 작가들의 작품을 한 권에 집합시켜둔 앤솔로지와는 달리, 수록된 시들 상호 간의 응집성이나 대화성을 중시하는 단일 시집에서는 시작과 과정 그리고 결말을 염두에 두고 시들이 배열된다. 제임스 에버릴(James H. Averill)은 『서정 민요집』에서 "개별적 시들은 자신의 장소"를 가지면서, 질서와 조화를 구현하는 "고딕식 교회" 효과를 만든다고 말한다(389, 391). 스틸린거(Stillinger), 맥간(McGann)도 마찬가지로, 작품이 점유하고 있는 위치는 다양한 이형만큼이나 중시되어야 한다고 주장한다.[20]

「공지문」은 1798년 판 시집에서 배꼽의 역할을 한다. 바로 이곳에서 고유명사 저자의 시학과 올바른 문학적 취향 그리고 시집의 창작과 구성에 관한 원칙이 선언되고 있다. 「공지문」이 없다면 1798년 시집의 시들은 구성 원칙도 없이, 질서의 효과도 만들어내지 못하며, 잡다한 시들을 임의로 하나의 물리적 공간에 모아둔 것에 불과할 수 있다. 상대적으로 짧은 이 문서에서 제기된 논점들은 시집 전체 분량의 약 사분의 일을 차

---

20) 프레이스탯(Neil Fraistat)의 『자신의 장소에서의 시』(*Poems in Their Place*), 스미스 (Barbara Herrnstein Smith)의 『시적 종결』(*Poetic Closure*)도 같은 논지에서 시들을 분석하고 있다.

지하고 있는 첫 번째 시 「노수부의 노래」에서 운문으로 구체화되며, 이어지는 시들을 거쳐서, 마지막 시인 「틴턴 사원 몇 마일 위에서 적은 시」에서 결론에 도달한다. 시들의 배열은 이렇게 시작과 끝을 표시하는 확고한 틀 안에서 이루어지며, "대화시"라는 부제를 가진 「나이팅게일」과 순서상 한가운데에 위치하고 있는 「가시나무」는 시집 전체의 틀을 보강하는 역할을 한다. 「나이팅게일」은 「공지문」의 취지를 단적으로 입증하는 시이며, 「가시나무」는 시집에 실린 전체 시들과 같은 숫자인 스물세 개의 연을 가지고 있다.

시집 속에서 특정한 시의 위치는 독자들의 해석 행위에 많은 영향력을 준다. 1798년 시집의 첫 세 편의 배열, 즉 「노수부의 노래」, 「의붓어머니의 이야기」, 「주목나무」("Lines Left upon a Seat in a Yew-tree") 시는 순서적 배열이 시들의 의미를 이해하는 것에 필수적임을 입증한다. 특히 「의붓어머니의 이야기」의 경우 "극적 단편"(A Dramatic Fragment)이 부제로 표시된다. 당대의 『월간 비평』(The Monthly Review)은 "극적 단편"이라는 어구를 지적하면서 읽기 문제를 제기한다. 과연 단편을 어떻게 읽을 것인가? 독립적 조각으로 존재하는 단편의 의미는 문맥과 결부시켜 시집이 의도하고 있는 유기적 응집성에 조합되어야 하며, 이 경우 문맥은 인접하는 시들 간의 순서적 배열에서 생겨나는 역동성의 효과에 크게 의존한다. 「의붓어머니의 이야기」는 "네가 말하는 그 남자를 나는 보지 못했다"라는 구절로 시작함으로써, 마치 앞 시에서 언급하지 않고 지나간 노수부라는 인물의 삶에 관해 누락된 부분을 비로소 제시하려는 인상을 심어준다.[21] 인접하는 두 편의 시는 이렇게 주제적으로, 현실의 시간

---

21) 프레이스탯은 두 편의 시가 1798년 시집에서 서로 보완하고 있음을 지적한다(The Poem and the Book 209). 에버릴은 「의붓어머니의 이야기」의 첫 16행이 「노수부의

적 순서는 아니지만, 서사적 시간성을 따르며 서로 연결된다. 두 시는 모두 언어 때문에 고난을 겪는 인물을 다룬다. 이러한 관점에서, 「의붓어머니의 이야기」는 1798년 시집에서 시의 배열성에 관한 알레고리, 즉 시집 속의 시를 어떠한 방식으로 읽을 것인가에 관한 시라고 할 수 있다. 세 번째 「주목나무」 시도 선행하는 두 시와 마찬가지로 느닷없이 시작한다. "그만, 여행자여! 멈추시라." 떠도는 인물에 대한 지칭은 이 시를 앞의 시들과의 순서적 관계성의 장에 위치시킨다.

이렇게 시적 연속체로서 하나의 덩어리를 형성하는 시들은 언급된 세 편의 시들에만 국한되는 것은 아니다. 우선 시집의 한가운데 위치한 「가시나무」를 기준으로 전, 후반부에 한 쌍씩 나타나는 대화시들을 꼽을 수 있다. 이들 쌍은 정확한 좌우 대칭을 이루는 것은 아니지만, 시집에서 독서의 템포를 조절하는 기능을 담당한다. 전반부의 「아버지를 위한 일화」("Anecdote for Fathers")와 「우리는 일곱」("We are Seven")은 어른과 아이 간의 대화를, 후반부의 「충고와 응답」("Expostulation and Reply")과 「사태의 역전」("The Table Turned")은 성인들 간의 대화를 각각 담고 있다. "대화"는 쌍을 이루는 시들에서뿐만 아니라, 각각의 쌍들에도 적용된다. 이를 통해, 주어진 현상에 대한 상반되는 관점이나 예술적 진리에 대한 상이한 태도가 병립되어 제시되며, 현상의 복합적 층위를 대화적으로 조율하려는 1798년 시집의 의도를 보강한다.

또 다른 시적 연속체의 덩어리는 「초봄에 적은 시」, 「가시나무」, 「마지막 남은 양」, 「감옥」이다. 중앙에 위치한 「가시나무」를 기준으로 대칭적으로 분포하는 시들의 집합체로서 다소간 무거운 음조를 시집의 중간 부분에 드리운다. 이들은 인간과 사회, 자연과 문명 간의 관계를 성찰하

노래」를 지칭하고 있다고 말한다(398).

는 공통 주제를 가지며, 「초봄에 적은 시」에서 나타나는 "인간이 인간에게 무슨 짓을 하였나?"(8)라는 중심 모티프를 다른 관점에서 다루고 있다. 이러한 주제는 1798년 고유명사 저자의 관심이 단지 언어나 텍스트에만 국한되지 않고, 동시에 정치적, 철학적이며, 인간의 삶을 구성하는 물적 조건을 포괄하고 있음을 표시한다. 실제로 이 주제는 정도의 차이는 있겠지만, 「공지문」에서 시집의 모든 시들에 이르기까지, 공통적으로 일관되게 다루어진다. 예를 들어, 첫 시 「노수부의 노래」의 제5부 마지막 장면에서 허공의 두 목소리 간의 대화는 노수부의 알바트로스를 쏘는 행위가 인간과 자연 간의 행복한 순환을 깨뜨리는 것임을 표시하고 있다. 시집의 후반부에서도 이 주제는 다시 부각 되어 「버림받은 인디언 여자의 불평」, 「범죄자」("The Convict")에서 마지막 시 「틴턴 사원 몇 마일 위에서 적은 시」로 이어지는 시적 연속체의 덩어리가 성립된다.

## IV. 1798년 시집에서 「노수부의 노래」와 「틴턴사원 몇 마일 위에서 적은 시」의 위치성

「노수부의 노래」와 「틴턴 사원 몇 마일 위에서 적은 시」는 시집에서 두 시가 점유하고 있는 시작과 끝이라는 장소적 의미만큼, 그 순서의 배열에도 큰 의미가 있다. 첫 시에서 마지막 시로의 진행은 고유명사 저자가 설정한 논리적 필연성을 따른다. 두 시들 간에는 특이한 전이와 교환이 이루어지고 있다. 「노수부의 노래」는 「공지문」의 취지를 따르면서 고유명사 저자의 시적 실험을 개관하며, 「틴턴 사원 몇 마일 위에서 적은 시」는 실험의 과정을 되돌아보며 결론을 운문적으로 표현한다. 첫 시의 주인공이자 어떤 의미에서는 저자이기도 한 노수부는 마지막 시에 나타난 "나"라는 인물과 동일 선상에 놓인다. 주제상으로 볼 때, 마지막 시의 종결부는 첫 시의 종결부를 반복한다. 이점은 에이브럼스(M. H. Abrams)가 주장하는 로맨티시즘 대화시의 수미상관의 원칙을 상기시킨다.[22] 두 시는 모두 시인으로서의 성장을 표현하고, 대화의 틀 속에서, 유사한 시적 주제를 반복하며, 시적 화자의 문학적 언어의 습득을 입증해 보인다. 이들은 서로의 존재를 보다 강화시키면서, 모두 열린 결말을 지향하고 있다. 개별적 시의 이해에는 이러한 상호의존성이 반드시 고려되어야 한다. 적어도 1790년대 후반 문학 시장에서의 전문적 비평은 두 시가 동일한 저자를 가진다는 가정에 이의를 제기하지 않았다. 그렇다면, 시작과 끝에 위치한 두 시들이 어떻게 서로를 보완하고 있으며, 어떠한 방식으로 동일한 논제를 텍스트상의 다른 장소에서 다른 방식으로 표출하는가를 분석해내는 것은 고유명사 저자의 기능을 파악하는 하는 중요한 단서가 된다.

　　「노수부의 노래」는 워즈워스가 「우리는 일곱」의 주해에서 밝히고 있듯이, 그리고 코울리지가 『문학 전기』(*Biographia Literaria*)의 14장에서

---

22) 1798년 시집에는 고전 수사학의 전통이 여러 곳에서 깊게 나타나고 있다. 코울리지는 영시의 전통 속에서 시적 실험을 수행한다. M. H. Abrams는 "The Eolian Harp" (*Coleridge*의 『다양한 주제에 관한 시들』(1796)에 실린 "Effusion xxv")가 위대한 로맨티시즘 서정시라는 새로운 장르를 도입시키고 있다고 주장한다(204). 더글러스 니일 (Douglas Kneale)은 로맨티시즘 서정시 형식을 따르는 1798년 시집 속의 「나이팅게일」의 서사구조는 "존재하거나 존재하지 않는 한 청자에서 다른 청자로 화자가 말을 옮기는," 즉 "말하기와 말 회피하기의 수사적 구조"이며, 그는 이러한 서사 구조를 밀턴, 톰슨, 윌리엄 콜린스, 드라이든, 심지어는 오르페우스 신화와의 상관성을 보여준다고 지적한다(34). 「틴턴 사원 몇 마일 위에서 지은 시」도 풍경 묘사에 전통적 수사학인 돈호법과 의인법을 사용한다.

암시하고 있듯이, 『서정 민요집』의 모태가 되고 있다. 이 시에 나타난 시 창작의 원칙은 이어지는 스물두 편의 모든 시에서 적용된다고 보아야 한다.[23] 「노수부의 노래」는 고유명사 저자가 「공지문」에서 밝히고 있는 바람직한 시인, 시, 그리고 독자에 관하여 중요한 암시를 주며, 선언된 시적 실험을 구체화한다.[24] 눈여겨볼 점은 시의 종결부에서 최종적으로 말을 하는 사람은 노수부가 아니라 화자 자신이라는 것이다. 노수부의 신비로운 경험과 언어적 실험을 전달 혹은 서술하는 과정에서 화자 역시도 "기이한 발화력"(620)을 얻게 되었으며, 「노수부의 노래」 자체는 이를 입증하는 증거가 된다. 노수부의 시적 행위와 시적 실험만큼이나 화자 자신의 시인으로서의 성장 과정이 중시된다는 것이다. 사실, 화자가 얻게 된 "기이한 발화력"은 뒤따르는 모든 시에서 입증되며, 『서정 민요집』 자체가 가장 뚜렷한 결과물이 된다. 시의 결말부에서는 노수부의 말을 듣기로 선택된 결혼식 하객은 "보다 슬프고, 보다 현명한"(657) 사람으로, 다시 말해, 사려 깊고 성급한 판단을 자제하게 되는 사람으로 거듭나게 되며 「공지문」에서 제시한 바람직한 독자상을 구현한다.

　　「공지문」에서는 1798년의 시집이 "결론"을 가진다고 암시한다. 독자는 생소함을 무릅쓰고 시집을 끝까지 숙독했을 때에야 비로소 시적 실험의 진면목을 깨닫게 되고, 관습화된 판단의 규칙들이 지니는 위험성을

---

23) 실제로 코울리지나 워즈워스는 언급된 글에서 이러한 창작의 원칙이 유별나게 많이 적용되는 시들을 거명하고 있지만, 그렇다고 직접 거명되지 않은 시들은 이러한 창작의 원칙에서 완전히 배제되고 있다는 뜻은 아니다.

24) 1799년 10월에 영국 비평가(British Critic)는 1798년 『서정 민요집』에 대해 우호적이고 세밀한 논평을 한다. 이 논평은 생소했던 시집의 판매고를 끌어올리는 것에도 기여를 했다. 논평은 고유명사 저자가 "정확한 독서"를 강조하고 있음을 주시하면서, 노수부의 노래의 시작 부분이 "독자의 주의를 붙잡도록 놀랄 만큼 계획되어" 있음을 언급한다(Vol. xiv; Elsie Smith 37-42).

인식하게 되며, 이에 따라 「공지문」의 주장에 동의하게 될 것이라고 설명된다. 비유적으로 말하자면, 1798년 시집은 전체적으로 고유명사 저자가 자신의 시적 실험을 논증하고 있는 운문 에세이와 같다. 이 에세이의 논제는 「공지문」에서 서술되며, 개별적 운문 단락을 구성하는 개별적 시들 속에서 구체화되어, 「틴턴사원 몇 마일 위에서 적은 시」에서 결론에 도달하는 구조를 가진다. 그렇다면, 마지막 시는 어떤 결론을 운문적으로 표현하고 있는가?

　　마지막 시는 첫 시 「노수부의 노래」의 결말 부분을 그대로 따르며, 자신의 경험을 통해 보다 현명해진 사람으로, 인간에 대해 보다 폭넓게 이해하게 된 시인으로 성장한 화자에 관한 이야기를 다룬다. "차분한 쾌락"(140)이라는 구절은 첫 시의 화자가 결말 부분에서 말하는 "보다 슬프고, 보다 현명한" 구절과 상통하면서, 자기에 관한 지식을 습득한 사람의 운명을, 시인의 탄생과 성장을 암시한다. 주제적 측면에서 볼 때, 마지막 시는 「공지문」에서 암시되며, 이전의 모든 시에서 수행된 내용을 그대로 반복한다. 부제에서 언급되듯이, 이 시는 특정 장소를 다시 방문한다는 모티프를 가지고 있다. 화자가 다시 찾은 장소는 다섯 해 전에 방문한 지리적 장소이면서, 동시에 선행하는 스물두 편이라는 텍스트적 장소를 지칭할 수도 있다. 시적 화자가 과거, 현재, 미래의 시간적 경계를 넘나드는 것처럼, 마지막 시는 이전 시들의 경계를 넘나들면서, 미래에 이어질 일까지 언급하고 있다. 두 번째 방문 이전에 겪었던 심적 어려움을 회상하고 토로하는 화자는, 이전에 「공지문」에서 선언한 시적 실험의 내력을 되살피면서, 그간의 복잡한 심경을 피력하고 있는 고유명사 저자의 모습과 병치된다. 화자의 여행은 지리적 여행이면서 동시에 텍스트적 여행이기도 하다. 일종의 정신분석학적 사후적 서사 기법을 통해, 화자는 과거의 자아와 현재의 자아를 살피면서, 시집 속의 시 창작 활동을 통하여 형상화된 시인으로서의 자신의 모습을 읽고 있다. 마지막 시에서 형상화되는 화자의 모습에는 선행하는 모든 시에서 그가 보여준 삶의 양태가 중첩적으로 구현된다. 풍경에 대한 완숙한 시적 묘사는, 시인으로서 텍스트 지형에 대한 한층 세밀하고 명상적이며 성장된 읽기/쓰기 기법을 입증하고 있다. 무엇보다도, 마지막 시는 「공지문」에서 제시된 시인의 모습에 한층 가까워진 "나"라는 인물이 자신의 시집 속에서 자신에게 스스로 부과한 과제에 대한 답안을 주고 있다. 그 답안의 가장 중요한 주제는 시인의 성장에 관한, 즉 "나"라는 인물이 어떻게 시인으로 자라날 수 있게 되었는가에 관한 것이 된다.

## V. 고유명사 저자와 개별 시의 "나" 간의 관계

영시 발달사에서 1798년의 『서정 민요집』은 "나"를 명실상부한 시적 주제로 다룬다는 의의를 지닌다. 1798년 시집에서의 "나"는 순수한 단일체가 아니라 다양한 이형체가 중첩적으로 결정된 "나"이다. 「공지문」의 고유명사 저자는 개별 시에서 화자로 등장하는 "나"와 동종성의 관계를 맺고 있지만, 동종성의 정도는 고정된 것이라기보다는 개별적 시에 따라, 시집 속에서 진행 경과에 따라 다르다. 이 점은 『서정 민요집』의 "나"라는 인물이 글쓰기를 통해서 텍스트 공간에서 산출되며, 고유한 시간성과 공간성의 조건을 지닌 개별 시마다 위치와 기능을 달리 부여받고 있다는 사실에 기인한다. 고유명사 저자와 개별 시 속의 "나" 간의 이러한 동종성 관계 내에서 차이성의 움직임은 1798년 판 시집의 저자 기능에 동적인 역학적 차원을 부여한다. 고유명사 저자의 실험은 결코 일차원적이 아니다. 자신의 존재를 쓰고 있는 「공지문」("Advertisement")이 어원상으로 목표를 향하는 의미와 벗어나는 의미를 동시에 가지고 있음은 이 점과 관련지어 흥미롭다.

1798년 시집에 나타난 "나"란 인물은 누구이며, 어떤 양식의 삶을 살고 있는가? 그는 1798년 시집 바깥에 있는 피와 살을 갖춘 실재 인물과 일대일 대응관계를 맺고 있는 것이 아니라, 자신이 선언하는 내용과 산출한 시로 구성되는 실체이다. 그는 시를 통해 작성하는 자서전의 효과이며, 스물세 편의 서로 다른 시 속에서 존재를 구현한다. 그는 수행한 결과이며 사후적으로 구성되는 존재이기도 하다. 그의 삶의 양식은 서사적으로 구성되지만, 각각의 주소를 가진 개별적 장소인 시마다 다른 형태의 삶을 영위한다. 그러나 스물세 개의 서로 다른 삶의 모습의 총합이 그의 역사를 완전히 구현하는 것은 아니다. 개개의 시간의 경계는 상호 간의 교차 지시 과정에서 불명확해지며, 그만큼 그의 모습도 완결된 초상화로 재현되기 어렵다. 심지어 동일한 시 영역 내에서도 그의 모습은 고정되어있지 않다. 「노수부의 노래」에서 그의 삶의 양식은 영원한 반복의 틀 속에 붙잡혀 있는 것으로 말해진다. 그러나 매번 반복할 때다 새로운 반복 속에서 차이가 만들어질 것이다.[25] 「틴턴 사원 몇 마일 위에서 적은 시」에서는 삶의 서로 다른 시점 간의 급진적 이질성과 변화가 명상적으로 여실히 반추된다.

"그때의 나를 그려낼 수 없다"(76-77)라고 "나"라는 인물은 자신의 스

---

25) "노수부는 매번 말할 때마다 시인이 된다. 그러나 전적으로 같은 시를 말하는 것은 아니다"(Wheeler 44-45). 저자를 형상화하는 과정에서 동일성 내의 차이성, 차이성 내의 동일성을 파악하는 것은 형상화를 복수 관점에서 지속적으로 수정, 조화시켜가야 함을 의미한다.

물세 개의 거처 가운데 한 곳인 「틴턴 사원 몇 마일 위에서 적은 시」에서 실토한다. 끊임없이 이동하는 언어에 거처를 정한 그의 삶의 방식이 회화에서처럼 고정될 수 없음을 인정하는 대목이다. 그러나 텍스트 지형에 존재하는 그의 삶의 양식에 대한 유추의 가능성이 전혀 불가능한 것은 아니다. 「충고와 응답」에서 "나"는 윌리엄이라는 이름을 가진 시인으로 표시된다.[26) 또한 「틴턴 사원 몇 마일 위에서 적은 시」에서는 이름이 밝혀지지 않은 누이가 한 명 있다는 것이, 「공지문」과 「나이팅게일」에서는 각각 자신과 시작 활동을 함께하고 있는 친구가 있고, 그와 더불어 "다른 지식"(41)을 배운 이름이 밝혀지지 않은 한 친구와 그 친구의 누이와 잘 어울린다는 것이, 「아버지들을 위한 일화」에서는 부인에 대해 아무런 언급을 않지만, 어린 아들이 있으며, 「우리는 일곱」에서는 그가 어린아이들에 많은 관심을 보이며, 「가시나무」와 「떠돌이 여자」 그리고 「실성한 엄마」에서는 여성이 겪는 불행에 각별한 동정과 관심을 표명하는 것이 드러난다. 대체적으로 종합해보면, 그는 현재 시골에 거주하고 있는 사고력이 깊은 남자로서, 관찰력이 뛰어나며, 문학적 언어를 구사하면서, 일상어에서 시적 비유를 만드는 능력이 탁월하며, 사물의 미세한 점을 포착하여 예리하게 분석하고 있다. 학식이 있으나, 자의식적 경향을 보이며, 경험한 일에 대해서 신중하고 자제력 있는 판단을 내리며, 인간사를 잘 이해하고 있지만, 친밀한 사람들을 제외하고 나면 다른 사람들과 잘 어울리지 않으며, 자신이 정한 시적 실험에 헌신적으로 종사하고 있음이 드러난다.

---

26) 워즈워스의 명명행위를 단적으로 드러내는 사례이다. 「충고와 응답」은 1800년에는 두 권으로 출간되는 『서정 민요집』에서 첫 번째 권의 첫 시로 위치가 변경된다. 윌리엄 워즈워스의 자의식이 드러난다.

# VI. 공적 담론으로서 1798년 시집

1798년『서정 민요집』이 출간된 후, 문학 시장에서 수용 과정을 살펴보면 한 가지 분명한 사실은 시 창작 행위는 사회적 조건과 분리되어 이루어질 수 없다는 것이다. 언어적 가치는 "인유와 매개됨으로 결속되는 공적 담론의 복잡한 체제망"(Magnuson 26)에 편입되어 있기 때문이다. 당대의 서평가 찰스 버니(Charles Burney)가 「여행하는 노인」이 전쟁을 기피하는 의미를 전달한다고 비판하는 것은 1790년대 프랑스 혁명 후 전시 상태에 놓여 있던 영국의 국가적, 정치적 이데올로기의 실상을 가늠케 한다. 「아버지들을 위한 일화」는 이데올로기가 어떠한 방식으로 주체에 각인되는지를 극화시키고 있다. 전달 내용 자체보다는 "누가 누구에게 말을 하느냐?"는 것이 내용을 결정할 수 있다는 것이다. 얼핏 단순해 보이는 이 시를 정치적 알레고리 측면에서 접근하면, 조던(John E. Jordan)이 지적하듯이, 아이가 "자신도 모르게 거짓말을 하도록 배우는"(8) 과정이나 방법을 드러내고 있다고 할 수 있다.

시적 발화는 사회적 공간 속에서 매개되어 복잡한 암시를 갖게 된다는 문학 사회학적 논리는 1798년 시집에도 적용된다. 1798년 12월『비평적 논평』에 실린 「구디 블레이크와 해리 길」에 대한 비평은 다윈(Erasmus Darwin) 박사의 조병적 환각(maniacal hallucination)의 관점에 기초하고 있다. 달리 말해, 다윈의 이론은 적어도 당대에는 친숙하게 받아들여졌으며, 지배적 담론으로서 일반적 해석의 틀을 제공하였다는 것이다. 또한, 구디 블레이크의 해리 길에 대한 기이한 대응 방식은 공유지의 사유지화 법령(the Enclosure Acts)에 대한 중하층 계층의 반감을 표현하는 것과도 무관하지만은 아닐 것이다.27) 사회 현실에 대한 관심은 「늙은 사냥

꾼 시몬 리」에서도 나타난다. 노동력을 소진해버린 늙은 사냥꾼 시몬 리
는 노년의 허약함과 사회의 무관심 속에서 어쩔 수 없이 삶과의 사투를
강요당한다. 「초봄에 쓴 시」의 끝 부분에 나타나는 "인간이 인간에게 무
슨 짓을 하였나?"는 물음은 시집의 마지막 시 「틴턴 사원 몇 마일 위에서
적은 시」에서 말해지고 있는 "인간의 고요하고 슬픈 음악"(92)과 "사악한
말"(129), "성급한 판단"(130), 그리고 "이기적 인간들의 조롱"(130)으로 구
체화 되고 있다. 감옥의 모티프는 「의붓어머니의 이야기」, 「죄수」, 「감옥」
을 서로 연결시킨다. 이러한 정치적 알레고리는 1798년 시집이라는 모직
물을 "뒤섞인 화음"("Lines Written in Early Spring," 1)으로 직조하는 또 다
른 색깔의 실타래가 되고 있다.[28]

1798년의 고유명사 저자는 당대의 정치적, 문화적, 그리고 종교적
검열체제를 의식하고 있으며, 시집에서 표출되고 있는 자신의 문학적 기
질이 급진적, 편향적으로 비쳐질 수 있음을 우려하고 있다. 이러한 우려
는 문학적 행위에는 공적 영역이 개입될 수밖에 없음을 말해준다. 「공지
문」은 내용 면에서 급진적인 문학 실험을 선언할 뿐만 아니라, 독자들이
거부감을 느낄 정도의 강한 열정과 자기 확신이 담긴 어조를 가진다. 「노
수부의 노래」는 성경의 모티프를 다른 문맥에 많이 적용시키고 있다. 「의
붓어머니의 이야기」는 "위험한 이야기"(17)를 다른 사람이 엿듣는 것을

---

27) 이 시의 울타리는 "부자와 가난한 사람 간의 분쟁의 장소"(Schoenfield 106)로 해석될
   수 있다.
28) 『서정 민요집』 출간 이전부터 코울리지의 사상적 진보성은 문학 시장에서는 정치적
   과격성으로 확대 해석되고 있었다. 1797년 정치적 자유주의자인 존 실월(John
   Thelwall)이 네더 스토위(Nether Stowey)에 있던 코울리지를 방문하였을 때, 코울리지
   는 워즈워스와 함께 그를 만났고, 이후 정부에서는 감시요원을 파견한다. 이웃 사람
   들 중에는 코울리지와 워즈워스를 정치적인 이유로 의심하기도 했다(Butler and
   Green 346; Johnston, The Hidden Wordsworth 523-24).

경계하는 장면이 있으며, 엄청난 양의 독서를 하고 난 뒤 "이단적이고 법률을 무시하는 말"(55) 때문에 재판에서 실형을 선고받은 "불운한 사람"(42)의 이야기를 전하고 있다. 「주목나무」는 사회적으로 추방된 사람의 이야기를 소재로 하고 있다. 「나이팅게일」은 밀턴이라는 정전적 작가의 문학적 권위에 도전하는 암시를 담고 있다. 출판된 글은 개인의 손에서 벗어나 공적 영역으로 자리를 옮기며, 문학 시장에서의 수용 방식이 의미의 산출에 영향력을 행사한다. 「나이팅게일」의 각주에서 표시되고 있듯이, 고유명사 저자는 말 자체가 "극적 속성"을 가지고 있으며, 글쓰기라는 행위가 잠재적으로 위험한 행위가 될 수 있음을 의식하고 있다. 그가 구사하는 문학적 기법으로서의 인유(allusion)는 자신의 창작시가 결국에는 공적 담론의 영역으로 편입될 것임을 충분히 의식하고 있는 화자의 인식을 보여주면서, 시 속에서 제시되는 발화의 복잡성에 대한 한 근거를 제시한다.

　　1798년 시집의 표제 면을 대할 때 제기되는 한 가지 의문은 문학 재산권의 본질에 관한 것이다. 저자의 이름이 표시되지 않은 문학 창작품에서 재산권을 주장한다는 것은 복잡한 문제를 불러일으킨다. 한 시집 내에서 자신의 작품들에 의해 산출되는 실체인 고유명사 저자이지만, 그가 적법한 실체로서 재산권을 행사하기에는 분명한 법률적 한계를 지닌다. 적어도 법률적 관점에서는 고유명사 저자와 무기명 저자는 같은 의미로 해석될 수 있다. 이 점이 바로 1800년에 윌리엄 워즈워스라는 법률적 실체가 1798년 시집에 대해서도 재산권을 부당하게 전유하는 계기가 된다.[29]

---

29) 제임스 트레드웰(James Treadwell)은 저작권이나 문학 시장과 관련지어, 워즈워스의 자아는 "모든 가능한 출판 시장의 독자를 포괄하도록 일반화된 저자라는 전문직업적 자아"(274)임을 제시한다.

이 같은 사실에도 불구하고, 그리고 어떤 의미에서는 이 사실 때문에, 고유명사 저자는 문학 재산권에 대한 많은 관심을 표명하고 있다. 「마지막 양」은 문학 소유권이 실제 물건의 소유권과 과연 동일시 될 수 있을 것인가에 대한 질문을 던지고 있다. 자신의 물건에 대한 소유권은 법률에서 양도할 수 없는 권리로 인정된다. 그렇다면, 문학 재산권은 어떠한가? 「노수부의 노래」 제5부에서 노수부는 한순간 자신의 목소리를 생각해보고는 전율에 휩싸인다(337-38). 이 장면은 유령화 된 자기 형제의 아들과 함께 밧줄을 당기면서 일어나는, "나"와 "그"와의 협업 관계를 서술하며, 노수부는 자신의 목소리의 소유권에 대한 우려를 자의적으로 표출한다. 「틴턴 사원 몇 마일 위에서 적은 시」에서 "나"는 작가로서 창조력 고갈에 대해 노심초사하는 심경을 피력한다. 「구디 블레이크와 해리 길」은 작가의 표상인 구디가 자신의 경계를 넘어 해리의 영역으로 들어가면서 문제를 일으킨다.

「공지문」에서 선언되는 1798년『서정 민요집』의 시적 실험은 시집의 표제 면에 저자 이름을 빈자리로 채워둠으로써 시작된다. 고유명사 저자가 제기하고 있는 시적 "실험"과 "대화"라는 1798년 시집의 핵심적 논제는 표제 면, 「공지문」, 목차, 그리고 계속 이어지는 스물세 편의 시를 통해서 구체화 된다. 1798년『서정 민요집』과 고유명사 저자와의 관계를 요약하자면, 「공지문」의 고유명사 저자는 1798년 판『서정 민요집』이라는 고유한 텍스트 세계를 구성하는 기능을 수행하지만, 동시에 그의 실체는 스물세 편의 개별 시들에 의해서 형상을 부여받고 산출된다고 할 수 있다. 또한, 개별 시와 고유명사 저자는 서로를 산출하고 동시에 서로를 개정해가면서, 「공지문」에서 선언되고 있는 시적 실험에 따르는 새로운 시와 이를 받아들일 수 있는 올바른 문학적, 문화적 취향을 가지는 새로운 해석 공동체(독자)를 확립시키려 한다. 이러한 목표가 이루어지면, 독자들은 고유명사 저자를 진정한 시인으로 인정하는 것에 "동의"할 것이다. 각각의 시들은 독특한 텍스트 지형을 만들어내기 때문에, 고유명사 저자의 주체성은 스물세 편의 시에서 각각 다르게 재현되며, 고정성보다는 동적인 속성을 지니며, 단일한 형상보다는 이질적 형상을 중첩적으로 구현하게 된다. 그의 자아는 글쓰기 행위에서 비롯되며 따라서 언어라는 기호가 갖는 본질적 숙명인 사물과 기호 간의 틈새에서 자신의 형상을 끊임없이 지연시키면서 변모시킨다. 그를 어떻게 형상화시킬 것인가라는 질문은 『서정 민요집』을 어떻게 읽을 것인가에 관련된 문제점들을 집약한다.

| 인용문헌 |

Abrams, M. H. "Structure and Style in the Greater Romantic Lyric." *Romanticism and Consciousness*. Ed. Harold Bloom. New York: Norton, 1970. 201-29.

Averill, James H. "The Shape of *Lyrical Ballads* (1798)." *Philological Quarterly* 60.3 (1981): 387-407.

Bakhtin, Mikhail. *Problems of Dostoevsky's Problems*. Ed and Trans. Caryl Emerson. Intro. Wayne C. Booth. Minneapolis: U of Minnesota P, 1984.

Bloom, Harold. *The Best Poems of the English Language: from Chaucer through Frost*. New York: Harper Collins Publisher Inc, 2004.

Boehm, Alan. "The 1798 Lyrical Ballads and the Poetics of Late Eighteenth- Century Book Production." *ELH* 63 (1996): 453-87.

Bourdieu, Pierre. *The Field of Cultural Production*. Ed. Randal Johnson. New York: Columbia UP, 1994.

Chartier, Roger. *The Order of Books. Readers, Authors, and Libraries in Europe between the Fourteenth and Eighteenth Centuries*. Trans. Lydia G. Cochrane. Stanford: Stanford UP, 1994.

Coleridge, Samuel Taylor. *Biographia Literaria*. Eds. Engell, James, and W. Jackson Bate. Princeton: Princeton UP, 1983.

_____. *Collected Letters of Samuel Taylor Coleridge*. Ed. Earl Leslie Griggs. Vol. 1. Oxford: Clarendon-Oxford UP, 1956-71. 6 vols.

_____. *Lectures 1808-1819 on Literature*. Ed. R. A. Foakes. 2 vols. Princeton: Princeton UP, 1987.

_____. *Poetical Works (Reading Text)*. Ed. J. C. C. Mays. 2 vols. Princeton: Princeton UP, 2001.

Eilenberg, Susan. *Strange Power of Speech: Wordsworth, Coleridge, and Literary Possession*. New York: Oxford UP, 1992.

Foucault, Michel. *The Birth of the Clinic: An Archaeology of Medical Perception*. Trans. A. M. Sheridan Smith. New York: Pantheon Books, 1973.

_____. *Language, Counter-memory, Practice*. Ed. and Intro. Donald F. Bouchard. Trans. Donald F. Bouchard and Sherry Simon. Ithaca: Cornell UP, 1977.

Fraistat, Neil. "Introduction: The Place of the Book and the Book as Place." *Poems in Their Place. The Intertextuality and Order of Poetic Collections*. Ed. Neil Fraistat. Chapel Hill: The U of North Carolina P, 1986. 3-17.

_____. *The Poem and the Book: Interpreting Collection of Romantic Poetry*. Chapel Hill: The U of North Carolina P, 1985.

Garff, Joakim. "The Eyes of Argus: The Point of View and Points of View on Kierkegaad's Work as an Author." *Kierkegaard: A Critical Reader*. Eds. Jonathan Ree and Jane Chamberlain. Oxford: Blackwell Publishers, 1998. 75-102.

Goldberg, Brian. "Ministry More Palpable": William Wordsworth and the Making of Romantic Professionalism. *SiR* 36 (1997): 327-47.

Jacobus, Mary. *Tradition and Experiment in Wordsworth's Lyrical Ballads (1798).* Oxford: Clarendon P, 1976.

Johnston, Kenneth R. *The Hidden Wordsworth.* New York: Norton, 2001.

Joo, Hyeuk Kyu. "The Game of Proper Nouns And the Production of the Poet: *Lyrical Ballads,* 1798-1800." Diss. U of Alabama, 2004.

Jordan, John E. *Why Lyrical Ballads? The Background, Writing, and Character of Wordsworth's 1798 Lyrical Ballads.* Berkeley: U of California P, 1976.

Kneale, J. Douglas. *Romantic Aversions: Aftermaths of Classicism in Wordsworth and Coleridge.* Montreal: McGill-Queen's UP, 1999.

MacCaffrey, Isabel G. "Allegory and Pastoral in *The Shepheardes Calender.*" *ELH* 36 (1969): 88-109.

McFarland, Thomas. *Romanticism and the Forms of Ruin: Wordsworth, Coleridge, and Modalities of Fragmentation.* Princeton: Princeton UP, 1981.

Magnuson, Paul. *Coleridge and Wordsworth: A Lyrical Dialogue.* Princeton: Princeton UP, 1988.

_____. *Reading Public Romanticism.* Princeton: Princeton UP, 1998.

Margoliouth, Herschel Maurice. *Wordsworth and Coleridge, 1795-1834.* New York: Oxford UP, 1953.

Mayo, Robert. "The Contemporaneity of the *Lyrical Ballads.*" *PMLA* 69 (1954): 486-522.

Miller, J. Hillis. *Fiction and Repetition: Seven English Novels.* Cambridge: Harvard UP, 1982.

_____. *Speech Acts in Literature.* Stanford: Stanford UP, 2001.

Newlyn, Lucy. *Reading, Writing, and Romanticism: The Anxiety of Reception.* Oxford: Oxford UP, 2000.

Parrish, Stephen Maxfield. *The Art of the Lyrical Ballads.* Cambridge: Harvard UP, 1973.

Schoenfield, Mark L. *The Professional Wordsworth: Law, Labor, and the Poet's Contract.* Athens: The U of Georgia P, 1996.

Sheats, Paul D. *The Making of Wordsworth's Poetry, 1785-1798.* Cambridge: Harvard UP, 1973.

Simpson, David. *Wordsworth's Historical Imagination: The Poetry of Displacement.* New York: Methuen, 1987.

Siskin, Clifford. "Wordsworth's Prescriptions: Romanticism and Professional Power," *The Romantics and Us.* Ed. Gene Ruoff. New Brunswick: Rugters UP, 1990. 302-22.

Smith, Barbara Herrnstein. *Poetic Closure: A Study of How Poems End.* Chicago: The U of Chicago P, 1968.

Smith, Elsie. *An Estimate of William Wordsworth by his Contemporaries 1793-1822.* New York: Haskell House, 1966.

Treadwell, James. *Autobiographical Writing and British Literature, 1783-1834.* New York: Oxford UP, 2005.

Wheeler, Kathleen M. *The Creative Mind in Coleridge's Poetry.* Cambridge: Harvard UP, 1981.

Williams, Raymond. *Culture and Society: 1780-1950.* New York: Columbia UP, 1958.

Wordsworth, William. *Lyrical Ballads, and Other Poems, 1797-1800.* Ed. James Butler and Karen Green. Ithaca: Cornell UP, 1992.

Wordsworth, William, and Samuel Taylor Coleridge. *Wordsworth and Coleridge[:] Lyrical Ballads[.] 1798.* Ed. W. J. B. Owen. 2nd ed. 1969. Oxford: Oxford UP, 1996.

Wu, Duncan, ed. *Romanticism. An Anthology.* 2nd ed. Oxford: Blackwell Publishers, 1998.

# 2

---

## 여행 문학과 1798년 『서정 민요집』

### I

1797년 3월 서적상 조셉 코틀(Joseph Cottle)에게 부친 편지에서 새 뮤얼 테일러 코울리지(Samuel Taylor Coleridge)는 철학적 서사시를 창작하기 위한 방법론을 설정하면서 최종 단계에서 "인간의 마음"을 이해하기 위해 "모든 여행, 항해 그리고 역사"(*Letters* 1, 321)를 철저히 연구하겠다는 것을 밝힌다. 코울리지의 지속적인 요청에 따라 필생의 과업으로 "자연, 인간, 그리고 사회의 실태"를 제시하는 위대한 철학 시 『은둔자』(*The Recluse*)를 창작하겠다는 계획을 세운 윌리엄 워즈워스(William Wordsworth)는 같은 시기에 쓴 편지에서 "여행서"가 이러한 계획을 실행하는 데 "본질적인" 역할을 한다고 적고 있다(*The Early Years* 212). 인간의 마음은 「그라스미어의 집」("Home at Grasmere")에서 명시되듯이 워즈워스가 자신의 시의 중심 영역(990)으로 정한 것인데 이를 파악하기 위해 코울리지와 마찬가지로 여행을 거론하는 것은 예사롭지 않다. 실제로 워즈워스의 시에서 여행의 모티브를 찾아내는 것은 어렵지 않다. 『서시』(*The Prelude*)에서 "나는 여행자이며, / 내 모든 이야기는 나에 관한 것"(A traveller I am, / And all my tale is of myself)(1805, 3, 196-97)으로 표현한다.

그렇다면 이 두 시인의 공동 저술이면서 영국 로맨티시즘의 형성과 발전에 중요한 위치를 차지하는 시집인 1798년 『서정 민요집』(*Lyrical Ballads*)에는 이러한 여행의 주제가 어떻게 접목되고 있는가? 최근 부상하는 여행 담론은 상상력이 당대 문화와 결속되는 방식에 관해 중요한 연구 결과를 산출하여 로맨티시즘을 재해석하는 데 일조한다. 이 글은 1798년 『서정 민요집』을 여행 문학 범주에 포함시켜 시집의 화자를 여행자로 파악하여 개별 시의 특성을 살펴보려 한다. 워즈워스와 코울리지가 창작과정에서 여행이나 여행 관련 글쓰기에서 가져온 어휘나 장면 그리고 배경을 어떻게 이용하는지를 밝히는 것이 주된 관심사이겠지만, 여행자 화자의 특성을 파악하는 것에도 못지않은 비중을 둔다. 1798년 시집에서 화자는 탐험가의 자세를 견지하면서 그가 처한 상황을 탐색한다. 위험과 고난을 마다치 않는 그의 도보 여행은 시골길을 한가롭게 걷는다는 여가 행위 이상의 의미를 가진다. 워즈워스와 코울리지는 이러한 여행자의 시각으로 경험을 재구성한다. 1798년 시집의 여행자 화자는 두 시인의 모습을 반영하면서 엄밀히 말해 둘 중 어느 누구도 아닌 독립된 존재이다. 「노수부의 노래」("The Rime of the Ancyent Marinere")에서 시작하여 「틴턴 사원 몇 마일 위에서 적은 시」("Lines Written a Few Miles above Tintern Abbey")로 끝맺음하는 시집의 구성은 지리적 장소뿐만 아니라 텍스트상의 여행 시작과 맺음을 고려한다. 화자는 시의 배경을 이루는 지리상의 여행과 더불어 시집의 지면상 여행을 통해 정신적 성장을 이룬다. 1798년 시집의 화자는 이동과 여행을 통해 우발적이며 유동적인 "사건과 상황에 반응"하면서 "보다 넓은 환경과 다른 사람들과의 상호작용을 통해 진화하는"(Thompson 127) 여행자 모습을 구현한다.

1798년 시집 계획은 두 시인이 걷는 도중에 구상되었다. 또한, 여행 경비를 마련하려 「노수부의 노래」를 공동 창작하여 잡지사에 투고하려는 데서 시작되었다.

> 1798년 봄에, 그[코울리지], 나의 누이, 그리고 나는 렌톤과 그 근처에 있는 스톤즈 계곡을 방문하려고 꽤 늦은 오후에 알폭스덴을 출발했다. 우리가 가진 돈을 모두 합쳐도 너무 모자라 시를 창작하여 여행 경비를 충당하기로 합의했고 서적상 필립스가 설립하고 아이킨이 편집하는 뉴 먼슬리 잡지에 투고하기로 했다. 곧 출발해 워쳇을 향해 퀀탁 언덕을 따라 계속 갔고, 이렇게 걷는 도중에 "노수부"라는 시가 계획되었다. (*Fenwick Notes* 39-40)

창작 과정에 개입하는 여행과 여행자 화자라는 모티프가 분명해진다. 여행 과정은 창작 과정이기도 하다. 좀 더 넓게 보면, 로맨티시즘 여행 담론의 문화사적 의미가 암시된다. 즉 여행 담론은 로맨티시즘 시대 출판 문화에서 대중성을 얻었다는 점과 상대적으로 출판이 수월하여 아마추어 작가들이 많이 참여했다는 점이다. 실제로 18세기 중엽 이후 여행 문학은 독서 대중이 흥미를 느끼고 쉽게 접할 수 있는 문학 형식이었고 이에 편승하여 작가들이 금전적 혜택을 비교적 어렵지 않게 얻을 수 있는 문학 장르였다. 여행은 활동 면에서 그리고 출판 면에서 빠르게 성장하는 문화 현상이었고 여행 문학은 문학 시장과의 관계에서 저자의 이미지를 구축하려한 로맨티시즘 문학의 한 특징을 표시한다.

그렇다면 여행 담론을 아이디어의 교환으로 지배되는 분리된 영역보다는 산출과 수용에 초점을 둔 포괄적 문화 실행이 중시되는 위르겐 하버마스(Jürgen Habermas)의 공론장(public sphere)이라는 관점으로 재고할 수 있다. 출판 기록에 드러나듯이, 두 시인은 문학 시장의 평가에 노심초사했고 적극적으로 대처했다. 1801년에 같은 제목으로 시집을 출간했을 때, 개별 시에 가한 수정이나 시집의 재구성은 이를 입증한다. 직업 작가인 그들에게 출판은 자신의 존재를 입증하는 중요한 방편이었다. 공론장 관점을 시집 평가에 도입한다면 워즈워스와 오랫동안 연관 지어온 자아 재현적 표현주의 미학의 비평적 한계를 분석할 수 있다. 시집에서 당대 독자의 일반적 취향이 비판된다는 사실은, 달리 보면 독자의 존재를 문학 작품의 창작과 수용 과정에서 인정한다는 의미이다. 이러한 여행 문학의 관점에서 1798년 시집을 살펴봄으로써 워즈워스와 코울리지의 상상력이 문학 시장의 지형을 구성하던 당대의 물질문화와 적극적으로 교류했다는 사실이 분명해질 것이다.

『서정 민요집』 출간 무렵에 워즈워스는 이미 많은 장소를 여행하였고 이러한 경험은 작품에 충실히 반영되었다. 1790년의 프랑스와 알프스 도보 여행, 1793년 솔즈베리 평원 도보 횡단, 1795년 9월에 레이스다운 로지(Racedown lodge)에 도착한 후 누이동생, 코울리지와 함께 소머셋(Somerset), 도어셋(Dorset) 지역을 널리 도보 답사,[1] 1798년 와이(Wye)

---

1) 『서시』 12권에는 이 시기에 워즈워스 남매와 코울리지가 함께 걸어 다녔던 일이 기록된다. "That summer, under whose indulgent skies, / Upon smooth Quantock's airy ridge

계곡 도보 여행, 그리고 『서정 민요집』 출간 직후 코울리지와 함께 한 독일 여행은 대표적 사례이다. 그는 이러한 도보 여행 경험을 문학적으로 서술하였고, 1820년에는 현재에도 널리 사용되고 있는 여행안내서인 『호수 지역의 안내서』(*Guide to the Lakes*)의 근간을 이루는 「영국 북부 호수 지역의 지지적 묘사」("Topographical Description of the Country of the Lakes in the North of England")를 출간하여 18세기 이후 점차 일반화되는 여행 문학에 중요한 업적을 남긴다.

1798년 시집은 일반적으로 생각하는 로맨티시즘 문학의 본질적 가치가 여행 문학과 상당 부분 겹친다는 점을 보여준다. 이들은 공통으로 자연과 초자연, 일상과 상상력의 통합과 변조를 이루며, 잘 알려지지 않은 영역으로 모험하며, 문명에 물들지 않은 자연 풍경을 찾으며, 소박한 삶의 본질을 중시하고, 무엇보다도 개인적 가치를 존중한다. "야생, 길들여진 않은 자연, 도달하기 힘든 먼 곳에 대한 우리의 숭배는 루소, 워즈워스, 코울리지, 베토벤, 터너와 같은 주요한 로맨티시즘 예술가와 사상가들의 감수성"(17)에서 비롯되었다는 데이비드 크레이그(David Craig)의 진술은 로맨티시즘 여행 문학의 가치가 여전히 현재 우리의 사고에 남아 있음을 시사한다.

---

we rove / Unchecked, or loitered 'mid her sylvan coombs"(1850, 397-99). 낯선 곳을 계속 탐문하면서 다녔기에, 지역민들이 그들을 프랑스 첩자로 오해한 "Spy Nozy" 사건이 생기기도 한다(Sisman 190-92).

# II

1798년 시집에 실린 시들은 제목이나 부제, 개요, 화자의 설정, 지역명 표기를 통해 여행과 관련됨을 드러낸다. 또한 「서문」, 『펜윅 노트』(*The Fenwick Notes*), 신문 주해를 통해 창작에 활용되는 여행 모티프를 소개한다. 특히 「틴턴 사원」 창작 과정에 관한 설명은 여행 문학의 특색을 잘 드러낸다.

> 내가 쓴 어떤 시보다도 이 시의 창작 배경을 기억하는 것이 즐겁다. 와이 강을 건너서 틴턴을 떠나면서 바로 시를 쓰기 시작했고 누이동생과 4, 5일을 걸어 다니다 저녁에 브리스틀에 막 도착했을 때 마쳤다. 시의 어느 행도 수정되지 않았고, 브리스틀에 도착하기 전에는 한 부분도 글로 적지 않았다. 시는 . . . 작은 시집에 실려 거의 시간을 두지 않고 출판되었다. (Owen 149)

「틴턴 사원」은 여행 중에 야외에서 걷는 중에 이미 즉흥적으로 구상되었고 여행 일정이 끝나자 즉시 문자로 기록되어 『서정 민요집』에 실려 곧 출간된다. 실제로 부제에는 7월 13일에 여행을 하면서 와이 강둑을 방문했다는 사실이 표기된다. 9월 5일이면 이미 시집을 시중에서 구할 수 있었고 10월 4일에 『타임』(*The Times*), 『모닝 크로니클』(*The Morning Chronicle*), 『모닝 헤럴드』(*The Morning Herald*) 지에 광고가 실렸다는 출판 기록과 특히 교정이나 인쇄 등 출판 과정에 필요한 시간을 고려하면 이러한 진술은 더욱 신빙성이 있다.[2] 워즈워스는 시의 장면이나 시상의

---

2) 『서정 민요집』의 출판, 물리적 특성, 이에 관해 워즈워스, 코울리지, 코틀(Joseph Cottle)의 서간 교환에 관해서는 폭슨(D. F Foxon), 다니엘(Robert W. Daniel), 버틀러(James A.

"전이"와 "열정적인 음악성"에서 오드(Ode)의 형식을 염두에 두고 창작했다고 언급하는데(Owen 149), 자연스러운 사고 전개와 감정을 표출하려는 의도이며, 이는 여행담의 기본적 특징이기도 하다. 「서문」에서 설명되는 시 창작 원칙은 일상적 사건을 소재로 실생활에서 사용하는 언어를 통해 "차분하게 회상된 정서"(Owen 173)를 전달한다는 것이다. 이러한 창작 원칙은 관찰한 사실을 평범한 언어를 사용하여 상상력을 덧붙여 기술한다는 여행담 기술법과 상통한다.

1798년 시집은 휴대하면서 이동하기에 편하게 포켓 판(실제로는 foolscap octavo)으로 제작되었다(Boehm 455-56). 민요의 구술적 성격을 충분히 활용하여, 서재 안에서 틀어박혀 행간의 의미를 파악하려 고심하기보다는 시의 배경을 이루는 야외에서 자연과 교류하며 낭송할 수 있도록 고안함으로써 독서를 정신적 활동과 함께 신체적 행위로 만들려는 의도이다. 당대의 픽처레스크 취향을 의식하고 야외 휴대성을 중시했다고 할 수도 있다. 실제로 시집에 실린 「나이팅게일」("The Nightingale"), 「내 집에서 가까운 곳에서 작성된 시」("Lines Written at a Small Distance from My House"), 「충고와 응답」("Expostulation and Reply"), 「상황의 역전」("The Tables Turned")에는 야외 독서 행위와 책이 언급된다.

1798년 시집의 구성과 개별 시의 배열에서도 여행 모티프가 강조된다. 첫 시 「노수부의 노래」는 시의 개요(Argument)에서 주인공 노수부가 적도, 남극, 태평양을 항해하면서 기이한 일을 겪다가 고국으로 되돌아온다는 내용을 담고 있다. 여행 문학의 한 부분인 항해담과 내용면에서 다르지 않다. 마지막 시 「틴턴 사원」은 부제에서 밝히고 있듯이 와이강 여행 중에 보고 느낀 것을 토대로 창작되었다. 총 23편의 시 가운데 12번째

Butler), 보힘(Alan D. Boehm)을 참고.

로 중간 위치를 차지한 「가시나무」는 워즈워스가 퀀탁 언덕을 걷다 발견한 가시나무를 소재로 삼아 은퇴한 선원을 화자로 설정한다. 고향이 아닌 마을을 걸어 다니며 마주치는 대상이나 사람을 자세히 관찰하고, 마을에서 떠도는 소문을 전달하는 화자는 전형적인 여행담의 화자와 크게 다르지 않다. 1798년 시집에서 정도의 차이는 있겠지만, 실린 시는 모두 여행 모티프를 가진다.

　18세기 후반부터 여행자 수사는 근대성 논의와 결부된다. 여행은 산업혁명과 운송혁명에서 탄생했고 근대화의 역기능에 대한 불안감을 담고 있다. 그러나 여행자는 이러한 근대화의 과정에서 적극적 인자로 작용하기도 한다. 영국 여행산업이 산업혁명이나 농업혁명으로 많은 변화를 겪으면서 여행은 전통적 지주 계층이 아닌 중류계층의 여가 활동으로 인식되었다. 교통의 발달은 여행을 더욱 촉진했다. 이 과정에서 등장한 픽처레스크는 『서정 민요집』이 출간된 무렵에 이미 관행이었다. 로버트 사우디(Robert Southey)는 이를 잘 표현하고 있다.

> 지난 30년 전 이내로 픽처레스크 취향이 갑자기 생겨서 여름 여행이 이제 필수적이라 여겨진다. . . . 유행을 좇는 한 무리는 해안으로 옮겨가며, 또 다른 무리는 웨일스의 산으로, 북부 지역의 호수로, 스코틀랜드로 몰려간다. 광물을 살펴보기도 하고, 식물을 연구하기도 하고, 시골 경치를 보기도 하지만, 모두 픽처레스크에 관심을 가진다. (165)

영국에서 픽처레스크 취향은 1760년대 이후 문화적 추세를 반영한다. 픽처레스크를 찾아다니는 것은 이전의 전형적인 그랜드 투어(Grand Tour)와 달랐다. 실제로 픽처레스크 취향이 유행하는 시기에 이르러 여행은 귀족이나 신사 계층의 전유물에서 벗어난다. 여행 장소 면에서 프랑스와 이탈리아보다 스코틀랜드나 웨일스의 오지를 많이 찾았다. 이곳의 풍경은 산업화나 근대화에 흐름에서 한 발짝 물러나 전통적 삶의 형태를 문화 기억으로 간직하고 있었다. 픽처레스크 유행에는 애국심이 작용했다. 경제면에서 국가의 중추세력으로 부상한 중류층은 국토에 대한 관심을 통해 계층의식을 고취하고 그들의 이미지 차별화를 꾀했다. 여행이 활발해지고 여행체험을 기록한 여행서 출간이 촉진됨에 따라 영국의 "세 왕국의 토착민들은 사회적 유대 면에서" "더욱 가깝게 연결"(Mavor, vi-vii)되었다.

그러나 픽처레스크 관광은 점차 정형화되었고 코울리지는 『노트북』(*Notesbooks*)에서 그가 "pikteresk Toor"(1, entry 508)로 표현한 관행을 비판하게 된다. 이러한 관행과 대조되는 양식으로 코울리지는 1802년 Scafell Pike를 등산하여 하산하는 과정에서 노정에 구애받지 않고, 위험을 무릅쓰면서 아무도 가지 않았을 것 같은 길을 선택하여 거의 목숨을 잃을 지경에 이르렀던 사건을 기록한다(*Letters* 2, 841-43). 코울리지의 여행은 워즈워스의 도보 여행과 마찬가지로 구조화되지 않고, 프로그램화되지 않은, 어떠한 것이라도 일어날 수 있는 활동을 의미한다. 워즈워스와 코울리지가 성숙기에 도달하는 1790년대의 영국에서 여행, 특히 도보 여행은 정치적 진보주의와 자유주의적 의미를 지녔다. 시골 길을 자유롭게 걷는 것은 영국의 오랜 전통이었지만 인클로저 현상이 생긴 이후로 사회적 논쟁의 대상이 된다. 워즈워스도 깊이 관여한 이 논쟁은 의회 차원으로 이어져 법안이 제출되기에 이르렀다. 루소(Jean-Jacques Rousseau)의 『홀로 산책하는 사람의 몽상』(*Reveries of a Solitary Walker*) 1782년 출간 후 도보 여행에 대한 관심은 더욱 커졌다.[3] 당대의 영국 대학생 사이에서 도보 여행은 하나의 추세였고, 워즈워스와 코울리지도 예외는 아니었다.

이 시기에 영국 여행 산업에서는 점차 용어의 분화가 발생한다. 관광객(tourist), 관광(tourism)은 로맨티시즘 시기의 신조어이다. *OED*는 각각의 기원을 1780년대와 1810년대로 기록한다. 그 무렵 여행(travel)은 진보적이며 도전적 성질을 가졌고 여행자들은 자신들을 관광객과 차별화했다. *OED*는 여행자와 관광객을 구분하는 증거가 나타난 시기를 1849년으로 표시하지만, 관광객에 대한 평가절하는 이미 이전에도 있었다 (Buzard 2; Thompson 41). 픽처레스크 관광객과는 달리 워즈워스와 코울리지의 로맨티시즘 여행자는 마주친 대상의 의미를 개인적 관찰을 통해 파악하려 했고 픽처레스크 목적지만 아니라 이동 중에 발생하거나 경험하는 사건에도 관심을 두었다. 이러한 여행자는 지리의 탐색과 함께 특정한 장소에 각인된 역사와 정치적 기억을 발굴하려 하며 질문자의 자세를 견지한다. "Romanticize"가 최초로 사용된 사례는 코울리지의 1818년 편지인데, 이 용어는 어려움을 겪는 여행과 연관되는 면이 없지 않다 (Thompson 40-43). 『서정 민요집』에서 노수부의 여행은 위험과 불가사의함으로 가득하다. 「틴턴 사원」에서도 여행자 화자는 "가파른 숲과 높은 절벽을"(these steep woods and lofty cliffs)(158) 마주하며 여전히 "풀리지 않는 중압감"(39)을 토로한다.

여행을 지리상의 발견과 더불어 항해와 관련짓는 것은 로맨티시즘 이전에도 있었다. 그러나 제임스 브루스(James Bruce)는 1770년대 이후 "인간성과 과학"(b, d)을 중시하는, 여행지에서 종교적 우월감을 과시하면서 원주민을 야만인으로 취급하면서 파괴와 침탈을 가하던 이전과 구

---

3) 1780년대와 1790년대의 도보 여행의 유행에 관해서는 Robin Jarvis와 Nicholas Roe의 "The Politics of Nature" 171-72 참고.

분되는, 새로운 추세를 지적한다. 『서시』 3권에서 뉴턴(Isaac Newton)의 지적 탐구를 항해에 비유하여 설명하는 "사고의 낯선 바다를, 혼자서, 언제나 항해하는 지성의 / 대리석 지표"(1850. 3. 62-63)라는 구절은 이러한 추세를 반영한다. 탐험가라는 낱말도 마찬가지로 로맨티시즘이시기에 이르러 새로운 의미로 쓰이게 된다. 이전에는 물리학이나 화학 같은 과학 분야에서 새로운 발견을 한 사람을 지칭했지만, 이 시기에 이르러 지리적 면에서 과학적 발견을 위해 여행하는 사람을 주로 지칭하는 의미로 쓰이기 시작한다(OED; Keay xi).

『서정 민요집』의 여행자 화자는 질문자이자 탐험가의 자세를 견지한다. 그는 당시 유행하던 마차 여행보다 도보 여행을 선호한다. 그에게 걷는 행위는 문화인류학적 의미를 가지며 공간에 내포된 사회관계를 검토하는 과정이자, 개인의 정체성과 공동체의 의미를 탐색하는 과정이 된다. 낯선 사물이나 사건을 주저하지 않고 직면하는 삶의 형태는 사물의 진정성을 추구하는 그의 가치관을 표현한다. 물론 진정성은 고정 불변하는 고유한 가치라기보다는 에릭 코헨(Erik Cohen)이 지적하듯이 "사회적으로 구성된 개념"(374)임이 틀림없다. 그러나 사물의 진정성을 추구하는 이러한 여행의 가치는 현재까지도 효력을 발휘한다. 1798년 여행자 화자의 도보 여행은 장소를 공간으로 활성화하는 미셸 드 사르트르(Michel de Certeau)가 말하는 공간실천 행위이다(116-18). 그는 여행지를 장소와 관련된 사람들의 활동과 경험을 담고 있는 사회적 지리로 파악하면서 공간에 상상력을 발휘하고 이미지와 상징을 매개시킴으로써 앙리 르페브르(Henri Lefebvre)가 설명하는 풍경을 창출한다(39-40).

# III

    1798년 시집은 워즈워스와 코울리지의 이름을 밝히지 않고 출간되지만, 「공지문」에서는 "저자"라는 실체가 자신의 기능을 수행하면서 시집에 실린 시들의 특성을 설명한다. 그는 시들을 세 가지 형태로 분류한다. 첫 번째는 구체적 장소에서 실제로 있었던 "충분히 입증되는 사실에 근거"한 이야기에 근거를 두는 시인데 「구디 블레이크와 해리 길」("Goody Blake and Harry Gill")을 지칭한다. 나머지 시들은 시집의 저자의 "완전한 창작"이거나 저자 자신이나 친구들의 "눈앞에서 벌어진 사실"에서 유래한 것이다(Owen 4). 여행 문학의 관점에서 볼 때, 첫 번째는 기록을 소재로 삼아 여행담 형식으로 시를 창작하는 형식이다. 두 번째, 세 번째는 창작과 사실의 구분에서 비롯되지만, 「노수부의 노래」나 「가시나무」에서 창작과 사실의 경계는 확정 지울 수 없음이 제시된다는 점을 고려한다면 저자가 분류 기준 자체를 문제시하는 것을 알 수 있다. 시집의 「공지문」에서 「가시나무」의 "수다스러운 화자"는 저자 자신이 아니라는 점을 굳이 명시하고 나중에 주해를 달아 창작을 통해 가시나무를 인상적 대상으로 만들려 했다고 설명한 사실은 이것과 관련된다. 화자와 저자의 구분은 결국 극적 기법을 말하는 것이고 이것은 1798년 시집에서 실험되는 이야기 전개 기법의 대표적 사례이다. 세 번째 범주에는 시집의 대다수 시가 속하는데, 특정한 장소를 방문하여 사실을 관찰하고 기록한다는 여행 문학의 일반적 속성을 표현한다.

    1798년 시집에 실린 시들은 형식면에서 아주 다양하다. 여행 문학의 속성인 장르의 다양성과 용어 자체가 가지는 유연함과 상통한다. 시집의 여행자 화자는 또 다른 특징이 있다. 그는 가족이나 친구라고 부르는 사람을 제외하면 마을의 주민들과 깊은 관계를 맺고 있지 않다. 또한, 시의 배경이 되는 장소, 관찰 대상이나 사람 그리고 풍경에 대해서 외부 관찰자의 시각을 유지한다. 낯선 풍경을 관찰자 취향에 동화시키는 픽처레스크 전통과는 구분되는 화자의 특징을 찾을 수 있는 대목이다.

그렇지만 여행자 화자는 뛰어난 관찰력을 토대로 신속하고 자유롭게 창작 활동을 펼친다. 「가시나무」의 창작 배경을 설명하면서 워즈워스는 말하길,

> 퀀탁 산마루에서 폭풍우가 불던 날 평온하고 화창한 날씨에는 그냥
> 지나쳤던 가시나무를 관찰하는 데서 작성되었다. '이 순간에 폭풍우
> 가 내 눈에 했듯이 어떤 창작을 통해 이 가시나무를 영원히 인상적
> 대상물로 만들 수 없을까?'라고 자문했다. 곧이어 시를 아주 신속하게
> 작성하기 시작했다. (*The Fenwick Notes* 64)

신속하게 현장감을 살리며 관찰 대상을 서술하는 것은 여행 문학의 특색이다. 시스킨(Siskin)이 언급하는 "내부의 깊이를 드러내는, 사실상 만드는 꿰뚫는 응시"(92)는 제시되는 관찰력을 설명할 수 있다. 워즈워스에게 관찰 행위는 물질세계가 기록되는 방식을 통제하는 능력이기도 하다.

「가시나무의 주해」("Note to The Thorn")에서 워즈워스는 상상력을 "단순한 요소들로부터 인상적 효과를 만들어내는 능력"(Halmi 38)으로 정의한다. 「가시나무」에서는 연상을 통해 가시나무와 관련된 이끼 더미, 어린아이 무덤, 연못이 서술되면서 인상적 효과가 계속 산출되지만, 서술 대상들은 그 정체를 식별할 수 없으며, 무엇보다도 마사 레이라는 독해 불가능한, 독해에 저항하는 대상은 그것의 의미를 파악하려는 노력을 무위로 돌리며, 이에 따라 서술 대상들 간의 관계 또한 미궁에 빠져든다.

폴 프라이(Paul Fry)는 이처럼 읽기에 저항하는 공백을 마주하게 되는 것
도 마찬가지로 워즈워스의 상상력이라고 주장한다(95-101). 화자가 여행
중에 만난 소녀를 소재로 하는 「우리는 일곱」("We Are Seven")에서 화자
의 읽기 체제에 편입되기를 끝까지 거부하는 여자아이도 이러한 공백의
한 사례일 것이다.

　　「틴턴 사원」에서 여행자 화자는 풍경을 그저 보는 대상이나 읽을 텍
스트가 아니라, 개인적, 사회적 정체성을 형성하는 과정으로 생각한다.
풍경이 갖는 기호학적 특성을 단순히 해석의 소비재가 아니라 이야기 전
개의 역사성을 구성하는 적극적 인자로서 인정하는 것이다. 여행자 화자
는 친숙한 주변 풍경을 낯설고 불가해 하며 때로는 위협적인 곳으로 만
들어버리는 특이한 능력을 보인다. 이와 함께 그는 존 배럴(John Barrell)
이 지적하듯이 당대의 실상, 즉 전쟁과 인클로저 등으로 터전을 잃고 사
실상 구걸로 연명하는 유랑민의 삶의 실상을 미학화하기도 한다(97-98).
이러한 점에서 알란 리우(Alan Liu)는 워즈워스의 자연 재현에 의문을 제
기한다. 자연은 나무, 돌, 강과 같은 것과는 다르며 정치적으로 구성된다
는 것이다(37-40). 그러나 이와 함께, 「틴턴 사원」에서 여행자 화자는 독
특한 풍경 기술법을 통해 서술의 초점을 물리적 외적 풍경 서술에서 이
것이 투영된 내면 풍경 탐색으로 옮긴다. 이러한 과정에서 물리적 풍경
은 제한된 지리적 한계를 벗어나 새롭게 창조되고 또 다른 가능성으로
계속 열린다. 여행자 화자는 공간을 창조하는 사람이며 시 속에서 자신
과 세계를 재배치한다. 그는 걷기라는 실천적 행위를 통해 물리적 장소
를 새로운 가능성의 공간으로 이동시킨다.

　　배럴이나 리우의 비판은 1798년 시집의 「여행하는 노인」("Old Man
Travelling")이나 「마지막 남은 양」("The Last of the Flock")에게도 적용될

수 있다. 여행자 화자는 마주친 대상을 사실적으로 기록하려 한다. 그러나 이 과정에서 가난을 자연 상태와 병치함으로써 둘 간의 구분을 모호하게 한다. 즉 계급 관계가 자연스러운 것으로 재현된다. 그러나 여행자 화자의 시각과 기술 방법에는 특이한 점이 있다. 그는 "무감각하게 감정이 / 태평함으로 굳어진"(7-8) 노인이 병원에서 죽어가는 자식에게 마지막 작별을 고하기 위해 여행하는 것에 대해서도, 그리고 10명이나 되는 자식에게 음식을 사주기 위해 한때 50마리에 이르던 양을 팔아야 했고 이제는 마지막 양을 안고서 대낮에 넓은 길에서 홀로 울고 있는 "건장한 남자"(3)에 대해서도 우월감을 표시하지 않으며, 이러한 우월감을 자의식적 쾌락의 원천으로 삼지도 않음으로써 계몽주의 담론을 제거한다. 시야에 들어온 대상의 기술에 치중하면서 대상의 의미 결정을 계속 지연시키면서 유보하는 것이다.

「내 집에서 가까운 곳에서 적은 시」에서 여행자 화자는 표면적으로는 한가한 시골로 은퇴한 신사의 모습으로 그려진다. 그는 따뜻한 3월의 첫날에 집에서 가까운 자연으로 나가 "주변과 아래, 위로 흐르는 / 축복받은 힘"(33-34)을 체험한다. 도시 생활에서 은퇴하여 자연과 접하는 생활이 주는 혜택을 누리는 것은 전원시의 오랜 전통이며, 이러한 전통에서 시골은 건강하고 조화로운 존재가 생활하는 장소이다. 그러나 그는 "감각"을 중시하면서 「공지문」에서 창작의 목표로 제시한 "쾌락"을 삶의 원칙으로 삼는다. 즐거움(Joy)는 우리의 "살아있는"(18) 일상을 지배하는 원칙이며, 책은 「상황의 역전」에서 비판된 "시든 잎사귀"(30)이며 인간을 복제품이 되게 한다. 소박한 시골 생활을 다루는 시이지만 전복적 성향이 있다.

1798년 시집에는 특이한 점이 있다. 여행자 화자는 시골 지역의 특이한 인물들과 마주친다. 이들은 공동체의 주변적 인물로서 때로는 인간의 범주 자체를 재고하게 하는 특이성이 있다. 「가시나무」의 마사 레이, 노수부, 구디 블레이크, 「우리는 일곱」의 어린아이, 백치 소년, 「여행하는 노인」에서 노인이 대표적 사례이며, 공감이 쉽지 않은 인물들이다. 그렇다면, 이들을 구성원으로 받아들이는 공동체는 어떤 속성을 지니는가? 「서문」에서 "시골 하층 생활"이 선택된 이유는 "사회적 허세"의 영향을 가장 덜 받은 감정을 전달할 수 있는 공동체 환경 때문이라 표현된다(Owen 156-57). 이상적 공동체는 발달한 문화가 지닌 허세와 위선 그리고 사회적 위계를 제거할 때 도달할 수 있는 어떤 본질을 가진다는 의미이다. 이러한 환경에서 "우리 본성의 근본적 법칙"(Owen 156)을 파악할 수 있다고 「서문」에서 설명된다. 그러나 이러한 공동체 환경에 소속된 특이한 인물들의 가치는 여전히 불가해하다.

「여행하는 노인」은 시어 면에서 여행 문학의 속성을 잘 반영한다. 간단한 문장구조로 이루어진 산문과 유사한 일상어가 사용된다. 여행자 화자는 끈기 있고 침착하게 마주친 노인의 모습을 세밀하게 묘사한다. 그러나 그의 관찰 행위는 부제인 「동물적 평온함과 쇠퇴의 소묘」("Animal Tranquility and Decay, A Sketch")라는 정해진 목적에 따르는 특성이 있다. 여행자 화자의 스케치는 시각의 대상에 프레임을 씌우는 행위와 무관하지 않다.

그 사람에게는
오랜 인내로 그러한 온화한 평정이 주어져,
인내는 이제 그가 필요로 하지 않는
사물처럼 보였다.

                              one to whom
   Long patience has such mild composure given,
   That patience now doth seem a thing, of which
   He has no need. (9-12)

1815년 이후 부제에서 "A Sketch"와 15행 이후의 끝 부분이 삭제되는데,
그 속에는 여행의 목적을 묻는 화자에게 노인이 주는 답변이 들어있다.
해전에 참가하여 상처를 입고 병원으로 이송된 아들에게 마지막 작별을
고하려 팔마우스(Falmouth)로 간다는 내용이다. 삭제된 부분은 사실 그
앞부분과 연결이 곤란한 점이 있다. 기술되던 노인의 극단적 평정은 이
부분에 이르러 그를 관찰하는 화자가 갑자기 심적 불안을 표출함으로써
깨뜨려진다. 그러나 이것은 모호하게 시작된 시의 첫 부분을 이해하는
단서가 될 수 있다. "작은 산울타리 새들은 / 길가의 음식을 쪼지만, 그를
개의치 않는다"(The little hedge-row birds, / That peck along the road, re-
gard him not)(1-2). 불안을 완전히 내던지는 경우 인간성마저도 사라져버
리고 인간은 자연물과 구분이 없어지거나, 혹은 존재 자체가 무가치하게
된다는 것이다. 여행자 화자에게 그리고 독자에게 불안은 생명력을 가진
인간의 본질적 조건이다.

   「구디 블레이크와 해리 길」에서 여행자 화자는 시의 종결부에 단 한
번 등장한다. 시에는 이래즈머스 다윈(Erasmus Darwin)이 『동물생리학』
(Zoonomia)에서 상상을 현실로 오인하는 병적 상태인 "변덕스러운 광
기"(mutable madness)를 설명하면서 예시한 사건을 활용되며[4] 도어셋셔
어(Dorsetshire)라는 실제 지명이 표기된다. 겨울철의 차가운 밤 날씨를

---

4) Mary Jabobus는 이 작품에 나타난 다윈의 영향을 상세히 기술한다(234-40).

지내게 해줄 땔감을 구하기 위해 사유지를 침입해야 하는 구디 블레이크의 가난한 현실은 도러시 워즈워스(Dorothy Wordsworth)가 편지에서 기록하는 당대 농부의 삶을 반영한다. 1795년 11월 30일 편지에서 도러시는 "농부들은 비참하게 가난하다. 그들의 오두막들은 나무와 흙으로 지은 형체를 알아보기 힘든 구조물(이라고 할 수 있다). 실제로 이것들은 야만인의 생활에서 예상될 수 있는 것을 넘어서지 않는다"(*The Early Years* 162)고 기록한다. 시의 중심 플롯은 구디가 블레이크의 사유지를 무단으로 침입하는 데서 발생하는 사건을 다룬다. 「구디 블레이크와 해리길」은 이동의 모티브를 가지며 한 마을에서 일어난 사건을 여행담 형식으로 다시 전달한다. 이러한 형식에서 「가시나무」와 유사한 설정이 있지만, 「가시나무」에서 사건은 여행자 화자의 직접 체험을 위주로 전개된다. 또한, 진흙탕 연못의 크기를 실측하여 "길이는 3피트, 폭은 2피트"('Tis three feet long, and two feet wide)(33)이라는 지극히 비상상적인 구절을 통해 물질세계를 분해하여 재구성하는 워즈워스의 상상력의 특성과 이러한 재구성 과정에 요구되는 수치화와 설명이 예시된다.

특정 지역에서 일어난 일화를 소재로 삼는 형식은 젊은 시절 카디건(Cardigan)의 사냥꾼이었지만 알고 지내던 사람들이 세월을 따라 모두 사라진 후 "유일한 생존자"(24)가 된 늙고 가난한 농부와 여행자 화자의 만남에서 일어나는 일화를 소재로 하는 「시몬 리」("Simon Lee")에서도 나타난다. 「아버지를 위한 일화」("Anecdote for Fathers")는 현재 거주하는 리스윈(Lyswyn) 농장 주변을 화자가 걷는 도중에 아들과 대화 도중에 일어난 일화를 다룬다. 화자는 이전에 살던 킬버(Kilve)와 새로 이사해온 리스윈 농장 중에서 어느 곳이 좋은지를 아들에게 질문한다. 화자는 사실상 미리 정한 답을 아들에게 강요하는 과정에서 아들이 말하는 예상치 못한 이유를 듣게 되며 이를 통해 깨달은 점을 표현한다.

「미친 엄마」("The Mad Mother")는 떠나버린 남편을 숲에서 찾으려 하는 여성과 아이를 소재로 한다. 이들은 마을에서 다른 사람들과 사는 것이 아니라 숲에서 생활하고 있다. 「버림받은 인디언 여성의 한탄」("The Complaint of a Forsaken Indian Woman")은 부족 이동에서 병으로 인해 홀로 남겨진 인디언 여성의 일화를 시의 소재로 삼는다. 『펜윅 노트』에서 워즈워스는 새뮤얼 허언(Samuel Hearne)의 여행서 『허드슨 만의 웨일스 공의 요새에서 북해까지의 여행』(*A Journey from Prince of Wales's Fort in Hudson's Bay to the Northern Ocean*)에서 소재를 가져왔다는 점을 밝히고 있다(Owen 147). 실제로 시의 배경 설명 부분은 내용상 허언의 여행서와 유사하지만, 워즈워스는 사건에 중점을 둔 객관적 진술보다는 「서문」에서 설명하는 대로 "죽음을 앞둔" "인간의 마지막 고뇌"를 극적 독백의 기법으로 정교하게 담아내면서 "마음의 출렁임"에 강조점을 둔다 (Owen 158).

「백치 소년」("The Idiot Boy")은 주인공 조니의 "여행 이야기"(463)로 시가 종결된다. 「서문」에서 설명되듯이 「미친 엄마」와 마찬가지로 "모성 애"(Owen 158)가 강조된다. 워즈워스는 1802년 존 윌슨(John Wilson)에게 쓴 편지에서 백치에 대한 편견을 지적하면서 영국의 하류 계층에서는 오히려 백치에 대해 애정과 관심을 기울인다고 강조하는데, 찰스 코(Charles Coe)는 이를 콕스(coxe)의 『스위스 여행』(*Travels in Switzerland*)에서 워즈워스가 받은 영향으로 설명한다(64-65). 콕스의 여행서에는 스위스 사람들이 백치에게 쏟는 애정이 기술된다. 또한 1798년 시집에서 강조되는 "인간 감정의 자연스러운 묘사"나 하층 계층의 삶에 대한 옹호는 콕스가 서술하는 스위스 산악 지대 사람들의 민주적 성향과 개인의 존엄성에 대한 존중과 상통한다.

　제프리 하트만(Geoffrey Hartman)은 워즈워스의 시에서 반복되는 모티프인 "제지된 여행자"를 설명한다(1-30). 아리스토텔레스는 『시학』(Poetics)에서 발견(discovery)과 사태 역전(peripeteia)을 가장 효과적인 드라마 플롯으로 설명한다. 나아가 『오이디푸스 왕』(Oedipus the King)에서 오이디푸스를 사태 역전의 예시로 삼고 있는데, 이 작품 자체도 여행 문학과 무관하지 않다. 하트만은 사태 역전에다 계시(apocalypse)를 덧붙여 이들의 상호작용을 통해 여행자가 인식 상 급격한 전환을 겪으면서 통찰력을 얻게 되고, 계시적 비전에 이르게 되는 점을 설명한다.

　「주목 나무의 의자에 관한 시」("Lines left upon a Seat in a Yew-tree")는 "그만, 여행자여! 휴식하길"("─Nay, Traveller! rest")이라는 구절로 시작한다. 이 처럼 "제지된 여행자" 모티프를 가진 시에서는 여행자 화자가 자신의 경험을 재구성하여 새로운 인식에 도달하는 과정을 독자들에게 제시한다. 톰슨은 이 과정에서 사태 역전에 휩쓸린 여행자 화자는 비유적으로 자아의 난파를 경험하게 됨을 설명한다(202). 1798년 시집에서 「노수부의 노래」는 대표적 사례이며, 「틴턴 사원」에도 이러한 논지가 적용될 수 있다. 하트만이 워즈워스의 시의 특징을 설명하기 위해 도입하는 사태 역전이나 계시는 모두 해양 조난 문학의 주요한 플롯이다. 달리 생각하면, 워즈워스는 당대의 해양 조난 문학에서 자신의 작품의 주요한 모티프를 가져왔다는 의미가 된다.

　「노수부의 노래」를 창작하는 과정에서 워즈워스는 코울리지에게 "어떤 범죄가 행해져" 노수부는 "기이한 박해"를 받아 방랑하게 된다는 내용을 제안하는데(Owen 135), 여행의 모티프가 강하다. 실제로 워즈워스는 자신의 제안이 그 당시에 읽은 조지 셸복(George Shelvock)의 『남해

대양을 거치는 세계 일주 항해』(*A Voyage Round the World by Way of the Great South Sea*)(1726)의 영향을 받았다는 점을 말한다(Owen 135-36). 알바트로스는 설복이 항해 중에 보는 새이며 노수부도 남극 지역을 항해한다. 실제로 「노수부의 노래」는 당대의 여행 문학의 하위 장르인 난파 담론(the shipwreck narrative) 형식을 가진다. 해상사고와 이와 관련된 기근, 질병, 선상 화재가 빈번했던 당대의 현실에서 난파는 가장 일반적 해상 재난이면서 바다에서 겪게 되는 갖가지 어려움을 포괄하는 어휘이다. 셰익스피어의 『태풍』(*The Tempest*), 디포의 『로빈슨 크루소』(*Robinson Crusoe*)는 이미 이러한 난파 담론을 예견한다. 난파는 당시에 대중의 호기심과 상상력을 사로잡은 흥미로운 소재였다.

노수부가 타고 있는 배는 우연한 사건의 연속으로 지배된다고 할 수 있지만, 결국에는 노수부만 구조된다는 점에서 당대 해양 문학에서 자주 표현되는 신의 은총과 선택이라는 주제를 고려할 수 있다. 바다에서 겪는 고난은 실존적 한계상황을 초래하고 신의 존재를 인식하는 계기가 된다. 그러나 정직하고 경건한 사람만이 은총을 받아 선택되어 신앙심 깊은 사람으로 재탄생하거나 개종하게 된다. 노수부가 겪는 불가해한 고통은 신을 인식할 때까지 겪어야 하는 "가없은 공포의 상태"(Stachniewski 18)를 표현한다고 할 수 있으며 고난 자체는 선택받은 사람의 징표일 수 있다.

「노수부의 노래」 창작 과정에서 직접 언급되는 설복의 『항해』는 존 바이런(John Byron)의 『존 바이런 각하의 이야기』(*Narrative of the Honourable John Byron*)(1768)과 함께 로맨티시즘 문학사에서 중요한 여행서이다. 실제로 설복은 자신의 배 Speedwell 호가 남대서양에서 남태평양을 지나면서 마젤란 해협을 통과한 직후에 두 번째 선장이던 시몬 해틀리(Simon Hatley)가 알바트로스를 쏜다는 내용을 기록한다(72-73). 남태평양에 진입하자 노수부가 알바트로스에게 활을 쏘며 그 지역 수호신의 복수를 초래한다(Owen 135)는 내용을 코울리지에게 제안한 워즈워스는 설복의 『항해』를 이미 읽었다고 자인한다. 존 리빙스턴 로우스(John Livingstone Lowes)는 코울리지의 상상력 배경과 출처를 조사한 로우스의 『상도로 가는 길』(*The Road to Xanadu*)에서 코울리지가 설복의 장면을 이미 알고 있었기 때문에 워즈워스의 제안을 쉽게 받아들였을 것이라고 설명한다(530-32).

「노수부의 노래」에 나타난 이미지나 장면, 그리고 어휘는 당대의 여행서에 크게 의존하고 있다는 점은 분명하다. 한 예로는,

여기에도 빙산, 저기에도 빙산
　사방에 빙산:
그것은 깨졌고 으르렁거렸고, 울부짖었고 고함쳤다―
　숨 막히는 소음과 같이.

The Ice was here, the Ice was there,
　The Ice was all around:
It crack'd and growl'd, and roar'd and howl'd―
　Like noises of a swound. (57-60)

코울리지는 여행서의 구체적 장면묘사나 이미지나 모티프를 근거로 작품을 창작하고 수정 보강한다. 인용 구절의 동사는 모두 당대의 항해서에서 가져온 것이다(Lowes 146). "옛 시인의 정신과 문체를 모방"(Owen 4)하려 의식적으로 사용한 고어투 "swound"는 추운 빙산 위에서 몸을 따

뜻하게 하려고 애쓸 때 숨이 막히는 상황을 표현하는 단어인데, 이 또한 항해서에서 가져온 것이다(Lowes 147). 당대의 여행 문학에 대한 이해가 작품의 의미 파악에 얼마나 이바지할 수 있는지를 제시하는 단적인 실례이다.

「노수부의 노래」에서 화자의 설정은 단순하지 않다. 시에는 노수부의 이야기를 전달하는 주 화자가 있지만, 노수부 자신도 또 다른 화자로 역할을 한다. 이들은 모두 고난을 겪는 여행자의 모습을 가진다. 여가를 구하는 단순한 관광객이 아니라 탐험가의 자세를 견지하는 여행자이며, 노수부는 코울리지의 내면을 투사하는 모습이자, 워즈워스가 대중에게 제시하는 자신의 이미지인 고난을 겪는 여행자이다. 이러한 여행자 화자의 이미지는 시집의 마지막 시인 「틴턴 사원」에 그대로 전달된다. 「노수부의 노래」는 코울리지의 시로 분류되지만 프레드 랜델(Fred Randel)이 지적하듯이 워즈워스 글쓰기의 특징인 "순환성이나 순환 여행의 패턴"(675)을 보여준다. 두 시가 같은 저자의 기능을 받는다는 실례이다.

「틴턴 사원」에서 여행자 화자는 "경솔한 / 젊은 시절"(90-91)과는 다르게 자연을 바라보면서 "종종 인간의 차분하고 슬픈 음악"(92)을 들으며, 자신을 "고상한 생각의 / 즐거움으로 뒤흔드는 존재"(95-96), 즉 "어떤 훨씬 깊게 뒤섞인 어떤 것의 숭고미"(96-97)를 느끼게 된다. 워즈워스는 「틴턴 사원」에서 풍경을 독해하고 이를 통해 현실의 고통과 어려움을 이겨내며 더 나아가 같은 문제를 겪고 있는 타인과 공감을 이루는 정서적 도덕적 교육 과정을 서술한다. 이러한 점에서 인간이 당면한 실존적 문제를 성찰하여 초월적 존재를 인식하는 정신적 변화를 이룬다는 「노수부의 노래」의 담화 구조를 반복한다 할 수 있다. 「틴턴 사원」에서 여행은 종교 의례적 의미를 가진다. 1805년 『서시』에서 워즈워스는 자신과 알프스 도보 여행에 동참하는 친구 로버트 존스(Robert Jones)를 가리켜 "두 명의 형제 순례자"(6. 478)로 기술하는 점은 이를 표현한다. 1798년 시집의 여행자 화자는 개인의 삶의 이야기를 위대한 문학으로 승격시킨다. 그 이야기는 여행 과정에서 시작되며 여행으로 표현된다.

『서정 민요집』은 1790년대의 다양하고 역동적인 영국의 출판문화를 반영하면서 이전의 시적 관행을 전복시키는 시적 실험을 수행한다. 이것은 시집의 「공지문」에서 워즈워스와 코울리지가 시적 과업을 완수하기 위해 만들어낸 가공의 인물인 "저자"(Owen 4)라는 실체를 통해 천명하는 사실이기도 하다. 「공지문」의 시적 실험 정신을 표현하는 「나이팅게일」에서 시집의 화자는 자신과 실험에 동참하는 동료들이 "다른 지식을 / 배웠다"(39-40)는 자신감을 보인다. 그들의 지식은 한정된 경험과 확립된 관습에만 의존하지 않는 새로운 시학을 정립하는 토대가 된다는 것인데, 분명 당대의 여행 문학에서 얻은 내용을 포함할 것이다.

여행 문학 관점으로 1798년 시집을 검토할 때 「공지문」에 등장하는 저자는 여행자 성격을 가지며 그의 여정은 시집에 표시된 물리적 장소이면서 동시에 개별적 시들이다. 지면상 여행 종착지인 「틴턴 사원」은 여행을 통한 정신적 성장과 심화된 인간 이해를 입증한다. 시집에서 표현되는 인간은 고정되고 안정된 본질을 갖는 것이 아니라 다양한 우발적 환경을 대처하는 유동적 존재이다. 워즈워스와 코울리지는 대중적 관심을 받는 여행담 서적을 참고하여 다양한 소재와 구체적 표현과 이미지 그리고 사실적 언어 사용에 도움을 받았다. 또한 관찰 대상을 서술하는 과정에서 그들은 여행담이나 탐험담에서 얻는 내용을 효율적으로 적용했다. 당시 여행 문학은 민주적이고 평등한 태도를 취했고 이는 "사회의 중하류 계층에서 사용되는 대화체 언어가 어느 정도까지 시적 쾌락의 목적에 적용될 수 있는지"(Owen 3)를 실험하는 1798년 시집에서 시적으로 구현된다. 「서문」에서 시인을 "사람들에게 말을 건네는 사람"(Owen 165) 으로 설정한 점도 같은 논지를 따른다. 워즈워스의 시학에서 강조되는 감정, 정서, 열정과 같은 문학적 난제들은 대상과의 조우에서 비롯되는 놀라움, 신기함, 공포, 기쁨과 같은 감정적 요소를 강조하는 여행 문학의 특색을 효과적으로 반영한 결과일 수도 있다. 여행 문학은 독자를 "살과 피"(Owen 161)를 가진 상태로 유지하려는 1798년 시집의 정신에 가장 적합한 글쓰기 형식일 것이다.

| 인용문헌 |

Barrell, John. *The Idea of Landscape and the Sense of Place 1730-1840.* Cambridge: Cambridge UP, 1972.

Boehm, Aland D. "The 1798 *Lyrical Ballads* and the Poetics of Late Eighteenth-Century Book Production." *ELH* 63.2 (1996): 453-87.

Bruce, James. *Travels to Discover the Source of the Nile.* Vol 1. Ed. Alexander Murray. Edinburgh: Edinburgh UP, 1804. 8 vols.

Butler, James A. "Wordsworth, Coleridge, and the *Lyrical Ballads*: Five Letters, 1797-1800." *Journal of English and Germanic Philology* 75 (1976): 139-53.

Buzard, James. *The Beaten Track.* Oxford: Clarendon P, 1993.

Coe, Charles. *Wordsworth and the Literature of Travel.* New York: Bookman Associates, 1953.

Cohen, Erik. "Authenticity and Commoditization in Tourism." *Annals of Tourism Research* 15.3 (1988): 371-86.

Coleridge, Samuel Taylor. *Collected Letters of Samuel Taylor Coleridge*. 6 vols. Ed.
Earl L. Griggs. Oxford: Clarendon P, 1956-71.

_____. *The Notebooks of Samuel Taylor Coleridge*. Vol 1: 1794-1804. Ed.
Kathleen Coburn. Princeton: Princeton UP, 1957.

Daniel, Robert W. "The Publication of the *Lyrical Ballads*." *Modern Language
Review* 33 (1938): 406-10.

David, Craig. *Native Stones*. London: Flamingo, Fontana Paperbacks, 1998.

De Certeau, Michel. *The Practice of Everyday Life*. Berkely: U of California P, 1984.

Foucault, Michel. *Language, Counter-memory, Practice*. Ed. Donald F. Bouchard.
Trans. Donald F. Bouchard and Sherry Simon. Ithaca: Cornell UP, 1977.

Foxon, D. F. "The Printing of *Lyrical Ballads*, 1798." *The Library* 5$^{th}$ ser., 4 (1954):
221-41.

Fry, Paul. *A Defense of Poetry: Reflections on the Occasion of Writing*. Stanford:
Stanford UP, 1995.

Halmi, Nicholas, ed. *Wordsworth's Poetry and Prose*. NY: W. W. Norton, 2014.

Hartman, Geoffrey. *Wordsworth's Poetry, 1787-1814*. New Haven: Yale UP, 1970.

Hearne, Samuel. *A Journey from Prince of Wales's Fort in Hudson's Bay to the
Northern Ocean*. 1795. Ed. J. B. Tyrrell. Toronto, 1911.

Jacobus, Mary. *Tradition and Experiment in Wordsworth's Lyrical Ballads 1798*.
Oxford: Clarendon P, 1976.

Jarvis, Robin. *Romantic Writing and Pedestrian Travel*. Basingstoke: Macmillan, 1997.

Keay, John, ed. *The Robinson Book of Exploration*. London: Robinson, 1993.

Lefebvre, Henri. *The Production of Space*. Trans. Donald Nicholson-Smith. Oxford:
Basil Blackwell, 1991.

Lowes, John Livingstone. *Road to Xanadu*. Princeton: Princeton UP, 1986.

Liu, Alan. *Wordsworth: The Sense of History*. Stanford: Stanford UP, 1989.

Mavor, William. *British Tourists, Or, Traveller's Pocket Companion, Through England,
Wales, Scotland*. Vol 1. London: Richard Phillips, 1798. 5 vols.

Owen, W. J. B., ed. *Wordsworth & Coleridge: Lyrical Ballads*. Oxford: Oxford UP,
1996.

Randel, Fred V. "Wordsworth's Homecoming." *Studies in English Literature, 1500-1900* 17.4 (1977): 575-91.

Roe, Nicholas. *The Politics of Nature: Wordsworth and Some Contemporaries.* Basingstoke: Macmillan, 2002.

Shelvocke, George. *A Voyage Round the World by the Way of the Great Sea.* London, 1726.

Sisman, Adam. *Wordsworth and Coleridge: The Friendship.* NY: Harper Perennial, 2006.

Southey, Robert. *Letters from England.* NY: George Dearborn, 1836.

Stachniewski, John. *Persecutory Imagination: English Puritanism and the Literature of Religious Despair.* Oxford: Oxford UP, 1991.

Thomson, Carl. *The Suffering Traveller and the Romantic Imagination.* Oxford: Oxford UP, 2007.

Turner, Michael. "The Landscape of Parliamentary Enclosure." *Discovering Past Landscape.* Ed. Michael Reed. London: Croom Helm, 1984. 132-66.

Wordsworth, William. *The Fenwick Notes of William Wordsworth.* Ed. Jared Curtis. 2nd ed. Penrith: Humanities-Ebooks, 2011.

_____. *William Wordsworth: 21st-Century Oxford Authors.* Ed. Stephen Gill. Oxford: Oxford UP, 2012.

Wordsworth, William, and Dorothy Wordsworth. *The Letters of William and Dorothy Wordsworth: The Early Years 1787-1805.* Ed. Ernest de Selincourt. 2nd ed. Oxford: Oxford UP, 1967.

# 3

---

## 1800년 판 『서정 민요집』과 워즈워스의 직업의식

　　최근의 로맨티시즘 문학 연구에서는 저자의 개념, 창작을 직업으로 하는 전문적 저자의 등장과 지적 재산권 문제, 글쓰기 자체가 본질적으로 함의하고 있는 협업의 문제들에 관하여 많은 논의가 진행되고 있다. 1800년 판 『서정 민요집』(*Lyrical Ballads*)은 이러한 논제들을 여러 각도에서 조명해 볼 수 있는 이상적 소재이다. 이 글은 "워즈워스가 1800년 판 『서정 민요집』을 출간하는 과정에서 어떠한 방식으로 자신을 전문적인 시인으로 형성시켜 가는가?"라는 주제를 앞에서 제시한 논제들과 연관시켜 살펴보는 것에 주안점을 둔다. 이 시기의 워즈워스는 이전의 코울리지와의 공생적이라고 할 수 있는 문학적 동거관계를 서서히 청산하고 코울리지의 문학적 영향력과 별개의 독자적 시인으로 자신을 재현하려 한다. 이 과정에서 이기적이고 때로는 잔인할 정도로 1798년 코울리지와 함께 이룩한 시적 성과물을 가로채려 하며, 코울리지를 차별시켜 배제하려 한다. 물론, 이러한 주장은 그가 쓴 시 속에서 암시되거나 직접적으로 표현되고 있다. 이 글에서 제시되는 직업의식은 1800년 판 『서정 민요집』을 발간하는 무렵에 이르러 워즈워스가 본격적으로 시 쓰기를 직업으로 삼아 생계를 유지하려 하고 자아관을 시인으로 확립함과 동시에 저작 활동을 사유 재산 창출 행위로 간주한다는 점을 내포한다. 워즈워스가 1800년 판 첫째 권에 실린 시들의 순서를 바꾸고 1800년 판 표제 면에 자신의 이름을 명시하고, 「서문」에서 법률상의 권리를 주장하는 행위는 시인 워즈워스의 성장 과정과 그의 시를 저자의 개념이나 지적 재산권과 결부시켜 이해하는 것에 중요한 단서를 제공할 수 있다.

워즈워스의 직업의식을 영어로 표현하자면 "Wordsworth's Sense of Calling"이 된다. 여기에서 "Calling"은 굳이 개신교 중류사회 계층의 도덕률에 한정되는 개념이라기보다는, 전문 직업으로서 시 쓰기와 이에 합당한 제반 조건을 염두에 두는 의미이다. 동시에 워즈워스에게 이러한 "Calling"은 코울리지와 상호관계와 이러한 관계에서 파생되는 여러 가지 효과가 시인 워즈워스의 성장에 미치는 점을 반영한다. 『서정 민요집』은, 특히 1798년 판 시집은 두 시인 간의 공생관계, 즉 상호 부름의 과정에서 산출된 것인 만큼, 이 시집의 출간이 워즈워스가 시작 활동을 생업으로 하는 전문 시인으로 성장하는 과정에 미치는 영향을 고려하면, 시인 워즈워스에게 코울리지의 영향력은 결코 무시할 수 없다. 문제는 워즈워스가 코울리지의 존재를 시인으로 성장 과정에서 자신의 목적을 위해 어떠한 방식으로 활용하고 있느냐는 것이다. 앞으로 논의될 「한 소년이 있었다」는 "Calling"이 갖는 이중적 의미를 드러내고 있다.

"저자(author)란 무엇인가?"는 낯설지 않은 주제이며, 특히 푸코

(Michel Foucault)와 바르트(Roland Barthes) 그리고 데리다(Jacques Derrida)의 영향력 있는 글들이 계속해서 발간된 후 많은 조명을 받아오고 있다.[1] 그러나 『서정 민요집』(*Lyrical Ballads*)의 출현은 또 다른 측면에서 저자의 개념에 심각한 문제를 제기한다. 이 시집이 1798년 런던의 문학 시장에 등장하였을 때, 제목과 출판연도 그리고 인쇄에 관한 정보만 표시될 뿐 저자의 실명은 의도적으로 감추어진다. 이러한 사실을 일반적인 무기명 서적 간행이라는 관행으로 받아들여 대수롭지 않게 받아들일 수도 있다. 그러나 『서정 민요집』은 표제 면에 곧이어 「공지문」("Advertisement")을 별도로 두고 있으며, 이곳에서 대문자로 표시된 저자(the Author)라는 실체가 출현하여, 자신의 실험적 시적 의도를 밝히고 독자에 대한 권고와 당부를 하면서, 심지어 구체적으로 몇 편의 개별 시까지 거론하면서 이들의 배경을 설명한다. 따라서 일반적인 익명의 저자와는 달리 "대문자 저자"는 만질 수 있는 얼굴이나 실체적 형상은 갖지 않지만, 기능적 측면에서 엄연히 존재하며, 동시대의 독자들에게는 가시적 형상으로 나타나지 않지만, 그가 창작한 시집에 실린 시들을 통해 공감되고 그 기능이 입증된다.

워즈워스와 코울리지가 1798년 판 「공지문」에 있는 대문자 저자(the Author)를 공동으로 만들어낸 것은 틀림없는 역사적 사실이지만, 이는 우

---

1) 푸코나 바르트, 그리고 데리다의 "저자"에 대한 논의를 도식적으로 『서정 민요집』의 대문자 저자에 적용할 수는 없으며, 또한 이들의 논의는 본고의 주된 관심사도 아니다. 분명한 것은, 「공지문」의 대문자 저자는 단순히 언어적 기호물만은 아니라는 사실이다. 그의 존재는 「공지문」에서 언급되고 있는 시대 상황에 제약을 받고 있으며, 시집의 출간연도로서 명시된 1798년의 영국사회의 문화적, 정치적, 경제적 담론에 얽매여 있고, 당대의 이데올로기를 그가 쓴 시들을 통해서 언급하고 있다. 「공지문」에서 대문자로 표시되는 저자(the Author)는 일반적, 총칭적 의미를 지시하는 저자(an author)와 구분된다.

리(we)가 아닌 삼인칭 단수로서 표시되는, 워즈워스도 아니며 코울리지도 아닌 제3의 독립된 실체라고 할 수 있다. 1798년 판『서정 민요집』이 발간되기 이전에도 코울리지는 저자가 작용하는 방식에 많은 관심을 가지고 실험적 시도를 하고 있다. 푸코에 잠시 기대어, 「공지문」의 대문자 저자는 "한 사회와 문화 안의 담론으로 제약되는" 저자가 만들어내는 텍스트 세계에 존재하는 인물이라고 할 수 있다(107). 즉, 대문자 저자는 『서정 민요집』밖에 실존하고 있는 인물이 아니라『서정 민요집』의「공지문」과 개별 시를 통해 구현되는 기능상의 저자이다. 대문자 저자는 실물 사진으로서 제시되는 인물이 아니라, 「공지문」에서 언급되고 있는 시대 상황의 제약을 받으면서, 시집의 표제 면에 명시된 장소와 시간에 구애되면서, 자신이 만들어내고 있는 개별 시들을 통해 형상을 부여받고 있다. 또한, 그는 익명의 저자와 달리 대문자 저자라는 고유명사를 가지고 등장하며, 책에 실린 시들에 대해「공지문」을 통해 소유권을 행사하고 있다.

당시의 비평가들도『서정 민요집』의 저자로서 익명의 저자가 아닌, 워즈워스나 코울리지와는 구분되는 존재로서 제삼자인 대문자 저자라는 실체를 별다른 무리 없이 인정하고 있다.[2] 그들은「공지문」에 실린 대문자 저자가 주장하는 "실험"(experiments)이라는 말을 인용하면서 이 실험을 통하여 "중하류 계층의 일상 대화에서 사용한 언어가 어느 정도까지 시적 즐거움이라는 목표에 적용될 수 있는지"를 알아내려 하는 저자의 발언에 관심을 가진다(Owen 3). 「공지문」이 자주 인용된다는 사실은 선

---

[2] 예를 들어, 1799년 10월에『영국 비평가』는 1798년 판 시들은 "동일한 사람이 적고 있는 것처럼 보이며, 「공지문」에서 저자는 자신을 전체를 총괄하는 한 사람이라고 말한다. 따라서 이것을 사실로 결론내리는 것이 합당하다"라고 기술하고 있다(Reiman 366).

언의 주체인 대문자 저자의 존재가 인정된다는 말이기도 하다.

그러나 『서정 민요집』이 1801년 1월에 같은 제목으로 재출간될 때 적어도 당대의 독자들에게는 예상 밖의 일이 벌어진다. 이 시집은 권을 나누어 출간되는데 새롭게 수록된 시들은 둘째 권에 모아져 있지만, 이들은 원래 1798년 시집에 대해 특이한 반응을 보이고 있다. 흔히 "1800판 서정 민요집"이라고 통용되는 1800년 판 시집은 대문자 저자가 저자인 1798년 판과는 달리, 워즈워스라는 실존인물 이름이 표제 면에 명시되며, 명명 행위를 시적 주제나 내용으로 다루는 많은 시들을 싣고 있다. 실명을 명시하는 행위는 단순히 이름을 기입한다는 의미를 벗어나 "저자의 의도와 소유권"을 표시하는 것이며 "가치를 창출하는 사람"으로서의 예술적 정당성의 인정을 요구하는 것이 된다.[3] 워즈워스는 1800년 판 시집을 통해 지적 소유권과 재산권에 관한 논제를 제시하면서 시 창작 행위를 개인적 재산권을 산출하는 행위와 결부시킨다. 이러한 사실은 비록 출판업자 롱맨이 판매를 촉진시키려는 목적으로 거부했지만, 워즈워스가 1800년 판 시집의 제목에 자신의 이름을 분명히 명시하기를 원했다는 것에서도 잘 드러난다.[4] 쇤필드(Schoenfield)가 지적하듯이 자신의 이름을 표제 면에 서명하는 것은 분명히 의도적 법률적 행위이며, 실제로 「서문」은 법률 문서적인 성향을 띠고 있다(110). 워즈워스는 1800년 판 시집 발간에 맞추어 당대의 영향력 있는 정치, 문화계 인사들에게 시집을 증정한다거나, 시집의 서평을 쓰는 사람을 미리 교섭하려고도 하는데, 다분히

---

3) Magnuson, *Reading Public Romanticism* 42; Bourdieu 164.

4) 워즈워스가 원한 시집의 이름은 "Poems in two Volumes By W. Wordsworth"이었다(*EY* 297, 303-04; *Collected Letters I* 620-21). 1798년 판의 출판과 인쇄를 주도한 코틀(Joseph Cottle)은 사업상의 문제로 인해 1800년 판에는 인쇄에만 관여한다. 워즈워스와 T.N. 롱맨 간의 관계는 코틀과 맺은 상호교감에 미치지 못했다.

상업적, 정치적 목적을 가진다.

워즈워스가 굳이 이전 시집의 명칭 자체를 없애려 한 원인은 무엇이었는가? 1798년 시집이 코울리지와 문학적 협업의 산물이었고, 시집의 「공지문」에서 시적 "실험"(experiment)을 선언한다는 사실을 고려한다면, 시집의 명칭 변경은 이러한 실험의 결과와 실험의 가치에 대한 워즈워스의 개인적 평가와 무관하지 않을 것이다. 실제로 1800년 판에 새로 수록된 시들을 통해 암시되거나 직접 드러나는 것은 워즈워스가 대문자 저자의 시적 실험을 폐기하려 했다기보다는 시집을 통해 거둔 시적 성과와 시집의 이론적 입장을 자기중심적으로 활용하려 했다는 점이다. 1800년 판 표제 면에 워즈워스라는 실명이 등장하는 것에 때를 맞추어 1798년 판의 특징이라 할 수 있는 「공지문」도 고유명사 저자와 운명을 함께한다. 1800년 『서정 민요집』에서 워즈워스는 의도적으로 대문자 저자의 실체를 철저하게 삭제하며, 대문자 저자의 존재를 담고 있던 「공지문」을 「서문」으로 대체해 버린다. 그 후 「공지문」은 1798년도 『서정 민요집』에 실린 것을 제외하면 독립적인 글의 형태로는 어느 곳에도 존재하지 않는다.

워즈워스는 1800년 「서문」에서 시집의 길이나 형식에 어울리지 않게 자신의 시적 입장을 장황하게 서술하고 있지만, 정작 시집의 제목인 "서정 민요"라는 특이한 어구는 설명하지 않는다. 서정 민요라는 낱말은 처음부터 비평가들의 표적이 된다. 1801년 6월 당시 『영국 비평가』(*British Critic*)는 서정 민요라는 용어를 비평하면서, "서정시가 아닌 민요가 어디에 있겠는가?"라고 자문하며 『서정 민요집』이라는 책 제목을 못마땅해 한다(Reiman 131). 「서문」에서 이전 시인의 오류를 지적하기도 하고, 개별 시들의 목적이나 시 창작 이론을 기술하면서 정작 특이한 시집의 제목에 관해서는 입을 다물고 있는 데는 무언가 석연찮은 구석이 있다. 분명한 것은 서정 민요라는 생소한 용어는 1798년 판에 실린 많은 시들에 의해 구현되고 있으며, 개인적 서정과 사회비평을 특이한 방식으로 접목시키고 있는 새로운 문학 장르라는 사실이다.[5] 워즈워스가 1800년 판에 새로 창작하여 수록한 시들은 1798년 판 기준에 따라 서정 민요로 분류될 수 있는 시는 그 숫자가 많지 않으며, 「루스」("Ruth"), 「가엾은 수잔」("Poor Susan"), 매튜 시로 불리는 몇 편 정도가 있다. 실제로 민요로 분류될 수 있는 것도 새로 수록된 시들 가운데 12편 정도이다. 루시 연작 시들은 서정시이기는 하지만 「야릇한 감정이 치솟는 것을 느꼈네」를 제외하고는 민요는 아니다 (Johnston 521).

두 권으로 나누어져 출간된 1800년 판 『서정 민요집』의 첫 권은 사실상 1798년도 판의 시들을 그대로 싣고 있지만, 제삼자인 대문자 저자를 대신하여 윌리엄 워즈워스라는 구체적 인물이 저자로서 명시되면서 명명 행위가 발휘하는 고유한 효과를 산출하고, 「서문」이 「공지문」을 대체하며, 원래의 시들의 순서가 완전히 뒤바뀐다는 사실은 첫 권 그 자체도 이미 1798년에 의도한 목적에서 벗어나고 있음을 표시한다. 단일 시집에서 시들의 배열순서가 바뀜으로써 시의 의미 체제가 변화된다는 주장은 1978년 판에서는 배열된 시들의 순서가 고유한 의미 체계를 만들어 내고 있다는 사실을 구체적 증거로 삼을 수 있다. 예를 들어, 1798년 판의 첫 번째 시 「노수부의 노래」("The Rime of the Ancyent Marinere")는 1800년 판에서는 독립 시집의 첫 번째 시라는 지형학적 특권을 박탈당하고 뒤에서 두 번째 자리로 내몰리는 수모를 겪는다. 새로운 특권적 지위

---

5) 조던(John Jordan)은 서정 민요라는 용어는 "문학사에서 흥미 있고 아마도 답을 찾지 못할" 질문이라고 말한다(172).

를 차지하는 「충고와 응답」("Expostulation and Reply")이 "윌리엄"이라는 고유명사로 시작한다는 점은 아주 흥미롭다. 분명히 워즈워스의 명명 행위와 관련된다. 새로 수록된 시들로 구성된 1800년 판의 두 번째 권은 워즈워스의 시들로만 채워져 있으며, 1800년 판 「서문」에서 "친구"라고 소개된 인물이 쓴 시는 완전히 배척된다.[6]

　　워즈워스가 시적 이론과 창작원리에 대해 장황하게 그러나 분명 나름의 야심 찬 논의를 펼치는 1800년 판의 「서문」은 배제와 차별 그리고 동일시 전략을 구사함으로써 글쓰기에 내재한 폭력성을 극적으로 보여준다. 폭력성의 주제는 1800년 판에 새롭게 수록된 많은 시에서 나타나고 있다. 워즈워스는 미심쩍은 수사적 장치를 부림으로써 공저자로서 정당한 권리를 누려야 할 코울리지의 위치를 격하시킨다. 「서문」의 첫 단락은 1798년 판을 두 권으로 구성된 1800년 판의 첫 권에 불과하다고 격하시키면서, 과거 시제를 사용하여 첫 번째 권이 "실험"의 의도를 지니고 출간되었다고 말한다. 그러나 1800년에 제시되는 실험의 목적은 「공지문」에서 대문자 저자가 공표한 것과는 다르다. 의도적으로 동일한 낱말을 병치시키면서 자신의 이해관계를 달성하려 하는 글쓰기 전략이라 할 수 있다. 워즈워스는 「공지문」의 폐기를 통해 1798년 판의 독립적 실체인 대문자 저자를 말살한 다음, 「서문」에서는 자신과 공저자인 코울리지의 존재를 차별하여 배제하려 든다. 「공지문」이 삼인칭 관점을 취하고 있는 것과는 달리, 「서문」은 분명하게 워즈워스를 지칭하고 있는 "나"라는 일인칭을 내세운다. 한편으로는 1798년 판의 창작과 출판과 인쇄과정에서 코울리지가 무엇보다도 역점을 두어 진행시켰던 "다양성"(variety)의 논제

---

6) 워즈워스의 시인으로서의 정체성과 전문적 직업관은 1802년 판 「서문」에서 보다 구체화된다.

를 전면에 내세우면서 "친구"(Friend)라고 지목된 인물에게 다섯 편의 시를 의뢰했음을 말한다.

다양성을 목적으로 한편으로는 내 자신의 약점으로 인해 한 친구의 도움을 구하게 되었다. 친구는 「노수부」, 「의붓어머니의 이야기」, 「나이팅게일」, 「감옥」, 그리고 「사랑」이라고 제목이 붙은 시들을 써주었다. 그러나 친구의 시들이 나의 시와 성향이 흡사하고, 비록 차이점은 있을지라도 문체상 부조화는 없을 것이라는 것을 내가 믿지 않았더라면 나는 이러한 도움을 구하지 않았을 것이다. 시의 주제에 관한 우리들의 의견은 거의 일치한다. (Owen 153-54)

For the sake of variety and from a consciousness of my own weakness I was induced to request the assistance of a Friend, who furnished me with the Poems of the ANCIENT MARINER, the FOSTER-MOTHER'S TALE, the NIGHTINGALE, the DUNGEON, and the Poem entitled LOVE. I should not, however, have requested this assistance, had I not believed that the poems of my Friend would in a great measure have the same tendency as my own, and that, though there would be found a difference, there would be found no discordance in the colours of our style; as our opinions on the subject of poetry do almost entirely coincide.

공저자로서 참여한 코울리지를 「서문」의 세 번째 문단에서 이름을 밝히지 않고 암시하는 것에 그친다. 친구라 불리는 그의 실명은 「서문」뿐만 아니라, 시집의 어느 곳에서도 나타나지 않는다. 워즈워스는 "다양성"을 "부조화"와 의도적으로 병치시킴으로써 다양성이라는 낱말이 지니는 영역을 통제한다. 친구와 그가 쓴 시들은 문체에서 "차이성"(difference)을 제공함으로써 다양성에 기여하는 정해진 보조 역할에 충실해야 한다. 그러나 그가 제공하는 차이성이 1798년 판에 대해 문학소비자들과 비평가들이 비난했고, 워즈워스 자신도 같은 이유로 코울리지(주로 코울리지가 쓴 「노수부의 노래」)를 비난했던 것처럼 "부조화"로 기울어질 경우, 친구라는 존재와 그의 시들은 1800년 판 전체에 대해 쏟아질 비난을 적절히 분산시키거나 혹은 전적으로 떠맡게 될 것이다. "친구"라는 낱말은 워즈워스가 코울리지에 대해 어떤 의도를 가지고 있음을 나타내며, 코울리지는 동등한 자격을 갖춘 공저자로서가 아니라 그가 주도하는 창작 활동을 보조하는 수단에 불과하다는 것을 시사하고 있다. 이 대목은 차이성에서 동일성을 경험함으로써 우러나오는 정신적 쾌락을 내세우는 코울리지의 미학 이상과 극명한 대조를 이룬다.

　이러한 부조화의 논제는 워즈워스와 코울리지 간의 관계에서 아주 중요한 의미를 가진다. 예를 들어, 「노수부의 노래」는 1798년 판을 대표하는 첫 번째 시로 등장한다. 1798년 판이 출간된 후 워즈워스는 「노수부의 노래」를 "시집에 손상을 가하는 것"(an injury to the volume)이라고 심하게 비판하며, 1799년 6월 2일 코틀에게 보낸 편지에서 「노수부의 노래」를 원래의 위치에서 옮기겠다고 말한다(*EY* 263, 264). 또한, 부조화는 코울리지의 「크리스타벨」을 1800년 판에 싣지 못하게 하는 이유가 된다(*EY* 309). 이상한 점은 코울리지가 워즈워스의 주장을 계속해서 받아들이고 있다는 것이다. 그는 1800년 판 「노수부의 노래」에서 1798년에 의도적으로 사용되었던 고어체 문체를 수정하고, 또한 「크리스타벨」 제거 요청을 받아들인다. 그러나 이러한 사건의 여파로 코울리지는 시작활동에 자신감을 상실하게 되며(*Collected Letters 1*, 356 n.2) 워즈워스가 자신과 공유했던 시작이론을 독단적으로 전유함을 확신한 후 급기야는 그들 간의 문학 이론에 대한 완전한 일치를 부정하며 오히려 "근본적 차이"(a radical Difference)를 주장하게 된다(*Collected Letters 2*, 830). 코울리지의 이 같은 주장은 1800년 판 서문에 대한 그의 의구심에서 비롯되며 『문학 전기』(*Biographia Literaria*)는 이러한 의구심을 구체화시킨다.

1800년 판 시집의 많은 시들은 1798년 판에 실린 특정한 시들, 혹은 1798년 판 시집 전체를 인유(allusion)하고 있다. 이러한 인유라는 수사학적 장치를 통해, 워즈워스는 코울리지에 대해, 그리고 1798년의 대문자 저자의 시적 성취에 대해 자신의 의도를 넌지시 내비치고 있다. 1800년 판 두 번째 권의 「수사슴이 도약한 우물」("Hart-Leap Well")을 한 예로 들 수 있다. 워즈워스의 창작시만으로 구성된 새로운 시집인 둘째 권의 첫 번째 시인 이 시는 에버릴(Averill)이 지적하듯 당시의 문학에 대하여 워즈워스 나름의 원칙을 선언하는 중요한 진술문인 "내가 하는 일은 마음을 동하게 하는 것이 아니며, 피를 얼어붙게 하는 기교를 부리는 재주도 없다"(The moving accident is not my trade, / To freeze the blood I have no ready arts)(97-98)를 담고 있다.[7] 그러나 이 시가 워즈워스 자신이 주에서 밝히고 있듯이 과거의 중대한 사건이 담겨 있는 기념물에 대한 기억과 감상을 소재로 하고 있다는 점이 더욱더 부각되어야 한다(Brett and Jones 127). 폴 메그너슨(Paul Magnuson)은 이 시를 워즈워스와 코울리지와의 관계를, 구체적으로 1798년 판의 「노수부의 노래」에 대한 워즈워스의 반응을 염두에 두고 읽을 수 있음을 지적하고 있다(248). 「수사슴이 도약한 우물」은 과거에 자행된 살육의 의식을 서술한 뒤, 시인-화자가 등장하여 이러한 폭력 행위가 초래한 결과를 되짚어보는 것을 주 내용으로

---

7) Averill 181-82. 본 논문에서 1800년 판 『서정 민요집』에 새로 수록된 시들은 Brett and Jones를, 1798년 판의 시들은 Owen을 따른다.

한다. 구조면에서는, 별도의 서로 다른 두 부분이 결합하여 한 편의 시를 형성하는 특징을 지닌다. 월터 경(Sir Walter)이 집요하게 수사슴을 추적하는 과정과 마침내 자신의 승리를 기념하기 위하여 "행락지"(Pleasure-house, 129)를 건축하고 수사슴의 발자국들이 찍힌 곳에 기둥을 세울 것을 명하는 언술 행위, 그리고 이러한 행위에서 발생한 구체적 행동과 실천의 과정을 서술하고 있는 첫 부분은 1798년의 대문자 저자의 언어 실험에 대한 알레고리로 해석될 수 있다.

언술 행위의 결과물인 건축물은 동시에 시적 결과물을 지칭할 수 있다. 이 점은 1798년 판의 결론에 해당되는 「틴턴 사원」("Tintern Abbey")에도 건축술적 상상력에 대한 단서가 보인다는 점과, 1798년 판 시집 자체가 시의 배열과 구성에 있어서 마치 건축술적 원리를 따르고 있다는 점을 감안한다면 납득이 된다. 「수사슴이 도약한 우물」에서 기념물들은 시간이 지남에 따라 허물어지게 된다. 두 부분으로 구성된 이 시의 두 번째 부분에서 한 시인이 등장하여 폐허가 된 장소와 건축물들을 바라보면서 강렬한 감정에 휘말리며 과거에 월터경이 자신의 언술 행위의 결과물에서 느꼈던 즐거움과, 현재의 시인-화자 자신이 느끼고 있는 슬픔이 교차됨을 토로한다. 이 상황은 마치 1798년의 실험은 이제 종결되었으며, 이제 남은 과제는 쾌락과 슬픔의 감정을 적절한 방식으로 융합시키는 것임을 말하는 것으로 해석될 수 있다. 건축물을 지을 것을 명한 언술 행위의 주체이자 단일 지배자인 월터 경의 죽음을 회상하는 사변적 슬픔의 정서에서 시인-화자는 1798년의 실험에 대한 알레고리를 창작하게 되는데 이것이 바로 「수사슴이 도약한 우물」이라는 시이다.

또한, 「수사슴이 도약한 우물」은 주제 면에서 1798년 판 시들과 분명하게 접목된다. 아일런버그(Susan Eilenberg)는 이 시에서 초자연적 질서를 해치는 것에 대한 인과응보인 건축물의 필연적 붕괴는 「노수부의 노래」와 연결되며, 원래의 장소로 되돌아옴으로써 시적 상상력의 전유를 꾀하는 것은 「틴턴 사원」과 유사하다고 언급하면서 이러한 전유 행위는 시인-화자에게 불안감을 조성한다고 설명한다(63). 이러한 불안감은 시집의 코울리지라는 존재에 대한 워즈워스의 감정의 한 단편일 것이다. 또한, 동물을 죽이는 행위와 이러한 행위에서 비롯되는 여러 가지 복잡한 사건의 전개는 「노수부의 노래」와 연관이 있으며, 건축술과 연관된 글쓰기 비유는 「틴턴 사원」을 떠올리게 한다. 무질서하게 흩어져 있는 건물의 잔해들은 대문자 저자가 수행했던 원래의 유기적 시적 구성 원리를 상실하고 방치되어 있는 1800년 판의 첫째 권에 실린 개별적 시들을 암시하거나, 시적 유기성이 박탈된 채 표류하고 있는 1798년 실험 자체를 표시한다고 할 수 있다.

워즈워스가 1800년 판에 새롭게 수록한 시들을 1798년의 대문자 저자의 시적 실험에 대한 알레고리의 관점에서 읽어내려는 독법은 워즈워스가 1800년 무렵에 이르러 자신을 전문 시인으로, 코울리지나 제삼자인 대문자 저자와는 별개의 인물로 부각시키려 한다는 점에 초점을 맞춘다.[8] 「수사슴이 도약한 우물」에서 조형물이나 기념물들이 책을 지칭하는 메타포인 동시에 1798년의 실험적 과업을 비유적으로 표현한다는 점은 「시골 건축물」("Rural Architecture")에서도 발견된다. 제목에서 나타나는 대로 이 시는 건축술적 구성 원리를 표현하고 있다. "돌"의 모티브는 1798년 판 시집에 실린 「노수부의 노래」, 「충고와 응답」, 「주목에 있는 의자에 남긴 시」("Lines Left upon a Seat in a Yew-tree")에 나타나는 돌과

---

8) 길(Stephen Gill)은 1800년 판을 발간하려 하는 무렵에 워즈워스는 시인으로서의 자신을 "좀 더 전문적으로" 생각하고 있음을 말한다(164-65).

같이 시나 시 창작과 연관된다. 워즈워스는 이러한 연관을 1810년 「비문에 관한 에세이」("Essays upon Epitaphs")를 통해 구체화 한다. 「시골 건축물」에서 조지 피셔(George Fisher), 찰스 플레밍(Charles Fleming), 리지날드 쇼어(Reginald Shore)라는 특이한 이름의 세 명의 꼬마는 바위산 정상에 돌을 모아 사람 형상을 만들어 세우고 이를 랠프 존스(Ralph Jones)이라고 명명한다.

돌 인간 랠프 존스는 특이하게 "회반죽이나 석회"를 사용하지 않고 조합되었다고 말해진다. 조합된 방법의 특이성에도 불구하고 완성된 다음 주변의 자연물 속에서 고유한 위치를 점하고 있다는 점에서 나름의 어떤 구성 원리를 인정받아야 할 것이다. 이러한 고유한 조합의 구성 원리는 현재 해체주의자들이 주장하고 있는 알레고리적 글쓰기를 염두에 두고 보면 공감할 수 있고, 알레고리적 구성체로서 랠프 존스는 알레고리적 글쓰기를 주장하는 해체주의자들이 현재 비평에 노출된 만큼이나 그 당시 비평에 노출되어 있다. 다른 측면에서는, 랠프 존스라는 조합체는 "회반죽이나 석회"로 대표되는 관습적 시적 창작과 구성 원리를 거부하는 1798년의 시적 실험을 암시한다고 볼 수 있다. 랠프 존스의 창작 과정에는 세 명의 꼬마라는 복수 매개체가 함께 개입하여, 나름의 원리를 실천한다. 1798년의 공동저작 원리가 분명히 부각되는 대목이다.

> 단지 반 주가 지난 뒤, 바람이 세차게 일어
> 분노나 재미로 북쪽에서
> 법석을 떨며 몰아쳐
> 바위산 꼭대기에서 거인을 날려 버렸다.
> 그러자 학동들은 무엇을 했게? 바로 다음 날
> 하나 더 만들었다. (13-18)

Just half a week after, the Wind sallied forth,
And, in anger or merriment, out of the North
Coming on with a terrible pother,
From the peak of the crag blew the Giant away.
And what did these School-boys?—The very next day
They went and they built up another.

랠프 존스는 완성된 후 뚜렷한 실체로서 인정받다가 갑자기 북쪽에서 불어오는 바람을 맞아 바위산 정상에서 날아가 버린다. 북쪽에서 부는 바람은 결코 중립적 감정을 지니는 것이 아니라 "분노나 재미"(in anger or merriment)(14)가 뒤섞여 있는 격한 감정의 상태를 담고 있다. 1798년 판이 출간된 후 워즈워스는 코울리지의 주도하에 코울리지와 함께 만들어낸 제삼자인 대문자 저자를 내세운 시적 구성체에 쏟아진 일부 문학소비자들과 비평가들의 혹독한 비판에 시달리던 기억은 「시골 건축물」 창작 시점에 결코 먼 과거의 일이 아니었다. 북쪽의 바람은 그만큼 파괴적인 것이다. 그러나 아이들은 굴하지 않고 즉시 또 다른 랠프 존스를 만들어 버린다. 1798년과 1800년 사이에 각각 완성된 다른 판본의 『서정 민요집』과, 워즈워스와 코울리지 그리고 도러시 워즈워스(Dorothy Wordsworth) 혹은 출판업자인 코틀(Cottle) 간의 협동적 문학적 관계와 이들과 독자 또는 비평가들과의 감정적, 정치적 관계에 관한 납득할 만한 단서를 제공해주는 이 구절은 분명 1800년 판과 1798년 판에 대한 워즈워스의 속내를 가늠케 해준다. 문제는 1798년 판과 1800판 『서정 민요집』처럼 첫 번째 랠프 존스와 두 번째 랠프 존스는 비록 같은 이름을 공유하고 있지만, 별개의 실체라는 사실이다.

「시골 건축물」은 서정 민요집의 창작과정에 개입하고 있는 워즈워스의 사적이며 친밀한 집단 내의 협동적 창작 관계를 드러내고 있다는 점에서 중요한 의의를 지닌다. 동시에 그의 일차적 관심사가 독립적이며 단일한 실체인 대문자 저자보다는 1800년 판에서 끝까지 실명을 밝히지 않고 단지 "친구"(friend)로만 표기되고 있는 코울리지와의 관계임을 나타 낸다. 「시골 건축물」에서 전체적으로 암시되고 마지막 연에서 명시되는 창작과 파괴의 행위는 대체(displacement)와 정립(inauguration)을 동시에 수행하는 언술 행위의 작용 방식을 말해주면서, 「시골 건축물」이라는 시 에서 진행되는 것이 언어를 통해 새로운 사태를 만들어내는 의식임을 말 하고 있다. 한편으로는, 이러한 언어 의식에서 주도권을 잡으려 하는 워 즈워스의 야심도 엿볼 수 있다. 마지막 연에서 워즈워스는 케네스 존스 턴(Kenneth R. Johnston)이 지적하듯이 자신의 자서전적 요소를 갑자기 등장하는 "나"라는 인물에 부여한다(528). 이를 통해, 겉으로는 협동적 창 작관계를 말하지만, 그 자신은 꼬마들과는 다른 신분인 시인으로서 바위 산의 꼭대기에 거인을 만드는 일에 참가하겠다는 것이다. 거인은 시인 워즈워스 자신이 품고 있는 어떤 욕망의 투사물일 것이다.

「애완 양, 목가시」("The Pet-Lamb, a Pastoral")는 하나의 문학 작품 에 복수 저자가 개입하게 될 때 발생하는 저작권이나 지적 재산권 문제 에 관해 중요한 실마리를 담고 있다. 시인-화자에게 바버라(Barbara Lewthwaite)라는 어린 소녀는 양과 "사랑스러운 짝"(14)을 이루고 있는 것 으로 보인다. 시인-화자는 그들을 한동안 관찰하면서 소녀의 양이 명확 하게 알려지지 않은 이유로 시름시름 앓고 있으며, 먹이도 먹지 않고, 물 마저도 마시지 않아서 애타는 마음을 소녀가 양에게 전하는 것을 보고 듣게 된다. 사실, 소녀가 양에게 전하는 말을 옮겨놓은 것이 이 시를 구 성하고 있으며, 시인-화자는 자신이 소녀의 시를 "한 줄 한 줄 되뇌고"(63)

있는 현실을 깨닫게 되고, 급기야 자신의 시가 반은 소녀의 것이고 반은
자신의 것이라 여기게 된다.

> 그 노래를 몇 번이나 반복했고
> 마침내 나는 말했다. "아니야," "반 이상은 그 아이 것이어야만 해,
> 그 절실한 표정과, 그 절실한 음조로 인해
> 그 아이의 감정을 거의 내 감정으로 받아들였어." (65-68)

> Again, and once again did I repeat the song,
> "Nay," said I, "more than half to the Damsel must belong,
> For she look'd with such a look, and she spake with such a tone,
> That I almost receiv'd her heart into my own."

시인-화자는 자신의 시가 소녀가 말한 것을 그대로 인용하고 있음을 실
토한다. 그렇다면, 그의 시는 소녀와 공동 저작물인 셈이다. 자신의 저작
물에 대한 시인-화자의 불안감은 독자들로 하여금 공동 저자가 참여하는
문학 작품의 산출과정에서 발생하는 자족적이며 완결된 저자에 대한 의
문과 공동 저작품의 정체성에 관련된 여러 문제점들에 관하여 생각하게
한다. "시인-화자가 소녀의 말을 인용하고 있다면 그는 과연 누구의 목소
리로 말하고 있는가?" "자신이 하는 말에 대한 소유권이 의문시된다면,
그가 적은 시에 대한 저작권은 누가 지녀야 하는가?" "공동저작물에 대해
과연 그가 정당하게 배타적이며 독점적 재산권을 행사할 수 있는가?" "공
동 저자들 간에 발생하는 시적 전이는 작품의 소유권을 결정할 때 어떻
게 처리되어야 하는가?"라는 질문들은 이 시가 가지는 공동 창작과정에
수반되는 지적 재산권에 관한 논제들을 여실히 드러낼 수 있다. 이러한

의문들은 사실 워즈워스와 코울리지의 문학적 공유와 교환의 과정에서 잠재되거나 항상 돌출하는 것들이다. 『서정 민요집』의 산출 시기에 두 사람의 친밀한 관계와 창작에서의 자유로운 착상과 사상의 교환은 시간이 지나면서 워즈워스가 자신만의 시적 권리를 내세움에 따라 점점 심각한 갈등을 초래하게 된다.

「형제」("The Brothers")에 나타난 "형제 샘"(144) 에피소드는 두 가지 사실을 동시에 지칭한다. 즉, 시의 줄거리를 요약하는 동시에, 자신을 담고 있는 시집인 『서정 민요집』에서 구현되고 있는 공동저술 과정의 변천을 지칭한다.

> 나란히 샘솟는 두 샘이 있었는데,
> 서로 동무라도 되듯이
> 만들어졌지. 십 년도 전에
> 이 형제 샘 지척에서, 큰 바위가
> 번개를 맞아 쪼개졌지—그러자 한 샘은 사라져버리고
> 남은 샘은 아직도 넘치고 있어.
> 이러한 사고와 변화는
> 일일이 마음에 새길 필요가 있겠는지. (141-48)

> There were two springs which bubbled side by side,
> As if they had been made that they might be
> Companions for each other: ten years back,
> Close to those brother fountains, the huge crag
> Was rent with lightning—one is dead and gone,
> The other, left behind, is flowing still. —
> For accidents and changes such as these,
> Why we have store of them!

서로 나란히 흐르는 샘들은 시적 영감을 교감하면서 창작하는 두 명의 공동저자의 모습을 연상시킨다. 두 샘은 서로를 보완하다가 어떤 시점에서 갑작스러운 사건이 생기고 마침내 한 샘은 사라지고 만다. 워즈워스는 이 시에 단 설명에서 번개가 한 샘의 "모든 흔적"을 지운다고 적고 있다(Brett and Jones 300-01). 공동저자의 관점에서 보면, 우호적 동료 관계가 끝난 뒤 살아남은 사람은 자기의 말을 존속시키면서 계속 번성한다는 것이고 그렇지 않은 경우는 철저하게 소멸되고 만다는 것이다. 따라서 「형제」는 「수사슴이 도약한 우물」, 「한 소년이 있었다」, 「엘런 어윈」("Ellen Irwin")과 같이 1800년 판에 실린 시들 중 살아남은 사람의 시라는 범주에 속한다.

「형제」는 워즈워스 시의 한 전형을 이루는 장소성에 관한 시이다. 시인-화자는 고향으로 되돌아오지만, 불안감에 휩싸이게 된다. 리오나드는 이름이 밝혀지지 않은 저자를 나타내는 알레고리로 쓰인다. 그가 되돌아오는 장소는 고향일 뿐만 아니라 동생과의 각별한 우애 관계에 대한 기억으로 인해 그에게 중요한 의미를 지닌다. 형제는 서로 이별을 했지만, 항상 서로를 "가슴 속에 담고 있었다"(358). 1798년 판에서 많은 반향을 불러일으킨 「노수부의 노래」의 수부처럼, 리오나드는 방황하는 인물이며, 마침내 되돌아온 고향에서도 사람들은 그를 알아보지 못한다. 만나기를 고대하던 동생이 죽었음을 알게 되고 치유할 수 없는 죄책감과 회한에 휩싸여 고향을 다시 등지게 된다. 노수부와 리오나드는 자신의 존재를 드러내지 못하고 떠돌게 되는 운명인 것이다. 리오나드는 신부(the Priest)와 대화를 나누기는 하지만 서로의 완전한 정체성 파악에는 도달하지 못한다. 익명의 저자라는 논제의 관점에서는, 이름을 가지지 못하면 신원파악이 불가능하게 되고 따라서 본래의 환경이나 상황에서조차 주변에서 맴돌게 됨을 시사한다. 자신의 이름을, 따라서 정체성을 밝히기를 거부하게 될 때, 리오나드에게는 동생과 함께 살았던 곳은 "삶을 감내할 수 없는 곳"(440)으로 변모된다. 자신의 존재를 알린다는 것, 즉 언어로써 자신의 장소성을 만들어낸다는 것은 자아를 구성하고 있는 또 다른 자아가 상실되었음을 깨닫게 될 때 도저히 도달할 수 없는 일이 되고 만다.

「한 소년이 있었다」("There was a Boy")도 공동저자에 관한 유사한 모티브를 담고 있다. 타자와 자아의 구성과 불가분의 관계를 맺고 있음을 시적 사실로 구조화 하면서 공동저자라는 주제를 제시한다. 이 시에서 워즈워스는 시를 서술하는 것과 동시에 자신의 것일 수도 있는 무덤을 바라보고 있다. 시의 초반부에서 어떤 의미에서는 바로 워즈워스 본인일 수 있는 시 속의 소년은 자연물과 흥겨운 상호작용을 나누고 있다.[9] 그러나 시의 종결부에서는 이제 소년은 무덤 속에 있고 따라서 죽음은 부정할 수 없는 사실이 된다. 소년의 죽음이 부정될 수 없다면, 그가 자연물과 나누었던 생생한 상호작용을 재개할 수 있다는 가능성도 동시에 부정된다. 소년의 죽음과 마찬가지로, 기억 속에 있는 과거는 되돌릴 수 없게 된다. 한편으로는, 워즈워스는 유령처럼 자신의 주변을 배회하는 자아의 또 다른 부분에 관해, 즉 여전히 자신의 자아의 일부를 구성하고 있는 소년에 대해 명상을 한다. 소년은 이제 죽었지만, 그와의 관계는 시인 워즈워스의 시적 정체성 형성에 없어서는 안 될 요소이며, 이 사실에 대한 증거가 바로 그가 쓰고 있는 「한 소년이 있었다」라는 시이다. 그러나 시인으로서의 워즈워스의 정체성은 소년이 죽은 뒤에도 워즈워스에 대하여 자신의 존재를 끊임없이 주장하고 있는 사실로 인해 더욱 문제시된다.

---

9) 「한 소년이 있었다」는 후에 다섯 권으로 된 『서시』에, 그리고 13권으로 된 『서시』(5권, 389-422)에 통합된다. 그러나 본래는 일인칭 시점으로 쓰였다.

한 소년이 있었다. 그대는 그를 잘 알고 있었다. 그대 절벽과
위낸더 섬들이여

· · · · · ·

매혹적인 숲, 아름다운 그곳,
소년이 태어난 계곡. 교회 묘지가
마을 학교 위 비탈에 붙어있고
저녁에 둑을 따라 지날 때
내 생각에, 무덤가에서
반 시간이나 내내 함께 나는 서 있었다
말을 잃은 채-그가 열 살 때 죽었기 때문이다. (1-2; 26-32)

There was a Boy, ye knew him well, ye Cliffs
And islands of Winander!

· · · · · ·

Fair are the woods, and beauteous is the spot
The vale where he was born: the Church-yard hangs
Upon a slope above the village school,
And there along that bank when I have pass'd
At evening, I believe, that near his grave
A full half-hour together I have stood
Mute-for he died when he was ten years old.

시의 기본적 구조는 시제상 급격한 변환이다. 과거의 사건과 현재의 사
태 간에 되돌릴 수 없는 시간적 단절이 있다. 한 소년이 있었지만, 어느
누구도 그의 존재를 알지 못했고, 소년이 지냈던 곳의 자연물들에게만
알려져 있다. 이름이 붙여지지도 않았고, 이름도 모르는 존재이기에, 그

는 어느 누구와도 대체될 수 있다. 그럼에도 불구하고, 시인-화자에게만은 대체될 수 없는 고유한 의미를 지니면서 망자의 혼처럼 끈덕지게 되돌아오고 있다. 소년이 죽은 후 시인-화자가 찾아간 소년의 무덤 위치와 상태를 묘사하는 장면에 사용되는 "붙어있고"라는 동사는 워즈워스 시에서 종종 숭엄한 상상력으로 계시적 비전을 일으키게 되는 화자의 자세를 표시한다. 교회의 무덤은 마치 살아있는 때 소년처럼 비탈에 위태롭게 매달려 있는 것으로 묘사된다. 이렇게 위태로운 상태에서 발생하는 계시적 비전이 1799년 판 『서시』(*The Prelude*)에서 시간의 점의 한 장면으로 기술된다.[10] 더욱 기이한 것은, 죽은 소년이 현재의 시인-화자와 "함께" 말없이 서 있다는 것이다. 소년은 기억을 매개로 죽음에서 되돌아와 시인-화자와 함께 자신의 죽음의 증거인 무덤을 바라보고 있는 것이다.

소년과 시인-화자는 주체와 대상의 관계가 아니라 상호주체성의 관계이며 각자는 함께 주체성을 구성하는 개별적 기억의 층위이며 서로에게 의존하면서 서로를 불러내면서 대화적(이 경우 침묵도 대화의 한 종류)으로 정체성을 구성하는 것이다. 적어도 소년은 워즈워스의 의식에서는 계속 살아있는 것이며, 따라서 「한 소년이 있었다」시 자체는 워즈워스의 작품인 동시에 죽은 소년의 작품이기도 하다. 죽은 소년은 시적 소

---

10) 워즈워스는 1815년 『시들』(*Poems*)의 서문에서 상상력의 본질을 설명하면서 "hang"을 언급한다. 동사 "hang"은 또한 『서시』의 여러 곳에서 나타난다.

oh, at that time,
While on the perilous ridge I *hung* alone,
With what strange utterance did the loud dry wind
Blow through my ears! The sky seemed not a sky
Of earth, and with what motion moved the clouds!
(*Two-Part Prelude*, 62-66; Italicized)

재인 동시에 시를 구술하고 있는 주체이기도 하다. 소년의 죽음을 애도하는 일종의 의식적 행위인 시 창작은 한편으로는 엄연한 사실로서 존재하는 소년의 죽음을 기술하고 있지만, 다른 한편으로는 소년이라는 또 다른 자아를 오히려 의식 속에서 소생시키는 결과를 갖게 된다. 이 점이 바로 이 시가 연출해내는 시적 숭고함이며, 이러한 시적 숭고함에 의해, 시인 워즈워스의 정체성은 부분적으로는 자기 자신이면서, 부분적으로는 워즈워스가 아닌 어떤 존재임이 성립되며, 이들은 서로를 되비추는 거울과 같은 관계를 형성하면서, 서로에게는 완전히 병합될 수 없는 이질적 타자로 공존함이 연출된다. 소년과 워즈워스는 서로에게 서로의 존재를 시를 통해, 즉 서로를 문자를 통해 각인시키면서 서로가 점유하고 있는 장소성을 교환한다. 시인 워즈워스는 기억을 매개로 하여, 시창작이라는 애도 의식을 통해 자신의 시적 자아의 실체를 확인한다. 시적 자아의 실체는 워즈워스 자신이 『도붓장수』(The Pedlar)에서 말하는 "수많은 존재들로서 구성되어있는 한 존재"(a being made / Of many beings, 308-09)이며, 이질적 자아와 자아가 동시에 서로가 "함께" 서있는 자아이기도 하다. 수서본 상태에서 위낸더 소년 일화는 모두 일인칭으로 표기되었다는 점은 더욱 의미심장하다.

그럼에도 불구하고 「한 소년이 있었다」는 시의 종결부에 이르러 시인-화자로서 워즈워스가 의식적으로 어떤 사실을 억압하려 함을 드러낸다. 이 시 전체에서 소년은 일반적인 의미에서의 말을 하지 않거나, 또는 박탈당하고 있다. 소년과 자연물과의 대화는 일반적 의미의 말로써 진행되는 것이 아니라, 소년이 올빼미 울음소리를 흉내 내거나, 소년의 올빼미 소리 흉내에 대해 "왁자지껄 떨리는 소리, / 길게 늘어진 어이, 찢어지는 소리"(13-14)로 올빼미가 응답할 때 이루어진다. 이러한 응답이 메아리로 울러 퍼지다가 어느 순간 정적이 내리고, 이 속에서도 소년이 계속 들으려 기다릴 때-이 과정을 워즈워스는 "hung / Listening"(18-19)으로 표현한다-자연의 소리와 함께 불현듯 계시적 비전이 소년에게 찾아든다. 그러나 적어도 소년의 입장에서는 말을 한 적이 없으며, 어떤 의미에서는 말을 하지 못하게 되어있다. 따라서 "말을 잃은 채"는 소년이 시종일관 준수해야 하는 원칙과 같아진다. 이렇게 공적 영역에서 소년의 자기 재현은 워즈워스를 통해서만 이루어지는 수사 장치가 작용하지만, 소년을 대변하는 워즈워스는 「한 소년이 있었다」라는 시를 쓰게 되고, 시인으로 인정받게 된다. "말을 잃은 채"는 워즈워스 입장에서는 그가 소년에 대해 소년의 말을 억압할 수밖에 없는 어떤 정서적 부담감을 느낀다는 실태를, 소년의 입장에서는 자기 재현의 기회를 갖지 못한다는 사실을, 독자의 입장에서는 소년과 워즈워스 간에 실제로 일어난 것을 직접 살펴보지 못하도록 워즈워스가 수사적 불평등 장치를 가동하고 있다는 인식을 하게 만든다. 워즈워스는 소년과 독자에게 일종의 수사적 으름장을 놓는 것이다.

1800년 판 『서정 민요집』을 출간할 당시의 워즈워스와 코울리지 간의 관계를 염두에 두면, 「한 소년이 있었다」는 1798년에 행한 실험적 과업을 매장시키려는 워즈워스의 의도를 엿보게 한다. 소년의 죽음은 워즈워스가 언어적 권위를 소년에게 구체화시키는 시점에서 사실로 제시된다. 그의 죽음은 어떤 의미에서는 워즈워스와 코울리지간의 공동저작이 이제 끝나가고 있음을 표시하는 알레고리로 읽힐 수 있다. 서로의 정체성을 융합시키면서, 거의 매일 만나다시피 하면서, 창작에 대해 서로의 생각을 공유하던 두 사람들의 관계가, 「한 소년이 있었다」에서는, 둘 중 한 사람만 생존하여 다른 사람의 죽음의 의미가 자신에게 갖는 의미를 읽어내려 한다. 사실 소년의 죽음은 결코 자연스러운 생물학적 죽음이 아니며, 뚜렷한 이유도 없이 돌발적이다. 워즈워스 입장에서 보면, 코울리지가 성장을 멈추고 소년으로만 남아있는 한에 있어서는, 코울리지는 워즈워스가 시인으로서의 성장과 성공에 위협적인 요소일 수 없다. 또한, 코울리지가 워즈워스와의 관계에 있어서 죽은 것으로 판명되는 한에 있어서는, 코울리지는 그와의 관계에서 우위를 점하려는 워즈워스의 욕망에 대해 아무런 장애가 되지 못한다. 그러나 그렇다고 해서 워즈워스의 문제가 모두 해결되는 것은 결코 아니다. 메아리가 멈추는 것이 소년에게 초조함을 불러일으키듯, 소년의 죽음은 워즈워스에게 강한 심적인 부담감을 준다. 소년의 말을 빼앗아 버리면, 워즈워스 자신도 함께 말을 잃게 될 것이기 때문이다.

이렇게 보면, 「한 소년이 있었다」는 같은 1800년 판 시집에 실린 루시 연작시들과, 그중에서도 특히 「삼년 동안 그녀는 자랐다」("Three Years She Grew")의 끝 부분과 유사한 점이 있다.

> 그녀는 죽었고 나에게
> 이 황야와, 이 적막하고 고요한 장소와,
> 이전에 일어난 것에 대한,
> 앞으로 결코 생기지 않은 것에 대한 기억을 남겼다. - (39-42)

> She died, and left to me
> This heath, this calm and quiet scene,
> The memory of what has been,
> And never more will be. -

이들 시에서 시인-화자로 등장하는 인물은 과거에 일어난 일들을 묘사하고, 이러한 일들을 자신의 시적 상상력 창출에 이용하려 한다. 그러나 그의 시적 전유 행위는 현재의 자신의 심경이나 상황에 복잡함과 난처함을 초래하고 있다.

타인의 목소리나 위치를 전유 또는 탈취하는 주제는 1800년 판 『서정 민요집』에 자주 다루어지며, 앞서 말한 루시 연작시뿐만 아니라, 「열매 줍기」("Nutting"), 「장소에 이름 붙이는 것에 관한 시들」에 속한 모든 시, 「형제」, 그리고 「퇴역 군인」("The Discharged Soldier")에 나타난다. 코울리지의 「크리스타벨」("Christabel")은 유사한 주제를 짝패(doubling)의 단서를 통해 연출한다. 어떤 이유에서 「크리스타벨」이 1800년 판을 발간하는 최종 단계에서 탈락되었는지는 많은 논란거리를 제시하고 있다. 그러나 코울리지의 이 시가 다루고 있는 긴밀하게 뒤얽힌 두 사람 간에서 야기되는 자아 정체성의 혼돈이나 타인의 목소리를 빼앗는 주제들은, 워즈워스가 1800년 판에서 코울리지와 관계에서 주도권을 잡으려는 의도를 표시하는 시에 마찬가지로 나타나는 주제이다. 워즈워스의 입장에서는 코울리지가 제기하는 이러한 요소들이 편안하게 받아들여질 수 없다. 코울리지 입장에서는 「크리스타벨」이 1800년 판에서 배제된 것은 코울리지의 시 창작 과정 전반에 걸쳐 결정적인 사건으로 작용한다. 존 실월(John Thelwall)에 그해 말에 보낸 한 편지에서 코울리지는 시작 활동을 "완전히 단념"했다고 고백한다(*Collected Letters I* 656).

1800년 판의 두 번째 권에 실린 처음 세 편의 시들인 「수사슴이 도약한 우물」, 「한 소년이 있었다」, 그리고 「형제」는 시인-화자 자신이 직접 혹은 간접적으로 관련되었던 사건들에 대한 죄의식이나 상실감을 완화하려는 내용을 담고 있다. 세 편 모두 폭력성에 관한 주제를 담고 있으며, 죽음의 기억이 깊숙이 자리 잡고 있으며, 생존자들은 이미 일어난 일들에 대해 초조함에 휩싸여 있지만, 동시에 지난 과거는 이제 돌이킬 수 없음을 의식하고 있다. 크게 보아, 세 편 모두 1798년 판의 공동 저작 활동이나 「공지문」에 제시된 실험적 과업을 모티브로 삼고 있으며, 또한 그것들의 비극적 결말을 암시하고 있다. 공동저작이라는 모티브는 「마이클」("Michael")에서 분명히 나타난다. 마이클과 그의 아들 루크는 함께 계획한 것을 달성하기 위해 노력한다. 그러나 이 시는 평등한 관계를 이루지 못하고 있는 두 명의 동업자들 간의 공동 노작과, 이러한 불평등 관계에서 비롯되는 비극적 결말과, 그리고 한 사람의 다른 사람에 대한 술책을 드러내고 있다. 루크를 도시로 보내려는 마이클의 결정은, 마이클이 이미 도시의 삶이 아들에게 치명적일 수 있음을 충분히 인식하고 있고, 적어도 자신도 부분적으로는 이 같은 이유로 시골 생활을 계속한다는 점을 고려한다면, 동업자이자 아들이라는 관계를 이기적으로 이용하려는 의도를 표시한다. 어떤 의미에서, 루크는 경작지 소유라는 마이클의 이상을 보존하기 위해 희생된다. 마이클에게 경작지는 자아정체성을 형성하고 보존하려는 욕망을 적어 넣을 수 있고, 그 의미를 스스로 해석할 수 있는 펼쳐진 "책"처럼 여겨진다. 마이클이 소유권에 집착하기 때문에, 루크와 함께 양 우리를 공동으로 지으려는 계획은 완수되지 못하며 미완성으로 남아있는 돌무더기는 영원히 실패로 끝난 과업에 대한 이야기를 들려주는 메타포가 된다. 이렇게 하여, 희망에 부풀려 시작한 공동 노작 계획은 결말에서 이상하게 뒤틀려버리게 된다.

이렇게 뒤틀린 「마이클」의 결말은 1800년 판의 또 다른 중요한 주제를 제시한다. 워즈워스에게 있어 1800년 판은, 아일런버그가 말하는 대로, 자신이 코울리지나 코울리지와의 문학적 공생관계에 "빚지고 있음을 인정하는 동시에 자율성을 선언하는 것으로 읽힐 수 있다(8)." 워즈워스는 1800년 판『서정 민요집』에 실린 많은 새로운 시 속에서 명명 행위가 만들어내는 효과와 소유권이라는 주제에 천착하면서 저자로서 자신이 지니는 재산권을 의식적으로 주장한다. 「마이클」, 「장소에 이름 붙이는 것에 관한 시들」, 「시골 건축물」, 「열매 줍기」, 루시 연작시, 「수사슴이 도약한 우물」은 이 점을 말하는 대표적 시들이다. 이들 시에서 시인의 저술 행위는 영토성(territoriality)에 토대를 두고 있음이 제시된다. 특정한 사물이나 장소에 관하여 시를 쓰는 것은 이러한 사물이나 장소에 대한 소유권을 주장하는 셈이 된다. 시들은 바로 그 자체가 사유 재산이며, 영토성을 표시하는 사례가 된다.

「마이클」은 세습 재산을 창출해내는 저자의 노력을 표현한다. 양을 기르는 육체적 노동은 저자가 글을 쓰는 과정에서 겪는 힘든 노동과 무관하지 않다. 「마이클」이 함의된 힘든 노동을 통한 재산의 창출과 보존이라는 내용은 시집 밖의 세상에서 실체를 가지지 않는 삼인칭 무기명 저자가 서술하는 1798년 판의 시들과는 현격한 차이가 있다. 해석에 따라, 어떤 의미에서는, 1798년의 대문자 저자는 그가 산출하고 있는 책의 세계에서는 주권을 가지고 있지만, 법률적 현실에서는 구체적 실명을 가진 존재가 아니기 때문에 완전한 소유권 행사에는 한계를 지니며, 1800년 판의 워즈워스가 자신의 이름을 표기하여 발생하는 서명 효과에 의해 그의 시집에 실린 시들은 다른 사람의 재산으로 귀속되어버린다. 마이클은 독립적 개인성을 유지하기 위해 노심초사하고 있다. 달리 말해, 경작지의 소유권을 사수하고, 경작하듯이 낱말을 짜맞추려 하지만 결국에는 자신의 재산권 운명에 대해 어쩔 수 없이 초조해 한다. 마이클이 죽게 되자, 그의 세습 재산은 이름이 밝혀지지 않은 사람들에게 넘겨지고 만다.

이 같은 일은 시인으로서 워즈워스 자신에게도 마찬가지로 일어날 수 있다. 시에 대한 저작권이나 재산권은 워즈워스가 「마이클」의 한 특징인 문체 면에서 검소함을 유지하면서, 시의 구성과 수사학에 대한 소유권을 연장시키려는 의도에서 상업적 비유를 아무리 효율적으로 사용한다 할지라도 저작권은 언제나 한시적인 법률상의 권리이기 때문에 언젠가는 자신의 손을 벗어나게 될 것이기 때문이다. 심슨(David Simpson)은『서정 민요집』이 워즈워스에게 있어서 사유 재산의 한 형태로서 인식된 것은 분명하지만, 아직 저작권에 관한 포괄적 법률이 설립되지 않은 그 당시에는 지극히 불안정한 재산이었다고 지적한다(49). 「틴턴 사원」에서처럼 「마이클」에서 워즈워스는 자신의 문학적 창작 행위를 "또 다른 자아"(my second self)를 형성하는 것과 연관시킨다. 시인으로서 자신의 유한함을 극복하기 위해 문자의 매개를 통해 자신의 복제자를 끊임없이 창출함으로써 생물학적 죽음을 지연시켜나간다는 것이다. 그러나 창작 행위가 죽음을 거부하는 행위라면, 복제된 자아로서 시는 프로이트가 말하듯이 역설적으로 죽음의 전조가 되고 만다(235).

워즈워스가 1800년 판『서정 민요집』에서 어떠한 방식으로 대문자 저자가 저자로 등장하는 1798년 판 시집에 실린 시들에 대해 소유권을 주장하는지에 관해서는 대체적인 윤곽이 제시되었다. 요약하자면, 워즈워스가 코울리지와 공동 저작과 그의 영향력에서 점차적으로 벗어나 독자적인 소유권에 관심을 가지게 되고, 고유한 시 이론을 창출하려는 욕망은 두 단계를 병행함으로써 실천된다. 우선, 워즈워스는 1798년의 실험적 과업을 목적으로 그와 코울리지가 공동으로 만들어낸 대문자 저자라는 실체를 제거해야 했다. 그런 다음, 독자들이 구체적 실명이 제시되지 않은 대문자 저자의 시들에 대한 저작권을 자신이 소유하고 있도록 믿게 만들려 했다. 1800년 판 「서문」에서 워즈워스는 1798년의 대문자 저자에게 어떤 일이 일어났는지에 관해서는 한마디도 하지 않는다. 워즈워스의 이러한 침묵은 이전에 1798년 판의 대문자 저자의 시들을 구입한 독자들을 기만하는 행위라고 할 수 있다.[11]

　1798년 판의 대문자 저자가 이룩하고 있는 저자의 기능이나 시적 성과를 인정하는 일부의 독자들은 어쩌면 워즈워스의 이 같은 명백한 사기 행위에 대해 심한 불쾌감을 느낄 수 있을 것이다. 1800년 판에 새로 수록된 시들에 의해 암시되거나 구체적으로 제시되듯이 워즈워스 자신도 자신의 행위에 대해 많은 부담감을 느끼고 있다. 그럼에도 불구하고, 워즈워스는 이러한 일종의 기만적 행위의 대가로 주어질 것들을 조심스럽고 참을성 있게 그리고 치밀하게 계산한다. 실제로 1800년 판 시집을 발행을 계기로 워즈워스는 명실상부한 시인으로 성장하게 된다. 워즈워스의 이러한 주도면밀한 실행의 과정에서 같은 동업자로 시작한 코울리지는 1800년 판에 새로 첨가된 「노수부의 노래」의 설명에서처럼 깔보는 투의 낱말로 모욕을 받고, 1800년 판 시의 배열에서 주변적 위치로 밀려나게 되며, 나중에는 백치 꼬마로 취급당하기도 한다.[12] 이러한 전유와 차별, 배제, 폭력의 과정을 겪으면서 코울리지는 시 창작적 관점에서는 점점 자신감을 잃게 된다.

　시적 언어에 대한 실험이라는 관점에서는, 1800년 판에 수록된 몇 편의 시들은 1798년 판을 계승하고 있다. 이 점은 워즈워스가 적어도 시

---

11) 당시의 문학 시장에서 일반 독자들에게는 『서정 민요집』의 저자로서 워즈워스가 등장하는 것은 1800년 판이 출간된 다음이다. 그 이전에는 분명 「공지문」에 있는 대문자 저자가 저자로서 비평가들에게도 인정받는다.

12) 「Stanzas Written in my Pocket copy of the Castle of Indolence」에서 코울리지는 백치 꼬마의 위치로 전락된다. 즉, "A face divine of heaven-born idiocy!" (43).

적 언어라는 측면에서는 1798년 판의 성과를, 특히 코울리지의 영향력을 인정하고 있음을 나타낸다. 시적 언어가 어떠한 방식으로 작용하는지에 관한 주제는 「공지문」에서 말해지며 또한 서정 민요로 분류되는 시들을 통해 고유명사 저자가 수행하고 있는 실험적 과업의 주된 논제였다. 「루시 그레이」("Lucy Gray"), 「뒷산에서 부는 선풍」("A whirl-blast from behind the hill"), 「컴버랜드 거지 노인」("The Old Cumberland Beggar"), 「한 소년이 있었다」("There was a Boy") 등의 시와 「야릇한 감정이 치솟는 것을 느꼈네」("Strange fits of passion I have known"), 「그녀는 인적 없는 곳에 살았네」("She dwelt among th' untrodden ways"), 「잠이 내 정신을 봉인했다」("A slumber did my spirit seal") 등의 루시(Lucy)를 소재로 하는 연작시들이 이러한 부류에 속하는 시들이라 할 수 있다.

언어 실험은 1798년 판에서는 「노수부의 노래」에서 본격적으로 그리고 정교하게 진행되고 있음을 고려한다면, 이들 시가 언어적 운용과 기교면에서 어떠한 방식으로 노수부의 과업을 계승하고 있는지를 추적해내는 것은 아주 흥미로운 일이 될 것이다. 특히 마지막 세 편은 시적 재현의 과정에서 언어가 서술의 대상을 전이시키는 능력과 메타포의 치환적 능력에 관한 워즈워스의 세밀한 노력을 잘 드러내고 있다. 루시 연작시는 시적 재현을 논제로 삼는다는 점에서 서로 연관된다. 「루시 그레이」는 텍스트 기호 또는 암호(cipher)를 표시하는 중심 모티브인 "발자욱"(footprints)을 중심으로 전개되고 있다. 이를 통해 이 시는 일종의 암호로서 제시되는 메타포를 어떻게 해석할 것인가를 문제시하고 있으며, 지칭 대상의 해석 불가능성이라는 주제를 제기한다. 「컴버랜드 거지 노인」은 사회 문제에 항의하는 요소를 지니고 있지만, 보다 중요한 관심사는 인물이나 비유의 판독 불가능성, 즉 언어에 내재한 반동적 타자성이라고 할 수 있다. 이 시에 나타난 노인은 일종의 움직이는 상형문자와 같으며, 워즈워스는 노인에 대한 서술을 통해 읽기의 본질적 문제를 다루고 있다. 언어의 본성에 관한 이러한 탐색은 비슷한 시기에 창작된 「여행하는 노인」("Old Man Travelling"), 「가시나무」("The Thorn"), 「퇴역군인」("The Discharged Soldier"), 그리고 1800년 판 발행 후에 창작된 「결의와 독립」("Resolution and Independence") 등의 시에서도 계속 일관되게 논의되고 있다.

1800년 판은 자서전적 요소를 강하게 함의하는 시들도 포함한다. 워즈워스의 시인으로서의 자아 형성에 관한 관심이 본격화되기 때문이다. 대표적으로, 「형제」, 「한 소년이 있었다」, 「한가한 양치기 소년들」("The Idle Shepherd Boys"), 「마이클」("Michael") 등이 있으며, 이들 시에서 워즈워스는 1798년 판 대문자 저자에 대한 자신의 복합적 감정을 드러내면서 동시에 시인으로서 자신의 시적 이상을 전개한다. 대략적으로, 1800년 판에 새로 실릴 시들을 창작하는 무렵에 이르러 워즈워스는 시 창작을 생업으로 하는 직업 시인으로 자신의 이미지를 본격적으로 형성해간다. 이제 시 창작은 미학적 언어 구조물을 산출하는 의미를 지니는 동시에 생계유지의 수단이 된다. 그는 글쓰기의 의미를 재정립하려 한다. 예컨대, 자신의 이름을 주변 사물들에 각인시키면서 내면세계와 외부 세계에 산재해 있는 시적 소재를 체계적으로 수집한다. 이 무렵 많은 시들이 글 읽기, 작물의 수확, 토지 경작에 관한 메타포들을 가지고 있는 것은 결코 우연한 일이 아니다.

# | 인용문헌 |

Averill, James. *Wordsworth and the Poetry of Human Suffering*. Ithaca: Cornell UP, 1980.

Coleridge, Samuel Taylor. *Collected Letters of Samuel Taylor Coleridge*. ed. Earl Leslie Griggs. 6 vols. Oxford, 1956-1971.

Bourdieu, Pierre. *The Field of Cultural Production: Essays on Art and Literature*. Ed. Randal Johnson. NY: Columbia UP, 1994.

Eilenberg, Susan. *Strange Power of Speech; Wordsworth, Coleridge, and Literary Possession*. Oxford: Oxford UP, 1992.

Foucault, Michel. *Language, Counter-memory, Practice*. Ed and Intro. Donald F. Bouchard. Trans. Donald F. Bouchard and Sherry Simon. Ithaca: Cornell UP, 1977.

Freud, Sigmund. "The Uncanny." *The Standard Edition of the Complete Psychological Works of Sigmund Freud*. vol 17. ed and trans. James Strachey. London: Hogarth P, 1955.

Gill, Stephen. *William Wordsworth: A Life*. Oxford: Oxford UP, 1989.

Jordan, John E. *Why the Lyrical Ballads?* Berkeley: U of California P, 1976.

Johnson, Kenneth R. *The Hidden Wordsworth: Poet, Lover, Rebel, Spy*. NY: W.W. Norton, 2001.

Magnuson, Paul. *Coleridge and Wordsworth: A Lyrical Dialogue*. Pinceton: Pinceton UP, 1988.

_____. *Reading Public Romanticism*. Princeton: Princeton UP, 1998.

Reiman, Donald H. ed. *The Romantics Reviewed; Contemporary Reviews of British Romantic Writers*. 2 vols. New York: Garland Publishing, Inc., 1972.

Schoenfield, Mark L. *The Professional Wordsworth: Law, Labor, and the Poet's Contract*. Athens: The U of Georgia P, 1996.

Simpson, David. *Wordsworth's Historical Imagination: The Poetry of Displacement*. NY: Methuen, 1987.

Siskin, Clifford. *The Historicity of Romantic Discourse*. Oxford: Oxford UP, 1988.

Wordsworth, William. *Wordsworth: The Chronology of the Early Years, 1770-1799*. Cambridge, 1967.

_____. *The Letters of William and Dorothy Wordsworth: The Early Years, 1787-1805*. ed. Ernest de Selincourt. 2nd ed., rev. Chester L. Shaver. Oxford: Clarendon P, 1967.

Wordsworth, William, and Samuel Taylor Coleridge. *Lyrical Ballads 1798*. ed. W. J. B Owen. 2nd ed. Oxford: Oxford UP, 1969.

_____. *Lyrical Ballads*. eds. Brett, R.L. and A.R. Jones. 2nd ed. NY: Routledge, 1991.

Wu, Duncan. *Romanticism: An Anthology*. Ed. 2nd ed. Oxford: Blackwell Publishers, 1998.

# 제2부

# 4

## 여행자의 집 쓰기 행위: 워즈워스, 1798-1802

워즈워스(William Wordsworth)는 영국 호수 지역(the Lake District)을 정서를 대표하는 '장소의 시인'이라고 불리며, 그의 시가 표현하고 있는 장소성은 로맨티시즘 문학의 뚜렷한 업적으로 꼽힌다. 다른 한편으로는, 그는 "영혼 속에 집시"(Simpson 48)를 지니고 내적 자아의 이동에 완전히 몰입하며, 여행에 중독되어 있다. 여행자와 여행은 로맨티시즘 시기의 신조어이다. *OED*는 이들 단어의 기원을 각각 1780년대와 1810년대로 적고 있다. 워즈워스는 독일 여행 후 1799년 12월에 고향인 그라스미어 (Grasmere)에 집을 정하고 주변 호수 지역을 시작활동의 참조점으로 설정한다. 집과 귀향을 다루는 시들이 뒤따라 작성되는 것은 이상할 것이 없다. 그가 생각하는 집은 그라스미어의 도버 코티지(Dove Cottage)에 국한되지 않고 호수 지역으로 그리고 점차 영국 전체로 확장된다. 최근에 존스턴(Kenneth R. Johnston)은 워즈워스를 "영국 호수 지역 시인"(75)이라고 지칭하면서 호수 지역이라는 지역성을 워즈워스와 연관시키지만, 1800년 초기에도 이미 호수파(the Lakes School) 혹은 호수 지역 시인(the Lake Poets)이라는 명칭이 통용되었다. 그렇다면, 호수 지역 시인이라는 분류는 당대의 비평 사류나 현재의 전통적 해석을 따라 워즈워스 시의 특이한 지역성에 대한 단순한 표지로만 받아들여져야 하는가? 여기에 또 다른 질문들을 덧붙여 생각해볼 수 있다. 여행 글쓰기 관점에서 호수 지역과 워즈워스의 미학과의 관계는 어떻게 정립될 수 있는가? 호수 지역의 풍경 묘사는 그가 생각하는 공동체나 국가와 어떤 관계가 있는가? 본 논문은 이러한 질문들을 염두에 두고 최근에 본격적으로 논의되고 있는 로맨티시즘 여행 담론을 워즈워스에게 적용하여 워즈워스가 그라스미어 정착 이후 점진적으로 구체화하고 있는 고유한 공동체관을 파악하려 한다.

워즈워스는 많은 시에서 자신을 여행자로 재현하면서 당대의 영국 사회의 실상을 여행자의 시각으로 관찰하면서 자신이 바라는 공동체나 국가관을 표현하고 있다. 그가 재현하는 공동체는 자아와 상호 산출의 관계로 묶여 있다. 그라스미어에 정착한 이후 창작된 시들은 호수 지역의 정서를 진하게 풍기지만 동시에 영국 전체를 지향하는 요소가 깔려있다. 그는 향토시인이면서 영국성을 적절하게 대변하는 국민 시인이라는 양가성을 보여준다.

워즈워스가 호수 지역이라는 지역성을 포섭하면서 영국을 대표하는 국민 시인이 되었다는 사실은 추상과 특수, 일반화와 개별화의 양면을 동시에 지니며, 일반화된 개별화로서의 공동체나 국가를 재검토하게 한다. 워즈워스는 이러한 생각은 시적 상상력의 기능에 관한 생각에도 드러난다. 그에게 상상력은 개인을 회복시키는 힘을 가지면서 국가나 공동체에 봉사한다는 것을 의미한다. 워즈워스의 시에서 장소와 시인은 서로 응답하며 "자연은 / 전체에 관한 상상력인 영혼에 거처를 마련했다"(1805. XIII, 64-65)는 구절에서 암시되듯이 자연에 관해 말한다는 것은 시인과 그 시인이 소속된 전체 공동체에 관해 말하는 것이 된다. 그라스미어를 중심으로 호수 지역을 배경으로 삼아, 워즈워스는 부분을 전체로 통합하고, 파편화를 복구하며, 공동체는 개인으로, 개인은 공동체로 상호 교환되는 시적 상상력 패러다임을 산출한다.

워즈워스는 그라스미어에 정착한 후, 그 지역의 풍경과 삶을 토대로, 당대의 메트로폴리스와의 차이에 기반을 둔 새로운 동질적 영국성을 창출하려 한다. 시적 소재로서 그가 활용하는 호수 지역 풍경은 동질적 영국 국민성이 창출되는 곳이면서 동시에 문화적 차이를 암시하는 장소가 된다. 실제로 호수 지역은 그 자체로 독립된 공간이 아니라, 영국 국가주의 미학과 당대의 사회적, 경제적 압력, 도시화와 인클로저 운동이 표출되는 곳이다. 워즈워스가 묘사하는 풍경은 정치와 무관한 것은 아니라, 오히려 차별과 배제의 원칙이 작용하며, 국가주의나 이데올로기가 개입하며, 이것에 대한 협력과 저항과 함께 지식과 권력의 역학관계가 펼쳐지는 장이 된다.

호수 지역에 대한 워즈워스의 태도는 보수적이며 때때로 지적 엘리트주의적 색채를 풍긴다. 사실상 워즈워스 작품의 주 독자층은 학식 있는 신사 계층이었다. 워즈워스는 이들을 일반적 의미의 군중과 구분한다. 1815년 「서문의 보완문」("Essays, Supplement to the Preface")에서 인위적 영향에 지배되는 대중(the Public)과 워즈워스 자신이 설정한 이상적 공동체의 일원인 국민(the People)을 구분하는 것은(*Literary Criticism* 187) 이러한 논지를 반영한다. 워즈워스는 호수 지역을 매개로 정서적 문학적 유대를 맺은 친밀한 문학적 동료들과 함께 그 지역에 애착을 갖는 교양 있는 계층과 문학적 연대를 결성하고 자신이 생각하는 공동체관이나 국가관을 시를 통해 형성하고 보급하려한다.

제노위츠(Anne Janowicz)는 『영국의 폐허: 시적인 목적과 국가의 풍경』(England's Ruins: Poetic Purpose and the National Landscape)에서 워즈워스의 자아쓰기는 본질에서 국가 쓰기의 토대가 되는 서사시적 구조를 가진다고 주장한다(7).[1] 이러한 주장은 워즈워스의 공동체나 국가관은 시인 자신의 정체성 설정과 밀접한 관련을 가진다는 점을 뒷받침한다. 워즈워스의 이상적 공동체관이나 국가관은 본격적 직업시인으로서 자신의 정체성을 문학 작품의 생산과 소비 메커니즘과 관련지어 설정하려는 전략적 행위와 무관하지 않다. 이러한 관점에서 워즈워스의 창작 행위는 당대의 호수 지역에 대한 취향의 기준을 설정하고, 이상적 공동체관을 지식 순환 체계에 유통시키고 이를 통해 전문적 작가로서 자신의 입지를 확립하려는 의도를 드러낸다. 실제로 오늘날 호수 지역은 워즈워스의 고장으로 홍보되며, 이곳을 여행하거나 방문하는 사람은 워즈워스의 작품에 재현된 논리를 따라 풍경을 독해하고 전통적 삶의 방식이나 가치관을 성찰하는 기회를 가지게 된다는 점에서 이러한 의도는 더욱 분명해진다.

18세기 후반부터 여행자라는 수사는 근대성에 관한 논의와 결부된다. 당대의 영국에서는 국가주의와 식민주의 그리고 메트로폴리스와 지방 간의 갈등이 표출되며 산업화와 도시화라는 사회적 격동 속에서 개인의 정체성과 국가의 정체성에 대한 탐색은 새로운 관심사로 대두하였다. 워즈워스에게 국가의 정체성은 재현과 특히 자기 재현과 무관하지 않다.

---

1) 워즈워드 자신도 Thomson, Shenstone, Cowper가 개발하고, Coleridge, Southey, Blake, Keats, Shelley 등이 지지한 영국 국가주의 미학에 그대로 동참하고 있다.

국가를 재현과 연관시키는 것은 새삼스럽지 않으며, 홉스봄(Eric John Ernest Hobsbawm)은 국가를 "인공물, 창안물"(9)로 바라보면서, 국민의 국가와 동일시는 "아주 짧은 기간에도 변화하고 이동"(10)한다는 점을 언급한다. 이러한 관점에서 겔너(Ernest Gellner)는 국가를 "인간을 분류하는 자연적이고 신이 준 방식"(49)으로 생각하는 것은 옳지 않다고 말한다. 앤더슨(Benedict Anderson)도 국가의 정체성은 "상상의 공동체"와 유사하게 "동질적인, 텅빈 시간"에 토대를 두지만 이러한 토대는 정체성 자체를 허물어뜨린다는 논지를 표명한다(26). 이들의 주장은, 특히 앤더슨의 경우에는, 국가의 정체성은 어떤 확고부동한 본질을 영속적으로 담보하는 것이 아니라 정체성 자체는 재현이며, 이러한 재현에 선행하는 것은 구체화되거나 식별할 수 없으며, 국가의 정체성은 일정 기간 동안 본질의 탈을 쓰고 있는 형식적 추상에 불과할 수 있다는 가정을 내포한다.

이러한 가정은 자아와 공동체 그리고 국가의 정체성 탐색을 표출하는 워즈워스의 여행 글쓰기에는 캠벨(Mary Baine Campbell)이 지적하는 "모든 재현의 본질적 허구성"(264)이 내재함을 시사한다. 직접 목격한 풍경이나 체험한 사실과 경험에 토대를 둔 여행 글쓰기를 통해 워즈워스는 개인적 정체성을 끊임없이 국가와 관련성에서 찾고 있지만, 그가 추구하고 실제로 설정하는 개인이나 국가의 정체성은 어떤 의미에서 데리다(Jacqus Derrida)가 말하는 기호에 내재한 속성인 차연(différance)이나 정해지지 않은 채 약속으로 남아있는 미래를 위한 변형력을 의미하면서 자체의 가독성의 조건과 환경을 변형시키는 "반복"(iterability)을 끊임없이 되살려낸다.

「틴턴 사원」("Lines written a few miles above Tintern Abbey. On REVISITING THE BANK OF THE WYE DURING A TOUR, July 13, 1798")은

제목과 부제에서 여행 장소와 시간을 표시하는 여행 시이다. 이렇게 여행 일정표가 명시되는 것과는 대조적으로 정작 여행자의 위치는 "틴턴 사원 위 몇 마일"이라는 부제의 구절로 인해 모호해진다. 그가 서 있는 위치를 두고 벌어진 로맨티시즘 이데올로기론은 미학의, 풍경의, 그리고 시적 상상력의 본질적 매개성을 암시한다. 로우(Nicholas Roe)는 1798년 워즈워스의 와이 계곡 여행시 속에는 당대의 프랑스와 영국 간의 정치적 상황이 담겨있다고 지적하면서 워즈워스의 희곡 『경계인들』(*The Borderer*)처럼 「틴턴 사원」도 경계를 표시하는 시라고 설명한다(171-72). 그가 지적하는 경계는 당대의 정치 문제였던 영국과 웨일즈 간의 영토 분쟁(173)에 따른 경계선 설정 문제이지만, 워즈워스 여행자가 그려내는 경계는 클라인의 병을 상기시키면서, 경계의 내부와 외부가 동시에 공존하면서 식별할 수 없다는 것을 암시한다. 다시 말해, 「틴턴 사원」에는 생태환경과 개발, 중심과 주변, 도시와 농촌, 문명과 원시, 혁명과 보수가 혼재하면서 상호 침투한다. 로우는 경계를 분쟁의 대상이 되었던 국경선으로 해석하지만 실제로 시에서 경계는 당대인의 삶을 구속하고 있지만, 속성상 확정할 수 없는 가상의 선일 수 있는 것이다.

## I

「틴턴 사원」을 비롯한 많은 여행 글쓰기에서 워즈워스 화자는 자신을 평범한 관광객이 아니라, 톰슨(Carl Thompson)이 말하는 "고난을 겪는 여행자"(187)의 모습으로 재현한다. 로빈슨(Jeffrey Robinson)은 1790년대 무렵에는 "걷기는 불안을 표시하면서, 부정적으로는 뿌리내릴 곳을 잃고 정치적으로 내몰림을, 보다 긍정적으로는 급진주의자의 이동성"(52)을 의미한다고 설명한다. 「틴턴 사원」은 여행을 문학적으로 서술한 워즈워스의 시적 경향을 잘 드러내면서 걷는 행위는 단순한 여가 활동이 아니라 고난을 자처하는 질문자의 면모를 일깨운다. 힘겹게 걸음을 옮기는 "trudging"은 워즈워스의 걷는 신체 행위를 묘사하지만(Grattan 107), 셰익스피어(William Shakespeare)가 『폭풍』(The Tempest)에서 "걸음걸이로 그 여자를 안다"(4.1.102)는 구절을 통해 암시하듯이 걸음 자체는 인격의 기표이기도 하며, 19세기 인상학 담론은 이러한 논지를 발전시키고 있다.

　　워즈워스-여행자의 시각은 인식을 목적으로 대상을 지배하고 포획하려 하지만, 동시에 대상의 자율성을 인정한다. 이러한 자율성이 인정받지 않는 경우에는 워즈워스의 시적 상상력은 히키(Alison Hickey)가 "제국주의적 상상력"(131)이라고 비판하는 요소를 가지는 것으로 간주된다. 이러한 비판은 『소풍』(The Excursion)을 논평하면서 해즐리트(William Hazlitt)가 언급하는 "워즈워스의 자기중심적 숭고미"(214)와 어느 정도 관련된다. 「틴턴 사원」에서 시의 청자로 설정된 도러시(Dorothy Wordsworth)의 존재가 거의 결말 부분에 이르러서야 일깨워지는 점은 해즐리트의 언급을 정당화하는 구실이 될 수 있다.

　　퍼거슨(Frances Ferguson)도 도러시의 존재가 나중에서야 인정되는 점을 강조하면서 「틴턴 사원」에서 워즈워스는 전체 풍경을 독점하여 자기만의 공간을 만들기 위해 풍경에서 사람을 제거해버리는 풍경의 탈인간화를 자행한다고 지적한다. 퍼거슨은 워즈워스의 이러한 태도를 "워즈워스 자아의 영토 제국주의 기능"(127)으로 비판한다. 이러한 풍경의 탈인간화 논리에는 당대의 맬더스(Thomas Malthus)의 『인구론』(An Essay on the Principle of Population)에서 수치상 급격하게 증가하는 인간의 몸에 대한 불안이 담겨있다. 퍼거슨은 이를 타인의 의식과 존재에 대한 불안으로 설명하지만 본질에서 대상을 자신의 질서 속에 편입시키고 통제하려는 의도에서 비롯되는 불안이라고 할 수 있다.

풍경 속에서 과도하게 수치가 증가하는 타인의 몸에 대해 워즈워스가 표출하는 불안은 『서시』 7권의 끝 부분에서 성 바톨로뮤(St Bartholomew) 장터의 묘사에서 표현되는 군중에 대한 불안에 잘 담겨있다. 장터에 모인 군중에 대한 워즈워스의 묘사는 바흐친(Mikhail Bakhtin)의 그로테스크한 몸에 대한 설명을 떠올리게 한다. 이 장면에서는 당대의 메트로폴리스 런던의 거대함과 무질서 그리고 이로 인한 화자가 느끼는 심리적 공포가 극적으로 묘사된다. 대도시의 광경은 화자의 "창조력"마저도 압도하며, 뮤즈의 도움으로 이러한 위기에서 벗어나 "군중의 압박과 위험을"(1805. 7. 658) 피해 무대 위로 몸을 옮겼을 때 그의 눈앞에 펼쳐지는 광경은,

눈과 귀에
그야말로 지옥이, 야만적이고 지옥과 같은
그야말로 무질서의 혼란과 소음이―꿈이라고 할 수밖에
기괴한 색채, 움직임, 형체, 광경, 소리는.

What a hell
For eyes and ears, what anarchy and din
Barbarian and infernal―'tis a dream
Monstrous in colour, motion, shape, sight, sound. (1805. 7. 659-62)

군중은 설명할 수 있는 경험의 범위를 벗어나는 현상이며, 인식 주체인 화자는 이들에 압도되어 공포에 가까운 감정을 느끼게 된다. 분류할 수

없고, 셀 수 없는 군중은 가능한 한 모든 범주를 벗어나며, 퍼거슨이 말한 자아의 영토 제국주의나 해즐리트가 말한 자기중심적 숭고미와는 대척점을 이루는 숭고미의 한 형태를 만들어낸다고 할 수 있다.[2]

그러나 실제로 워즈워스의 주 관심은 5년의 기간 동안 풍경에 대한 인식의 변화에 관한 것이며, 도러시를 대상화하는 만큼이나, "친구"(116)라고 부르는 그녀와 상호주체성을 강조한다. 즉, 담론의 지배권을 쥔 남성이 수동적 여성에게 말을 하며 그녀를 대상화한다는 논지는 개인 간의 차이와 공통점을 인정하면서, 세대 간의 연속성을 제시한다는 대응 논지로 인해 효과가 반감된다는 것이다. 타자에 대한 인식은 점차 "인간의 조용하고 슬픈 음악"(93)에 대한 공감적 인식으로 점차 이어진다. 또한, 풍경의 탈인간화를 획책하는 것이 아니라, 특히 첫 번째 운문 단락에서 "이 가파르고 높은 절벽"(5), "이 어두운 단풍나무"(10), "이 과수원 풀밭"(11), "이 울타리"(16)를 비롯하여 그 밖의 많은 사례에서 계속 사용되는 한정사의 효과에서 느낄 수 있듯이, 마치 풍경을 소개하는 여행 안내자처럼, 독자들이 상상 속에서 풍경을 생생히 떠올리도록 한다. 워즈워스 화자는 풍경의 올바른 독서법을 가르치는 역할을 한다. 이러한 과정에서 풍경은 하트만(Jeoffrey Hartman)이 말하는 물체 없는 기록과 유사한 것이 되어, 독자는 물질적 풍경을 벗어나도, 기념물이나 비석처럼 남아 있는 자신의 쓰기(해석) 행위를 통해 계속 수행과 변화를 유지하게 된다(40).

그렇다면, 풍경에 대한 올바른 독서법을 제시하려는 워즈워스의 의도는 무엇이며, 풍경과 국가는 어떤 관계를 맺는가? 이러한 질문에 대한 답변으로 워즈워스는 올바르게 풍경을 독해하는 과정을 거쳐 풍경을 대하면 독자는 이상적인 "감각"을 느끼게 될 것이고, 이러한 감각을 토대로

---

2) 허츠(Neil Hertz)는 이 장면을 칸트의 산술적 숭고미로 설명한다(45-59).

올바르게 "영국의 특성을 존중하게" 될 것이라고 말한다(*MY* 2, 304). 「틴 턴 사원」에서 "풍경"이라는 낱말은 첫 운문 단락에서 두 번, 26행에서 다 시 표시되며 그 후 사라졌다가 시의 끝부분 159행에서 다시 나타난다. 풍 경이 사라진 부분은 시에서 물리적 풍경에 관한 묘사가 없이 화자의 명 상이 계속되며, 이러한 명상의 과정에서 풍경 읽기 교육의 효과는 여실 히 드러난다. 제노위츠는 "영국 풍경은 전적으로 영국성을 표시하는 문 화와 동일시 되어왔다"(90)고 지적하면서 문화와 자연을 통합시키는 것 이 민족주의 발전에 기여했으며, 이러한 통합의 대표적 인물이 워즈워스 라는 것을 말한다. 이러한 설명은 풍경의 올바른 독해를 통해 국가관을 설정하려는 워즈워스의 의도를 잘 집어낸다.

「결의와 독립」("Resolution and Independence")에서 여행자인 워즈워 스 화자는 거머리잡이 노인을 보게 되고 그를 어떻게 파악할 것인지에 관한 문제에 봉착한다. 노인은 처음에는 보통 사람이라기보다 "감각이 부여된 사물"(68)이나 바위 위에 있는 "바다 동물"(69)처럼 보인다. 워즈 워스는 분류와 범주화를 통해 대상을 정의해야 하는 과제를 안은 것이 다. 노인에 대한 범주화가 난관에 봉착하자 그는 노인의 교환적 가치인 생계를 유지하는 방법과 하는 일에 관해 묻게 되며, 노인은 웃음으로서 답한다. 결국, 화자는 바위도, 노인도, 바다 동물도 정확히 구분되어 분류 할 수 없는 대상임을 깨닫게 되며, 구체적 사물을 추상화하려는 노력의 실패를 자인하고, "자신을 조롱하는 웃음을 짓게"(144) 된다.

거머리잡이 노인은 워즈워스가 여행 중에 만나는 인물의 한 전형이 된다. 「여행하는 노인」("Old Man Travelling")에서 등장하는 노인이나 「가 시나무」("The Thorn")에서 등장하는 마사 레이(Martha Ray)와 같은 인물 들은 여행자/화자가 읽을 수 없는 공백을 남긴다. 프라이(Paul Fry)는 이러한 공백과의 조우가 워즈워스의 상상력의 본질이며, 사물을 추상화시키는 작용과 구분된다고 주장한다(97-101). 워즈워스가 대상화되고 포획되기를 거부하는 존재를 인정한다는 사실은 대상을 지배하는 보편화의 기제로서 워즈워스의 상상력과 시학을 이해하는 일반적 방식에 의문을 제기한다. 실제로, 타자를 의식하고 허용함은 그가 설정하는 공동체에 불가결한 요소가 된다. 또한 이러한 인식은 당대의 중앙집권 정부가 전국적으로 인구통계를 작성하고, 지도 만들기 사업을 강화하며, 인클로저 법안 등을 통해 공간을 분류하고 조직함으로써 국민을 통제하려는 것과 분명히 구분된다. 실제로 영국 정부는 자국 내에서 1801년에 인구통계를, 1791년에는 측량 칙령을 최초로 시행하며, 1757년에는 대영 박물관을 건립한다. 영국 제국주의 패권을 상징하는 이러한 제도와 기관들이 식민지에 앞서 자국의 영토와 자국민을 대상으로 삼아 통계와 분류, 측정을 목적으로 시행되었다는 점은 제국주의 시책과 연관된 계량화와 분류를 통한 추상화 과정이 영국 내에서도 진행되었음을 시사한다. 이러한 추상화의 과정에서 상상된 우리에 기반을 둔 영국성이 등장하게 된다. 워즈워스의 영국성은 이러한 추상화 계량화 분류를 근거로 하는 제국주의적 영국성과는 분명히 구분되는 면이 있다.

'국가에 대한 공헌'은 워즈워스 사후 추도문이나 공적사에서 자주 등장하는 문구가 된다. 그가 중앙정부에 맞서 지역성을, 추상화나 보편화에 맞서 특수성이나 개별성만을 옹호했다면, 과연 이 같은 말이 나올 수 있었을 것인가? '국가에 대한 공헌'이 시인으로서 워즈워스의 업적에 관한 전반적인 평가라면, 이것은 자신의 시학에서 옹호하는 그라스미어 주변의 향토성을 영국의 국가성과 절충하고 타협시켰다는 방증이 될 것이다. 개릿(James Garrett)은 "영국이라는 추상적 국가를 만들어내기 위해서는 우선 지역의 특성이 수집되고, 걸러지고, 분류되고, 그 후에 재구성되어서 영국의 특성과 . . . 역사의 정당성을 담론적으로 서술해야 함"을 설명한다(3). 워즈워스의 향토색 짙은 시들은 그라스미어 주변의 호수 지역의 고유한 특성과 인물, 그리고 특이한 사건들의 기록물이자 저장소가 된다. 공간적 지리는 역사, 사건, 정서, 경험의 담지체가 됨으로써 사회적, 인류학적 지리로 전환된다는 것이다. 그의 고유한 시 창작 활동, 그가 주장하는 개별성과 사실성은 영국성의 생생한 기록물로서 국가적 담론 형성의 과정에 편입된다. 유럽 민족국가의 집단의식과 정체성의 요체는 "지역의 특유한 방언, 민담, 예술품, 골동품"(383)이었음을 주장하는 로웬설(David Lowenthal)은 이 점을 뒷받침한다.

워즈워스의 향토색 짙은 풍경 담론이 공론화되고 공감을 얻게 된 것은 반 메트로폴리스적 분위기가 당시에 이미 존재했다는 사실에 기인한다. 다비(Wendy Joy Darby)는 18세기 말엽 무렵이면 영국의 식자층에서는 자연에 대한 인식에 많은 변화가 있었고, 호수 지역을 사회적 연속성을 표현하는 문화 상징으로 받아들이게 되었다고 말한다(84). 이러한 인식의 변화는 그 이전 시기에 도시 근대화의 중심으로서 풍요로움의 상징이었던 런던 중심의 문화의 위상에 변화가 생겼다는 것을 의미한다. 실제로 블레이크(William Blake)가 그려내는 18세기 말의 런던은 이미 자신의 반이미지를 사회 전반에 충분히 각인 시키고 있다. 블레이크의 여행화자가 등장하는 「런던」("London")은 중앙집권화된 정부, 가난의 참상, 권력과 결탁한 교회의 부패, 제국주의로 희생된 사람, 매춘 등으로 인한 세대 종말의 묵시록을 보여준다. 템스 강과 궁궐, 그리고 시내를 걸으면서 그가 목격한 광경은 런던의 주류 문화가 도저히 더는 무시할 수 없는 참혹한 사회현실과 공존하고 있었다는 것을 전달한다. 여기에다 당대의 픽처레스크(picturesque) 미학이 결합하고, 이것이 회화나 인쇄매체의 도움 받게 되면서, 워즈워스의 호수 지역은 이미 18세기 영국 지배계층의 '상상의 공동체'로 변모되었다. 결국, 호수 지역의 부상은 당대의 영국 문화 현상인 픽츠레스크와 결탁한 국가주의의 정치적 산물이라는 것이다.[3] 그렇다면 워즈워스가 그려내는 호수 지역의 풍경과 사람들의 삶은 "비유적, 이데올로기적 잠재력"을 가지는 것이 당연하다(Olwig 310-20).

## II

퍼거슨은 19세기 초엽 무렵에는 숫자를 세는 것은 "이름은 짓는"(14) 것과 유사했다는 점을 주장한다. 영국에서 1753년 토마스 포트(Thomas Potter)는 "전체 인구수, 결혼, 출산, 사망자 수, 그리고 영국의 모든 교구와 교구 밖의 장소에서 구호금을 받는 전체 빈민 수를 해마다 파악하고 기록하는" 법안을 의회에 제출한다. 이는 베네딕트 앤더슨이 말하는 대로 분석적 공간을 조직하고 각각의 개인을 장소에, 각각의 장소를 개인에게 배치함으로써 감시의 효율성의 높이려는 권력의지로서 설명할 수 있다(143). 숫자를 세는 것에서 통계가 발전했으며, 이에 따라 푸코(Michel Foucault)가 말하는 감시 기제가 작동하게 되었다는 것이다. 이러한 논지가 드러나는 것이 「우리는 일곱」("We Are Seven")이다. 성인 화자는 여행 중에 어린 소녀를 만나며, 두 사람 간에는 소녀의 형제 숫자를 두고 권력 다툼을 벌인다.

---

3) 다비는 1780년에서 1790년대 무렵이면, 출판된 호수 지역 안내서나, 인쇄된 경치나 채색판화 모음집, 지도와 측량서들의 영향으로 픽츠레스크가 인기를 얻게 되었다고 설명한다(61).

내가 말하길, "그 둘이 천국에 있다면
"그렇다면, 너희는 몇이니?"
소녀가 망설이지도 않고 답하길,
"아 선생님! 저희는 일곱입니다."

"그렇지만 그들은 죽었어. 그 둘은 죽었단 말이야!
그들의 영혼은 이제 천국에 있는데!"
이건 말을 던져 버리는 것이었다. 왜냐면 여전히
소녀는 고집을 피우면서,
"아니에요, 우리는 일곱인데요!"라고 말했다.

"How many are you, then," said I,
"If they two are in heaven?"
Quick was the little Maid's reply,
"O Master! we are seven."

"But they are dead; those two are dead!
Their spirits are in heaven!"
'Twas throwing words away; for still
The little Maid would have her will,
And said, "Nay, we are seven!" (61-69)

문제시되는 것은 몸의 가시성과 비가시성이다. 화자의 관점에서는 몸은
가시적이며, 물리적 공간을 차지하며, 계산되고, 고정된다. 그러나 소녀
가 주장하는 비가시적 몸은 물리적 공간에 고정될 수 없으며, 분석될 수
없기에, 지배 메커니즘이 억제하고 제어할 수 있는 대상이 될 수 없다.
푸코는 『감시와 처벌』(*Discipline and Punish*)에서 지배와 권력 메커니즘
을 설명하면서 18세기에 지배체제로서의 국가는 "대상과 권력의 목표 지

점으로서 몸을 발견"(143)했다고 지적한다. 몸에 관한 화자의 범주와 그가 사용하는 몸이라는 기호는 획일화에 포섭된 범주와 기호이기도 한다. 이러한 기호는 대상의 생생한 모습과 이질적 행위를 적절하게 담아낼 수 없을 것이며, 이러한 기호에 토대를 둔 공동체 담론은 구성원의 개별적 특성을 적절하게 포괄할 수 없을 것이다.

결국, 「우리는 일곱」은 공동체의 응집성과 소통에 관한 질문을 던지고 있다고 할 수 있다. 성인 화자는 소녀의 공동체에 편입되지 못한다. 그의 실패는 타자와의 소통 자체에 역점을 두기보다는 자신의 규범적 기호가 갖는 한정적 권력에 휘둘리기 때문이다. 화자는 몸이나 개별적 자아를 통계와 분류의 관점에서 추상적으로 재현하려 한다. 또한 몸은 가시적이어야 하며, 물리적 공간을 차지해야만 한다는 당위성에 토대를 자신의 기호를 소녀에게 주입해 소녀를 통제하려 함으로써 공동체의 구성에 중요한 요소인 소통과 공감을 이루지 못한다. 화자의 범주는 소녀가 생각하는 몸의 현존과 부재를 담아내기에는 부적합한 분석의 도구인 것이다.

「아버지를 위한 일화」("Anecdote for Fathers")는 이와 대조를 이룬다. 이 시에서 한 어른은 이사해온 집에 관해 아이와 대화를 나눈다. 그의 물음에 아이는 킬버(Kilve)를 더 좋아하는 이유가 "닭 모양의 풍향계"(55)가 없기 때문이라고 말하게 된다. 화자는 아이의 답변에서 자신이 얻은 교훈을 독자에게 전달한다.

"말해 보렴, 어디에 있고 싶은지,"
나는 그의 팔을 잡고서 말했다.
"푸른 바닷가, 킬버의 부드러운 해안,
"아니면 이곳 리스윈 농장이니?

내가 여전히 그의 팔을 잡고 있는 동안에
그는 개의치 않는 태도로 나를 쳐다보면서
말하길, "킬버에 있고 싶어요
여기 리스윈 농장보다."

'And tell me, had you rather be,'
I said and held him by the arm,
'At Kilve's smooth shore, by the green sea,
'Or here at Liswyn farm?

In careless mood he looked at me,
While still I held him by the arm,
And said, 'At Kilve I'd rather be
Than here at Liswyn farm.' (29-36)

무관심을 가장하지만, 아이가 킬버를 선택한 이유는 그곳에 대한 어른의 애착을 고려했기 때문이며, 구성원 간의 이러한 상호존중은 공동체의 필수적 가치가 된다.

　그러나 달리 생각하면 어른은 자신이 킬버를 선호한다는 사실을 미리 충분히 알려주고 아이에게 답을 구했으며, 아이는 어른의 의도를 알게 되자 어른이 원하는 답을 주었다는 것이 될 수도 있다. 헤게모니론을 연상시키는 이러한 논리에 따르면, 이 시는 아이가 "거짓말을 하도록 배우는"(Jordan 8) 과정을 표시하는 것이 된다. 공동체의 지배 담론이 개인에게 작용하는 한 방식을 표현하는 것인데, 이것에 관한 한 극단적인 예는 훔친 보트를 타고 조용한 호수에 노를 저어 갈 때 "고독한 언덕 사이로 / 나를 쫓아오는 낮은 숨소리"를 듣게 되는 1799년 「서시」에 있는 소년의 일화에서 찾을 수 있다. 즉, 정치권력이나 이데올로기의 작동 방식을 고려하면, 아이는 권력에 억압된 상태를, 소년은 공포의 기제가 이미 권력에 의해 내재화되어있는 상태를 표현한다.

「백치 소년」("The Idiot Boy")은 더욱 적극적으로 서로를 존중하는 공동체의 모델이 제시된다. 코(Charles Norton Coe)가 지적하듯이, 워즈워스는 콕스(William Coxe)의 여행서에 실린 내용, 즉 알프스에서는 백치가 가족에게 축복이 된다는 모티브를 차용하면서(64-65) 『서정 민요집』 「서문」에서 말하는 인간 본연의 "감정"(Owen 158)을 충실히 묘사한다. 조니(Johnny)는 백치임에도 공동체에 편입되어 구성원이 된다. 공동체 전체는 그에 관한 염려로 결속된다. 백치 아들에 대한 어머니의 사랑은 헌신적이다. 또한, 조니의 행방이 묘연해지자 수잔 게일(Susan Gale)은 병석에서 일어나 그를 찾아 나선다. 본연에서 우러난 개인에 대한 존중과 공동체에 대한 헌신이 모두를 결속시켜 준다는 것이다.

「컴버랜드 걸인」("The Old Cumberland Beggar")에서는 호수 지역에 오랫동안 살아온 걸인을 혼자서 걷는 여행자로 재현(24)한다. 그는 주변적 타자가 아니라 특이한 방식으로 공동체에 편입되어있다. 워즈워스는 그를 "생명과 영혼이 불가분하게 연결되어있는 / 모든 생명체"(78-79)의 생생한 예시로 설정한다. 걸인은 마을 공동체의 역사와 기억의 저장소이며, 이동 박물관의 역할을 한다. 마을 사람들은 그를 통해 그가 없었더라면 상실했을 "과거의 일과 자선 행위를 함께 묶어둔 기록"(81)을 접하게 된다. 워즈워스는 나이든 걸인을 통해, 제코버스(Mary Jacobus)가 지적하듯이, 공동체 통합의 기제로 동정심을 내세워(182) 개인의 존재 가치를 유용성과 공리적 판단에 얽매여 있는 당대의 중앙 정부 정치가들에 대항한다.

「그라스미어의 집」("Home at Grasmere")에서는 다양한 양태의 인간의 삶이 적나라하게 드러난다. 베이트(Jonathan Bate)는 그라스미어를 하나의 "생태계"(103)라고 정의하지만, 이 생태계에는 삶의 부정적 양상과 긍정적 양상이 공존한다. 워즈워스 화자는 정착의 기쁨을 "그대 언덕이여, 나를 안아서, 품 안에 감싸 주오"(110)라고 표현하지만 동시에 "이 좁은 영역을 / 비난받지 않는 기쁨으로 걸으며, 그 이상은 아무것도 생각하지 않는" 것은 않기로 작정하면서 사회적 책무를 자각한다(666-67). 그는 시골 생활에 대한 공상적 기대를 스스로 제거하면서, "이기심과 시기 그리고 복수 . . . 아첨과 사기, 반목과 잘못"(436-38)을 포함하는 모든 삶의 양상과 직면하기로 한다. 그는 상충하는 삶의 모습을 기록한다. 백조를 죽일 수도 있는 양치기(352), 어려움을 겪고 있는 과부나 홀아비, 술에 취해 언성을 높이는 양치기(423-27) 등 인간 공동체에서 당면하는 현실이지만 이상적 상태와는 모순되는 곤란과 갈등을 담아낸다. 한편으로는 이러한 인간 사회의 어려움이나 그라스미어에서 발생하는 자연재해 같은 요소는 오히려 구성원들이 단결하는 계기가 되며 이로 인해 공동체를 더욱 중시하게 된다는 것을 서술한다. 부정을 저지른 남자가 결국은 자신을 자책하여 죽게 되는(531) 것은 공동체에 대한 개인의 도덕적 의무감과 개인의 역할에 대한 중요성이 강조된다.

워즈워스의 공동체 기술에서 제시되거나 암시되는 것은 짐멜(Georg Simmel) 사회학적 이론이 적용될 수 있는 여지가 많다. 짐멜은 「대도시와 정신적 삶」("The Metropolis and Mental Life")에서 대도시에서의 삶이 서로에게 무관심하다는 특징을 지적하는데(51-52), 이러한 태도는 워즈워스가 1800년 「서문」에서 당대의 영국에서 인구의 도시 유입과 획일적 업무, 그리고 빠른 통신수단에 의해 "거의 야만적 무기력"에 빠지며, "분별력"(Owen 16)이 무디어지는 현상을 설명하는 것과 유사하다. 또한, 「그라스미어의 집」에서 제시되는 갈등의 사회 통합적 기능은 갈등은 "관계를 유지하는 수단일 뿐만 아니라, 사회를 실제로 구성하는 구체적 기능"(*Conflict* 19)이라고 말하는 짐멜의 갈등 모델과 유사하다. 그러나 워즈워스는 짐멜이 말하는 현대생활의 몰개성적 성격에는 생각이 일치할 것이지만, 개인의 자립성과 공동체의 헌신을 강조한다는 의미에서 짐멜의 사회학 이론과는 서로 다르다.


### III


「마이클」("Michael")에서 워즈워스 화자는 여행안내자 구실을 하면서, 여행자들에게 마이클의 마을과 그 지역의 삶에 관해 여행자인 시의 독자에게 설명한다. 그러나 "폭풍은 여행자는 / 피난처로 내몰지만, 그는 [마이클은] 산을 오르게"(56-58) 한다는 구절에서 알 수 있듯이, 지역 토착민으로서 마이클의 삶의 방식은 근본적으로 여행자와는 다르다. 마이클이 자연과 맺고 있는 관계는 "안내자, 여행자, 시인, 모든 형태의 관찰자를 배제해야만"(Barrell 157) 하는 것이다. 이러한 공동체의 성격은 앤더슨이 말하는 18-19세기에 신문과 저널리즘의 영향으로 등장하게 되는 '상상적 공동체'와는 확연히 구분된다. 그만큼 호수 지역은 독특한 지역성과 삶의 방식을 가지고 있다는 것이 되며, 워즈워스는 이러한 삶과 인물을 받아들이기 위해서는 당대의 영국민들의 '공감'이 중요한 요소임을 암시한다.

부제에는 "목가시"라는 표현을 쓰고 있다. 18세기 목가시 양식에서는 중심인물이 지방을 한가롭게 여행하면서 시골과 도시 생활을 비교한다. 「마이클」이 이러한 전통을 답습하는 것은 아니지만, 특이한 방식으로 시골 공동체와 도시의 노동 방식이 대비된다. 마이클의 공동체에서 구성원들은 상호 존중과 희생을 바탕으로 공동체를 유지한다. 구성원들은 자발적으로 "공통의 삶을 함께 영위하고 조직하려"(Tonnies 47-48) 한다. 이러한 사실은 「형제」에서 리오나드(Leonard)가 "전적으로 동생을 위해"(312) 선원이 된 점에서도 표시된다. 리오나드나 마이클의 아들 루크(Luke)가 가족의 토지를 보존하기 위해 공동체를 떠난다는 사실은 시골 사회를 오염시킨 물질주의의 폐해를 입증하는 사례로 비판되어왔다(Levinson 69; Kroeber 56). 그러나 이러한 물질주의 관점은 루크는 마이클의 재산을 되찾기 위한 수단이면서, 동시에 마이클이 되찾은 재산을 물려주려는 대상이라는 점을 설명하지 못한다. 마이클은 이기적인 물질주의자가 아닐 수 있다는 것이다. 실제로 마이클에게 토지는 재산이라기보다는 "선물"(373)로서 간주되며, 자신이 받았지만 다른 사람에게 되돌려 주어야 할 것이 된다. 즉, 토지는 배타적 독점권의 대상이 아니라는 사실이다.

공동체의 기본 단위인 마이클의 가정에서의 분업도 겉으로 보기에는 도시화와 산업화의 논리를 그대로 수용한 듯이 보인다. 각자는 효율적으로 정해진 일을 한다. 그러나 그들은 함께 모여서 서로의 일을 도와주는 과정도 수행한다. 따라서 노동의 총량은 개인의 일을 합산한 것 이상이 되며, 노동은 개인을 소외시키는 것이 아니라, 결속을 강화하는 매개체가 된다. 워즈워스가 「마이클」에서 제시하는 공동체는 당대의 자본과 노동 체제에 관해 대안적 속성을 지니고 있다. 이러한 공동체는 「형제」("The Brothers")에서와 같이, 그리고 「비문에 관한 에세이」("Essays upon Epitaphs")에서 시골 교회묘지 옆에서 살아가고 있는 사람들의 삶을 묘사할 때처럼, 살아있는 사람과 죽은 사람들이 함께 구성하는 공동체이기도 하다. 이러한 공동체에서 삶과 죽음은 땅을 매개로 서로 결속된 순환적 연속체를 구성한다.

『신트라 협약』(*The Convention of Cintra*)에서 워즈워스는 삶과 죽음을 결속하는 자신의 공동체 모델이 가지는 영적 속성을 말하고 있다(*PW* I. 339). 워즈워스의 공동체는 계몽주의적 추상화보다는 구성원들 간의 감정의 소통을 중시한다. 죽은 이에 호의와 애정을 가짐으로써 살아 있는 사람은 정서적 안정을 회복할 수 있으며, 이러한 감정적 소통은 공동체에서 타인에 대한 배려를 잊지 않게 한다. 「마이클」에서 예시되듯 이러한 공동체의 기본 단위로서 가족은 상호 간의 애정과 이전 세대에서 세습된 토지를 근간으로 유지된다. 가족은 물질적 이득을 자체를 추구하기보다는 서로 간의 감정을 공유함으로써 소통과 화합을 이루고 더 큰 마을 공동체와 통합된다.

공동체를 결속시키는 요소이면서 워즈워스가 시종일관 자신의 시와 시론의 핵심적 요소로 강조하는 애정이나 감정 같은 개념은 여전히 정확히 이해하기 어려운 개념으로 남아있다. 워즈워스 자신도 이러한 정서적 요소에 대해 복합적 태도를 취한다. 「서문」은 인간의 감정이 정치적 이데올로기나 급변하는 문화적 현상에 의해 휩쓸릴 수 있는 위험을 경고한다. 워즈워스가 "본원적 감정"이나 "가슴의 본질적 열정"(Wu 507)에 대한 충실한 묘사를 시적 가치의 기준으로 내세우는 것은 이러한 위험에 대한 인식과 무관하지 않을 것이다. 다른 한편으로는 「서시」 11권에서와 같이 자신이 "느끼는 것에 실체와 생명을 / 낱말이 주는"(340-41) 범위를 최대한 확장시키는 것을 시적 과업으로 표명한다. 시는 시인의 감정을 육화시킨 것이라는 내용인데, 열정이 시어의 본질이자 시 자체로서 제시되는 (Halmi 39) 1800년 「가시나무에 대한 주해」("Note to The Thorn")의 논지를 따르고 있다.

하트만은 워즈워스의 시는 다루기 힘든 감정이나 사상을 섬세하게 취급하면서 독자들에게 정서적 반응을 유발하며 이를 통해 그들을 서로 연결시키고 시인과 일종의 "집합적 정서나 감정의 공동체"("The Unremarkable" 153)를 이루게 한다고 설명한다. 하트만의 정교한 독법은 빅토리아 시대에 밀(John Stuart Mill)이 『자서전』(*Autobiography*)에서 이미 언급한 워즈워스 시에 내포된 "모든 인간에게 공유될 수 있는 공감적이고 상상적인 쾌락"을 전달하는 "감정의 문화"를 떠올리게 한다(151). 밀은 워즈워스 시가 "감정으로 채색된 사상"을 표현함으로써 인간의 "신체나 사회적 조건을 개선"하는 효과를 가지는 점을 설명한다(151).

워즈워스는 공동체적 감정이 정치적 불안과 산업화의 폐해로 받는 당대의 사회에 대한 치료제가 될 수 있음을 보여준다. 그가 생각하는 공동체는 구성원들이 공유하는 감정으로 결속되며, 그의 시는 독자들이 감정을 느끼는 능력을 배양하는 데 치중한다. 형제에서 리오나드의 동생 제임스(James)에 대한 애절한 감정을 전달하는 구절은 이점을 잘 드러낸다.

> 그가 소중히 간직했던 바람과
> 한 시간 전에는 그의 것이었던 생각이
> 모두 그에게 감당할 수 없는 무게로 짓눌러, 이제는,
> 그렇게 행복했던 이 계곡이,
> 더 이상 살아갈 수 없는 장소처럼 여겨졌다.

his cherish'd hopes,
And thoughts which had been his an hour before,
All press'd on him with such a weight, that now,
This vale, where he had been so happy, seem'd
A place in which he could not bear to live: (418-22)

부모를 일찍 여의고 동생과 이별하고 선원으로 일하다 마침내 귀향했지만 그리워하던 동생의 죽음을 알게 되자 레오나드는 행복했던 옛 기억으로 가득한 장소에서 더 이상 살아갈 수 없음을 느끼게 되며, 다시 선원 생활로 되돌아간다. 워즈워스는 공유한 감정의 토대가 상실된다면 공동체의 삶을 계속 영위하는 것이 불가능하게 되는 점을 보여주면서 시골 마을의 형제간의 우애를 잔잔한 비극으로 담아내어 독자들에게 공감적 유대를 느끼게 하고 이를 통해 통합된 공동체 의식을 불러일으킨다.

공동체에서 감정의 공유는 타인에 대한 공감에서 비롯될 것이다. 이러한 공감에는 상상력이 개입한다. 이러한 관점에서 「틴턴 사원」의 화자가 누이동생에게 관심을 돌리면서 기억을 매개로 현재에만 국한되지 않는 영속적인 정서적 유대를 표현하는 점을 재조명할 수 있다. 또한 「마이클」에서 주인공 마이클이 아버지로서 아들 루크(Luke)를 돌보면서 행하는 "여성적 일"(164)은 공감을 극대화하는 여성적 감수성을 표현한다고 할 수 있다.

앞에서 군중에 대한 불안을 논의한 성 바톨로뮤 장터 장면에서 워즈워스 화자가 당면한 위기를 극복하는 방식은 부분과 전체, 개인과 공동체에 관해, 그리고 이러한 대립적 항목을 매개하는 상상력의 역할에 관해 중요한 암시를 준다. 하트만(Geoffrey Hartman)은 "제지된 여행자"를 워즈워스 시의 반복적 모티브로 설정하면서, 여행자로서의 화자가 고난을 통해 위대한 영감이나 통찰을 얻게 되는 과정을 설명한다(1-30). 화자는 인식 면에서 "공백의 혼란"(1805. 7. 696)을 한순간 겪게 되지만, 이러한 고난을 통해 공동체에서 개인들 간의 책임을 중시하며, 부분과 전체가 유기적으로 상호 결합하는 생태적 공동체관을 제시한다.

> 그러나 이러한 광경이 눈을 지치게 하고,
> 속성상 감당할 수 없는 광경이지만,
> 꾸준히 관찰하고, 사소한 사물 사이에서
> 숨어있는 위대함을 찾고, 부분을
> 부분으로 보지만, 전체에 관한 인식을 가진
> 사람에게는 전적으로 그렇지는 않다.

> But though the picture weary out the eye,
> By nature an unmanageable sight,
> It is not wholly so to him who looks
> In steadiness, who hath among least things
> An under-sense of greatest; sees the parts
> As parts, but with a feeling of the whole. (1805. 7. 708-13)

무질서와 혼란, 그리고 군중으로 압도되는 메트로폴리스의 풍경이 초래하는 불안은 역설적으로 자신이 타인들과 상호의존적이며, 타인들은 비록 명확히 이해될 수 없지만, 자신과 마찬가지로 공동체를 구성하는 개별적 인자임을 깨닫게 하는 계기가 된다. 자아의 안정성은 관계 속에서 회복되고 보존되는 것이다. 화자가 이전에 겪은 불안은 이러한 구성적 관계를 공포와 욕구로 맞물려 있는 속박으로만 간주하고 이를 회피하려는 데서 촉발된 정동이었을 것이다.

1798년 『서정 민요집』을 출간한 후, 독일 여행에서 돌아와 1799년 말엽에 그라스미어에 정착할 때까지 워즈워스의 삶은 신체적으로나 정신적으로 여행으로 점철되었다. 그가 거쳐 간 캠브리지, 프랑스, 런던, 도르셋, 서머셋, 독일, 스코틀랜드, 그리고 임시로 거주한 많은 지역은 이를 뒷받침한다. 『서시』에서도 자인하는 그의 "방랑"(1850. 6. 320)은 정착 후에도 많은 곳으로의 여행으로 계속되며, 실제로 『호수 지역 안내서』 (Guide to the Lake)라는 여행 안내서를 출간하기도 했다. 트롯(Nicola Trott)은 여행이 "그의 시적 삶에서 본질적 요소였으며, 지리적인 만큼이나 정신적 영역을 향한 대담한 모험"(15)이었다고 지적한다.

워즈워스는 인간 공동체를 중시했으며, 그가 문명에 때 묻지 않은 소박한 삶을 독자들에게 소개하는 것은 이러한 시골적 취향에 독자들의 삶에 의미 있는 요소가 있으며, 문명에 속박되어 억압받고 혼돈스러워하는 요소를 제거하는 데 도움을 줄 것으로 생각했기 때문이다(Coe 49). 워즈워스가 호수 지역을 소재로 다루는 시에서 나타나는 장소는 지리적 공간이면서 여행자-화자가 공동체와 소통하게 해주는 "공유된 상징 매체"(Basso, 109)이기도 하다. 장소에 관한 서술은 텅 빈 지리적 장소를 말하는 것이 아니라, 그곳에서 일어났던 일과 그 일에 대한 사람들의 정서를 기록하고 있는, 워즈워스가 찰스 제임스 폭스(Charles James Fox)에게 부친 편지에서 말하는 "서판"(EY 315)으로서 장소를 소생시키는 작업이다. 즉 지리적 장소에 관한 서술이면서 장소와 소통해온 인류학적 기억을 회복시켜 다시 경험하는 과정이 장소에 관한 서술인 것이다. 후기로 갈수록 워즈워스는 점차 국가나 공동체에 관한 시적 이상을 재현, 특히 자기 재현과 결부시킨다. 그가 창출하는 공동체 문법에서는 구체적 지역성이 이상적 추상성의 본질적 요소로서, 규정적 인자로서 내재하며 부분

과 전체, 특수와 보편은 대립을 넘어서지만 해결되지 않으며, 해결될 수
없는 특이한 관계를 이룬다. 통합이 부정되는 것은 아니지만, 통합에 대
한 저항도 마찬가지로 결코 소멸하지 않는다는 것이며, 차이를 이루는
것들은 대립으로 담아낼 수 없을 정도로 정교하고 미세하게 서로를 보충
한다. 워즈워스는 여행 글쓰기 형식을 통해 개인의 공동체에 대한, 지역
의 국가에 대한 동일시에 내포된 이러한 복합성의 양태와 그 가치를 재
고해야 할 필요성을 제기한다.

## | 인용문헌 |

Anderson, Benedict. *Imagined Communities*. 1983. London: Verso, 1991.

Barrell, John. *The Idea of Landscape and the Sense of Place*. Cambridge: Cambridge UP, 1972.

Bate, Jonathan. *Romantic Ideology: Wordsworth and Environmental Tradition*. London: Routledge, 1991.

Campbell, Mary Baine. "Travel Writing and Its History." *The Cambridge Companion to Travel Writing*. Eds. Peter Hulme and Tim Young. Cambridge: Cambridge UP, 2002. 261-78.

Coe, Charles Norton. *Wordsworth and the Literature of Travel*. New York: Bookman, 1953.

Darby Wendy Joy. *Landscape and Identity*. Geographies of Nation and Class in England. Oxford: Berg, 2000.

Ferguson, Frances. *Solitude and the Sublime: Romanticism and the Aesthetics of Individuation*. New York: Routledge, 1992.

Fry, Paul. *A Defense of Poetry: Reflections on the Occasion of Writing*. Stanford:

Stanford UP, 1995.

Foucault, Michel. *Discipline and Punish*. The Birth of the Prison. Trans. Alan Sheridan. New York: Vintage Books, 1979.

Garrett. James M. *The Wordsworth and the Writing of Nation*. Ashgate: Burlington, 2008.

Gellner, Ernest. *Nations and Nationalism*. Oxford: Clarendon P, 1983.

Grattan, Thomas Colley. *Beaten Paths; and Those Who Trod Them*. 2 vols. London, 1862.

Halmi, Nicholas, ed. *Wordsworth's Poetry and Prose*. New York: W. W. W. Norton, 2014.

Hertz, Neil. *The End of the Line: Essays on Psychoanalysis and the Sublime*. New York: Columbia UP, 1985.

Hartman, Geoffrey. *The Unremarkable Wordsworth*. Minneapolis: U of Minnesota, 1984.

Hazlitt, William. *The Complete Works of William Hazlitt*. Ed. P.P. Howe. London: J. M. Dent and Sons, 1930. Vol 4.

Hobsbawm. E. J. *Nations and Nationalism Since 1780*. 2nd ed. Cambridge: Cambridge UP, 1990.

Hickey, Alison. *Impure Conceits: Rhetoric and Ideology in Wordsworth's Excursion*. Stanford: Stanford UP, 1996.

Jack, Ian. "Introduction." *The Great Book of Travel*. London: Granta Books, 1998.

Jacobus, Mary. *Tradition and Experiment in Wordsworth's Lyrical Ballads (1798)*. Oxford: Clarendon P, 1976.

Johnston, Kenneth R. "Wordsworth and The Recluse." *The Cambridge Companion to Wordsworth*. Ed. Stephen Gill. Cambridge: Cambridge UP, 2003. 70-89.

Janowitz, Anne. *England's Ruins. Poetic Purpose and the National Landscape*. Basil Blackwell, 1990.

Jordan, John E. *Why Lyrical Ballads? The Background, Writing, and Character of Wordsworth's 1798 Lyrical Ballads*. Berkeley: U of California P, 1976.

Kroeber, Karl. *British Romantic Art*. Berkeley: U of California P, 1986.

Levinson, Marjorie. *Wordsworth's Great Period Poems*. Cambridge: Cambridge UP, 1986.

Lowenthal, David. *The Past is a Foreign Country*. Cambridge: Cambridge UP, 1985.

Michell, W. J. T. "Introduction" and "Chapter One: Imperial Landscape." *Landscape and Power*. Ed. W. J. T. Michell. Chicago: U of Chicago P, 1994.

Mill, J. S. *Autobiography and Literary Essays*. Ed. John M. Robson and Jack Stillinger. Toronto: U of Toronto P, 1981.

Olwig, K. "Sexual Cosmology: Nation and Landscape at the Conceptual Interstices of Nature and Culture; or What does Landscape Really Mean?" *Landscape: Politics and Perspective*. Oxford: Berg, 1993.

Roe, Nicholas. *The Politics of Nature. William Wordsworth and Some Contemporaries*. 2nd ed. New York: Palgrave, 2002.

Robinson, Jeffrey. *The Walk. Notes on a Romantic Image*. London, 1989.

Shakespeare, William. *The Tempest*. Ed. Stephen Orgel. Oxford: Oxford UP, 1987.

Simpson, David. *Wordsworth's Historical Imagination*. New York: Methuen, 1987.

Simmel, Georg. *Conflict and the Web of Group-Affiliations*. Trans. Kurt H. Wolff. New York: Free P, 1955.

_____. "The Metropolis and Mental life." *Classic Essays on the Culture of Cities*. Ed. Richard Sennett. Englewood Cliffs: Prentice-Hall, 1969.

Tonnies, Ferdinand. *Community and Society*. Trans. Charles P. Loomis. New York: Harper, 1963.

Trott, Nicola. "Wordsworth: The Shape of the Poetic Career." *The Cambridge Companion to Wordsworth*. Ed. Stephen Gill. Cambridge: Cambridge UP, 2003. 5-21.

Thompson, Carl. *The Suffering Traveller and the Romantic Imagination*. Oxford: Oxford UP, 2007.

Wordsworth, William. *Guide to the Lakes*. Ed. Ernest de Selincourt. Preface. Stephen Gill. London: Frances Lincoln, 2004.

_____. *The Letters of William and Dorothy Wordsworth*. 7 vols. Ed. Ernest de Selincourt, et all. Oxford: Clarendon, 1967-1988.

_____. *Literary Criticism of William Wordsworth*. Ed. Paul M. Zall. Lincoln: U of Nebraska P, 1966.

_____. *The Prelude*. Eds. Jonathan Wordsworth, M. H Abrams, and Stephen Gill. New York: W. W. Norton, 1979.

_____. *The Prose Works of William Wordsworth*. Eds. W. J. B. Owen and Jane W. Smyser. 3 vols. Oxford: the Clarendon P, 1974.

Wordsworth, William and Samuel Taylor Coleridge. *Lyrical Ballads*. Ed. R. L. Brett and A. R. Jones. 2nd ed. New York: Routledge, 1991.

_____. *Lyrical Ballads*. Ed. W. J. B. Owen. Oxford: Oxford UP, 1969.

Wu, Ducan *Romanticism: An Anthology*. 4th Ed. Hoboken: Wiley-Blackwell, 2012.

# 5

---

## 워즈워스의 국가관과 풍경의 정치학

I

1990년 영국 국유 철도에서 발행한 도시 간 급행열차 일등석 서비스 포스트는 시골 풍경에 초점을 둔다. 지평선은 화면을 아래위로 가르고, 그 윗면은 영국 특유의 넓게 트인 하늘과 구름을 명암으로 절묘하게 처리한다. 사진 아래로 2/3 정도를 차지하는 공간에는 큼직한 글자들이 면을 채운다.

영국 풍경 예술. 혼자 보는 경치. 일등석에서 생각하고, 작업하고, 먹고, 커피 마시고, 아니면 지상 최고의 공연 중 하나인 영국 시골 경치를 보는 최상의 전용석에 있다는 사실을 그저 즐길 수 있다.

English Landscape art. A Private view. In First Class you can ponder, work, eat, take coffee, or simply enjoy the fact that you have the best private seat for one of the best shows on earth; the English Countryside. (British Rail Intercity Post, "English landscape art. A Private View." National Railway Museum/Science & Society Picture Library)

풍경을 극장에 비유하면서 풍경에서 영국의 특성을 찾고 있음이 확연하다. 열차 탑승객은 예약된 전용석에서 파노라마로 펼쳐지는 풍경의 공연을 조망한다. 그러나 조망은 열차의 창틀로 한정되며 그 의미에는 일등석 승객이라는 특정한 계급적 시각이 투영된다. 레이먼드 윌리엄스(Raymond Williams)의 설명대로 풍경에는 "분리와 관찰"(*The Country* 120)이 개입하는 것이다.

라파엘 새뮤얼스(Raphael Samuels)는 1980년대 영국에서 풍경은 "보다 정치화된 개념의 국가를 대체"하며 "정신력의 원천, 즉 도덕적 치료제"(Pugh 1)라고 언급한다. 이러한 풍경의 치환은 1980년대에만 국한되지 않고 적어도 18세기 말 이후부터 진행되어 로맨티시즘 시인 윌리엄 워즈워스(William Wordsworth)에 이르러 명확해지면서 지금까지 전승된 영국 문화의 한 특

**English landscape art. A private view. In First Class you can ponder, work, eat, take coffee, or simply enjoy the fact that you have the best private seat for one of the best shows on earth; the English Countryside.**

FIRST CLASS

성이라고 보는 것이 더욱 타당할 것이다. "영국성의 본질은 풍경이다. . . . 어느 곳보다도 풍경은 유산으로 가득하다. 어느 곳보다도 풍경은 단순한 경치가 아니라 . . . 국가 미덕의 본질"(20)이라는 로웬슬(David Lowenthal)의 주장은 이를 일컫는다. 워즈워스의 풍경시에서도 풍경은 문화적으로 설정되며 국가주의와 계층적 이해관계가 표출되는 장이 된다.

풍경은 칼 마르크스(Karl Marx)가 말하는 "사회적 상형문자"(167)로서 그 이면에 사회적 관계를 담고 있다. 이 글은 워즈워스가 영국 풍경을 배경으로 창작한 시를 당대의 문화 조류와 결부시켜 분석하여 그의 고유한 국가관을 도출하려는 데 목적을 둔다. 특히 호수 지역 풍경시에 워즈워스의 국가관이 투영된다는 가정을 입증함이 관건이 된다. 이 과정에서 이상적 국가를 누가 구성해야 하는지에 관한 문제와 이에 수반된 워즈워스의 계층의식을 다루게 된다. 워즈워스의 풍경 정치학에 대한 분석은 사회적 자연의 태도를 고수하면서 그의 글을 생태 사상이나 자연에 관한 글쓰기의 관점으로 접근하는 입장과는 거리를 둔다.


## II


1815년 워털루 전투에서 나폴레옹이 패한 후 1832년 선거법 개정을 거치면서 19세기 중엽까지 영국에서는 국가주의와 함께 정치적 대표성의 문제가 활발하게 논의된다. 대의 정치 아래에서 국가란 무엇이며, 누가 누구를 대표자로 선출하느냐가 문제시된다. 워즈워스의 풍경 정치학은 영국의 정체성을 논하면서 런던 중심의 중앙집권적 국가주의와 호수 지역과 같은 전통적 지방을 대비시킨다. 이에 따라 보편과 특수, 추상과 구체, 전체와 부분 간의 대립이 설정되겠지만 워즈워스가 이러한 이항 대립을 그 자체로 고착시키거나 단순한 화합으로 해결하려 한 것은 아니다.

풍경은 다양한 정치적 입장이 표현되는 담론이면서 문화적 실천의 장이다. 미셸 드 세르토(Michel de Certeau), 앙리 르페브르(Henri Lefebvre), 미첼(W. J. T. Mitchell)은 장소(place), 공간(space), 풍경(landscape)에 관해 체계적 이론을 펼치면서 풍경이 갖는 사회학적 의미와 문화인류학적 특성을 설명하고 있다. 드 세르토에게 장소는 정해진 지점이다. 장소의 이러한 단일성, 고정성은 실천을 통해 변형된다. 공간은 "실천된 장소"(117)로 정의되는 것이다. 그러나 드 세르토는 공간 개념을 확장하지만, 이분법적 대립 쌍의 관점으로 장소와 공간을 대립시키면서 장소가 가질 수 있는 에이전시 특성을 간과하고 있다. 르페브르는 『공간 생산』(The Production of Space)에서 공간을 서로 긴밀하게 연관된 세 가지 개념으로 구분하면서 조직한다. 인지된 공간(Perceived space), 고안된 공간(Conceived space), 생명을 지닌 공간(Lived space)이 그것이며, 첫 번째 공간은 드 세르토의 공간의 실천성을 그대로 수용한다. 두 번째 공간은 건축가나 도시 계획자와 같은 전문가들에 의해 구축되어 계획, 관리되는 공간이다. 세 번째 공간은 "재현적 공간"으로도 지칭되면서 단순한 서술을 벗어나 이미지와 상징을 통해 "상상력이 변화시키고 전유하려는 공간"이다(39). 미첼은 르페브르의 세 공간이 각각 자신이 말하는 공간, 장소, 풍경과 거의 일치한다고 말한다(x-xi).

풍경 파악은 장소를 인식의 대상으로 다루면서 그것의 상징적 의미나 내러티브 구조를 해석하는 과정을 거친다. 읽기나 해석의 대상이 풍경이라는 것인데 독해의 가능성과 함께 불가능성도 포함될 것이다. 미첼은 드 세르토나 르페브르는 풍경을 라캉(Jacques Lacan)의 상징계와 유사하게 이해하고 있다고 설명하면서 이러한 풍경에 함의된 "법률이나 금지, 규제, 통제"(x)와 같은 권력의 표현을 지적한다. 미첼 자신은 풍경을 상상계와 가까운 것으로 설명한다. 풍경은 인위적인 것이지만 자신을 필연적으로 주어진 것으로 재현한다. 이러한 재현이 효력을 발휘하는 이유는 풍경 자체가 이데올로기와 같이 호명(interpellation) 작용을 통해 보는 사람을 자신과 어떤 식으로든 결정된 관계를 맺도록 하기 때문이다(2). 이러한 관계는 라캉이 거울 단계에서 말하는 오인의 과정과 흡사하다.

워즈워스의 풍경시에는 여행과 같은 공간실천을 통해 장소가 활성화되는 과정과 근대화나 상업화가 풍경의 생산과 소비에 미치는 영향이 표현된다. 그는 공간, 장소, 풍경을 독립적으로 구분하여 이해하는 것이 아니라 이들의 상호작용과 복합성을 중시한다. 다시 말해 실제 장소와 상징적 공간, 그리고 상상적 풍경은 서로를 결정하고 서로에게서 결정되며, 이러한 이중적 상호 산출 과정을 통해 서로 뒤섞이며 변형된다.

윌리엄스는 우리의 자연관은 언제나 자아관과 사회관이었으며, 자연에는 인간의 역사가 담겨있다는 점을 통찰한다(*Problems* 70-71). 풍경 이해와 풍경과 상호작용하는 방식은 특정한 사회 문화적 구성과 물적 조건에 따라 역사적으로 결정된다. 자연보다는 사회적 자연이라는 이러한 입장은 자연이라는 개념이 "역사적으로 동적이며 문화적으로 특정하며" "특이한 생활 방식을 표현하는 땅과의 관계를 포함하는 공동체, 역사, 인종 정체성, 그리고 문화의 존속에 관한 생각과 긴밀하게 엮여있다"(Di Chiro 311, 318)는 의미이다.

워즈워스가 기술하는 풍경은 생태적이라기보다는 미학적이고 문화적이며, 특정한 역사적, 문화적 배경과 실천이 해석의 조건이 된다. 이러한 관점에서 워즈워스의 풍경을 고찰하면 한 가지 흥미로운 사실을 알 수 있다. 풍경을 바라보는 그의 시각은 이미지로 제시되는 세계를 프레임에 가두고 자신의 존재를 프레임 밖의 한 관찰자의 시점으로 위치시킨다. 이미지화된 풍경을 전유하면서 동시에 시각적 거리를 설정한다는 내용인데, 이렇게 전유와 분리를 동시에 수행하는 과정에서 관찰자 자신은 풍경을 작동시키고 있는 역사적 문화적 조건에서 벗어난 존재처럼 보이는 효과가 산출된다. 「틴턴 사원」("Tintern Abbey")의 첫 운문 단락에서 피어나는 연기 똬리의 출처를 서술하면서 워즈워스 화자가 보이는 극단적 머뭇거림은 이것에 대한 대표적 사례가 될 것이다.

> [나는 본다] . . . 연기 똬리가
> 피어나는 것을, 조용히, 나무들 사이에서,
> 떠돌다 집 없이 숲에 머무는 사람의
> 아마도, 어떤 불확실한 표시이거나,
> 아니면 모닥불 옆에, 은자가 홀로 앉아있는
> 은자의 동굴의 표시일 수 있다.[1]

> [I see] . . . wreathes of smoke
> Sent up, in silence, from among the trees,
> With some uncertain notice, as might seem,
> Of vagrant dwellers in the houseless woods,
> Or of some hermit's cave, where by his fire
> The hermit sits alone. (18-23)

당대의 산업개발로 인한 오염의 징표인 연기를 미학화 시킴으로써 역사적 조건을 무시한다는 마조리 레빈슨(Marjorie Levinson)을 위시한 신역사

---

1) 워즈워스의 시 인용은 별도의 표시가 없으면 제러드 커티스(Jared Curtis)의 편집본을 따른다.

주의 비평가들의 비판을 굳이 떠올리지 않더라도, 나열되는 추측 어구나 병렬 구조는 대상을 전유하는 화자의 시각과 추측으로 대체되는 현실을 보여준다.[2]

워즈워스의 풍경 관찰 시각은 스벳라나 알퍼스(Svetlana Alpers)가 지적하는 풍경의 "박물관 효과"(27)를 산출한다. 실제로 영국 정부에서 최초로 설립한 국립 박물관인 대영 박물관은 1759년부터 일반인들에게 무료로 개방되었다. 제임스 게렛(James M. Garrett)은 박물관이 지역 특성을 수집, 분류, 재구성하여 "영국성에 관한 담론적 서술"을 한다는 점을 암시한다(3). 박물관은 영국이라는 국가를 만들어내기 위해 영국성을 담론적으로 정당화하는 문화적 기제라는 것이다. 마찬가지로, 호수 지역 풍경은 그 자체가 문화적 구성물로서 국가의 정체성 확립에 기여하는 박물관 역할을 한다. 당대의 영국인들은 박물관의 전시품을 감상하듯이 호수 지역 풍경을 관람하면서 그 속에 담겨진 이상적 국가상을 추출한다. 이 과정에서 풍경은 미학적 대상으로 전환되어 새롭게 배열된다. 워즈워스의 풍경시 독자는 풍경 서술에 담긴 국가관을 학습하여 이를 받아들이도록 의도된다.

박물관화된 풍경은 캐럴 던컨(Carol Duncan)이 언급하는 대로 "명상과 학습"을 위한 특별한 문화 공간이 된다(10). 이러한 풍경은 박물관과 마찬가지로, 현실에 존재하지만 일상의 영역 밖에서 일상에서 비롯되는 근심에서 떨어져 있으면서 특별한 기대감을 주는 공간이다. 즉 개인들이 "일상의 심리적 제약을 내던지고, 시간의 흐름을 벗어나, 새롭고

---

2) 레빈슨은 "Insight and Oversight: Reading 'Tintern Abbey'"에서 워즈워스가 산업화의 직접적 영향을 받고 있는 틴턴 사원을 상상적 왜곡과 역사적 사실 누락을 통해 평화로운 목가적 풍경으로 변형시킨다고 비판한다(14-57).

더욱 큰 시야를 얻게 해주는"(12) 것이다.[3] 이를 통해 풍경은 교육적 기능을 수행한다. 근대 박물관처럼 시민 교육을 통해 바람직한 국민을 양성하는 데 기여한다. 던컨은 박물관이 수행하는 자아 변형 기능을 말한다. 박물관 방문자는 "계몽된 의식으로, 즉 정신적으로 살찌고 회복되었다는 느낌"(13)을 가지게 된다는 것이다. 마찬가지로 풍경을 관찰함으로써 개인은 국가의 구성원으로 자신을 재점검하고 합당한 변화를 꾀하게 된다. 「틴턴 사원」은 이미 이러한 박물관화된 풍경의 숭배자인 워즈워스의 모습을 예견한다.

> 나는, 오랫동안
> 자연의 숭배자이고, 여기에[이 풍경에] 왔다,
> 그러한 의식에 싫증을 내기보다는,
> 더 따뜻한 사랑으로, 오! 더 깊은 더 신성한
> 사랑의 열의로.

> I, so long
> A worshipper of Nature, hither came,
> Unweared in that service: rather say
> With warmer love, oh! with far deeper zeal
> Of holier love. (152-56)

일상에서 박물관 방문을 의식적 절차로 삼는 사람처럼, 박물관화된 영국 풍경을 자아 성장을 위한 정신적 자양분을 얻는 보고로 삼아 삶의 이해의 폭을 넓히고 더 굳건한 도덕성을 갖추게 되어 마침내 "사물의 생명을

---

3) 던컨은 이러한 기능을 박물관의 "특별한 제의적 시나리오"(2)로 명명한다.

꿰뚫어"(49) 더 나은 시민으로 변화하게 된 경험을 서술하는 것이 「틴턴 사원」의 플롯이라면, 다름 아닌 풍경 교육의 모범적 사례가 된다.

## III

『서정 민요집』의 서문에서는 정치적 상황의 불안정, 도시로의 인구 유입, 정보의 급속한 전송과 같은 외부 자극으로 인해 분별력을 자발적 으로 발휘하지 못하고 거의 "무기력"(80) 상태로 빠져드는 당대인들의 모 습이 그려진다.[4] 외부 정동에 의한 주체의 신경-정동적 증상의 발현의 사례가 되는데, 워즈워스는 이러한 외부 자극의 원인이 "전시대에는 알 려지지 않은"(80) 것들이라고 하지만, 사실상 말하는 그 시점에서도, 그 시점을 기준으로 앞으로도, 당대인들에게 그 원인은 명확히 밝혀질 수 없는 미결정적 상태였다고 할 수 있다. 그들이 겪는 정신적 동요가 명확 히 설명할 수 없는 물질적 환경에 대한 반응과 관련된다면, 불안(anxiety) 이라는 현대 정신분석학적 용어가 적용될 수 있는 사례가 된다.[5]

이러한 불안에 대해 워즈워스가 제시하는 해결책은 풍경에 대한 올 바른 독서이다. 분별력이 무디어진 당대인들은 밀려드는 외부 자극에 더 욱 취약하게 될 것이다. 대비책으로 워즈워스는 풍경 시를 통해 "취향을 개선"(95)하는 것이다. 풍경 시를 통해 그가 제안하는 국가관은 미래의

---

4) 『서정 민요집』 시들과 서문에 대한 인용은 할미(Nicholas Halmi)가 편집한 노튼 판을 따른다.

5) 로맨티시즘 시기의 불안에 관한 최근의 연구동향은 불안을 정신적 동요와 같이 포괄적 으로 다루고 있으며, "미래의 사태에 대한 심적 괴로움"(Burgess, 246)은 간편한 정의가 될 수 있다.

이상이다. 또한, 그의 제안을 수용할 대상은 올바르게 읽기 교육 과정을 완수한 독자이다. 앞으로 일어날 사태에 대한 예상이 대안으로 제시되는 것이다. 어떻게 보면, 제시되는 내용 자체보다는 예상하는 내용에 공감하는 과정이 관건일 수 있다. 시로서 이러한 국가관을 표명하는 워즈워스 자신은 외부 자극에 대한 감정을 절도 있게 성찰하여 발생한 정서를 "인간에게 실제로 중요한"(79) 방향으로 흐르게 하였다. 독자들은 이러한 시인의 감정에 동참함으로써 이해도를 높이고 "애정이 순화"(79)됨을 경험하게 된다. 풍경 교육은 감각 교육을 수반한다는 것인데, 워즈워스의 감각은 쉽게 설명될 수 있는 내용이 아니다. 결론적으로 그가 표명하는 이상적 국가관은 그것을 읽는 독자들의 경험에 의존하지만, 이들의 경험은 시인 자신에게 공감할 때에만 올바른 방향으로 훈련된다는 특이한 논리를 구성한다.

프랑스 혁명 이후 워즈워스의 초기 시에는 공동체에 대한 실험적 사고가 진행된다. 코울리지와 공저한 실험적 시집인 1798년 『서정 민요집』에 실린 시들은 대부분 이것에 해당한다고 할 수 있지만, 특히 "인간이 인간에게 무엇을 했는지?"(8)를 묻고 있는 「초봄에 적은 시」("Lines Written in Early Spring"), "거짓말의 기술이 어떻게 가르쳐지는지를 보여준다"는 부제를 가지는 「아버지를 위한 일화」("Anecdote for Fathers"), 노동으로 "발목이 부어오른"(68) 노인을 통해 개인의 가치와 주권의 문제를 제기하는 「나이 든 사냥꾼 시몬 리」("Simon Lee, the Old Huntsman"), 이전 시대의 담론을 친밀한 집단과 공조를 통해 전복시키고 새로운 담론을 제시하는 「나이팅게일」("The Nightingale"), 사유 재산과 공동체에 대한 개인의 기여와 책임을 문제 삼는 「마지막 남은 양」("The Last of the Flock"), 공동체의 가치로서 공감과 유대감을 제시하는 「백치 소년」("The

Idiot Boy")은 공동체라는 논제와 관련지어 재고할 만한 충분한 내용을 담고 있다. 이들 시에서 화자는 여행자로서 등장하며 영국 시골 풍경을 배경으로 한다.

달리 생각해보면, 서정 민요에 해당하는 시들과 1790년대 후반에서 1800년 초중반에 창작된 시들은 오늘날 사회학 분야의 기본 과제를 수행한다고 하겠는데 『서시』(The Prelude)와 특히 미완성으로 남겨진 『은둔자』(The Recluse)는 구성원 개인들과 전체 사회가 완벽하게 결속하는 공동체 모델의 탐색이 주안점이다. 후에 「그라스미어의 집」("Home at Grasmere")으로 통합되는 1799년에 초고가 작성된 「은둔자의 안내시」("Prospectus to The Recluse")에서 워즈워스는 "인간에 관한, 자연에 관한, 그리고 인간의 삶에 관한" 명상을 토대로 개인과 외부 세계가 서로 "정교하게" "맞추어지는"("Home at Grasmere" 959, 1006, 1009) 방법을 탐색하려는 시적 포부를 밝히는데, 개인적 경험과 사회관 그리고 국가관의 관계를 탐사하는 시적 사회학이라고 할 수 있는 이러한 과제는 "주관적 마음의 객관적 형태"(335)로서 사회의 성립 가능성을 묻고 있는 사회학자 게오르그 짐멜(Georg Simmel)과 상통하는 점이 있다.[6]

나폴레옹 치하에서 스페인과 포르투갈이 민족 해방을 위해 벌인 반도 전쟁(the Peninsular War)이라는 당대 정치 사건에 대한 워즈워스의 평가를 담고 있는 『신트라 협약』(The Convention of Cintra)에는 정치 체제의 근본적 구성 방식과 그것의 정신적 가치에 관한 중요한 내용이 담겨있다. 워즈워스는 스페인과 포르투갈 인들의 혁명 정신이 상상력과 종교적 믿음에 토대를 두는 자유에서 비롯된다고 생각한다. 또한, 자신의

---

6) 레지나 휴잇(Regina Hewitt)은 "시적 사회학"이라는 주제로 워즈워스를 사회학적 관점에서 고찰한다(54-60).

의사를 표현하고 요구할 수 있는 권리를 강조하면서 언론 탄압과 군사적 통제가 없는 정치를 옹호한다. 글의 전체적 논조는 이후에 출간되는 『더돈강 소네트 연작시』(*The River Duddon, A Series of Sonnets*)와 『호수 지역 안내서』(*The Guide to the Lakes*)에서 제시되는 국가관을 뒷받침한다. 영국 정부는 언론의 자유를 "전체 시민의 자유의 필수적 조건"(*PW* 1, 285)으로 옹호해야 한다는 주장은 휘그당의 정치와 가깝다고 할 수 있지만, 제임스 챈들러(James K. Chandler)를 비롯한 많은 비평가는 버크(Edumund Burke)의 영향을 지적하면서 보수주의적 정치 성향을 설명한다. 그러나 스페인과 포르투갈 사람들이 독재와 전제적 정치에 항거한 동기가 "한 민족에 소속된 도덕적 가치와 열정의 특성"(*PW* 1, 235)이라는 주장에는 감정과 정서적 경험의 형태를 높이 평가하는 워즈워스의 특징이 잘 드러난다. 워즈워스는 개인적 자유의 중요성을 강조하면서 개인의 독립을 국가의 독립과 전략적으로 동일시한다. 그러나 "세계사를 뒤돌아보는 사람들에게는 시민의 자유 없이도 사회는 . . . 어떤 존엄성을 누릴 수 있지만, 국가의 독립이 없다면 이것은 불가능하다는 것을 아는 것이 위안이 된다"(*PW* 1, 326)는 주장을 동시에 한다. 다시 말해, 개인의 자유와 국가의 독립이 서로 부딪히는 상황에서는, 리처드 그레빌(Richard Gravil)이 설명하고 있듯이, 국가의 독립이 선택된다(54). 워즈워스는 계속해서 개인과 국가 간의 결합을 거미줄 이미지를 통해 설명한다.

맨 바깥의 모든 것을 포괄하는 박애의 원은 내부에 동심원들을 가지며, 이들은 거미줄과 같이, 접합되어 결속되며, 서로에게 의존하면서, 하나의 프레임을 만들면서 함께 진동할 수 있다. 원들은 자신이 만들어졌고 전체를 유지하는 자기중심에 더 가까이 놓이면 점점 좁아지고, 촘촘해진다.

The outermost and all-embracing circle of benevolence has inward con-centric circles which, like those of the spider's web, are bound together by links, and rest upon each other; making one frame, and capable of one tremor; circles narrower and narrower, closer and closer, as they lie more near to the centre of self from which they proceeded, and which sustains the whole. (PW 1, 340)

이상적 영국은 구성 인자들 간의 상호교감에 기반을 둔 완벽한 조화를 구현한다. 그러나 관점을 달리하면 개인의 자유와 정치적 권리를 옹호하기보다는 전체의 구성적 조화만을 지나치게 강조한다고 할 수 있는데, 정치적 보수주의 색채를 풍기는 면이 있다.

후반기에 이르러 워즈워스는 국가주의를 더욱 적극적으로 옹호함으로써 정치적 보수주의자로 분류되는 빌미를 제공한다. 이러한 평가는 워즈워스 당대에는 국가주의 이론이 정립되지 않았으며, 현시점에서 파악한 국가주의의 부정적 요소를 그에게 뒤집어씌우는 우를 범할 수 있는 점을 고려해야 한다. 워즈워스의 국가관은 프랑스 혁명 이후 당대의 영국이 당면한 국제적 갈등이나 복잡한 내부 정치 상황을 배경으로 한다. 반도 전쟁을 둘러싼 정치 상황에서 볼 수 있듯이 영국은 국제 정치면에서는 적극적이지만 국내에서는 개인의 권한을 제한하는 정책을 시행했다. 워즈워스는 "국가의 독립에 대한 애정이 없는 곳에서는 국민은 사회가 아니라 무리에 불과하다"(PW 1, 327)고 말한다. 그가 말하는 "무리"에서는 개인의 독립이나 권한이 제대로 보장되지 않을 것이다. 개인의 자

유를 보호하기 위한 국가주의에 가까운 워즈워스의 관점에서는 국가의
자유는 개인의 자유를 표현하며, 국가의 독립이 정치적 목표이며, 개인의
정치적 권리보다는 개인과 개인, 개인과 국가 간의 공통적 "열정"(PW 1,
331)이 더 중요한 가치로 여겨진다.

이러한 열정 혹은 그가 자주 사용하는 애정과 같은 공유된 정서적
경험의 형태가 개인들을 그리고 개인과 공동체를 연결하는 요소이다. 가
족애나 형제애는 이러한 공유된 정서를 지칭하며, 공유 범위는 개인을
벗어나 국가와 국가 간에도 통용된다. 스페인과 포르투갈 국민의 "열정
의 특성"(PW 1, 331)이 그들을 함께 묶어주었고 이를 토대로 함께 독립
전쟁을 수행했으며, 같은 열정으로 워즈워스 자신도 이들과 정서적 교감
을 이룬 것이다.

> 동시대 다른 국가들의 실추된 명예를 아쉽게 여기지 않는 사람은 자
> 기 나라의 명예도 제대로 공감 못할 것이다. 전체 환경설정에 대한
> 이해가 부족하다면, 나라에 포함되는 더 작은 공동체를 사회적으로
> 존중하지 않을 것이고, 또 할 수도 없을 것이다.

> the man, who in his age feels no regret for the ruined honour of other
> Nations, must be poor in sympathy for the honour of his own Country;
> and that, if he be wanting here towards that which circumstances the
> whole, he neither has—nor can have—a social regard for the lesser
> communities which Country includes. (PW 1, 329).

워즈워스의 국가주의는 한 국가의 이익만을 위해 다른 국가의 희생을 강
요하지 않는다. 국가의 독립성을 존중하는 데서 국가 간의 형제애가 생

겨난다. 이러한 애정은 개인관계에서 국가관계로 범위가 확대되지만, 공감에서 비롯되며 이를 매개로 국가는 "개인의 집합체"(*PW* 1, 267)라는 주장이 성립된다. 집합적 정서나 공동체 감정은 살아 있는 사람과 죽은 사람 간에도 생기는데, 『신트라 협약』의 후반에서 워즈워스는 "고귀한 산 사람과 고귀한 죽은 사람"(*PW* 1, 339)을 함께 묶어주는 정신적 공동체를 언급한다. 이러한 공동체 감정은 혁명과 전쟁, 산업화, 도시화, 자본화로 시달리던 당대 사회를 치유하는 정신적 가치가 된다.

　　워즈워스는 국가의 정체성을 재현의 문제와 결부시켜 파악하는 입장을 어느 정도 수용한다고 할 수 있다. 이러한 입장이 새롭지만은 않다. 홉스바움(E. J. Hobsbawm)은 국가를 시간에 따라 가변적인 "고안물"로 언급한다(11). 어네스트 겔너(Ernest Gellner)도 "국가를 가진다는 것이 인간의 타고난 속성은 아니며" 국가는 "보편적으로 필연적인 것이 아니라, 우발적인 것"이며 "인간의 신념과 충절 그리고 결속력으로 구성된 인공물"이라고 설명한다(6, 7). 18세기 말에서 19세기 초반의 영국은 산업화, 도시화의 여파와 국제 정치의 격랑 속에서 자국의 특성과 역사의 정당성을 확립하려 고심했다. 이에 따라 1791년에는 군사 측량을 시행했고, 1801년에는 인구통계를 작성하여 '우리' 의식을 고취하려 했다. 이 과정에서 지역의 특성이 수집, 분류되어 담론적으로 재구성되었다. "18세기 말엽에서 19세기 후반까지 유럽에서 근대 국가 이론과 문화 이론이 서로 놀랍게 수렴"(1)했다는 데이비드 로이드(David Lloyd)와 폴 토마스(Paul Thomas)의 주장은 이와 관련된다. 그러나 이러한 중앙집권적 국가주의를 추구하는 과정에서 런던 중심의 도시 모더니티, 상류계층의 고급문화, 중앙 집권적 통제와는 별도로 문화 민족주의 등장과 더불어 또 다른 영국 이미지가 형성되었다. 이것은 윌리엄스가 설명하듯이,

산업에 대해 자연을, 무역에 대해 시를 주장하고, 그 시대의 실제적 사회 압박에 대해 인간과 공동체를 문화 속으로 고립시키는 것이 계획된다. 블레이크에게서, 워즈워스에게서 그리고 셸리에게서 이러한 반향을 분명히 느낄 수 있다.

the assertion of nature against industry and of poetry against trade; the isolation of humanity and community into the idea of culture, against the real social pressure of the time—is projected. We can catch its echoes, exactly, in Blake, in Wordsworth, and in Shelley. (*The Country* 79)

픽처레스크 관광은 이러한 추세를 반영하는 문화 현상이었다. 사람들은 토지의 인클로저의 영향과 당대의 산업화 그리고 "닦달하는 노동 속에서 잃어버렸다고" 생각한 것을 메우기 위해 "수백 마일을 기꺼이 여행"하였다(Andrews 66).[7] 이들이 찾으려 한 것은 다름 아닌 풍경이었고 이것은 영속성을 담고 있는 대상으로 인식된, 영국성의 또 다른 이미지였다. 이러한 의미에서 영국에서 픽처레스크 개척자인 윌리엄 길핀 (William Gilpin)은 허물어진 대수도원 풍경을 "후세 사람들의 즐거움과 경탄을 위한" 일종의 공적 "기탁물"로 파악했다(2: 188).

픽처레스크의 유행과 산업화한 중앙집권적 영국에 대한 대응 담론이면서 당대 제조업 중심지의 파괴된 풍경과 대조를 이루는 이상적 풍경을 가진 호수 지역은 강력한 문화 상징으로 부상했다. 이 과정에서 워즈워스는 중추적 임무를 수행했다. 그는 소박하고 검소하며 그러나 독립적

---

7) 1750년과 1830년 사이에 5천 건 이상의 인클로저 소송이 있었다. 특히 심했던 시기는 1760년대에서 1770년대와 1790년대와 1800년대이다. 워즈워스는 픽처레스크 관광이 정형화되고 호사가들의 취미활동으로 전락하고 시골풍경을 상업화하는 것에 반감을 표현한다(Thompson 54-55).

인 사람들의 삶을 이러한 풍경 속에 채워 넣었다.[8] 물론 이상적 풍경만을 다룬 것은 아니다. 호수 지역은 동시에 퇴역 군인, 집시, 떠돌이, 실성한 여자, 늙은 거지, 남편과 사별한 여인과 마주치는 장소이기도 했다. 또한 빈민 구제법이나 선거법 개정과 같은 당대의 정치적 문제도 호수 지역 삶에 포함된다. 즉 지리적 공간과 사회적 장소가 상호 침투하여 복잡한 네트워크를 이룬 곳이 호수 지역인 것이다. 워즈워스는 현재에도 사용되는 『호수 지역 안내서』를 비롯하여 주변의 풍경을 기록한 문학 작품을 출간하여 이전에는 황량했던 장소를 이처럼 문화적 의미로 가득한 장소로 변모시킨다. 그는 호수 지역의 새로운 발견자 혹은 실제적 창안자라고 할 수 있다.[9] 이 점은 오늘날 호수 지역이 '워즈워스의 고장'으로 통용되는 사실에서도 암시된다. 호수 지역이 당대 사회 조류에 편승하여 새롭고 강력한 문화 아이콘으로 부상했다는 사실은 영국이라는 국가 정체성은 경계가 정해진 것이 아니라, 상상되고 공유된 존재나 도덕적 장소를 지칭할 수 있음을 시사한다. 워즈워스, 코울리지, 사우디를 비롯하여 호수파로 분류된 문화 엘리트들의 작품을 통해 픽처레스크는 더 긴밀하게 국가적 정서와 연결되었고, 대중들에게 널리 전파되었다.

---

8) 길핀은 호수 지역에 관해 "필요에 때문에 주민 모두를 결속시키는 경제, 이 지역의 지극히 소박함, 엄격한 기질"(Watson 47)을 말하고 있다.

9) 호수 지역을 픽처레스크 산악 지대로 다룬 최초의 실제적 여행서는 1778년에 출간된 토마스 웨스트(Thomas West)의 『호수 지역 안내서』(*A Guide to the Lakes*)이다. 이후 워즈워스의 『호수 지역 경치 설명』(*A Description of the Scenery of the Lakes*, 1822)이 출간되었고 여러 차례 수정을 거쳐 현재의 『호수 지역 안내서』가 되었다.

# IV

「검은 골짜기 산 정상에서 본 경치」("View from the Top of Black Comb")는 등산의 메타포를 통해 국가의 운명을 개인의 삶과 동일시한다.[10] 워즈워스는 "검은 골짜기 산은 컴버랜드 최남단에 있다. 산기슭은 이 지역의 어떤 산보다 영역이 넓다. 그리고 그 입지 조건에서, 정상은 영국의 어떤 다른 산봉우리보다 조망이 더 넓다"(42)고 지형적 특성을 설명한다. 그는 이 산의 정상을 1811년에 밟았다.

> 이 산꼭대기는 구원의 천사가 골랐을 것이다.
> 이 검은 골짜기 산(구름과 폭풍우에서
> 유래된 무서운 명칭)에서 드넓게
> 영국의 대지를 조망하는
> 펼쳐진 광경이 보일 테니.

> This Height a ministering Angel might select:
> For from the summit of Black Comb (dread name
> Derived from clouds and storms!) the amplest range
> Of unobstructed prospect may be seen
> That British ground commands: (1-5)

프랑스와의 전쟁이나 당대의 농업과 사회 혁명의 여파로 인한 국가적 트라우마를 염두에 둔다면, 어휘와 문맥에서 중의성이 두드러진다. 워즈워

---

10) 산에 오르는 행위를 예언과 연관시키는 것은 성서에도 많이 나타난다. 18세기에 접어들면서 산에 대한 연상이 많이 변했고 숭고의 개념은 산을 미적 대상으로 변화시켰다 (Thompson 29).

스는 자신을 국가 운명의 일부분으로 인식하고 있다. 날씨가 맑으면 아일랜드를 포함하여 스코틀랜드, 웨일스에 이르기까지 영국을 구성하는 지역을 가늠할 수 있는 위치이기에, 정상에 서면 워즈워스는 완전히 통합된 국가의 이상을 가질 수 있었다.

> 대지와 하늘 그리고 대지를 감싸는 바다에서,
> 그것[광경]은 영원한 계시를 지닌
> 자연의 작품으로, 인간이 계승한
> 영국의 평온한 지복과 권위를
> 당당하게 드러내는 것으로 보였다.

> Of Nature's works,
> In earth, and air, and earth-embracing sea,
> A Revelation infinite it seems;
> Display august of man's inheritance,
> Of Britain's calm felicity and power. (30-35)

지리 메타포는 정치권력을 표현한다. 넓게 조망할 수 있는 고지대는 우월한 정치적 권위를 상징한다. 위험을 무릅쓰고 굳이 산에 오르는 행위는 자만이나 오만함이 아니라 국가에 대한 비전을 얻으려는 욕망에서 비롯된다. 워즈워스와 사우디는 가족과 함께 1815년 나폴레옹이 워털루에서 패했을 때 이를 기념하기 위해 호수 지역의 스키도(Skiddaw)를 등산했다는 사실을 고려한다면 시몬 베인브리지(Simon Bainbridge)가 지적하듯이 이 시기에 등산을 국가의 정체성을 탐색하는 행위와 연결 짓는 것은 무리가 아니다(9). 영국의 지리적 경계를 조망할 수 있는, 다시 말해 영국 전역을 통합할 수 있는 검은 골짜기 산은 국가 통합의 표상이자 시적 소명과 국가의 운명을 연결하는 장소가 된다.

『1820년 대륙 여행 기념 시들』(*Memorials of a Tour on the Continent, 1820*)에 실린 기념 시들은 형식상 아주 다양하며, 워즈워스는 자신의 기억을 토대로 여행 중에 목격하거나 경험한 사건, 장소, 인물에 관해 회고나 평가를 하거나 혹은 새로운 기록을 기억 아카이브에 등록한다. 여행시의 본질적 특성인 '이동'의 주제는 시인 자신의 신체적 이동뿐만 아니라 더글라스 니일(J. Douglas Kneale)이 평하는 대로, 언어 혹은 의미의 불안정성까지 포함한다(143-45). 「워털루 전장을 방문하고서」("After visiting the field of Waterloo")에서 워즈워스 남매는 "우리가 갈망했던 의미는 여기서 찾아질 수 없었다"(10)고 실토한다.

나폴레옹에 관한 소네트 「밀란에서 승전 건물로 보나파르트가 사용하려 했지만, 이제 샘플론 통로 노변에 누워있는 기둥」("The Column Intended by Buonaparte for a Triumphal Edifice in Milan, Now Lying by the Way-side on the Semplon Pass")은 제목에 표시된 대로 쓰러져 있는 거대한 화강암 기둥을 소재로 삼고 있다. 도러시 워즈워스(Dorothy Wordsworth)는 이를 목격하고서 "나폴레옹 정권이 무너졌다는 소식으로 그것의 진로가 그곳에 멈춰졌던 것 같다"(257)고 저널에 기록하고 있다.

> 무너진 자만심의 지워진 기념물,
> 허영의 상형문자. 운명의 수사학에서
> 적합한 비유.

> Memento uninscribed of Pride o'erthrown,
> Vanity's hieroglyphic; —a choice trope
> In fortune's rhetoric. (7-9)

셸리(Percy Bysshe Shelley)의 「오지만디아스」("Ozymandias")를 상기시키면서, 어원상 텅 빔을 뜻하는 허영을 향해 나폴레옹의 행위가 이루어졌고, 그 행위의 탈의미화도 진행된다. 누워져 있는 기둥에는 어떠한 그림 문자나 기호도 없기 때문에 비유로 사용된 그것의 의미에 대한 해석은 계속 겉돌기만 할 운명이다. 영원한 겉돎을 표현한다는 점에서 "적합한 비유"이겠지만, 어떤 경우에도 기둥의 정확한 의미는 파악 불가능하며, 기둥은 이러한 불가능에 대한 폴 드 만(Paul de Man)이 말하는 읽기 불가능성의 알레고리가 된다. 그렇다면 인용 구절은 비유의 가능성이나 불가능성을 넘어서 비유 자체의 성립 불가능을 제시하면서 알란 리우(Alan Liu)가 말하는 "상상력 와해의 묵시록"(340)에 대한 예시가 될 것이다. 그러나 워즈워스는 이러한 해석의 블랙홀에 빠져들지 않고, 로빈 자비스(Robin Jarvis)가 지적하는 대로 "현실을 과도하게 상상하여 읽는 것에 점차 의혹을 느끼면서"(339), 여행의 끝 무렵에서 관점의 변화를 통해 안정감을 되찾는다. 기둥에 쓰인 의미를 문제 삼는 것이 아니라, 방치된 채 넘겨져 있는 기둥 자체를 풍경에 각인된 허영의 기념물로 간주하고 역사의 교훈을 읽어낸 것이다. 「볼로냐 항구 근처에서 발이 묶여」("On Being Stranded near the Habour of Boulogne")에서 그가 대하는 영국 풍경은 특정한 개인의 욕망이 초래한 공허함과 그로 인한 좌절감을 회상시키면서 합당한 사회적 책무와 질서를 가진 국가의 필요성을 일깨운다.

> 인제 그만, 내 조국의 암벽을 볼 수 있고,
> 나지막이 소리 내는 바다를 옆에 두고, 제지된 야심을
> 자랑스럽게 생각한다—통제된 폭정,
> 그리고 계속되는 기억으로 저주받은 어리석음.

Enough; my Country's Cliffs I can behold,
And proudly think, beside the murmuring sea,
Of checked Ambition—Tyranny controuled,
And folly cursed with endless memory; (9-12)

여행한 유럽 대륙의 여러 장소와 관련된 개인사를 지리적 담화 형태로 창작하면서 워즈워스는 풍경이 구현하는 기억과 인간의 삶의 관계를 탐사한다. 자신이 태어나고 자라난 풍경은 그것을 바라보는 사람에게 변화를 요구하며 그것에 담긴 정치체계와 고유한 가치와 도덕을 수행하게 한다. 프랑스 혁명 후 정치적, 군사적 혼돈으로 손상된 대륙을 여행하는 과정에서 그는 고국인 영국이 "자유의 확고한 보루"("To Enterprize" 140)임을 확신한다. 자비스는 대륙 여행 후 워즈워스는 "국가와 교회의 지도자가 갖는 권위"(341)를 시적 자아의 구성요소로 받아들인다고 평가한다. 시인이라는 공적 정체성을 국가의 정체성과 동일시하면서 개인적 창작 활동이 국가에 대한 의무 수행이라는 것을 재확인한 것이다.

V

『더돈 강 소네트 연작시』, 『호수 지역 안내서』에는 『신트라 협약』에서 제시한 국가관이 투영되어있다. 단순하게 지역성만을 말하는 것이 아니라 이러한 지역성을 통해 이상적이며 미학적인 그리고 다분히 이론적인 국가주의를 표현하고 있다. 워즈워스에게 호수 지역의 더돈 강은 지역 특색의 표상이면서 영국 국가성의 전형이며 개인과 국가의 영속성에 대한 욕망의 투사체이다. 두 작품에는 앤 제노위츠(Anne Janowitz)가 워즈워스 특유의 국가주의를 표현하기 위해 사용한 "자연화된 민족주의"(133)의 구체적 사례가 제시된다. 즉, 잘 알려지지 않은 지역의 강, 지역에 떠도는 민담, 무뚝뚝하지만 독립적인 지역의 농부들, 안식처인 계곡, 양치기들의 공화국을 비롯하여 호수 지역 특유의 삶의 형태가 속속들이 담긴다. 이들은 모두 런던 중심의 상업화 관료화와 명확히 구분된다. 워즈워스는 진정한 국가주의는 이러한 지역적 특성에서 추상될 수 있다고 가정한다.

『호수 지역 안내서』는 화자로 여행자를 설정한다. 그는 취향과 감수성을 가진 신사의 풍모를 지닌다. 1835년 판 표제지에는 독자를 "여행자와 거주민"으로 명시하지만, 이들은 본문의 첫 문장에서 "풍경에 대해 취향과 감각을 지닌 사람"(27)과 동일시된다. 후반부에 이들은 "순수한 취향을 지닌 사람"(93)으로 다시 언급된다. 문화 엘리트라고 할 수 있는 이들과 워즈워스에게 호수 지역은 "일종의 국가 재산"(93)으로 여겨진다.

> 이러한 바람에서 저자는 영국 전역에 있는 순수한 취향을 가진 사람들과 동참하게 될 것이다. 이들은 북부의 호수 지역을 방문(종종 여러 차례 방문)함으로써 이 지역을 일종의 국가 재산으로 여긴다는 것을 선언할 것이며, 이곳에서 눈으로 인식하고 가슴으로 즐기는 사람은 모두 권리와 관심을 가진다.

> In this wish the author will be joined by persons of pure taste throughout the whole island, who, by their visits (often repeated) to the Lakes in the North of England, testify that they deem the district a sort of national property, in which every man has a right and interest who has an eye to perceive and a heart to enjoy. (93)

워즈워스가 호수 지역의 풍경을 바람직한 영국 시민을 길러내는 박물관과 같은 문화 기제로 이해했다면, 『호수 지역 안내서』에서 그가 명시하는 독자는 이상적 영국민이기도 하다. 이들은 워즈워스의 풍경 정치학에서 영국을 구성하는 사람이 누구인가에 대한 해답이 된다. 워즈워스에게 독자는 독서 시장의 소비자에 그치는 것이 아니라, 교육을 통해 자신의 미학을 이해시킬 대상이자 더불어 '상상의 공동체'를 이루어 새로운 문화 취향을 만들어갈 집단이기도 했다. 또한, 이들은 앞으로 성취될 가능성이기도 했다.

이러한 개념의 독자/국민은 워즈워스의 계층인식을 담고 있다. 1840년대에 호수 지역을 통과하는 철도 설립 계획이 발표되었을 때 그는 호수 지역 환경 훼손을 이유로 삼아 이를 거부한다. 그러나 훼손의 주범은 열차가 아니라 열차를 주로 이용하는 하층 관광객일 것이라고 그는 적고 있다. "윈더미어의 경계를 따라 한 번에 수백 명을 쏟아내는 값싼 열차들이" 생길 것이고, 이 사람들은 "레슬링 시합, 수많은 말이나 보트 경주로, 하층 계층의 선술집 주인이 운영하는 선술집과 맥줏집으로 시골의 외관을 망쳐버릴 것이다"(*PW* 3, 345-46). 결국 "눈으로 인식하고 가슴으로 즐기는 사람"이 풍경의 주인이며 보호자라는 것이다. 그러나 대중 열차에 탑승하지만, 일등석 서비스의 특권을 누리면서 풍경 예술을 지상 최고의 공연으로 감상할 수 있는 취향을 가진 계급을 고객으로 초대하는 영국 국유 철도 포스트의 시각 예술이 현재에도 일반 대중에게 호소력을 갖는 만큼, 비록 호수 지역에 열차 도입을 제지하는 데는 실패했지만, 워즈워스의 시각 인식과 열정을 시대착오적 문화 엘리트의 궤변으로만 치부할 수 없는 논리가 풍경에 내재한다. 풍경은 특정 계급에 대해서는 동질성을 형성하는 토대이지만, 역설적으로 그 풍경에 관여하는 여러 계급 간의 문화적 차이를 실천한다. 풍경은 단순히 지리적 땅을 재현하는 것이 아니라 한 국가의 정체성 형성과 관계하며 역사적 기억의 아카이브로서 계급 취향이 반영된 정치적 논쟁의 장소이다. 계급의 취향은 시대에 따라 부침을 겪겠지만, 풍경은 그때마다 새로운 활력을 찾는 담론의 장으로 남을 것이다.

| 인용문헌 |

Alpers, Svetlana. "The Museum as a Way of Seeing." *Exhibiting Cultures: The Poetics and Politics of Museum Display*. Eds. Ivan Karp and Steven D. Lavine. Washington: Smithsonian Institution, 1991. 25-32.

Andrews, Malcolm. *The Search for the Picturesque Landscape: Aesthetics and Tourism in Britain 1760-1800*. Aldershot: Scholar Press, 1989.

Bainbridge, Simon. "Romantic Writers and Mountaineering." *Romanticism* 18.1 (2012): 1-15.

Burgess, Miranda. "Transport: Mobility, Anxiety, and the Romantic Poetics of Feeling. *SiR* 49.2 (2010): 229-60.

Chandler, James K. *Wordsworth's Second Nature: A Study of the Poetry and Politics*. Chicago: U of Chicago P, 1984.

De Certeau, Michel. *The Practice of Everyday Life*. Berkeley: U of California P, 1984.

Di Chiro, Giovanna. "Nature as Community: The Convergence of Environment and Social Justice." *Uncommon Ground: Rethinking the Human Place in Nature*. Ed. William Cronon. NY: W. W. Norton, 1996. 298-320.

Duncan, Carol. *Civilizing Rituals: Inside Public Art Museums*. London: Routledge, 1995.

Garrett, James. *Wordsworth and the Writing of the Nation*. Burlington: Ashgate, 2008.

Gellner, Ernest. *Nations and Nationalism*. 2nd ed. Ithaca: Cornell UP, 2008.

Gilpin, William. *Observations, relative chiefly to picturesque beauty, made in the year 1772, on several parts of particularly the mountains and lakes of Cumberland and Westmorland*. Vol. 2. London, 1786. 2 vols.

Gimmel, Georg. *Georg Simmel 1858-1918: A Collection of Essays with Translations and a Bibliography*. Ed. Kurt H. Wolff. Columbus: Ohio State UP, 1959.

Gravil, Richard. *Wordsworth's Bardic Vocation, 1787-1842*. New York: Palgrave, 2003.

Hewitt, Regina. *The Possibility of Society*. Albany: State University of NY, 1997.

Hobsbawm, E. J. *Nations and Nationalism Since 1780*. 2nd ed. Cambridge: Cambridge UP, 1990.

Janowitz, Anne. *England's Ruins: Poetic Purpose and the National Landscape*. Oxford: Basil Blackwell, 1990.

Jarvis, Robin. "The Wages of Travel: Wordsworth and the Memorial Tour of 1820." *SiR* 40 (2001): 321-43.

Kneale, Douglas J. *Monument of Writing: Aspects of Rhetoric in Wordsworth's Poetry*. Lincoln: U of Nebraska P, 1988.

Lefebvre, Henri. *The Production of Space*. Trans. Donald Nicholson-Smith. Oxford: Basil Blackwell, 1991.

Levinson, Marjorie. *Wordsworth's Great Period Poems: Four Essays*. Cambridge: Cambridge UP, 1986.

Liu, Alan. *Wordsworth: The Sense of History*. Stanford: Stanford UP, 1989.

Lloyd, David, and Paul Thomas. *Culture and the State*. NY: Routledge, 1998.

Lowenthal, David. "European and English Landscapes as National Symbols." *Geography and National Identity*. Ed. David Hoosen. Oxford: Blackwell, 1994.

Marx, Karl. *Capital*. Vol. 1. London: Penguin, 1976. 2 vols.

Mitchell. W. J. T. *Landscape and Power*. 2nd ed. Chicago: The U of Chicago, 2002.

Pugh, Simon. *Reading Landscape: Country, City, Capital.* Manchester: Manchester UP, 1990.

Thompson, Carl. *The Suffering Traveller and the Romantic Imagination.* Oxford: Oxford UP, 2007.

Watson, J. R. *Picturesque Landscape and English Romantic Poetry.* London: Hutchinson, 1970.

Wordsworth, Dorothy. *Journals of Dorothy Wordsworth.* Ed. E. de Selincourt. Vol. 2. London: Macmillan, 1952. 2 vols.

Williams, Raymond. *Problems in Materialism and Culture.* London: Verso, 1980.

_____. *The Country and the City.* Oxford: Oxford UP, 1973.

Wordsworth, William. *Guide to the Lakes.* Ed. Ernest de Selincourt. Preface. Stephen Gill. London: Frances Lincoln, 2004.

_____. *The Poems of William Wordsworth: Collected Reading Texts from the Cornell Wordsworth.* Ed. Jared Curtis. 3 vols. Penrith: Humanities-Ebooks, 2009.

_____. *The Prose Works of William Wordsworth.* Ed. W. J. B. Owen and Jane Worthington Smyser. 3 vols. Oxford: Oxford UP, 1974.

_____. *Wordsworth's Poetry and Prose.* Ed. Nicholas Halmi. NY: W. W. Norton, 2014.

# 6

---

# Things, Words, Words–Worth

Paul H. Fry's recent work entitled *Wordsworth and the Poetry of What We Are*, as the critic openly says, alludes to the lines of "Prospectus to the Recluse": "Words / Which speak of nothing more than what we are" (57-58). He finds in these lines "the depersonification, or reification, of the human as a thing in itself" which he thinks is "the hiding-place" of Wordsworth's poetic power (x). Calling attention to the choice of words "what we are" instead of "who we are" and to Fry's take on Wordsworth's phrase lead us into the contemporary interpretative frameworks that revolve around "thing theory." These frameworks largely foreground certain key concepts, such as things, objects, commodities, materiality, and corporeality —concepts intimately connected with one another.

In pages that follow, I attempt to demonstrate, first of all, that Wordsworth's things are capable of speaking and performing, as in "Expostulation and Reply" and "Tintern Abbey." In many poems and poetic fragments, particularly those composed in the late 1790s and the first decade of the 1800s, Wordsworth demonstrates that things constitute, and are constituted by, a fundamental relatedness, and the poet himself envisions the expansion of its relatedness through his peculiar idea of things. Wordsworth, on the other hand, often puts the significance of things at the boundary between their objectivity and his consciousness, as revealed in the Winander boy episode. When read under this framework of the Wordsworthian things, "Tintern Abbey" is a poem in which eighteenth-century object-based epistemology is overcome to invigorate the connection between the life of things and human beings. Wordsworth continues to practice his idea of things in "The Thorn." He famously uses the phrase "words as things" in the Note added to the poem and keeps the idea of things as the "active and effective" agency. In this poem, words consistently reverse their utilization as referential tools; the Wordsworthian notion of repetition enacts certain performativity powered by words as things. But this enacting process is elusive, mainly because it cannot be easily explained by the subject-object dialectic by which most theories of symbols are justified.

# I. Wordsworthian Things

Recent Romantics studies suggest that Wordsworth inherited the concept of the "thing" both from Old English, which is historically related to Old German, and from ancient Scandinavian linguistic practices, and used it with great subtlety and variety. The concept and word thing survives without losing its original meanings and acquires new ones as time goes on. It manifests itself as a living, organic entity.[1] On the contrary, the "object" has no relation to the "thing" in its usage and history. In Wordsworth's time, objects referred to "a class of things that are made, manufactured, acquired, or inanimate; something static, or a commodity, a property, or a form known by its structure or place rather than by its behavior or function" (Gaull 10).

In the current critical context, the "thing" is an unstable signifier with a wide array of interpretations. It, nevertheless, is often taken to be self-evident and forecloses interpretation. Things occur. Things speak. But, unlike commodity, things are not made; they always and already dwell prior to any subject's desire for them, prior to whatever trials of domestication or

---

1) For historical survey of the concept of things, see Potkay 393-95; Gaull 9-11. Mitchell's essay is also useful in understanding things' signification in Romanticism. Potkay explains that Old English "does not delimit *thing* to mean material *object*. Indeed, in Old English there is no term, such as object, for a material entity" (394). He particularly cites J. R. Clark Hall's Old English dictionary to define thing: "creature, object, property, cause, motive, reason, lawsuit, event, affair, act, deed, enterprise, condition, circumstance, contest, discussion, meeting, council, assembly, court of justice, point, respect, sake" (393-94). Following the concept of things in Old English, Wordsworthian things signify the fusion of all particulars and agencies.

appropriation of them. In its purest sense, the thing can be an ultimate impossibility, an impossible object.[2]

Bill Brown works hard to explain the baffling, often conflated, concepts of things and objects. Things are, according to him, at once less than objects, namely "the amorphousness out of which objects are materialized by the (ap)perceiving subject," and more than an object, namely "what is excessive in objects, as what exceeds their mere materialization as objects or their mere utilization as objects" (5). But he comes to confess that this distinction based on temporality "obscures the all-at-once-ness, the simultaneity, of the object/thing dialect" (5). What is implied here is that an object often switches its state of being, stepping over the boundary between things and objects, and ends up as a thing. Indeed, a significant deciding factor between things and objects is the extent to which they are related to the human perception.

> The story of objects asserting themselves as things, then, is the story of a changed relation to human subject and thus the story of how the thing really names less an object than a particular subject-object relation. (Brown 4)

Likewise, Wordsworth is keenly aware of objects' shift in position when they enter human consciousness, as expressed in "Tintern Abbey": "of

---

2) For this, it might be helpful to be reminded of Lacan's comments on things in *The Ethics of Psychoanalysis 1959-1960.* The Thing can only be "represented by emptiness, precisely because it cannot be represented by anything else" (129). For Lacan, the Thing isn't a phenomenal entity.

all the mighty world / Of eye and ear, both what they half-create, / And what perceive" (106-08). Compared to Coleridge, who says in "Dejection: An Ode" "we receive but what we give" (47), Wordsworth is more fascinated by, and more passionately trapped in, a (non)cognitive, aesthetic process in which the materiality of words exquisitely exercises an unexpected effect on human perception. Wordsworth mentions in the "Preface" to *Lyrical Ballads*, the fluxes and refluxes of a consciousness "agitated by the great and simple affections of our nature" (Owen 158). Also, there is strange indulgence in intrusive details in the representation of objects: "matter-of-factness" (*Biographia* II, 126) as Coleridge laments. In "The Thorn," the garrulous retired Sea-Captain measures what he thinks is the infant's grave: "I've measured it from side to side: / 'Tis three feet long, and two feet wide" (32-33). Wordsworth is stopped by certain, often arbitrary but highly charged, particulars. Encountering this particular dimension of things, he makes words bear a weight they cannot possibly endure; he resorts to the repetition of words to communicate his feelings about things instead of their meanings.

In eighteenth-century cultural circumstances and particularly in Wordsworth's lifetime, a "thing" and an "object" would not have been confused. Marilyn Gaull points out that to Wordsworth "they were antonyms, contradictions, opposites" (9) and this is clearly stated in "Tintern Abbey":

> A motion and a spirit, that impels
> All thinking *things*, all *objects* of all thought,
> And rolls through all things. (103-05, Italicized for emphasis)

It is suggested that things perform and are animated agencies, whereas objects are referred to as the recipient of the human action. Wordsworth's objects do not think; they require an agency to make their objectivity known. In contrast to objects, things have the ability of speaking for themselves: "all this mighty sum / Of things for ever speaking" ("Expos- tulation and Reply," 25-26). In "Tintern Abbey," things exceed attributes of human beings, while at the same time constituting "all the mighty world / of eye, and Ear" (106-07) for them. This network of "all things," animate and inanimate, lends itself to "the life of things":

> While with an eye made quiet by the power
> Of harmony, and the deep power of joy,
> We see into the life of things. (48-50)

The poet himself, too, belongs to this web of things.[3] He quietly converses with "things that hold / An inarticulate language."[4] He, most of all, discovers the revelation of being itself in a fundamental relatedness between things, both the human and the nonhuman, and envisions an expansion of

---

3) Quoted from "Not useless do I deem" in Wu (298). There is another obvious phrase that expresses this motif: "being limitless-the one great life" (Wu, "Prospectus to *The Recluse*," 10; composed probably November or December 1799). This is related to the pantheist perception of Pedlar and "Tintern Abbey" 94-103. In *Prelude*, Wordsworth felt the "sentiment of Being spread / O'er all that move" (1805, 2, 420).

4) The poetic fragment that contains this phrase was composed early March 1798 (Wu 298). The communication between man and natural Forms is also expressed in *The Excursion*: "For the Man, / Who, in this spirit, communes with the Forms / Of Nature" (Book 4, 1202-03).

this relatedness. This is clearly stated in a poetic fragment composed February-March 1798: "There is an active principle alive / In all things . . . / All beings have their properties which spread / Beyond themselves" (1-2, 6-7). This active principle is said to work on all things and mark "the freedom of the universe" (12)

An interesting remark on man can be found in "Lines written in Early Spring": "To her fair works did nature link / The human soul that through me ran" (5-6). The "me" here is an embodiment of something bigger than himself, "soul," which is shared by all works of nature; the "human" is used as a delimitative word. What matters here is that Wordsworth is concerned less with an individuated human than with the soul or life of things. This is reaffirmed in "The Old Cumberland Beggar": "A life and soul to every mode of being / Inseparably link'd" (78-79). Wordsworth asserts a vitalizing soul operating in all beings.

At the same time, things should be appreciated as such. It is not measurable, as implied in the phrase "The birds around me hopp'd and play'd: / Their thoughts I cannot measure" ("Lines written in Early Spring," 13-14). Things in nature, animate or inanimate, maintain "the shades of difference / As they lie hid in all external forms" (1805 *Prelude*, 3, 158-59). Each thing has its own singularity and, for that reason, things are irreducible to human purposes. What is contrasted to the life of things is:

> Our meddling intellect
> Mis-shapes the beauteous forms of things;
> —We murder to dissect. ("The Tables Turned," 26-28)

The life that Wordsworth senses in things is sustained by the particularity of individual things and their unity. The life things is anterior to and in excess of the subject-object dichotomy. Wordsworth is interested in moving out of an individuated, isolated state of being and heading toward the larger, interwoven state of beings. In doing so, he offers an alternative for moving beyond Romantic individualism and human-centeredness.

Let me go back to Fry's observation discussed briefly in the beginning. It is fair to say that his critical evaluation of Wordsworth works endorses the recalcitrance of things. In this sense, he points out "the ontic, unsemantic, self-identity of things" (7) in Wordsworth's poem. Fry's argument sounds perfectly convincing; yet, there are questions remaining unanswered. How can his critical evaluation nicely be counterbalanced with the poet, who always looks into his mind and famously proclaims that "the Mind of Man" is "the main region of" ("the Prospectus to The Recluse," 39, 40) his poems? In Wordsworth's case, the task of interpreting things becomes immensely complicated where an object enters human perception. This might be a burden for those living in the post-Kantian Romantic world. And what changes might happen to things when human memory, another sacred faculty of Wordsworth, is involved in the consciousness?

In Wordsworthian discourse, there is a close, even symbiotic, relationship between things, consciousness, and words. How to negotiate their relations reflects his quest for locating the self in the material world.

> in that silence while he hung
> Listening, a gentle shock of mild surprise

> Has carried far into his heart the voice
> Of mountain torrents; or the visible scene
> Would enter unawares into his mind,
> With all its solemn imagery, its rocks,
> Its woods, and that uncertain heaven, received
> Into the bosom of the steady Lake. (1805 *Prelude*, 406-13)

In this much-acclaimed episode of the Winnder boy when the owls stop giving their responses to the boy's mimic hootings, the boy seems to extricate himself from the external world of things and exist within the element of his own being. Yet there is a striving for, almost like Lacanian "insistence" of, interior objectivity. De Quincey names this "a flash of sublime revelation" (*Recollections* 161). The revelation, of course, is that which falls upon the boy. It is a form of a repetition within the boy's mind. Before this dramatic turn, the boy was undifferentiated from the natural things. The moment when he is aware of his separateness, he is awakened into "a perception of the solemn and tranquilizing images" (*Prose* III, 35). The emergence of the subjectivity occurs precisely at the same moment when the things materialize in their reflected forms within the boy's consciousness; namely, not mountain torrents but their echoed humanized "voice" and the reflected images of things (rocks, woods, and heaven). Natural things are reflected in the mirror of his mind; the "visible" things are repeated in or absorbed into the surface, mirror of the waters and then are repeated and received into the heart, bosom, of the boy.

This is to say that Wordsworth puts the significance of things not within the things themselves but at the boundary between their objectivity and his consciousness. It's not about confirming the ontological primacy of the sensible objects; nor is it about the appropriation of things on Wordsworth's part. "Mountain torrent," "rock," "woods" are at once more than objects, because they are anthropomorphized or partially human, and yet also less than objects, because their images in the boy's consciousness are so intangible, so quickly gone with the untimely death of the boy. The boy's untimely death is quite suggestive. He lived isolated, known to nobody.

Silvia Benso might be right when she argues that Heidegger "arrests himself on the threshold of ethics" (xxxvi) but Heidegger suggests a fundamental question implied in things; it is about ethics.

> When and in what way do things appear as things? They do not appear by means of human making. But neither do they appear without the vigilance of mortals. The first step towards such vigilance is the step back from thinking that merely represents—that is, explains—to the thinking that responds and recalls. (Heidegger, "Thing," 181)

Things require care on human's part. Things are not mere objects of representation; they occur when we respond and recall. The pith of ethics here is responsivenss toward things, rather than a set of moral rules. Bill Brown quotes Leo Stein to explain what things are: "Things are what we encounter, ideas are what we project" (3). But things, Heidegger suggests, should not be badly encountered, no matter what.

> Thus deeply drinking—in the Soul of Things
> We shall be wise perforce; and while inspired

By choice, and conscious that the Will is free,

Unswerving shall we move, as if impelled

By strict necessity, along the path

Of order and of good. (1814 *The Excursion*, 1261-66)


It is suggested that in Wordsworth's ethics of things, human agency's free will is a necessary element. The system of things, although it exceeds individual human agency, is not a deterministic system. Individuals in it are free; things and human agency decide, and are decided by, each other under a principle of co-determination.


## II. "Tintern Abbey" and Overcoming Object-based Epistemology


In terms of description, Wordsworth's Tintern Abbey is not like an ordinary historical architecture, in which a visitor expects its particular political, historical, material affiliations to understand what it really is. There is a glaring omission in the description of landscape: the abbey itself. The missing abbey—the absent, albeit not repressed, material object—has caused a series of intriguing critical issues, some of which are utilized to decide who or what critical parties will own critical hegemony in Romantic studies.

Wordsworth decides not to represent the abbey as an epistemological object. The abbey might serve as an ideal "thing-site" (Rzepka 184) but he refuses to perpetuate it as a significant historical monument of the past. This compositional attitude is remarkable, given that Tintern Abbey was prominent poetic subject at that time, as Crystal Lake points out.

> The predecessor verses about Tintern demonstrate the eighteenth-century theory of things at work. They cast the abbey as an idea-generating object and poetically play with representations of the mind as an architectural space and the uses of ruins as mnemonics for private and public histories. (449)

In contrast to Wordsworth's approach, most of eighteenth-century writings of Tintern Abbey describe cognitive effects of encountering the ruinous abbey, emphasizing its local politics and its cultural implications for the British history. As a "monument of antiquity" which is "never seen with indifference" (Whately 135), the architecture inspires a wide array of interconnected historical and aesthetic responses from the viewer. Nicholas Roe, who represents the site as "an area of historical conflict" (130), is among those who insist on this object-oriented epistemology to advance the idea of landscape capable of transmitting historical facts and empirical evidence for the past.

This not to say that Wordsworth's description of things is achieved at the cost of local politics and their material conditions. Marjorie Levinson, for example, astutely observes an irony lurking in literature's denial of history: "the poets create themselves as creatures . . . of the age and they do so by refusing what is given to them as the age" (*Historicism* 3). Any denial of history creates the history it tries to deny. Indeed, what Wordsworth attempts to do is to critically examine the given; he rejects object-based epistemological conventions of the Enlightenment and fashions an alternative for invigorating the connection of the life of things and individual agency. In doing so, he offers a framework of things that negates human's privileges over the economy of nature, privileges that sustain themselves on the dichotomy between human and nonhuman, between history and nature. Wordsworth's use of things is neither ideological nor ideologically mystifying.

Wordsworth's description of things in "Tintern Abbey" draws our attention to the interdependent individual agency and historical, societal history. But "interdependent" here might be a weak term for a living, unified whole into which everything fuses. Wordsworth's *Peter Bell* manuscript radically states what Hartman calls "the bond of being that joins all things, animate or inanimate" (3). It is radical to the extent that it might signify an erasure of individual singularity and precede the principle of co-determination:

> the one interior life
> That lives in all things, sacred from the touch
> Of that false secondary power
>
> ....
>
> existing in one mighty whole,
> As undistinguishable as the cloudless east, when all
> The hemisphere is one cerulean blue. (10-12, 16-18)[5]

Here 'as undistinguishable as' is a crucial simile for the interrelatedness of Wordsworthian things. Things in this case emphasize the fusion of object

---

5) *The Prelude 1799, 1805, 1850*, 496.

and agency; there is no distinction between things and objects, between human and other beings. The significance of this simile is susceptible of Wordsworth's reaction to Coleridge's influence. Coleridge distinguishes between the primary and secondary imagination. Moreover, secondary imagination works on duality: "in order to re-create" it initially "dissolve, diffuses, dissipates." Hartman explains that for Wordsworth "no such duality, or separate analytic/dismantling phase, is dwelled on" (3).

## III. Wordsworth's Words as Things

Arjun Appadurai makes a shrewd analysis of the underlying conceptual problems that habitually blocks attempts at reevaluating things and words, along with the their affiliations.

> Contemporary Western common sense . . . has a strong tendency to oppose "words" and "things." . . . to regard the world of things as inert and mute, set in motion and animated, indeed knowable, only by persons and their words. Yet, in many historical societies, things have not been so divorced from the capacity of persons to act and the power of words to communicate. (4)

This, of course, is an anthropological point view of things and words. Yet, it also implies how fluffy and unvalidated our sense of their relations might be. Wordsworthian things resist the notions of human and things formulated by Enlightenment ideas and anthropocentricism. They are more likely things that speak and perform. Karl Marx's famous concept of the "fetishism" (176) of commodities which he discusses in *Capital*, suggests that in modern industrial practices things lose their use value and become commodities with exchange culture. They are manufactured things; nevertheless, they still, as Marx implies, have 'the capacity of persons to act and the power of words to communicate.' If so, it is simply not quite correct to oppose things and words.

It is generally thought that by using object-symbols creatively, Romantic authors attempt to prove the supremacy of imagination over the sensible objects. Objects are taken out of their natural scene to serve the human interests. Larry H. Peer argues that Romanticism begins to "question the ontological primacy over" the sensible objects by aesthetically manipulating them (2). Wordsworth has a natural ability to select a word from its original setting and imbue it with fresh strength. In doing so, he demonstrates that the relationship between inner and outer reality can be differently focused with the changed lens of the word; language, for him, is at its origin figurative and always so. But there is a peculiar moment in which the thingness of language manifests itself. In his poems, this is often the case in which the materiality of lyrical utterance questions whether the differential meanings human confers on things are legitimate. It becomes obvious that human possesses no privilege over nonhuman things at this moment and the ontological unity of human and nonhuman things emerges.

Wordsworth does not formulate a systematic account of language. The poet, however, leads us into extensive reflections on the status of language. "Essays upon Epitaphs" have been much perused, largely by virtue of their peculiar implication of language. But Wordsworth's Note to "The Thorn," along with the poem itself, is a remarkable case in which words are defined as "not mere symbols of things & thought, but themselves things," as Coleridge observes in his notebook entry (3, 3762). Wordsworth goes elaborate lengths to justify repetition as a legitimate poetic device: a poet is forced to depend on the power of repetition when he finds himself in dealing with poetic words which are repeated because they are irreplaceable. Wordsworth puts into question the status of language as both a medium for ideas and a phenomenal thing. In doing so, he leaves language "to define the material and immaterial" (Regier 62), asking for a radical reappraisal of the relation between things, ideas, and words.

In "The Thorn," we encounter a strange character who repeatedly fails in her engagement with words.

> And that same pond of which I spoke,
> A woman in a scarlet cloak,
> And to herself she cries, 'Oh misery! oh misery!
> 'Oh woe is me! oh misery!' (63-66)

Martha Ray's repeated, plaintive cry, "O misery! O misery!" arises from a process of mourning, which is not a cognitive process but involves repetition in a process of searching for ways of making sense of loss. Her repetition can be a form of reification of what she lost; yet, she falls consistently short of fully acknowledging what is lost. The repeated words signify a failure in mourning; they deliver a disarticulated sense of loss. In the Note, Wordsworth says:

Now every man must know that an attempt is rarely made to communi-
cate impassioned feelings without something of an accompanying con-
sciousness of the inadequateness of our own powers, or the deficiencies
of language. During such efforts there will be a craving in the mind,
and as long as it is unsatisfied the speaker will cling to the same words,
or words of the same character. (*Wordsworth's*, 39)

An emphasis is put on a strange counterproductive move in which Martha
Ray holds onto the same words, although she is aware that they are
unsuccessful. Yet, words continue to reverse their utilization as referential
tools. Their failure becomes clearer as the speaker gets more absorbed in
communicating her impassioned feelings, but to no avail.

But there is another dimension of repetition. Wordsworth at the same
time indicates that "repetition and apparent tautology are frequently beauties
of the highest kind" (*Wordsworth's*, 39). Far from being a failed or botched
incidence of articulation, repetition enacts certain performativity in which
"the mind attaches to words, not only as symbols of the passion, but as
things, active and efficient, which are themselves part of the passion"
(*Wordsworth's*, 39).

An issue here is how symbols, words, and passion relate to one
another. Words belong to passion rather than being limited to a tool of
communication as a symbol. Passion refers to intensified experience in-
volved in poetic words. It concerns emphatic, receptive feelings about
things. Centered on passion, we can see a curious Wordsworthian logic
working. Passion represents itself through words; words are at the same
time things; things are part of the passion. That is to say, passion is the

subject and means of representation to the extent that things, in turn, are to be represented. In this regard, Wordsworth claims that "Poetry is passion" (*Wordsworth's*, 39). What is implicated here is that language cannot be fully characterized in terms of semantics or its referentiality; it is not a mere vehicle for signification or a referential instrument through symbols. Rather, it partakes of phenomenal thingness quite as much as, but not exactly the same with, other things. In this respect, as Langan says, Wordsworthian notion of words as things is not much different from what Paul de Man calls the materiality of the letter (73).

A question might be raised: if words are things, then where do words' symbolic functions end and their thingness begin? The question is partially effective at best, because Wordsworth's system of things exceeds the distinction between the material and immaterial, although it does not preclude it. Where the distinction is made, Wordsworth's language opens up a space between the two spheres, and we are ushered into this space. Critics find the constitutive interconnections between object and event and between subjects and inanimate object in Wordsworth's concept of things (Potkay 391; Brown, *Sense*, 5-8).[6] Indeed, Wordsworth's concept of words as things articulates the boundary conditions between the two spheres. In the system of Wordsworthian things, words are as much material as immaterial. This is to say that Wordsworth, on the one hand, blurs distinction between material and immaterial; on the other, he conflates them.

If so, Wordsworth's concept of words as things goes beyond de Man's

---

6) Judith Butler's name for materiality is "the body." Although the body depends on language to be known, the body also exceeds every possible linguistic effort of capture (254-76).

materiality of the signifer. De Man's materialism mainly concerns, in its fundamental framework, a process of de-metaphorization and dis-figuration. De Man clearly claims that this process is working irrespective of any subject of desire. Drawing on this, Derrida explains de Man's "materiality" as "a mechanical, machine-like, automatic independence in relation to any subject, any subject of desire and its unconscious, and therefore, de Man doubtless thinks, any psychology or psychoanalysis as such" (355).

Wordsworth's materiality of words, if the "materiality" is the right word here, does not deny that language is itself access to, or often a means of access to, actuality that is not anthropocentric. Words, often despite themselves, make their thingness known and move beyond reference and ontology. But it is not obvious that words are not specifically created by human beings. Words as things can operate against the speaker's will, but not entirely; they might be still mediated, still within the speaker's perception, within his ontology. In this sense, Fry's claim that Wordsworth discovers the revelation of being in "nonhumanity that 'we' share with the nonhuman universe" (x) is quite astute in its implication of Wordsworth's materiality.[7]

In the Note to "The Thorn," Wordsworth highlights how repetition occurs and why repetition is inevitable. Repetition has two aspects. It is at once botched and successful. Regardless of this, it grants a privilege to the poet's words and this is reinforced in contrast to an implicit disapproval of

---

7) Alexander Regier shows how Wordsworth positions language as a medium which lies "between the material and the immaterial" (73). Regier goes on to say that Wordsworth "renegotiates the difference between the two, and points toward a poetic principle of non-resolution that lies at the heart of" his poetic theory (61).

its neg- ative counterparts: empty reiterations, paraphrase, or substitution.[8] Deleuze argues that repetition concerns "non-exchangeable and non-substitutable singularities" (*Repetition and Difference*, 1). Likewise, Wordsworth's materiality of words with its mechanism of repetition preserves the world of things from relapsing into an undifferentiated, deadened museum of redundancy ordered by the equalizing instrumentality.

In Wordsworth's system of things, things are not limited to human purposes, attributions, and interpretations. Through his system of things, Wordsworth provides an alternative to move beyond Romantic individualism and anthropocentric attitude toward nonhuman objects. Wordsworth's system of things exceeds the distinction between the material and immaterial and leads us into an opening between the two spheres. In "Tintern Abbey," Wordsworth also gives us a framework of things that negates human's privilege over natural objects. Unlike New Historicism's perspectives, Wordsworth doesn't approve of landscape as a container of historical facts and empirical evidence for the past. In "The Thorn," repetition in its "beauties of the highest kind" keeps us from relapsing into a undifferentiated, deadened redundancy operated by the equalizing instruments. Reading Wordsworth through the framework of things presents an opportunity to appreciate qualities that haven't been fully associated, although not dissociated from, Wordsworth.

---

8) It is well-known that Wordsworth reveals strong antipathy towards "phrases and figures of speech which from father to son have long been regarded as the common inheritance of Poets" (*PW* I, 132).

# | Works Cited |

Appadurai, Arjun. "Introduction: Commodities and the Politics of Value." *The Social Life of Things.* Cambridge: Cambridge UP, 1986. 3-63. Print.

Benso, Silvia. *The Face of Things: A Different Sides of Ethics.* Albany: SUNY P, 2000. Print.

Butler, Judith. "How Can I Deny That These Hands and This Body Are Mine?" *Material Events: Paul de Man and the Afterlife of Theory.* Eds. Tom Cohen, et al. Minneapolis: U of Minnesota P, 2000. 254-76. Print.

Brown, Bill. "Thing Thory." *Things.* Chicago: The U of Chicago P, 2004. Print.

Coleridge, Samuel Taylor. *Biographia Literaria.* Ed. James Engell and W. Jackson Princeton: Princeton UP, 1983. Print.

———. *Notebooks.* Ed. Kathleen Coburn and Merton Christensen. Vol. 3. New Pantheon Books, 1957. Print.

Deleuze, Gilles. *Difference and repetition.* Trans. Paul Patton. New York: UP, 1994. 1968. Print.

De Quincey, Thomas. *Recollection of the Lakes and the Lake Poets.* Ed. David Harmondsworth: Penguin, 1985. Print.

Derrida, Jacques. "Typewriter Ribon: Limited Ink (2) ('within such limits')." Trans. Kamuf. *Material Events: Paul de Man and the Afterlife of Theory.* 277-360. Print.

Fry, Paul H. *Wordsworth and the Poetry of What We Are.* New Haven: Yale UP, 2008. Print.

Gaull, Marilyn. "'Things Forever Speaking' and 'Objects of All Thought.'" *Romanticism and the Object.* Ed. Larry H. Peer. London: Palgrave Macmillan, 9-16. Print.

Gill, Stephen. William Wordsworth. Oxford: Oxford UP, 2010. Print. Goodman, Kevis. "'Uncertain Disease': Nostalgia, Pathologies of Motion, of Reading." *SiR* 49.2 (2010): 199-227. Print.

Halmi, Nicholas, ed. *Wordsworth's Poetry and Prose.* New York: W. W. Norton,

2014. Print.

Hartman, Jeoffrey. "Paul Fry's Wordsworth, and the Meaning of Poetic Meaning, Is It on-Meaning?: Letter to a Colleague and Friend." *Partial Answers* 8.1 (2010): 1-22. Print.

Heidegger, Martin. *Poetry, Language, Thought.* Trans. Albert Hofstadter. New Harper & Row, 1971. Print.

Lake, Crystal B. "The Life of Things at Tintern Abbey." *The Review of English Studies, New Series* 63 (2011): 444-65. Print.

Lacan, Jacques. *The Ethics of Psychoanalysis 1959-1960 (Seminar of Jacques Lacan Book VII).* Trans. Jacques-Alan Miller. New York: W. W. Norton, 1992. Print.

Langan, Celeste. *Romantic Vagrancy: Wordsworth and the Simulation of Freedom.* Cambridge: Cambridge UP, 1995. Print.

Levinson, Marjorie, et al, eds. "The New Historicism: Back to the Future." *Rethinking Historicism: Critical Readings in Romantic History.* Oxford: Basil Blackwell, 1989. Print.

Marx, Karl. Capital. Trans. Ben Fowkes. Vol. 1. London: Penguin Books, 1976. 2 Vols. Print.

W. J. T. "Romanticism and the Life of Things: Fossils, Totems, and Images." *Things.* Ed. Bill Brown. Chicago: The U of Chicago P, 2004. 227-44. Print.

Owen, W. J. B., ed. *Wordsworth & Coleridge. Lyrical Ballads.* Oxford: Oxford 1969. Print.

Peer, Larry H. "Introduction: Romanticizing the Object." *Romanticism and the Object.* Ed. Larry H. Peer. London: Palgrave Macmillan, 2009. 1-7. Print.

Potkay, Adam. "Wordsworth and the Ethics of Things." *PMLA* 123.2 (2008): 390-404.

Regier, Alexander. "Words Worth Repeating: Language and Repetition in Wordsworth's Poetic Theory." *Wordsworth's Poetic Theory.* 61-80. Print.

Roe, Nicholas. *The Politics of Nature: William Wordsworth and Some Contemporaries.* 2nd Ed. London: Palgrave Macmillan, 2002. Print.

Russell, Corinna. "A Defense of Tautology: Repetition and Difference in Wordsworth's Note to 'The Thorn.'" *Paragraph* 28.2 (2005): 101-18. Print.

Rzepka, Charles J. "Pictures of the Mind: Iron and Charcoal, 'Ouzy' Tides and 'Vagrant Dwellers' at Tintern, 1798." *SiR* 42.2 (2003): 155-85. Print.

Whately, Thomas. *Observations on Modern Gardening.* London, 1770. Print.

Wordsworth, William. *The Prelude 1799, 1805, 1850.* Eds. Jonathan Wordsworth, H. Abrams, and Stephen Gill. New York: W. W. Norton, 1979. Print.

_____. *The Prose Works of William Wordsworth.* 3 Vols. Oxford: The Clarendon 1974. Print.

Wu, Duncan, ed. *Romanticism: An Anthology.* 2nd ed. Oxford: Blackwell, 1998.

# 7

---

## 워즈워스의 도시수사학: 『서시』 7권의 런던 읽기

워즈워스(William Wordsworth)의 비평에서, 그가 자연과 대화하고 자연을 시적 상징의 원천으로 삼았다는 점은 충분히 인정된다. 그렇다면 런던이라는 도시와의 관계는 어떠한가? 『서시』(*The Prelude*)에서 런던은 "거대한 메트로폴리스"이며 "위대한 상업의 중심지"(8, 592, 594)[1]로 재현된다. 워즈워스는 시인으로서 형성되는 가장 중요한 시기인 1791년에서 1802년 사이에 적어도 다섯 차례 이곳을 방문했으며, 체류한 기간을 모두 합치면 일 년이 훨씬 넘는다(Heffernan 422). 1794년 네 번째 런던 방문을 준비하면서 케임브리지에서 사귄 윌리엄 매튜스(William Mathews)에게 쓴 편지에서 워즈워스는 "나는 정말 도시에 있고 싶다. 이따금 폭포

---

1) 『서시』의 인용은 노턴 판을 따르며, 별도의 표기가 없으면 1850년 판을 기준으로 한다. 또한, 별도로 표기되지 않은 해당 시집의 권수는 7권을 의미한다.

나 산들과 함께 지내기는 좋지만, 항상 같이 지내기에는 좋지 않다"(*Letters* I, 136)고 말한다. 『서시』 8권에서도 런던 체류에 대한 소감을 정리하면서, 그곳에서 "독립된 자연물들과 같은 / 위엄과 힘"(631-32)을 느꼈고, 런던이 "유년기의 감정이 길러졌던 / 야생의 자연처럼 풍성한 상상물로 가득 찼다"(633-34)고 말한다. 당대의 런던이라는 도시 환경은 워즈워스에게 문학 창작의 에너지를 공급했으며, 보들레르(Charles Baudelaire)의 경우에서처럼, 언어 실험을 위한 거대한 기호 저장소로 인식되었다는 것이다(Hannoosh 175).

1790년대 이후의 워즈워스 비평에서 글쓰기의 도시성은 지속적으로 부정되거나 억압되어왔다. 워즈워스와 도시의 조합은 무가치한 역설에 불과한 것이 아니라는 가능성이 본격적 비평의 주제로 대두된 것은 아주 최근이다.[2] 실제로 「웨스트민스트 소네트」("Composed upon Westminster Bridge, Sept. 2, 1802"), 「틴턴 사원 몇 마일 위에서 지은 시」("Lines Written a Few Miles above Tintern Abbey"), 「가엾은 수잔」("Poor Susan"), 「시골 건축물」("Rural Architecture"), 「서문」("The Preface"), 여러 서간문과 산문, 그리고 많은 시들은 도시나 도시와 관련된 사건이나 경험을 소재로 하거나 비중 있게 다루고 있다. 워즈워스가 이들 작품 속에서 도시에 대한 거부감을 드러내는 것은 사실이다. 그러나 도시의 매력에 끊임없이 이끌리는 것 또한 사실이다. 특히 이 글이 주안점을 두는 『서시』의 7권에서 구현되는 메트로폴리탄 모더니티는 윌리엄 블레이크(William Blake),

---

2) 대표적 한 예로, 2009년 로맨티시즘 국제 컨퍼런스(The 2009 International Conference on Romanticism)이 11월 5일에서 8일까지 뉴욕시립대학과 대학원 센터에서 개최되었다. 이 글은 그곳에서 발표한 페이퍼와 관련이 있다. 도시와 문학 간의 상관관계에 대한 연구는 많지만, 워즈워스와 도시를 본격적으로 연결하는 경우는 이 글을 쓰는 시점에서는 많지 않다.

찰스 램(Charles Lamb), 토머스 드퀸시(Thomas De Quincey)로 대변되는 흔히 말하는 도시 로맨티시즘 계보에 속한 작가들의 그것과 비교하면 손색이 없다. 『서시』 7권은 워즈워스의 시와 시론이 도시와 불협화음만을 이루는 것이 아니라, 메트로폴리탄 조류가 확대되는 것에 사실상 동참하고 있다는 사실을 제시한다. 더 큰 관점에서 워즈워스의 도시수사학은 초기 로맨티시즘에서 이미 진행되고 있는 모더니티를 예시한다. 이 점은 워즈워스의 시학을 현대시와 관련하여 평가할 때, 단절보다는 계승과 발전을 중시하는 측면에서 재점검해보는 계기가 된다.

이 글은 『서시』 7권에서 구성되고 있는 워즈워스의 도시 텍스트의 특성을 고찰하려 한다. 물론 7권의 도시 텍스트 구성에 대한 분석을 보강하기 위해 관련된 작품들도 언급한다. 워즈워스-화자가 구사하는 특이한 수사와 재현 방식, 텍스트 구성에서 그가 겪게 되는 문제점을 도출해내는 것은 중요한 세부 논제가 된다. 7권에는 워즈워스-화자가 런던에 관해 특이하게 사용하는 여러 가지 메타포가 있다. 이를 통해, 그는 물리적 현상인 런던과는 구분되는 언어 구성물인 런던을 만들어낸다. 산출되는 런던은 혼돈, 임의성, 복수성, 익명성을 특징으로 삼는 현대적 메트로폴리스이다. 그가 사용하는 메타포나 특색 있는 서술 방식은 탈중심화로 표현되는 우리 시대의 도시를 새롭게 바라보고, 도시에 관한 다양한 이해와 비평용어를 탐색한다는 과제에 효과적 도움을 줄 것이다.

7권에서 워즈워스-화자가 새로운 문화의 집약체인 런던의 도시 풍경을 당면하여 관습적 이해나 설명 범주의 와해를 경험하며, 새로운 도시 풍경을 제대로 담아내지 못하는 언어의 한계에 대한 인식을 토로한다는 사실은 중요한 시사점을 지닌다. 실제로 7권의 여러 장면은 관조적, 초월적 영감을 기준점으로 워즈워스 시를 해석하는 방식으로는 충분히 설명될 수 없다. 오히려 여러 장면에서 극적 상상력이 발휘되고, 언어의 힘에 대한 경탄과 함께 재현의 한계에 대한 인식, 파노라마 기법, 환상과 현실의 상호침투, 중심의 와해, 극장 메타포나 소비주의 시장경제-언어체제 내에서 이름과 실체 간의 괴리를 암시하는 메타포들이 등장한다. 이러한 다양한 언어 수사와 재현 방식은 전통적인 미메시스에 근거한 재현의 위기를 암시하는 것으로 받아들여질 수 있다. 이와 관련하여, 그의 텍스트 구성도 이질적 요소와 장면들이 헐겁게 꿰매어져 있는, 국부적 장면의 집성체로 비유될 수 있다.[3] 이러한 도시 텍스트성에서 현대의 건축 또는 도시 구조와 어떤 상동성을 찾을 수 있다.

서술 방식의 측면에서 7권에서 장면 간의 급격한 전이는 서술의 연속성을 단절시킨다. 대표적 사례는 런던 풍경의 다양성이 절정을 이루는 성 바솔로매(Bartholomew) 장터 장면 이후 워즈워스-화자가 갑자기 자아의 충족성이나 동질성을 내세우는 대목으로 옮겨가는 것이다. 이러한 급진적 전이와 단절은 화자 자신이 다층적, 복합적 런던 텍스트성에서 혼란을 겪는다는 것을 암시한다. 그는 혼돈스러운 대상의 이질성에서 오히려 자아 동질성을 이끌어내면서 대상에 대한 특권적 시선을 확보하려 한다. 이러한 시도는, 예를 들어, 마르크스(Karl Marx)가 『루이 보나빠르뜨의 브뤼메르 18일』(*The Eighteenth Brumaire of Louis Bonaparte*)에서 이질성과 동질성 간의 모순적 대립을 끝까지 허용하는 것과는 분명히 구분된다. 그러나 이러한 급격한 동질성에로의 급격한 전이에도 불구하고, 워즈워스의 런던 텍스트성은 열린 구조를 유지하며, 새로운 재현 방식의 가능성을 제시한다. '눈먼 걸인' 일화는 도시 텍스트로서 『서시』 7권 전체

---

3) 리먼(Bernhard Riemann)의 비유클리트적 공간인 "manifold"의 개념에 대해서는 Plotnitsky Arkady, 110쪽 참조.

의 구성적 이질성을 표시하는 대표적 사례가 된다. 체제 내에서, 체제에 포섭되지 않는 이러한 인자의 존재는 체제가 닫히는 것을 불가능하게 만들며, 그것을 또 다른 가능성을 향해 열어두기 때문이다. 이 글은 위에서 개략적으로 논의한 것을 구체화 할 것이다.

## I. 도시 읽기와 쓰기

도시를 관찰한다는 것은 도시를 읽는 것이다. 관찰자는 언어로 도시에 반응한다. 도시는 읽는 방식과, 서술하는 언어, 비유의 사용에 따라 다르게 나타난다. 문학과 도시의 상호텍스트성을 지적하면서, 레한(Richard Lehan)은 양자가 "기계성, 유기체성, 역사성, 미결정성, 불연속성"을 공유하며, "디포(Daniel Defoe)에서 핀천(Thomas Pynchon)에 이르기까지, 텍스트를 읽는 것은 도시를 읽는 한 형식"(8)이라는 것을 강조한다. 디킨스(Charles Dickens)도 『황폐한 집』(Bleak House)의 52장에서 런던을 "이해할 수 없는 혼돈"의 읽기와 쓰기로 말한다.[4] 『서시』에서 읽기-쓰기는 책의 비유와 함께 계속 나타난다. 예를 들어, "나에게는 책처럼"(4, 68), "우리 눈 앞에 펼쳐진 책"(6, 543), "글자로 적힌 책처럼 생명력을 잃은"(8, 576) 등이 있으며, 5권은 그 자체가 책을 소제목으로 가지면서, 책의 메타포가 전체를 지배한다. 7권에서도 "책의 표제 면처럼"(160)과 "볼거리들을 호기심 어린 눈으로 재빨리 읽어내는"(587)과 같은 구절이

---

4) 마쿠스(Steven Marcus)는 엥겔스(Friedrich Engels)가 19세기 도시를 읽는다는, "읽기 불가능한 것을 읽는다"는 어려운 일을 『영국 노동계급의 상황』(The Condition of the Working Class in England)에서 하고 있다고 주장한다(258).

반복되며, 특히 "자신이 누구인지"(642)를 적어놓은 종이판을 가슴팍에 걸고 있는 눈먼 걸인 일화는 주체와 문자 간의 상호 구성적 성격을 제기하면서, 한편으로는 도시 텍스트의 구성과 해독 가능성에 대한 급진적 회의감을 표출한다. 2권에서 시를 건축물의 메타포로 표시(382-86)하는 것은 이것과 관련된 흥미로운 사실이다.

윌리엄 샤프(William Sharpe)와 레너드 월록(Leonard Wallock)은 도시 연구에서는 "방법론적 문제뿐만 아니라 언어의 문제를 직면"(1)하게 되는 것을 말한다. 런던을 재현하면서 워즈워스가 당면한 문제는 새로운 도시 풍경을 자신의 예술적 비전을 잃지 않으면서 관습에 젖어있는 독자들에게 어떠한 방식으로 제시하여 읽을 수 있게 할 것인가이다. 그는 런던에 관한 시들과 특히 『서시』 7권과 8권에서 도시 풍경에 관한 새로운 메타포와 수사적 장치를 보여준다. 7권에서 워즈워스가 사용하는 도시 메타포를 예시하면, "거대한 개미탑"(149), "책의 표제 면 같은"(160), "미로"(185), "가장무도회의 광고"(198), "핍 쇼"(174), "실재의 절대적 존재를 / 조롱하는 광경"(232-33), "실물 같은 모조품의 세상"(246), "대담한 속임수"(285), "방탕한 남자들과 / 수치심 없는 여자들"(360-61), "겉치레뿐인 신기한 것들"(513), "저 거대한 들끓는 인간들의 집합체"(621), "불가사의"(629), "눈과 귀에 / 충격"(685-86), "괴물들의 의회"(718), "공허한 혼돈"(722), "사소한 것들의 끊임없이 똑같은 소용돌이"(725-26), "자기 소모적인 일시적인 것들의 압박"(769-70) 등이 포함된다.

워즈워스는 런던을 소재로 한 시에서 혼돈스럽고, 우연적이며, 불가해한 도시 환경을 통합된 인식의 실체로 만들기 위해 애쓴다. 그는 언어적 행위를 통해 도시를 이해 가능한 실체로 전환시키려 애쓴다. 번역 과정을 거쳐 도시를 있게 한다는 것이다. 그는 번역의 매체인 "언어의 놀라운 힘"(7. 119)에 경탄하지만 동시에 그것의 불완전함과 비효율성을 실토한다. 6권에서 "인간 언어의 서글픈 무능함"(593)을, 7권에서 "겉치레뿐인 신기한 것들에 현혹되어서 / 독창적인 것을 구분하기에는 / 너무 느린 펜을 용서하라"(512-14), 3권에서 "언어가 닿지 못해 숨겨져 있는"(187)이라는 구절은 단적인 사례이다. 워즈워스가 메트로폴리스라는 사회적 문화적 정치적 현상을 서술하는 방식과 서술에 사용되고 있는 새로운 낱말과 그 효과는 도시 사회학자의 통찰력 못지않게 문학가의 언어 예술적 통찰력도 도시의 실체를 파악하는 데 효과적이라는 사실을 입증한다.

워즈워스에게 런던은 「웨스트민스트 소네트」에서처럼 "거대한 심장"(14)을 가지며, 『서시』 7권에서처럼 "괴물들의 의회"(718)이다. 도시의 몸체는 그로테스크하다.

> 한편, 전체가 하나의 공장처럼,
> 텐트와 매점들은
> 남자들, 여자들, 세 살배기 아이들, 품에 안긴 간난아이들을
> 사방팔방에서 토해내고, 삼키고 있었네.
>
> Tents and Booths
> Meanwhile, as if the whole were one vast mill,
> Are vomiting, receiving, on all sides,
> Men, Women, three-years'Children, Babes in arms. (7. 718-21)

노톤판 편집자가 지적하듯이, 기괴한 상상력으로 그려진, 블레이크(William Blake)의 "어두운 악마적 공장"(264, 각주9)을 상기시키는 이 구절에서 런던이라는 혼돈스럽고 기괴한 유기체의 한 구성물인 장터 풍경은 탐욕스러운 식욕, 걷잡을 수 없는 에너지, 배변, 무절제한 섹스를 암시

하는 이미지로 제시된다. 구멍이 터져있는 몸체는, 평범함을 벗어내고 온갖 과장으로 치장한다. 이러한 이미지는 "닫힌, 완결된 단일체가 아니며, 종결되지 않았고, 자신보다 더 자라며, 스스로의 한계를 넘어선다"(Bakhtin 418)는 그로테스크 미학을 일깨운다. 마지막 행의 특이한 분류법은 구성 범주의 임의성을 여실히 드러낸다.

런던은 동시에 취약하다. 런던의 거리와 극장에는 거리 남녀들의 욕망이 숨겨져 있고, 또 드러난다. 볼테르(Voltaire)는 산업과 도회적 쾌락을 추구하는 것을 도시와 문명 그 자체의 표식으로서 간주했다(Williams 144. 재인용). 그러나 도시는 이들의 무절제와 군중에 대한 공포로 시달린다. 워즈워스는 도시를 표현하는 오랜 전통에 닿아있다. 『서시』 7권에는 전통적 도시 문학에 등장하는 군중 속의 이방인이 다양한 형태로 등장한다. 몸통이 절단되어 팔로만 걸어 다니는 "떠돌이 불구자"(203), "굶주려 구걸하는 자"(213), 온갖 이질적 인종, "조야한 본성"(275)을 그대로 드러내는 거리의 공연자, "눈먼 걸인"(639) 등은 몇 가지 사례가 되겠지만, 무엇보다도 워즈워스-화자 자신이 집을 떠나 떠도는 "이방인"(118)으로 등장한다. 레한은 이러한 이방인들에게서 카니발적 요소를 찾아내면서, 도시의 표면 아래에 내재해있는 파괴적 힘을 구현하는 유리피테스(Euripides)의 디오니소스 신화와 연관 짓는다(18-20). 이렇게 잠재된 힘은 당대의 시대적 배경과도 무관하지 않다. 『서시』 7권과 8권에 해당되는 워즈워스의 런던 체류 시기는 대략적으로 1791년 1월에서 5월이다. 프랑스를 직접 방문하여 정치적 격변을 목격하고 체험하기 직전이었지만, 혁명의 여파는 당대의 런던에서도 느낄 수 있었다.[5]

---

5) 1850년 판 『서시』 7권에 새롭게 추가된 에드먼드 버크(Edmund Burke)가 『프랑스에서의 혁명에 관한 고찰』(On the Revolution in France)을 출간한 것은 1790년이다.

『서시』 7권에서 워즈워스-화자는 피터 스텔리브라스(Peter Stallybrass)가 지적하는 19세기 도시 담론에서 반복해서 나타나는 관찰자의 문제점을 보여준다. 스텔리브라스가 설명하는 대로, 워즈워스-관찰자는 "도시의 가난한 사람들(거리 청소부, 넝마주이)의 특이한 광경을 고착적으로 응시하는 것과 . . . '이름 붙일 수 없는 것'을 당면하여 모든 범주를 와해시켜버리는 느낌 사이를 묘하게 오가는"(71) 자세를 보여준다. 거대도시에서 새롭게 목격되는 현상은 기존의 이해 방식이나 설명의 범주들을 와해시킨다. 이 과정에서 워즈워스-화자는 더욱더 시야에 들어오는 현상의 관찰과 이해에 집착한다. 와해되는 범주들을 대면하면서 오히려 고착적으로, 좀 더 상세하게 관찰하려는 욕망에 붙잡힌다는 것이다.

워즈워스의 경우에 이러한 특이한 화자는 남성이며, 그의 특이성은 시골 상황에서도 나타난다. 「가시나무」("The Thorn")에서, 화자는 마사 레이(Martha Ray)라는 불가해한 여성과 그녀의 기이한 행적, 그리고 그녀의 주변에서 발생하는 특이한 사태, 가시나무나 연못과 같은 특이한 배경과 그녀와의 관계 파악에 집착하는 남성으로 등장한다. 이 화자는 '망원경'을 사용하기도 한다. 남성 화자는 대상이나 사태에 대해 인식의 한계를 반복하여 토로하지만, 동시에 불가해한 대상에 집요한 관심을 보인다.

워즈워스-화자는 도시 풍경을 단순히 보는 것이 아니라, 본다는 것을 예술적 행위로 만들고 있지만, 이러한 행위는 남성, 부르주아적 관찰자라는 기본적 틀에 내포된 문제점들을 벗어날 수 없다.

> 오, 공허한 혼돈, 이 거대한 도시가
> 이리저리 헤매는 한 부랑자를 제외한 모두에게,
> 거주하는 전체 *떼거리*에게,

도시 *자체의* 참모습을 보여주는 부적절하지 않은 정형이여,
끝없이 갈구하는 잡것의 노예가 된,
사람들에게는 분간할 수도 없는 세상이여,

O, blank confusion, and a type not false
Of what the mighty city is *itself*
To all, except a straggler here and there—
To the whole *swarm* of its inhabitants—
An undistinguishable world to men,
The slaves unrespited of low pursuits,

(7. 1805. 696-701; Italicized for emphasis)

오, 공허한 혼돈! 이 거대한 도시가
자신의 무수한 *아*들에게
*그녀 자신의* 진면목을 보여주는 진정한 축도여.

Oh, blank confusion! true epitome
Of what the mighty City is *herself*
To thousands upon thousands of her *sons*,

(7. 1850. 722-24; Italicized for emphasis)

인용 구절의 1805년 판본에서, 런던 거주자들은 개성을 상실한 "한 떼거리"로 표시되면서, 군중의 속성이 강조되며, 끊임없이 저급함을 추구하는 "노예"로 재현된다. 1850년 판본에서는 런던은 '여성'이며, 도시민을 "아들"(724)로 가지는 것으로 재현된다. 그러나 이러한 아들도 개성을 상실한 군중과 별다른 차이가 없다. 1850년 판본에서 유기체 메타포 사용이 더 강조된 점이 눈에 띄지만, 더 중요한 점은 도시에 여성성을 부여한다는 사실이다. 사프는 도시를 여성 공간으로 간주하고 "정복되거나 유혹

받아야 하는 것으로 간주하는 서구 남성적 시각"(*Unreal Cities* 9)을 대변한다고 말한다.[6]

　　이러한 논지를 좀 더 살펴보자. 존스턴(Kenneth R. Johnston)이 지적하듯이, 『서시』 7권에서 워즈워스 화자의 "유별나지만, 그렇다고 비정상은 아닌, 런던의 성적 광경에 대한 매혹됨"(187)은 깊어가는 겨울 밤거리를 비를 맞고 가다가 거리의 모퉁이에서 우연히 듣게 되는 "어느 불행한 여인의 / 들릴 듯 말 듯 한 인사"(665-66)라는 구절에서도 확연하다.[7] 런던과 관련된 워즈워스의 또 다른 시 「가엾은 수잔」("Poor Susan")과 마찬가지로[8] 당대의 런던에서 사회적 약자로서 여성이 겪는 현실을 암시하는 단서이지만, 여성으로서 도시가 감추고자 하는 것까지도 꿰뚫어 버리는 남성 관찰자의 시선을 강조하는 대목이기도 하다. '버터미어 처녀' 일화는 이것과 관련되는 또 다른 예시가 된다. 이렇게 두고 보면, 7권에서 도시와 타자를 관찰하는 워즈워스-화자의 런던 풍경에 대한 시적 탐사는 상징적 결합이나 좌절된 욕구를 내포하고 있는 성적 역동성과 함께 작동된다고 할 수 있다. 블레이크의 계시적인 시 「런던」("London")의 "젊은 창녀의 저주"(14)는 워즈워스의 사례에서보다 훨씬 더 강한 메시지를 전달하지만, 이러한 성적 역동성의 측면에서는 서로 관련된다. 모두 도시는

---

6) 도시를 여성화하는 것은 도시 문학에서 거의 일반적 추세이다. 멈포드(Louis Mumford)는 도시 그 자체는 "대서특필된 여자"(13)라고 논평한다.

7) 『서시』의 7권에서 "생전에 유명했던 어떤 돌팔이 의사"(167)로서 표현되는 존 그레이엄(John Graham)은 성적 능력을 배양하는 기기와 욕조를 만들어 당대에 널리 알려졌다. 워즈워스는 그에 대해 분명히 관심을 가졌고, 그를 *Imitation of Juvenal*(1796)에서 언급한다.

8) 「가엾은 수잔」의 마지막 연은 수잔의 재현 방식과 관련하여 찰스 램(Charles Lamb)의 반대로 1802년 판 『서정 민요집』에서 삭제된다. 수잔은 거리의 여자로서 묘사된다고 램은 생각했기 때문이다. 매닝(Peter Manning)과 당대의 런던의 현실과 시의 내용을 연결시켜 설명하고 있다. 심슨(David Simpson)도 신역사주의적 관점에서 이 시를 분석하고 있다.

텍스트이며, 시인은 이러한 텍스트의 독자이자, 자신의 비전으로 도시에서 잘 보이지 않거나, 도시가 감추고 싶은 것을 들추어 찾아냄으로써 텍스트성을 보충하는 작가 역할을 한다.

워즈워스-화자가 도시를 걸으면서 불현듯 마주치는 인물들에 관한 설명에서 벤야민(Walter Benjamin)과 보들레르, 그리고 워즈워스의 접합점을 찾을 수 있다.9) 이들과 조우는 벤야민이 도시에 대한 보들레르의 비전의 중심점으로 지적한 "초청받지 않은 기억의 대상이 돌연 나타나고 잡히지 않게 다시 사라지는"(Gilloch 350), 군중 속에서 낯선 사람과 계시적 만남을 표현하는 순간이라는 것이다. 워즈워스-화자는 "군중에 뒤섞여"(189) "여행자"(591)나 "방랑자"(72)로서 런던을 배회한다. 그는 각양각색의 군중과 조우하지만 이들과 시선을 마주치는 경우는 드물다. 워즈워스의 런던은, 보들레르의 파리처럼, 개인을 지배하는 순간적, 감각적 이미지와 불연속적으로 파편화된 경험을 표현하는 현대적 도시의 알레고리가 적용될 수 있다.

7권의 '눈먼 걸인'(the blind beggar)에 관한 일화(635-49)는 이것과 관련된 또 다른 예시가 된다. 특이한 점은, 이 경우 타자는 여성이 아니라 남성이라는 것이다. 헤프난은 이 일화를 "자아를 탐색하는 여행"(440)으로 설명하고 있으며, 샤프는 눈먼 걸인을 "낯선 사람으로서의 자아"(Unreal Cities 22)로 파악한다. 블레이크의 「런던」에서와 같이, 통찰과 맹목의 모티브를 가지고 있지만,10) 화자가 도시에서 읽기의 불가능성을

---

9) 보들레르의 "passante"에 관한 설명은 Sharpe, Unreal Cities 11 참조.
10) 워즈워스는 대상에 대한 지식에 도달할 수 없다는 것을 표현하기 위해 맹목과 통찰이라는 주제를 루시(Lucy) 연작시에서도 사용하고 있다. 특히 「까닭모를 열정이 솟구치는 것을 느꼈네」("Strange fits of passion I have known")의 삭제된 마지막 연은 이 점을 분명히 하고 있다.

표시한다는 측면에서는 차이가 있다. 눈먼 걸인은 가슴팍에 달고 있는 종이판에 적힌 "자신의 이야기"(642)를 읽지도, 보지도 못한다. 그는 자신의 행적과 유래에 관한 이야기의 원천이 되지도 못하고, 권위도 지니지 못하며, 무엇보다도 자서전의 저자가 아니다. 워즈워스-화자는 걸인의 종이표를 "우리들 자신과 우주에 관해 / 우리가 알 수 있는 최대치"(645-46)의 표상으로 보고 있다. 그러나 이 표상은 자아의 반사된 이미지로서의 타자에 대한, 비록 그 타자가 문자로 적혀 있지만, 읽기가 불가능함을 말한다. 타자로서 걸인은 자아와 자아의 욕망(이 경우 자신에 대한 지식도 포함) 반영하지만, 이 타자의 시력을 상실한 눈동자는 자아의 시선을 되돌려 주지 못한다. 자아는 타자로 판명되지만, 그 타자는 낯선 해독 불가능한 존재로 확인된다. 자아는 거대도시에서 자신의 불구가 된, 단절된 이미지를 경험한다.

런던이라는 거대도시에서 마주치는 타자, 그들의 얼굴의 "불가사의함"(629)의 한 예를 눈먼 걸인으로 설정하면서, 워즈워스-화자는 과연 도시에서의 읽기가, 앎이, 성립할 수 있는지를 자문한다. 눈먼 걸인과의 대면에서 워즈워스-화자는 무엇보다도 자신을 읽으려 한다. 자아는 관찰하는 주체이면서 동시에 관찰의 대상으로 설정된다. 그러나 주체는 자아로서의 대상을 읽지 못하며, 단절을 경험한다. 이러한 단절성은 도시의 읽기 가능성이나, 상호성에 기반을 둔 모든 지식이나 예술의 성립 가능성을 뿌리째 뒤흔든다. 종이판의 표면에서만 떠도는, 대상의 본성을 벗어나 스스로 떠다니는 냉담한 글자들은 진정성에 관한 어떠한 논의를 벗어난다. 워즈워스-화자는 걸인의 얼굴과 눈에서, 하트만(Geoffrey Hartman)이 지적하듯이, 종이처럼 "표면에 불과"한 것만 얻게 된다(241-42).

크로닌(William Cronin)은 문학사에서 "익명성"은 로맨티시즘 저자들, 특히 워즈워스와 관련된다고 말한다(8). 윌리엄스도 워즈워스가 "아주 새로운 방식으로" "도시를 사회의 한 형태로 서술하려" 하며, 블레이크와 비교될 수 있지만 구분되는 "새로운 유형의 소외"(150)를 만들어낸다고 말한다. 『서시』 7권은 또 하나의 도시 문학의 주제를 제시한다. 여기에는 군중, 익명성, 도시의 비현실성을 경험하고서 느끼는 환상이 포함된다. 워즈워스-화자의 도시 풍경 관찰은 군중 속에서, 군중을 헤치고 나가면서, 때로는 군중을 피하면서, 이루어진다. 군중은 시대에 따라 성질이 다른 혼합체이지만, 도시 문학에서 지배적 요인이 되어왔다. 레한은 도시는 "종종 자신을 환유적으로, 군중에 의해 구현된 것으로, 자신을 재현한다"(8)고 말하고 있다. 도시 자체만큼이나 군중도 워즈워스-화자의 읽기 욕망을 벗어난다.

도시는 타자와 뒤섞이는 공간이다. 7권에는 워즈워스-화자 자신도 "눈과 귀에 / 충격"(685-86)으로 다가오는 메트로폴리스의 광경과 불연속적 인상을 피해 한순간 "어느 한적한 피난처"(170)로 도망치듯 물러나는 장면이 있다. 이것은 짐멜(Georg Simmel)이 「대도시와 정신적 삶」("The Metropolis and Mental Life")에서 설명하고 있는 개인의 방어기제와 관련이 있다. "내적인 흥분의 긴장을 감소시키고 일정하게 하고 제거하는"(라플랑슈 516-19) 심리 기제의 경향을 말하는 프로이트(Sigmund Freud)의 항상성의 원칙에 따르는 일종의 방어기제로서 이러한 심리적 거리 두기는 런던 거주민들에게 피상적 인간관계와 둔감함을 발생시키는 요인이 되기도 한다. 워즈워스-화자는 바로 옆집에 살면서도 "서로의 이름도 모른 채 낯선 사람"(118)으로 지내는 런던의 생활에 당혹감을 나타낸다.

다른 한편으로는, 워즈워스-화자는 현란하고 무절제한, "어떻게 해서든 남의 시선을 끌어내려는 것들의 다툼"(7. 580)에 매료된다. '시선'과 관련된 메타포는 7권에서 자주 나타나며, 워즈워스-화자는 대상을 "재빨리 호기심을 가지고 읽고"(587), "보았고, 멈추지 않고 보았다"(630)라는 자신의 보는 행위를 강조한다. 이러한 경우에는, 홍수와 같이 밀려드는 대도시의 시각적 자극을 선별적으로 관찰함으로써 자신의 심리를 보존하려 한다는 짐멜의 주장은(51), 워즈워스-화자의 행동양식을 설명하는 적합한 틀이 되지 못한다. 그는 오히려 긴장하여 대상을 계속 주의 깊게 찾는 자신의 모습을 "새끼고양이"(439)에 비교하면서 경탄한다.

웨브(Adna F. Weber)는 "도시의 인구집중"이 19세기의 "가장 뚜렷한 사회 현상"이라고 설명한다(1). 1800년 무렵의 런던은 인구 90만의 대도시였으며, 웨일스를 포함한 영국 전체 인구의 10퍼센트 이상이 거주한 곳이었다. 또한 『서시』 7권과 8권은 영국 제국주의의 도래를 알리는 몇 가지 단서를 가지고 있다.[11] 당대의 런던에는 잡다한 국적과 인종들이 혼돈스럽게 뒤섞이면서, 제국주의, 식민주의와 관련된 모호함과 불안정이 구현된다. 존스턴(Kenneth R. Johnston)은 워즈워스가 당대의 "문화적 인종주의"(The Hidden 192)에 참여하고 있다고 설명한다. 실제로 워즈워스 자신도 8권에서 "내 조국과 세계의 운명의 원천"인 "거대한 메트로폴리스 런던"(593)이라는 표현을 통해 국가주의와 제국주의를 드러낸다.

워즈워스-화자는 런던 거리의 외국인을 관찰하면서, 그들의 행색을 스냅 사진처럼 묘사하지만, 그렇다고 그가 인류학적인 분류작업을 하는 것은 아니다. 또한, 다른 인종의 종교나 언어에 대한 언급을 않는다. 거리의 다양한 외국 인종은 런던의 영국 하층민과 서로 구분되지 않고 뒤섞여 거의 같은 부류로 취급된다. 거리의 창녀, 발라드 판매상, 마술사,

---

11) 헤프난은 영국 제국주의 정점이 19세기 후반에 이루어지지만, 1800년대 초기에 이미 변성했다는 것을 설명하고 있다(423).

곡예사, 눈먼 걸인 등은 외국인들과 함께 런던 거리의 다채로운 문화를 구성하면서, 제각기 특유한 행동 방식을 보인다. 특이한 점은 이들 군상이 경우에 따라 동물이나 사물과도 병치 된다는 것이다. 이들이 개인성을 상실하고 대상으로 전락한다는 의미이다. 나아가, 워즈워스-화자는 디킨스와는 달리 당대에 이미 심화된 빈부의 격차에 대해서는 직접 논평을 하지 않다.

## II. 구성적 이질성과 열림

『서시』 7권의 여러 장면들은 워즈워스 시학을 설명하는 일반적인 방식인 관조적 초월적 영감에 근거를 두고 있는 서술기법만으로는 설명될 수 없다. 전체적으로 볼 때, 7권은 전통적인 미메시스에 근거한 재현의 위기를 암시하면서, 다양한 재현 방식이 제시된다. "하늘, 고요함, 달빛, 텅 빈 거리, / 사막에서처럼 이따금씩 들려오는 소리"(7. 1805. 635-36)라는 구절은 카프카(Franz Kafka)를 연상시키면서 단편들의 병치를 통하여, 대도시의 적막한 밤의 정서를 표현한다. 7권에서 워즈워스의 시적 언어가 어떻게 작동되고 있는지에 관해서는 많은 설명 방식이 있으며, 이들 각각은 나름의 설득력을 지니고 있지만, 모두 다 설명하는 것은 이 글의 범위를 벗어난다.[12] 이 글에서 강조하는 것은 두드러지는 언어의 극적 속성에 관한 것이다. 이미 지적했듯이, 워즈워스-화자는 끊임없이 시

---

12) 예를 들어, 브룬(Mark Bruhn)은 인지주의(언어학) 이론을 워즈워스의 모방론과 결합시켜서 『서시』의 7권을 읽고 있다. 게이브리얼(Alberto Gabriele)은 워즈워스의 런던이 "도시 파편화"(365)를 특이한 방식의 미메시즘에 입각하여 재현한다고 주장한다.

야에 들어오는 구경거리를 표현해내는 "언어의 경이로운 힘"(119)을 강조하면서, 이와 함께 "도시의 거리상에서 허구적 배우"(Nord 1)라는 역할을 수행한다. 그는 마르크스(Karl Marx)와 엥겔스(Frederick Engels)가 『공산당 선언』(*The Communist Manifesto*)에서 말하는 "확고한 모든 것들이 공기 속으로 녹아드는"(38) 양태를, 소비 자본의 힘과 물질문화의 놀라운 실체를 런던에서 목격한다. 관련된 문체적 특징은 계속 사용되는 "그리고"라는 접속사이다. 외부의 자극을 계속 누적적으로 반복함으로써, 런던이 완전히 신뢰할 수 없는 기억으로 환기되는 시청각적 자극의 우연한 연속체라는 인상을 만들어낸다. 이와 함께, 관습적인 범주화나 위계가 허물어지고 두서없이 뒤섞여버리는 카니발 효과를 산출하기도 한다. 또한, 근대적 기술문화와 모더니즘 시대의 단편들을 병치시키는 시적 기법을 사용하기도 한다.

이와 함께, 판타스마고리아(Phantasmagoria) 효과와 관련된 사례도 제시된다. 벤야민(Walter Benjamin)은 인과론적으로 마르크스의 토대와 상부구조를 해석하는 것을 반대하면서 이러한 효과를 옹호하는데, 반영론이나 모방론에 입각한 언어관을 부정하는 것과 관련된다(Cohen 93-95). 앞에서 예시한 "핍 쇼"(peep show, 174), 호기심을 자극하며 눈을 현혹시키는 온갖 것들, "실물 같은 모조품의 세상"(246), "실재의 절대적 존재를 조롱하는 / 장관"(232-33)이나, "대담한 속임수"(285)와 같은 구절은 구체적 사례가 된다. 이러한 판타스마고리아는 19세기의 근대 기술-기계 문명이 산물이다. 한편으로는, 어떤 측면에서는 워즈워스가 이따금 보이는 거의 기계와 같은 시 창작과 연관된다. 1815년 「시의 서문」("Preface to Poems")에서 상상력은 "특정한 고정된 규칙"(146)과 관련된다. 1800년 「서문」("Preface")에서도 시 창작이 "습관의 . . . 충동을 맹목적으로 그리고

기계적으로"(Owen 158) 준수하는 면이 있음이 표시된다.[13]

이러한 극적 재현 기법에서는 미메시스에 토대를 두고 있는 언어적 패러다임의 불안정성이 드러나며, 이를 대신하여 연출적 효과가 강조된다. 가치의 우연성이 메트로폴리탄 체제에서의 언어 경제와 시장 경제를 지배한다는 것이다. 발라드 판매상이 상업용으로 "문 없는 벽에" 매달아 놓은 "발라드 종이"(193)는 언어의 상업화가 실행되고 있다는 것을 말해 주는 실례이다. "가면을 쓴 광고"(198)는 소비주의라는 현상을 말하면서, 기호와 기호가 의미하는 것 간에 실제적 대응관계가 성립하지 않는다는 사실을 암시한다.[14]

성 바솔로매 축제 현장을 관찰하면서, 워즈워스-화자는 "인간의 모든 창의력을 잠들게 하는"(681) 장터의 광경을 목격한다. 그것은 인간의 상상력이 개입할 여지도 남겨두지 않으며, 상상력의 한계를 노정함으로써 그 존재 자체를 위협한다. 이러한 한계 상황에서 그는 뮤즈의 도움을 호소하지만, 뮤즈마저도 교환 경제의 현상에서는 그 역할을 상실하고 그저 "군중의 압력과 위험을 벗어나"(684) "무대"(685)위에서 "기괴한 색깔, 움직임, 모양, 형체, 광경, 소리의 / 환영"(686-88)이 횡행하는 장터의 장관을 방관자처럼 구경할 따름이다. 이 장면은 7권 전체에서 아주 특이한 순간이 된다. 무대 위의 관찰자는 높은 위치로 인해 장터에서 일어나는 것들을 좀 더 멀리까지, 보다 세밀하게 관찰할 수 있겠지만, 자신이 회피하려는 '압력이나 위험'의 시선의 대상이 된다는 것도 암시하기 때문이다. 시장의 기호체제는 전통적 뮤즈의 효용성을 쓸모없게 만들며, 워즈

---

13) 골드버그(Brian Goldberg)는 워즈워스의 상상력의 "맹목적 메커니즘"을 "직업적 전문주의의 등장"과 관련시킨다(338).

14) 노톤판 『서시』의 편집자는 "판매되고 있는 제품의 진정한 성질을 속인다는 점에서" "가면을 썼다"는 농담을 쓰고 있다고 지적한다(236, 각주 4).

워스화자는 영감을 압도하는 장터의 현상에서 예술적 영감을 소진하고 진열된 대상으로 전락한다는 것이다.

존스턴은 "워즈워스의 극적 스펙터클에 대한 많은 관심"(182)을 지적하면서, 『서시』의 7권이 "영문학에서 도시 생활의 에너지를 가장 흥미진진하게 재현한 것 중 하나"(182)라고 표현한다. 성 바솔로매(Bartholomew) 장터 장면은 거리의 야단스러운 광경과 이질적 다양성에 대한 대표적 사례가 된다.

> 백인들, 몸에 채색을 한 인디언들, 난쟁이들,
> 셈을 하는 말, 유식한 돼지,
> 돌 먹는 사람, 불을 삼키는 사람,
> 거인들, 복화술자들, 투명소녀,
> 눈알을 희번덕거리며 말하는 흉상,
> 밀랍 작품, 시계 공예품 . . .

> Albinos, painted Indians, Dwarfs,
> The Horse of knowledge, and the learned Pig,
> The Stone-eater, the man that swallows fire,
> Giants, Ventriloquists, the Invisible Girl,
> The Bust that speaks and moves its goggling eyes,
> The Wax-work, Clock-work . . . (7. 707-13)

워즈워스화자는 여러 인종과 형태의 사람, 동물, 조상, 상품 등을 뒤섞어 "괴물들의 의회"(718)라고 통칭하는 분류법을 제시한다. 그러나 이 순간을 기점으로 세세한 모든 것에 이름을 붙이면서 카니발 범주를 한껏 확장시키는 화자의 행위는 모든 범주 자체의 자의성과 무의미함, 무목적성을 인식하는 지점으로 급속히 이동하며, 도시의 사물들은 "아무런 법칙도, 의미도, 목적도 없는 / 차이점들은 잣대로 삼아, 하나로 / 녹아들고 축소된 사소한 것들의 / 끝없이 똑같은 소용돌이"(725-28)로 표현된다.

　　달리 말해, 성 바솔로매 장터 장면은 『서시』 7권에서 극적 정점을 이루는 이루면서, 이질성과 다양성을 극대화하지만, 이 극적 장면은 곧바로 워즈워스-화자는 자신의 정체성 확립을 강조하는 대목으로 옮아간다는 것이다. 그는 자신을 "공허한 혼돈"이 만들어내는 "통제할 수 없는 광경"(732)에서도 차분한 관찰을 통해 사물의 개별성을 그대로 보면서 전체적 유기성을 인식하는 사람(710-14)으로 설정한다. 런던 풍경의 이질성이 극대화되는 지점에서 특이하게 워즈워스-화자는 자신의 동질성을 확보하는 것이다.

　　이러한 특이성은 19세기 대도시 거리의 혼잡한 광경과 군중을 대면하는 관찰자들의 문제점이기도 하다. 스텔리브라스는 19세기의 산문 작가나 사회 분석가들이 대도시 거리의 이질적 광경을 포괄하기 위해 수많은 범주를 만들었고, 그 다양성을 표현하기 위해 다른 문화나 언어까지 차용하면서, "이국적인 것을 모호하게 칭송하고, 친숙한 것과 그로테스크한 것을 병치"(72)시킨다는 것을 지적한다. 문제는 이러한 과정에서 관찰자 자신은 다양성이 활개 치는 광경이 충만한 이질성에 대한 표현인지, 아니면 단순한 무더기에 불과한지를 되묻는 내면의 갈등을 표출한다는 점이다. 마르크스(Karl Marx)의 잘 알려진 대목은 같은 문제점을 노정하고 있다.

　　부랑자, 제대군인, 전과자, 탈출한 갈레선 노예들, 사기꾼, 노점상, 유
　　랑거지, 소매치기, 요술쟁이, 노름꾼, 뚜쟁이, 포주, 짐꾼, 문사, 손풍
　　금쟁이, 넝마주이, 칼 가는 사람, 땜장이, 걸인 . . . (최인호 역, 339)

vagabonds, discharged soldiers, discharged jailbirds, escaped galley slaves, swindlers, mountebanks, *lazzaroni*, pickpckets, tricksters, gamblers, *maquereaus*, brothelkeepers, porters, *iterati*, organgrinders, ragpickers, knifegrinders, tinkers, beggars . . . (*The Eighteenth Brumaire* 75)

『루이 보나빠르뜨의 브뤼메르 18일』에서 마르크스는 룸펜프롤레타리아트(*lumpenproletariat*)라는 모든 분류를 혼동시키거나 와해시키는 실체를 인식하게 되며, 워즈워스와 마찬가지로, 이러한 통제할 수 없는 어떤 것을 명명하는 것에 몰두한다. 특이한 대상에 대한 집착은, 재현의 가능성/불가능에 대한 강박관념은, 한층 더 많은 재현을 만들어낸다.

그러나 워즈워스-화자가 거대도시의 거리에서 기호학적으로 쏟아져 내리는 볼거리들에 관한 재현의 문제에서 결국에는 화자 자신의 위치 문제로, 예를 들어 자신과 대상과의 바람직한 관계는 무엇인가? 혹은 대상에 대한 올바른 관점은 무엇인가? 라는 문제로 옮겨가 버린다면, 그리고 이를 거쳐서, 대상의 이질성으로부터 자신의 동질성을 확보해버린다면, 마르크스는 혼돈의 장에서 자신의 특권적인 시선을 확보하는 것이 아니라, 이질성과 동질성 간의 모순적 공존과 갈등을 어떻게 극화시킬 것인가에 더 많은 관심을 둔다. 마르크스에게 룸펜프롤레타리아트라는 것은 서로 개별적 존재자들이 은유적 통합으로 총체성을 이룩한 확고한 계급이 아니라, 이질적 요소들이 기묘한 방식으로 엮여 있는, 우연성에 기반을 둔 환유적 집합으로서, 계급이 아닌 계급의 현상으로 받아들여진다. 다시 말해, 룸펜프롤레타리아트의 재현 문제를 당면하여, 마르크스는 동일성과 차이성간의 해결될 수 없는 모순과 갈등에 놓여 있는 정체성의 문제를 제시한다. 이것은 『서시』 7권의 결말 부분에서 나타나는 워즈워스의 재현 방식과 분명히 대비된다.

그러나 이러한 차이는 있지만 마르크스가『루이 보나빠르뜨의 브뤼메르 18일』에서 물적 조건을 언어의 장으로 편입시키고, 정치를 희극과 비극의 무대 메타포가 지배하는 언어적 현상으로 치환시키고, 인과론과 결정론에 근거한 모방론적 재현에 급진적 회의를 표명하고 있는 것처럼, 워즈워스도『서시』7권에서 불가해한 도시 현상에 대해 전통적 미메시스론에 입각한 언어의 한계를 토로하고 있다는 사실은 둘 간의 양립 가능 지점을 시사한다. 실제로 마르크스는 루이 보나파르트의 국가 기제라는 특정한 계급의 이해관계를 대변하지 않으면서, 특정한 계급의 이해와 무관하게 "그 자체가 독립적인 권력"(131)으로 작용하는 특이한 현상을 서술한다. 이 경우 국가의 권력은 "재현해야만 하는 대상과 관련성이 없으며" 따라서 이러한 결정론이나 인과론을 벗어나는 국가는 "기호와 지시대상 간의 틈새"를 표시하게 된다(Petry 450).

　　『서시』7권에서 워즈워스-화자는 분산되고 이질적인 대도시의 풍경을 "눈과 귀의 충격"(685-86)으로 경험하며, 결말 부분에서는 이러한 충격을 조정, 통제하려 한다. 그러나 7권의 다른 부분에서는 동시에 낯선 사물들을 명명하는 자신의 행위를 의식하며, 이러한 행위로부터 비평적 거리를 유지하려는 의식적 노력을 기울이고 있다. 이로 인해, 7권 전체를 통틀어, 시각적으로 걷잡을 수 없는 도시의 사물을 관찰하면서, 그것을 우연성에 지배되는 환유적 덩어리로 받아들여야 할지, 은유적 총체성을 지향하는 것으로 받아들여야 할 것인지에 관한 워즈워스-화자의 갈등이 계속 불안정하게 진행된다.[15] 물론, 7권의 마지막 부분에서는 갑작스럽

---

15) 헤게모니론을 폴 드 만 식의 은유와 환유의 개념으로 설명하는 라클라우(Ernesto Laclau)의 논지를 참조할 것(229-53). 드 만 특유의 물질성(materiality)을 논하면서, 데리다(Jacques Derrida) 은유와 환유를 재현과 관련하여 설명하고 있다(353-57).

게 후자의 입장으로 기운다고 볼 수 있다.

그러나 7권 전체가 닫힌 구조로 종식되거나, 재현 가능한 총체성을 전적으로 인정하는 방향으로 쏠리지는 않는다. 7권의 텍스트성은 이질적 시간, 장면, 경험, 인간, 사물, 언어가 헐겁게 꿰매어져 있는, 국부적 장면의 집성체와 유사하다. 대표적 한 예로서, 앞서 살펴본 '눈먼 걸인' 일화는 7권의 전체 체제와의 관계에서 이질적이면서, "체제에 속함과 벗어남 간에서 비결정적, 유보적 상태를 유지"(Laclau 234)하는 구성적 이질성으로 존재한다. 이러한 특이한 체제의 (비)체제성은 워즈워스의 도시 담론이 계속해서 활력을 유지하도록 만든다.16) 그렇지만 이러한 구성적 이질성이 워즈워스의 도시수사학이 담론의 재통합을 부정하면서 와해를 지향하는 패러버시스(Parabasis)에 근간을 두고 있다는 것은 아니다.17) 드 만(Paul de Man)은 「파스칼의 설득의 알레고리」("Pascal's Allegory of Persuasion")에서 패러버시스는 완전한 와해(disruption)를 표시하며, 재통합을 넘어서며, "의미론적 연속성의 와해"를 지칭한다고 설명하고 있다(61).

워스워스는 직업시인으로 정체성을 확립하는 시기에 런던을 계속해서 수차례 방문한다. 자신의 시인으로서의 성장을 다루는 『서시』, 그리고 그것의 7권에서 시인으로 형성되는 가장 중요한 시기에 방문한 런던에서 각인된 기억의 흔적을 재구성하여, 쓰기와 읽기 행위로서 런던의 텍스트성을 구축한다. 기호의 저장소이며, 기호와 쓰기 행위로 중첩된 층들의 복합체로서 런던은 재현의 최종형식을 벗어나는 탈장소적 장소

---

16) 동일한 논지가 7권과 『서시』 전체와의 관계에 적용될 수 있다. 『서시』 텍스트의 미결정성을 의미한다.

17) 패러버시스는 캐터크레시스(Catachresis)와 유사하며, 이들은 환유(Metonymy)와 혼동되어서는 안 된다. 라클라우(Ernesto Laclau)에 따르면, "환유가 없으면, 기억들은 연결되지도 않고, 역사도 없고, 소설도 없다."(252, 각주 14).

이다. 이러한 런던은 기억과 상상으로 치환된 실체로서, 언어의 비유적 본성인 이동, 치환, 비유의 본성과 무관하게 존재할 수 없다. 워즈워스의 런던은 우리 시대의 도시를 어떻게 정의할 것인가에 대해, 도시의 서술에 쓰이는 새로운 비유와 문체에 대해, 눈여겨 볼만한 사례가 된다. 다른한편으로는, 이러한 런던의 도시 텍스트성은 그에게조차 감당하기 어려운 무질서와 소음을 산출한다. 그러나 그는 이러한 "기괴한 색채, 움직임, 형상, 광경, 소리의 / 환상적 광경"(7. 687-88)에 "호기심 많은 여행자"로서 계속하여 되돌아가고 싶어 한다. 7권을 끝낸 후에도 런던에 대한 소감을 그대로 8권에 전해져 그는 또다시 "런던이여, 그대에게 나 기꺼이 되돌아가리"(532, 560)라고 말한다. 런던은 시인 워즈워스의 뇌리를 맴도는 불가해한 기호이자 현상이었다.

| 인용문헌 |

장 라플랑슈, 장 베르트랑 퐁탈리스. 『정신분석사전』. 임진수 역. 서울: 열린책들, 2005.

칼 막스. 『루이 보나빠르뜨의 브뤼메르 18일』. 「칼맑스 프리드리히 엥겔스 저작선집」. 최인호 역. 제2권. 서울: 박종철출판사, 1990. 277-393.

Arkady, Plotnitsky. "'A Palace and a Prison on Each Hand': Venice between Madness and Reason, from the Baroque to Romanticism." *The Idea of the City: Early-Modern, Modern and Post-Modern Locations and Communities*. Ed Joan Fitzpatrick. Cambridge: Cambridge Scholars Publishing, 2009. 109-20.

Bakhtin, Mikhail. *Rabelais and His World*. Trans. Helene Iswolksy. Cambridge: Cambridge UP, 1984.

Bruhn, Mark J. "Cognition and Representation in Wordsworth's London." *SiR* 45 (2006): 157-80.

Cohen, Margaret. "Walter Benjamin's Phantasmagoria." *New German Critique* 48 (1989): 87-107.

Cronin, William. *Nature's Metropolis: Chicago and the Great West.* New York: W.W. Norton, 1992.

De Man, Paul. *Aesthetic Ideology.* Minnesota: U of Minnesota P, 1996.

Derrida, Jacques. "Typewriter Ribbon: Limited Ink (2) ("within such limits")." *Material Events. Paul de Man and the Afterlife of Theory.* Ed. Tom Cohen, et al. Minnesota: U of Minnesota P, 2001. 227-360.

Dickens, Charles. *Bleak House.* New York: Penguin Books, 1976.

Friedrich Engels, *The Condition of the Working Class in England.* Trans and Ed. W. O. Henderson and W. H. Chaloner. Stanford: Stanford UP, 1958.

Gabriele, Alberto. "Visions of the City of London: Mechanical Eye and Poetic Transcendence in Wordsworth's *Prelude*, Book 7." *European Romantic Review* 19.4 (2008): 365-84.

Gilloch, Graeme. *Myth and Metropolis: Walter Benjamin and the City.* 노명우 역. 서울: 효형출판사, 2005.

Goldberg, Brian. "Ministry More Palpable": William Wordsworth and the Making of Romantic Professionalism. *SiR* 36 (1997): 327-47.

Hannoosh, Michele. "Painters of Modern Life: Baudelaire and the Impressionists." *Visions of the Modern City. Essays in History, Art, and Literature.* Eds. William Sharpe and Leonard Wallock. Baltimore: The Johns Hopkins UP, 1987. 168-88.

Hartman, Geoffrey. *Wordsworth's Poetry, 1787-1814.* New Haven: Yale UP, 1971.

Heffernan. James A. "Wordsworth's London: The Imperial Monster." *SiR* 37 (1998): 421-43.

Johnston, Kenneth R. *The Hidden Wordsworth.* New York: W. W. Norton, 2001.

Laclau, Ernesto. "The Politics of Rhetoric." *Material Events. Paul de Man and the Afterlife of Theory.* 229-53.

Lehan, Richard. *The City in Literature. An Intellectual and Cultural History.* Berkeley: U of California P, 1998.

Manning, Peter. "Placing Poor Susan: Wordsworth and the New Historicism." *SiR* 25 (1986): 351-69.

Marcus, Steven. "Reading the Illegible." *The Victorian Cities.* Eds. William Sharpe and Leonard Wallock. Baltimore: The Johns Hopkins UP, 1987. 232-56.

Marx, Karl. *The Eighteenth Brumaire of Louis Bonaparte.* New York: International Publishers, 1963.

Marx, Karl, and Frederick Engels. *The Communist Manifesto.* Intro. Eric Hobsbawm. London: Verso, 1998.

Mumford, Louis. *The City in History.* New York: Harcourt, 1961.

Nord, Deborah Epstein. "The Social Explorer as Anthropologist: Victorian Travellers among the Urban Poor." *Visions of the Modern City. Essays in History, Art, and Literature.* 122-34.

Owen. W. J. B., ed. Wordsworth, William and Samuel Taylor Coleridge. *Lyrical Ballads.* Oxford: Oxford UP, 1969.

Petry, Sandy. "The Reality of Representation: Between Marx and Balzac." *Critical Inquiry* 14.3 (1988): 448-68.

Sharpe, William Chapman. *Unreal Cities. Urban Figuration in Wordsworth, Baudelaire, Whitman, Eliot, and Williams.* Baltimore: The Johns Hopkins UP, 1990.

Sharpe, William and Leonard Wallock. "From 'Great Town' to 'Nonplace Urban Realism': Reading Modern City." *Visions of the Modern City. Essays in History, Art, and Literature.* 1-50.

Simmel, Georg. "The Metropolis and Mental Life." Trans. H. H. Gerth. *Classic Essays on the Culture of Cities.* Ed. Richard Sennett. Englewood Cliffs, 1969. 47-60.

Simpson, David. "What Bothered Charles Lamb about Poor Susan?" *Studies in English Literature* 26 (1986): 589-612.

Stallybrass, Peter. "Marx and Heterogeneity: Thinking the Lumpenproletariat." *Representation* 31 (1990): 69-95.

Wordsworth, William. *Literary Criticism of William Wordsworth*. Ed. Paul Zall. Lincoln: U of Nebrask P, 1966.

_____. *The Prelude*. Eds. Jonathan Wordsworth, M. H Abrams, and Stephen Gill. New York: W. W. Norton, 1979.

_____. *Letters of William and Dorothy Wordsworth*. Ed. Ernest De Selincourt. 2nd ed. rev. C. L. Shaver, Mary Moorman and Alan Hill. 8 vols. Oxford: Clarendon, 1967 —. Vol 1.

# 제3부

# 8

---

## 부재성의 기념물로서의 저작권:
## 워즈워스의 예술적 자의식과 경제학

    워즈워스(William Wordsworth)의 시 창작 과정은 시적 미학과 물질적 욕망이 복잡하게 얽혀있다. 우드만시(Martha Woodmansee)가 지적하듯이, 그가 포프(Alexander Pope)에서 출발점을 찾을 수 있는 글쓰기를 생업으로 삼은 전문 작가라는 수사를 본격화시키는 인물이라는 점을 염두에 둔다면(428), 문학 시장 체제 내에서 문학 작품이라는 상품에 대한 금전적 관심을 탓할 수만은 없다. 문제는 탐욕에 가까운 면을 보인다는 점이다.[1] 그러나 이러한 세속적 욕망에는 창의력과 글의 속성에 관해 특이한 이상주의가 담겨있다. 특히, 저작권에 관한 워즈워스의 글은 문학

---

1) 토마스 바이스컬(Thomas Weiskel)은 워즈워스의 상상력을 "지적 능력을 통해 모든 것을 금전적 가치를 만들어내는 것으로 변모시키는 정신적 능력"이라 지적한다(59).

담론의 사회적 기능과 가치를 독특한 방식의 개인적 수사학으로 융합시키면서 예술의 미학적 측면과 문화적, 경제적 측면의 혼재를 여실히 드러낸다. 저작권에 관련된 워즈워스의 글들의 대략적인 계보를 설정하면서, 그가 "저자"의 수사학을 교환과 유통 체제 속에서 형상화 시켜가는 과정을 추적해보는 것은 이 점을 잘 드러내줄 것이다. 이 과정에서 그가 문학 시장에서 교환하려 하는 독창적 저자의 창작품에 내포된 속성이 무엇인지를 밝혀내는 것이 관건이 될 것이다. 워즈워스의 창의성은 독자들이 어떻게 읽어야 할지를 제시하는 측면과 함께 시인이라는 자신의 공적 정체성은 독자들에 의해 형성된다는 인식을 내포한다. 그는 저작권을 자신의 현실적 이익보다는 가족과 후손을 위한 '보험'에 가까운 것으로 생각한다. 따라서 그의 저작권 논지를 구성하고 있는 세습 재산이 갖는 특이한 의미 파악도 중요할 것이다. 이를 통해 워즈워스의 텍스트에서 시학과 경제학은 상반되거나 모순되는 가치의 차원들은 아니며, 혼재하면서 상호교환을 통해, 서로를 함의하면서, 겹겹이 서로 엮어져 있는 의미의 층을 만들어낸다는 점이 드러날 것이다.

저자와 저작권에 관한 최근의 논의는 푸코의 「저자란 무엇인가」("What Is an Author?")에서 이론적 영감을 얻고 있다. 그는 저자를 "사상과 지식, 그리고 문학사에서 개인화의 특권적인 순간"(115)으로 지칭한다. 많은 비평가들은 18세기 영국과 유럽대륙에서의 저작권에 관한 법률적 논쟁을 거론하면서 현대적 의미의 저자라는 수사를 발현시킨 물적 토대를 분석하고 있다. 특히 마샤 우드만시(Martha Woodmansee), 마크 로즈(Mark Rose), 피터 자스지(Peter Jaszi), 트레보어 로스(Trevor Ross), 잭 스틸링거(Jack Stillinger), 수잔 이릴런버그(Susan Eileenberg), 리처드 스와츠(Richard Swartz) 등은 이러한 논쟁을 로맨티시즘과 특히, 워즈워스와 연관시킨다. 우드만시는 현대적 의미의 저자는 자신의 "독특하고 창의적 작품"을 "유일하게 책임지는 개인"으로서, 작품의 생산과 소비에 관여하는 경제적 주체로서, 글쓰기에 대한 보상이 후원제도에서 시장 경제로 편입되는 과정에서 등장한다고 말한다(*The Author, Art, and the Market* 35). 워즈워스가 활동하던 무렵의 영국은 그만큼 문학 시장의 생산과 소비구조, 독서인구의 구성과 특징, 정치구조나 이데올로기 면에서 전시대와는 아주 특이한 현상이 진행되고 있었다.[2] 이러한 생산 활동과 물적 토대의 변화에 따라 새롭게 등장한 문학 재산이라는 실체를 새로운 법률 항목으로 편입시키는 과정에서 현대적 의미의 저작권이 형성된다.

　　워즈워스는 작품에 대한 상업적 이득과 문학 시장에 관한 관심을 시작 활동 기간 내내 유지한다. 자신을 전문 작가로서 상정하고, 저술활동을 생계유지의 방편으로 삼는 과정에서 필연적으로 노출하게 되는 현상이다. 독일의 고슬라(Goslar) 지역에서 고립된 겨울을 보낸 후 귀국하여 그라스미어(Grasmere)에 정착하는 무렵의 시에는 시 창작 활동을 생업으로 삼은 시인의 태도가 확연히 드러난다. 대체로 『서정 민요집』(*Lyrical Ballads*) 출간 이후의 시에는 1790년대 시에서 주류를 이루던 지배 권력과 이데올로기적 갈등과 형벌상의 위험을 알레고리적으로 표출하는 경향은 거의 사라져 버리고, 시적 담론을 재산권의 관점에서 접근하는 경향이 두드러진다. 이와 함께 1790년대의 여러 시에서 나타나는 시적 언어의 수사적 활용을 통해 관습화된 심리적, 물적 경계선을 허물어뜨리거

---

2) 존 포콕(J. G. A. Pocock)은 18세기 후반 이후로 "재산"의 개념이 "소유와 권리의 대상에서 생산과 교환의 주체로 전이했다"(115)고 말한다. 재산은 시장 경제 체제 내에서 교환과 유통을 통해 가치를 얻는 것으로 이해되기 시작했다는 의미이다. 레이먼드 윌리엄스(Raymond Williams)는 『문화와 사회 1780-1950』에서 "문화"의 현대적 사상의 기원을 산업화, 민주주의적 정치학, 그리고 시장경제를 산출해낸 역사적 조건과 일치시킨다.

나, 그 경계의 범위 확장과 관련된 시적 주제나 이러한 과정에서 나타나는 언어 "실험"(*Wordsworth & Coleridge* 3)이나 알레고리적 정치 행위로서 시 창작이라는 속성은 많이 탈색된다.

재산권 담론과 함께 시인으로서의 정체성 탐색과 확립에 대한 관심도 두드러진다. 1802년 「서문」은 시론과 "시인이란 무엇인가?"에 관한 특유한 논지를 담고 있다. 또한, 1807년 「버몬트 부인에게 쓴 편지」는 시인의 독창적 언어로 결속되는 미학적 공동체에 관한 생각이 주목을 끌고 있으며, 저작권에 관한 직접적 언급이 드러나는 1808년 4월 「리처드 샤프(Richard Sharp)에게 보낸 편지」는 이후에 저작권 개혁에 관여하면서 펼치는 주요 논제들을 제시하고 있다. 1815년 「서문의 보완문」에 이르러 특유의 미학관과 작가의 독창성, 그리고 명성을 논하는 과정에서 전문 시인에 대한, 저자에 대한, 그리고 전문 직업으로서의 창작 활동에 관한 그의 생각은 대체로 완성된다. 특히 1837과 그 이듬해, 그리고 1842년의 저작권 논쟁에서 워즈워스가 펼치는 경제행위의 법률적 주체로서의 저자의 권한에 대한 주장은 현대적 저자는 다름 아닌 "로맨티시즘 저자"(*Authors and Owners* 3)라는 마크 로즈(Mark Rose)의 단적 표현의 적확한 예시가 된다.

워즈워스의 상상력은 시적 숭고함을 불러일으키는 만큼이나, 주어진 대상에서 물질적 가치를 창출해내는 정신적 기능과 관련된다. 수잔 아일런버그(Susan Eilenberg)가 지적하듯이, "자신의 영감의 가치가 이윤을 창출할 수 있고 실제적 재산으로 구체화"(357)되기를 바라는 측면은 그의 시작 활동 초창기에서부터 강하게 나타난다. 『서정 민요집』의 출판 과정을 살펴보면 문학적 영감을 사유 재산으로 구체화하는 과정이 잘 드러난다. 워즈워스라는 고유 명사를 표기하여 개별화된 주체를 저자로 설정하는 이 시집의 1800년 판은 무기명으로 출판된 같은 제목의 1798년 시집에 실린 시들을 전유하는 과정에서 발생하는 부정과 억압의 흔적을 곳곳에 담고 있다. 1798년 판은 고유 명사인 "저자"(the Author)가 저자로 표기되는 만큼, 이 시집의 시들은 워즈워스라는 실체를 저자로 확정하는 것이 아니라, 고유 명사를 통한 실체의 허구화를 실험하고 있다. 워즈워스는 자신의 시를 구술하는 목소리가 자신의 목소리가 아님을 의식해야만 했다. 1800년 판에서 워즈워스는 시적 자아뿐만 아니라, 재산권 행사를 위해 필요한 개별화된 법률적 주체를 형성시키는 것을 우선 과제로 삼았다. 고유한 문학적 영토성을 확립하고, 자기 소유의 세습 재산을 창출하려 하는 노력의 구체적 산물인 창작 시들은 시적 재산의 형성 과정에서 시인이 겪고 있는 끊임없는 갈등과 투쟁, 상실에 대한 근심, 그리고 낙담을 표현하면서, 때로는 죽음의 주제와 결합되기도 한다. 「선량한 블레이크와 해리길」("Goody Blake and Harry Gill"), 「마지막 양」("The Last of Flock"), 「마이클」("Michael"), 「틴턴 사원」("Lines Written a Few Miles above Tintern Abbey"), 「나이든 사냥꾼 시몬 리」("Simon Lee, the Old Huntsman"), 「수사슴이 도약한 우물」("Hart-Leap Well"), 「형제들」("The Brothers"), 「시골 건축물」("Rural Architecture"), 「결의와 독립」("Resolution and Independence") 등의 시는 상상력의 물질화를 통해 사유 재산을 창출하는 과정에 개입되는 복잡한 정서를 다루고 있는 워즈워스의 초창기 시들이다. 시는 워즈워스에게 있어서 데이비드 심슨(David Simpson)이 말하듯 "재산물의 한 형태"(49)로 인식되는 성향이 강하다.

문학적 예술적 영역에서 "저자"라는 실체는 애초부터 고유한 지위를 부여받은 것이 아니라, 문화적으로 그리고 법률적으로 구축되어온 속성을 지닌다. 특히 18세의 저작권 논쟁과 1830년대 후반의 워즈워스와 탈포트의 의회에서의 저작권 연장을 위한 투쟁과정을 살펴보면, 저자라는 개념은 저작권이라는 법률적 구조의 필수적 요소이지만, 동시에 구조를 끊임없이 불안정하게 만든 요인이라고 할 수 있다. 로맨티시즘 이전, 1709년 앤여왕법(the Statue of Anne)이 시행되기 이전, 17세기 중반 무렵에도 벌써 작가들은 자신들의 고유성을 부각시키기 위한 방편으로서 "저자"라는 말을 사용하고 있다.[3] 대체적으로, 18세기의 문학 재산권 논쟁에서 오늘날 말하는 소유권자로서 저자가 등장하게 되며, 이에 따라 독창성이나 천재라는 개념이 가치를 갖게 된다. 저자나 저작권을 로맨티시즘 문화와 결부시켜 논하는 현대 비평은, 우선 자아와 개인성을 중시하는 로맨티시즘을 문학비평에서 저자라는 범주가 함의하는 본질적 속성과 연관 짓는 경향과 무관하지만은 않지만, 본질적으로는 로맨티시즘이 시기에 정립된 저자나 저작권의 개념이 현재 저작권의 골간을 이루기 때문이다(Jaszi 456). 테리 이글튼(Terry Eagleton)도 저자를 근본적으로 로맨티시즘의 원칙으로 설정한다(65).

1807년 「버몬트 부인에게 쓴 편지」와 1815년 「서문의 보완문」은 워즈워스의 미학관과 전문 작가로서 세속적 욕망을 구체적으로 담고 있는 글이다. 특히 후자는 저자의 정체성을 문학 시장과 관계에서 찾으면서, 저자는 독창적이며 이상적인 텍스트를 산출함으로써 시장에서 경제적 이윤을 얻을 수 있음을 나타낸다. 대략 1807년 『두 권의 시들』(Poems, in Two Volumes)의 발간에서 1814년 『소풍』(The Excursion)의 발간 이후의

---

3) 1709년의 앤여왕법(The Statute of Anne)은 작가에게도 법적인 저작권을 부여하였다. 그러나 14년으로 기한을 제한하였다. 1709년 이전까지는 저작권은 법률적으로는 인쇄업자나 출판업자들의 소유였다(이것에 관한 논쟁은 Kayman, Martin A. "Lawful Writing: Common Law, Statute and the Properties of Literature." New Literary History 27.4 (1996): 761-83을 참조. 우드만시, 로스, 스와츠, 로즈의 글은 모두 저작권의 역사를 개괄하고 있다.

시기는 워즈워스가 문학 시장에서 혹독한 비판을 감당하던 시기이다. 『두 권의 시들』은 문학 시장에서 12개의 비평을 받았지만, 분명하게 긍정적 견해를 담고 있는 것은 단 한 개뿐이다. 1819년 『피터벨』(*Peter Bell*)은 총 18개의 비평과 『와그너』(*The Waggoner*)의 총 15개의 비평 가운데 우호적 인 것은 절반에 채 못 미친다. 당대의 비평가 프란시스 제프리(Francis Jeffrey)는 특히 『소풍』에 대하여 "이것은 절대 아니다"("This will never do")로 시작되는 잘 알려진 비평을 통해, 워즈워스와 소위 "호수파" 시인 들에 대한 가혹한 적대적 공격을 가한다. 이 고난의 시기에 워즈워스는 전문 작가에 관한 자신의 수사학을 정립하며, 저작권법에 관한 본격적 논 의를 다진다.

두 글에는 공통적으로 독자에 대한 워즈워스의 복잡한 태도가 담겨 있다. 오웬(W. J. B. Owen)은 이 글들은 시인 자신이 이미 겪었거나 예상 되는 비판에 대한 반응으로 쓰였으며, 특히 Jeffrey의 비판을 크게 염두에 두고 있다고 말한다(161-67). 독자는 그에게 있어 결코 편하게 느껴지는 존재는 아니었다. 문학 시장에서 문학소비자들의 취향과 판단이 전문 직 업인으로서 저자라는 자신의 입장에 미치는 효과를 충분히 의식하고 있 기 때문이다. 독자라는 낱말은 그의 글에서 종종 대문자로 표시되거나, 다양한 수식어가 따른다.

「버몬트 부인에게 쓴 편지」는 좀 더 직설적인 감정을 드러내면서, "가치 있는 작품"들에 대한 "소위 대중이라 불리는 사람들"이 지니는 "시 기와 악의, 그리고 모든 그릇된 열정"(*The Prose* 235)을 지적한다. 버몬트 부인을 "순수하고 고상한 심성"을 지니고 있는 이상적 독자의 전형으로 삼으면서, 워즈워스는 이 편지에서 자신뿐만 아니라 다른 친밀한 사람들 에 대해 겨누어지고 있는 비판을 의식하면서, 스스로 부인하고 있음에도 불구하고, 예언가적 성질을 보여 주고 있다. 그는 자신의 시의 "운명"(destiny)이 독자에게 "보고, 생각하고 느끼기"를 가르침으로써 "인간을 좀 더 현명하게, 좀 더 덕이 있게, 좀 더 행복하게"(*The Prose* 237) 하는 것에 있다고 말한다. 시의 본질적 속성인 계도성과 미학을 가르치는 교사로서의 시인의 역할을 강조하는 것이다. 또한, 자신의 비평가들을 "모두 무능력한 심사위원"(*The Prose* 237)이라 폄하하면서, 시를 꼼꼼히 읽지 않고 그저 한번 훑어보고서는 비판한다고 그들을 비난한다.

위대한 예술가는 자신의 작품을 이해할 수 있는 독자를 만들어야만 한다는 워즈워스의 특이한 미학 이론은 「버몬트 부인에게 쓴 편지」와 「서문의 보완문」에서 강조된다. 첫 번째 글에서는 코울리지(Samuel Taylor Coleridge)를 거명하면서, "모든 위대하고 독창적 작가는, 그가 위대하고 독창적임에 비례하여, 자신이 즐겨질 수 있는 취향을 만들어야만 한다. 그는 자신을 드러내는 예술을 가르쳐야만"(*The Prose* 237) 한다는 당위성을 담고 있는 주장은 1815년의 글에서 "모든 작가는, 그가 위대하고 동시에 독창적인 한에서는, 그가 즐겨질 수 있는 취향을 창출한다는 임무를 띠고 있었다"(*Literary Criticism* 182)라는 일반적 진술문으로 변화되고 있다. 분명한 것은, 워즈워스의 저자가 의도하는 독자는 수동적으로 조형되는 존재가 아니라는 점이다. 오히려 그는 독창적 저자의 취향을 읽어내는 독자의 능동적이고 창의적 속성을 강조하고 있다.

1815년 에세이는 워즈워스가 1800년 「서문」과 이전의 1798년 「공지문」에서 이미 표출하였던 독자에 대한 지나칠 정도의 복잡한 심경을 토로하면서 이들을 분류하고 평가하며, 한편으로는 자신이 염두에 두고 있는 이상적인 독자관을 제시한다. 그가 말하는 이상적인 독자는 이미 주어진 인물이 아니라, 시인이 형성해야할 존재이며, 개인의 범주를 벗어나는 이상적, 초월적인 윤리적, 미학적 공동체의 구성원이다.

> 대중에 대해서는, 작가는 적절한 만큼의 존경을 느끼고 싶어 한다. 그
> 러나 철학적으로 성격이 갖추어진 사람들에 대해서는, 그리고 그들의
> 지식의 구체화된 영혼에 대해서는, 과거와 미래라는 두 날개로 충실
> 히 지탱되면서, 지금 존재하고 움직이는 한에서는, 작가의 경건한 존
> 경과 경외심을 마땅히 보내야만 한다.

> Towards the Public, the Writer hopes that he feels as much deference
> as it is entitled to: but to the People, philosophically characterized, and
> to the embodied spirit of their knowledge, so far as it exists and moves,
> at the present, faithfully supported by its two wings, the past and the
> future, his devout respect, his reverence, is due. (*Literary Criticism* 187)

1815년 에세이는 "인위적 영향"에 지배당하는 대중(the Public)과 워즈워
스의 시가 대상으로 하는 사람들(the People)을 대조시킨다. 후자는 "철학
적 성격을 갖춘 사람들"로서 시인 자신과 공감할 수 있는 이상적 공동체
를 형성하며 시간적 제약을 벗어나 존재하면서 시인의 시작활동의 참조
점으로 작용한다.

이 같은 논지는 당대 문학 시장에서 주술적 힘을 발휘하던 "대중적
인"(*Literary Criticism* 185)이라는 변덕스러운 낱말에 대한 워즈워스의 비
판으로 이어진다. 예술적 수월성이나 완성도와는 무관하게 흥미에만 영
합하는 대중적 작품은 "뻔뻔스럽고 무절제함으로써 세상을 놀라게 하여
관심을 끈다거나," "피상적"이며, 호기심을 불러일으키는 사건들을 나열
하거나, "힘든 사고"는 하지 않는 즐거운 "공상"과 관련된 것으로 비판된
다(*Literary Criticism* 185). 반면에 추구해야 할 시적 미학은,

. . . 영혼을 영혼에게 보내고, 영혼의 나약함을 알려주고, 혹은 영혼의 힘을 의식하게 하는 모든 것에서, 삶과 자연이 상상력의 창조적이며 추상화시키는 미덕으로 작용하는 어느 곳에서나, 시인의 가슴속에서 후대의 사변적 지혜를 접목시키는 옛적의 본능적 지혜와 영웅적 열정이 먼 과거의 역사이면서 동시에 먼 미래를 예언적으로 선언하는 그 고양된 인간성의 조화를 만들어내는 어느 곳에서나, 그곳에서, 시인은 잠시 동안 자신을 적은 수로 흩어져 있는 청자들에게 순응시켜야만 한다.

. . . to send the soul into herself, to be admonished of her weakness or to be made conscious of her power; —wherever life and nature are described as operated upon by the creative or abstracting virtue of the imagination; wherever the instinctive wisdom of antiquity and her heroic passions uniting, in the heart of the Poet, with the meditative wisdom of later ages, have produced that accord of sublimated humanity, which is at once a history of the remote past and a prophetic annunciation of the remotest future, *there*, the Poet must reconcile himself for a season to few and scattered hearers. (*Literary Criticism* 186)

시인은 창작 행위를 통해 시간과 공간을 초월하여 이상적 문학을 따르는 소수의 개별 독자를 시적 언어로 결속시킨다. 워즈워스는 어떤 초월적 이상적 공동체를 상정하면서, 자신의 미학 이상을 그곳에 두고 있다.

특히 「버몬트 부인에게 쓴 편지」에서, 그리고 「서문의 보완문」에서도, 워즈워스의 이상적 작가는 난처한 상황에 빠져든다. 그는 분명 어떤 이상적 초역사적 독자를 염두에 두고 있다. 그러나 이들은 당대 문학 시장과 괴리된 독자들이다. 에이브럼스(M. H. Abrams)는 독자의 흥미나 수용조건을 거부하려는 움직임을 로맨티시즘 문학의 두드러진 경향으로 지적한다(25-26). 즉, 창의적 저자는 실용적 영역을 벗어난 초현실적, 초역사적인 독자를 상상한다는 것이다. 워즈워스가 이러한 창의적 저자를 부정하는 것은 아니다. 그러나 그는 이와 함께 시장에서 재화로 유통되고 교환되어야 할 운명을 지닌 문학 작품의 존재를 인식하면서 당대 독자의 취향과 수용 능력을, 당면한 문학 소비 경제 체제 내의 조건과 현실을, 작가가 수용해야 함을 인정한다.[4]

문학 시장에 대한 워즈워스의 태도는 시장의 부정적 측면에 대해 심한 반감을 표출하지만, 동시에 전문 작가로서 시장에 대한 의존성을 인정한다. 워즈워스는 「서문의 보완문」이 자신의 문학적 "명성"(*Literary Criticism* 182)을 이룩하는 것에 대한 개괄적 생각을 담고 있음을 밝히고 있다. 이 글에서 나타나고 있듯이, 명성을 추구하는 주체는 분명 사회적 야망이 있으며, 자신의 가치를 입증하기 위해 노력하는 개인이다. 문학적 명성을 추구한다는 것은 글쓰기의 공적이며 공동체적 성격을 말한다. 자신을 이해할 수 있는 독자들을 만들어야만 한다는 워즈워스의 문학적 천재는 문학 생산은 소비문화에 대한 이해와 공조를 수반해야 함을 말하면서, 천재의 작품과 진정한 공감은 "독자의 내면에서 공조하는 힘이 발휘되지 않으면"(*Literary Criticism* 183) 이루어지지 않는다는 것을 시사한

---

4) 「서문의 보완문」이 독창적 저자의 초월적 가치와 이상적 공동체를 구성하고 있는 독자들을 언급하고 있는 것은 사실이다. 그러나 워즈워스가 이 글에서 물질적 이해관계를 초월하는 창조적 저자를 정립하는 것은 아니다. 오히려 문화 상품을 구성하는 과정에서 나타나는 미학과 상품화의 혼재를 보여줌으로써 문화적 가치 결정에 개입되는 사회적, 정치적, 물질적 조건들의 영향을 보여주고 있다고 보아야 할 것이다. 저작권과 관련된 워즈워스의 글들은 문화적 가치의 내재성을 주장하는 순간에도 경제적 관심사를 거부하지 못하고 있다. 피에르 보르듀에(Pierre Bourdieu)는 "경제를 거부하는 것이 . . . 경제적 관심사의 완전한 거부가 아님"을 말한다("The Production of Belief: Contribution to an Economy of Symbolic Goods," 262-63).

다. 사회적 가치가 있는 글이나 공적 의의를 지니는 글을 산출할 때, 작가로서 개인 워즈워스는 글쓰기를 통한 명성을 얻을 수 있다. 워즈워스가 강조하는 작가의 창의성은, 작가 개인의 자족적인 속성을 벗어나, 공동체의 상징적 가치를 옹호하면서 동시에 물질 생산과 경제적 가치를 창출하는 것을 의미한다. 예술에서 천재는 "사물에 이전에 행사되지 않았던 힘을 적용시키거나, 이전에는 알려지지 않았던 효과를 산출하는 방식으로 힘을 작동"하며, "시는 사람들을 통해서만 존속될 수 있는 것"(*Literary Criticism* 184, 187)이라는 그의 표현은 이 점을 입증한다. 워즈워스는 문학적 명성은 기예로서 글쓰기를 확립시키는 창의적 기법을 보유한 작가가 그가 속한 사회의 생산과 교환 체제 속에 성공적으로 편입되어 가치 산출 과정에 개입될 때 확고하게 됨을 말한다.

결국, 「버몬트 부인에게 쓴 편지」와 「서문의 보완문」은 전문 시인으로서 워즈워스가 내세우는 미학적 초월성을 표현하면서, 동시에 문학 시장의 부침과 매력, 그리고 그것에 대한 욕망과 갈등을 증언한다. 워즈워스는 물질적 관심사를 결코 외면하지 못하는 경제적 인자인 것이다. 워즈워스는 교양 있고 세련된 취향과 오락으로 즐기는 것을 분명하게 구분한다. 그는 선택받은 이상적 독자를 염두에 두면서, 한편으로는 대중의 공감과 호응을 받으며 시장의 조건에 부합되는 작품이 갖는 경제적 효과에도 관심을 가진다. 승화된 문학 작품을 산출하는 것은 당대의 문학 관행을 답습해서는 불가능함을 알고 있기에, 교육이라는 가치를 문학 작품의 구성 요소에 포함시킨다. 창의적 저자의 독특한 개성을 강조하는 워즈워스의 글은 수사학적 숭고미를 담고 있으면서 동시에 문학적 명성을 쌓으려는 개인적인 기념비이기도 하다.

문학 재산과 관련된 워즈워스 입장은 책은 저자의 창의성을 상품화한 것이며, 저자는 문학 시장에서 책에 대한 저작권을 통해 자신의 창의성에 대한 소유권을 주장해야 한다는 것이다. 워즈워스의 이러한 생각은 문학적 창작행위가 노동으로 인정받고, 재산권의 개별 주체로서 독창적 저자의 가치가 인정되어 자신의 창의적 작품에 대해 소유권을 주장할 수 있어야 하며, 서적 시장이 형성될 만큼 독서 대중의 증가가 선행해야 했다.

존 로크(John Locke)의 사유 재산론은 작가의 저작물을 재산으로 성립시키는 과정에 이론적 근거를 제시한다. 로크는 개별 주체는 자연물에 자신의 노동을 가함으로써 그 자연물을 사유 재산으로 전환시킨다고 주장한다. 즉, "인간의 신체 노동, 그리고 손으로 만들어낸 것은 적합하게 인간의 것이 된다. 그는 자연이 제공한 상태나 자연이 남겨둔 상태의 것은 어떤 것이든 가져와 이를 무엇인가 자신의 것을 결합시켜 그것을 자신의 재산으로 만든다"(305-06). 로크의 담론은 노동을 통한 개인의 전유 행위를 재산권의 요체로 파악한다. 재산은 원래 만인의 공용이었던 자연에 속해있던 대상물에 개인이 행위를 가해 배타적 권리를 만들면서 산출되는 것이다. 마크 로즈는 이러한 로크의 사상이 "문학 생산의 영역으로 확장되면, 로크의 담론은 기원과 최초의 소유자에 관심을 둠으로써 독창성이라는 미학 담론과 잘 뒤섞이게"("The Author as Proprietor," 56) 된다고 설명한다.

에드워드 영(Edward Young)의 『독창적 글쓰기에 관한 고찰』(1759)은 저자의 독창성을 문학 재산과 결부하면서 로맨티시즘 독창성 이론 성립에 영향을 주었다.

외부에서 가져온 아주 귀한 것보다 자신의 마음에서 자연스럽게 자라
나온 것을 선호함을 존중할 것이다. 빌려온 부는 우리를 가난하게 만든

다. 자신을 존중하는 사람은 곧 타인의 존경이 자신의 존중을 따르게 됨을 알게 된다. 그의 작품은 독특하게 되고, 자신만의 재산권을 가지게 된다. 이러한 재산권만이 저자라는 칭호를, 즉 (정확하게 말해서) *사고하고 창작*할 수 있는 사람이라는 고귀한 칭호를 줄 수 있다. 대조적으로 출판의 다른 침입자들은, 아무리 책의 권수가 많다할지라도, 박식하다 할지라도, (아무리 잘 말해지더라도) 그저 *읽고, 쓰기만 한다.*

Thyself so reverence as to prefer the native growth of thy own mind to the richest import from abroad; such borrowed riches make us poor. The man who thus reverences himself, will soon find the world's reverence to follow his own. His works will stand distinguished; his the sole Property of them; which Property alone can confer the noble title of an *Author*; that is, of one who (to speak accurately) *thinks*, and *composes*; while other invaders of the Press, how voluminous, and learned soever, (with due respect be it spoken) only *read*, and *write*. (24)

영의 이론은 저자의 독특한 개성의 표현으로서의 작품, 그리고 작품의 유기적 속성을 강조하는 본격적 로맨티시즘 이론의 토대가 된다. 또한, 이후 워즈워스가 당대의 저급한 문학 작품과 시류에 편승하여 금전적 이해관계를 목적으로 글을 쓰는 작가들과 시대를 앞서 문화적 취향의 기준을 제시하는 창의적 작가를 구분 짓는 것과 관련된다. 영의 글은 또한 문학 작품의 유기적 구성을 강조한다. 독창적인 작품은,

식물의 성질을 가졌다고 할 수 있다. 이것은 천재라는 생명에 충만한 뿌리에서 자연스럽게 자라난다. 이것은 성장하며, 만들어지지는 않는다. 모방은 자신의 것이 아닌 기존의 재료에서 기계공, 기교, 노동으로 만들어지는 흔히 일종의 수제품이다.

may be said to be of a vegetable nature; it rises spontaneously from the
vital root of genius; it grows, it is not made. Imitations are often a sort
of manufacture wrought up by those mechanics, art and labor, out of
preexistent materials not their own. (12)

로맨티시즘의 유기체 메타포는 상상력의 작동을 기계적 작동과 구분함
으로써, 창의력을 기반으로 하는 문학 작품의 특성을 강조하였다. 영의
주장은 독일 로맨티시즘 이론의 형성에는 많은 영향력을 주었지만, 영국
에서는 별다른 관심을 받지 못했다. 당시 영국의 경험주의 심리학은 정
신을 연속적인 연상된 이미지와 사상을 산출하는 일종의 메커니즘으로
간주했고, 이에 따라 글쓰기 개념은 창의성보다는 조합을 중시하였다.
그러다가 본격적인 로맨티시즘을 거치면서 상상력을 강조하는 새로운
글쓰기 개념이 점차 일반화 되었다(Abrams, 201-03).

　　저작권이 워즈워스의 본격적 관심을 끌기 시작한 무렵은 비평가들
의 적대적 비난에 불구하고, 작품이 어느 정도 팔려나가기 시작한 무렵
이며,[5] 동시에 자신의 시적 창의력의 쇠퇴에 대한 불안감이 증대되는 시
기이기도 하다. 그러나 창의성을 문학 상품의 가장 중요한 특질로 주장
하는 워즈워스로서는 시적 창조력의 고갈은 시인으로서의 종말을 의미
할 수 있다. 이미 「틴턴 사원」, 「결의와 독립」, 「송시: 유년시절의 회상에
서 깨닫는 영혼불멸의 암시」에서도 이러한 문학적 죽음에 대한 염려와
불안이 점차 강해진다는 것이 드러난다. 1819년의 한 편지에서 워즈워스

---

5) 1838년 3월에 Gladstone에게 보낸 편지에서 워즈워스는 "지난 삼여 년 동안 내가 쓴 시
들은 대략 천오백 파운드를 벌어들였지만, 현재의 저작권법하에서는 시들의 대부분은
가까운 장래에, 혹은 내가 죽는다면 몇 년도 지나지 않아, 대중들의 소유가 될 것이
다"(Letters LY, 2:920)고 적고 있다.

는 특이하게 저작권을 묘비문과 연관시키면서, 죽은 시인에 대한 추모는 비문보다 저작권이 더 합당하다고 주장한다.[6] 즉, "위대한 정치가들이나 저명한 법률가들 학식 있고 유창한 성직자들은" 그들의 사후에 비석으로서 추모 될 수 있지만, "예술, 특히 시에 진력하다가 사망한 천재들을 기리는 것은 현 상황에서는 문학의 일반적 혜택을 직접 표시함으로써 좀 더 만족스럽게 표시"(Letters MY 2:845)된다는 것이다. 저작권은 살아있는 시인에 대한 인정보다는 죽은 시인을 추모하는 의미가 더 강하며, 현재의 시인 개인의 이익보다는 다음 세대의 문화적 가치를 고양시킨다는 측면이 더 부각된다.[7]

워즈워스의 독창성이나 천재에 관한 수사학은, 어떤 면에서는 매개되지 않은 천재성의 순수한 발현을 중시하지만, 시장에 대한 그의 관심을 고려하면, 진정한 저자는 문학 시장에서 그의 독창성이나 천재성을 결국 인정받아 시장성을 갖게 될 것이라 가정하기에, 시장과 완전히 유리된 순수 미학이라는 논리를 부정한다. 문학적 개별성이나 천재성은 그 미학 기준을 대중이 이해하고 공유할 때까지 적어도 문학 시장에서는 유보될 것이지만 결국 구매력을 창출하는 가치를 지닌다는 것이다. 워즈워스에게 작품이 지니는 진정성이나 독창성은 시대를 초월하는 명성을 얻으려는 저자에게 필수적 조건이면서, 위대한 작품과 그 위대성을 판단하는 새로운 기준을 창출한 저자의 노고에 대한 시장의 공감을 이끌어내는 본질적 가치인 것이다. 다만, 이러한 과정은 단시간에 이루어지는 것이

---

6) 워즈워스 자신은 비문을 가장 원초적 형태의 시라고 말하고 있다. 프란시스 퍼거슨 (Francis Ferguson)은 이점에 관해 상세한 논의를 펼친다(Wordsworth: Language as Counterspirit, New Haven: Yale UP, 1977, 29).
7) 수잔 아일런버그는 워즈워스에게서 "저작권과 관련된 돈은 물질적 관련성을 잃고서 정신화"됨을 지적한다(355).

아니므로 합당한 시간이 필요하며, 따라서 저작권 기한의 연장은 독창적 저자에 대해서는 필연적인 것이 된다. 워즈워스의 이러한 주장은 잘(P. M. Zall)이 지적하듯이, "양적인 면만을 요구하는 시대에서 문학의 질적인 수준을 존속시키려는 몸부림"(132)이 될 수 있다. 1808년의 편지에서는 14년의 저작권 기한을 28년으로 늘이는 것도 창의성을 평가하기에는 너무 짧다고 말하면서, 당시의 법률은 "당대의 취향과 지식수준에 머무는 작품을 쓰는 얄팍하고 천박한 작가들의 관심사만 표시할 뿐"이며, "시대를 앞서가는 진정한 능력을 지닌 작가들은 자신들의 노고를 통해 가족들에게 혜택을 주려는 모든 희망을 박탈"된다고 비판한다(*Letters MY* 1:242).

1838년에 딸에게 보낸 편지에도 워즈워스의 저작권 연장에 대한 집착은 여실히 드러난다. 즉, "저작권 법안에 대한 엄청난 반대를 유감스럽게 생각한다. 만약에 그 법안으로 인해 나에 비해 훨씬 많은 이득을 얻을 다른 사람들이 내가 했던 반만큼 [노력] 했었더라면, 그 법안은 통과되었을 것이다"(*Letters LY* 2:921). 저작권에 관한 워즈워스의 관심사는 다양한 시기에 그가 쓴 편지나 여러 가지 산문들에 흩어져 있지만, 내용상에는 분명한 일관성이 있다. 글은 물질적 재산과 관련되어 있고, 또 관련되어야만 한다는 것이 워즈워스의 저작권에 관한 기본적 태도이다. 한편으로는 저작권 기간 연장의 당위성을 역설하는 워즈워스의 주장은 특이한 점들을 담고 있다. 저작권법 개혁에 기울이고 있는 그의 노력이 단순히 물질적 이득만을 위한 것은 아님을 표시한다. 워즈워스는 저자의 후손을 위한 "생명보험"(Owen and Smyser, 3:312)이라는 비유를 사용하여 저작권을 옹호한다. 자신의 당면한 이익보다 가족과 후손을 위한 사후 저작권에 더 많은 관심을 두는 것이다.

워즈워스는 저자를 창작활동이라는 노동 행위를 통해 세습 재산을 확립하려는 아버지로 묘사한다. 이러한 저자/아버지의 수사학에는 저자의 창조적 재능이 상품화된 저작물은 저자의 부권적 의무의 구현체가 된다. 또한, 저자/아버지는 자신의 현실적 이익을 벗어나, 후대를 위한 의무감에서 양서를 배출하는 인물이다. 당대의 가치를 초월하는 창작품을 남기겠다는 저자의 개인적 야심은 동시에 아버지로서의 의무감이기도 하다.[8] 이러한 논지에는 저자의 사후에도 후손들이 저자의 노동에서 물질적 혜택을 거두게 될 것을 법률이 보장하지 않으면, 시대를 초월하여 다음 세대에도 읽히면서, 문화 발전에 진정으로 기여하게 될 양서는 배출되지 못한다는 점이 내포된다. 1838년 6월 탈포드에게 보낸 편지에서 워즈워스는 창작의 결과가 가족들에게 금전상의 혜택을 보장하지 못하면 작가가 "어떻게 희망과 열정을 가지고 창작에 몰두할 수 있겠는가"(Noyes 381)를 반문하고 있다.

워즈워스는 당대의 문학적 재능이 "경박한 인물과 찰나적인 흥미"를 다루는 글들에 낭비되고 있음을 지적하면서, 저작권의 연장은 저자들이 "보다 가치 있는 유형의" 저작물을 생산하는 것을 "정당화시키고 장려할" 것임을 확신하고 있다(*Letters LY* 2:924). 저작권을 주제로 이 시기에 창작된 두 편의 소네트 가운데 하나인 「한 시인이 손자에게」("A Poet to His Grandchild")는 기괴한 환상을 통해, 당시의 부당한 저작권법으로 인해 궁핍해진 후손들을 상정하면서 후손의 가난을 방지하지 못하는 저자의 고통을 묘사한다.

---

8) 워즈워스가 남성 창조력을 상품화하는 것을 부성적 의무로 간주할 때, 그는 리처드 스와츠(Richard Swartz)가 지적하는 대로, "성차나 계급 차이를 무시하는 저자에 대한 로맨티시즘 수사학이 지니는 편견을 드러낸다"(488).

묻혀있는 내 아들의 아들이여, 이렇게 그대의 손이
내 손을 꼭 쥐고 있지만,
가난이 얼마나 그대를 짓누르게 되고, 그리고 그대와 더불어
문화의 허황된 요구로 인해, 그대의 자식들도 몰락하게 되어,
나의 단순한 저작물을, 기억은 할 수는 있지만,
느끼거나 이해조차 못하게 될 것인지를 생각하는 것은
나를 슬프게 한다. 이 가혹한 운명이여! (1-7)

"SON of my buried Son, while thus thy hand
"Is clasping mine, it saddens me to think
"How Want may press thee down, and with thee sink
"Thy children left unfit, through vain demand
"Of culture, even to feel or understand
"My simplest Lay that to their memory
"May cling; —hard fate!

가난에 처한 저자의 후손은 그로 인해 교육의 기회마저도 박탈당해 선조
의 저작물을 기억할 수 있지만 진정한 가치를 이해하지도 못하고 공감하
지도 못하게 된다. 저자가 느끼는 운명의 가혹함은 위대한 문학의 가치
식별이나 전승이 단절된 상황에서 더욱 깊어진다. 저자를 아버지와, 텍
스트를 자녀와 유사한 위치에 둠으로써, 워즈워스의 문학적 부권의 수사
학은 가치 있는 문화를 후대로 계승시키고, 문화적 심미안을 교육시키는
장치로서 저작권을 내세운다.

   만약에 법률적 장치인 저작권이 효력을 발휘하지 못한다면, 저자/아
버지, 텍스트/자녀라는 비유는 수사적 효력을 상실하게 되고, 경제적 궁
핍과 함께 언어에 기반을 두는 문화의 쇠퇴와 타락이 초래된다. 워즈워

스는 1814년에 저작권 기간이 28년(또는 저자의 생존 시한까지)으로 늘어난 것에 대해서도, 그리고 1842년에 42년(또는 저자 사후 7년까지)으로 기간이 다시 연장된 것에 대해서도 결코 만족하지 못한다. 그는 18세기의 저작권 논쟁에서, 특히 1774년의 도날스든과 베켓의 소송에서 대법원이 기각해버린 보통법에 근거한 저자의 영구적 재산권을 염두에 두면서 이러한 권리가 다시 복권되어야 함을 역설한다(*Letters LY* 2:925). 제한된 저작권 기간은 "철학 면에서 심오하고, 상상력 면에서 고양되고, 추상적이며, 정제된 작품에 대해서는 저자에 대한 모든 금전적 보상을 거의 배제"함을 지적하면서, 법률이 "저자의 후손의 자연스러운 상속물인 금전상의 이득을 박탈"(*Letters MY* 2:844)하는 것은 부당함을 주장한다.

  워즈워스의 특이한 문학적 부권의 수사학에는 현실적 목적이 있다. 우선, 그가 비판의 대상으로 삼고 있는 이해관계에 얽매여 현재의 물질적 관심사만을 추구하는 잡문가의 범주를 벗어나는 대안적 저자의 모습을 제시한다. 이를 통해, 자신과 탈포드가 저작권 기간의 연장을 고집하는 것은 이기적 목적에서 비롯된 것이 아니며, 제안된 개정안이 문학 시장에서 저자가 터무니없이 가격을 올리거나, 혹은 아예 출판을 하지 않음으로써, 서적 유통을 방해할 것이라는 저작권 연장 반대론자의 주장을 반박한다.[9] 1938년 6월 탈포드에게 부친 편지에서, 워즈워스는 당시의 저작권은 책을 낮은 가격으로, 시장에 더 많이 공급하는 것이 유통을 늘려 독서의 대중화를 이룩할 수 있다는 가정에 토대를 두고 있다고 지적하면서, 이러한 시장 경제적 논리는, 대중들의 "값싼 책에 열광"(Noyes

---

9) Henry Warburton은 하원에서 탈포드 법안은 서적의 가격 상승을 초래하고, 지식의 사회적 확산을 방해할 것이라 말한다. (*Parliamentary Debates*, 3rd ser., vol. 42, cols. 1057 and 1058)

381)을 더욱 부추겨, "보다 나은 책들"이 "저자가 최종적으로 부여한 형태 대로 유통"(Noyes 381)되지 못하게 할 것이라고 반박한다. 또한, 그는 출판업자들이 수량적 시장논리에 얽매여 개별적으로 출판된 동일한 저자의 저술을 "한 권에 모두 실어 출판"하고 "단을 나누고, 활자 크기를 줄여, 중년을 넘긴 독자들은 안경을 써야만 할 것이고, 눈도 상하게 될" 것임을 지적한다 (Noyes 381).

워즈워스는 책의 물리적 형태를, 즉 "우리가 몰입하게 되는 다름 아닌 책들, 우리가 흔히 읽어온 책의 형태"(Noyes 382)를 문제 삼으면서 독자들에게 전달되는 책의 물리적 형태가 의미를 구성하는 측면을 부각시킨다. "새로운 독자는 새로운 텍스트를 만들며 텍스트의 새로운 의미는 텍스트의 새로운 형태의 기능"(20)이라는 맥켄지(D. F. McKenzie)가 주장하는 텍스트 사회학을 따르는 이러한 논지는 사실 그에게는 새로운 것이 아니었다. 이미 1798년의 『서정 민요집』을 출간하는 과정에서 그는 공저자인 코울리지의 "활판 인쇄술의 형이상학"에 관한 생각에 많은 영향을 받으며, 출판업자 코틀(Joseph Cottle)과 출판될 책의 형식에 관해 긴밀한 의견을 교환하였다.

> 활판 인쇄술의 형이상학에 관한 글을 부치려 했지만, 시간이 없다. 편의를 위해 난해한 이유를 달지 않은 요령을 받아들이기 바란다 — 한 페이지에 18행을, 행들은 조밀하게, 「잔 다르크」의 행들보다 분명히 좀 더 조밀하게 인쇄되길(반드시 조밀하게! 윌리엄 워즈워스), 균등한 잉크로, 여백을 많이 주면서. 이것이 아름다움이다. 이 아름다움은 세심히 살펴준다면 숭고함과 뒤섞일 수도 있다.

I meant to have written you an Essay on the Metaphysics of Typology; but I have not time. —Take a few hints without the abstruse reasons for them to favor you —18 lines in a page, the lines closely printed, certainly *more closely* than those of the Joan (Oh by all means closer! W. Wordsworth), *equal ink; & large margins.* That is beauty—it may even under your immediate care mingle with the sublime! (*Collected Letters* I, 412)

코울리지가 코틀에게 부친 편지 속에 워즈워스는 자신의 존재를 끼워 넣고 있다. 그들은 활판 인쇄에 관해, 한쪽의 행의 수와 자간, 잉크, 여백에 관하여 세세한 주문을 하면서, 인쇄라는 물리적 형태가 만들어내는 아름다움을 말한다. 텍스트의 물리적 형식이 만들어내는 미학은 예술적 창의성의 또 다른 면이다. 모든 텍스트는 고유한 물적 조건을 각인하고 있다. 숭고미는 텍스트의 형식에 의해서도 산출될 수 있는 것이며, 창의성은 텍스트의 물리적 특성에서도 발현된다.

어떠한 방식으로 텍스트가 독서 되는가의 문제는 텍스트에 구현되어 있는 저자의 존재를 확인시키려는 의도이기도 하다. 1838년 출판업자 에드워드 목손(Edward Moxon)에 보낸 한 편지에서, 워즈워스는 출판되는 책의 활자와 행간의 폭, 지면의 수, 한 지면의 갖는 행의 수, 10개의 음절을 한 행에 균등하게 실을 수 있는 넓은 인쇄용지 등 책의 물리적 측면에 대한 세세한 주문을 하고 있다(*Letters LY* 2:960). 또한, 이러한 지면의 배열이 갖는 공간의 미학을 시장에서 책의 가격과 연결시킨다. 그는 표제면의 형식을 정하고 각주를 달며, 공지문이나 목차를 정하는 것, 책의 권수를 나누는 것에 직접 개입하고 있다. 로저 샤르티에(Roger Chartier)는 "저자 기능은 책 자체 내에 각인되어 있으면서, 텍스트 출판에 관한 규칙들을 통제하면서 텍스트 분류를 위한 모든 시도를 명령"(59)한다고 말한다. 워즈워스가 책의 형태상 배열이나 구성에 관해 가진 관심은 독서 행위가 본질적으로 반항적이며 유랑함을 인식하면서 저자로서 자신의 권력을 독자들의 수용 과정에 행사하겠다는 의지를 드러내는 것이다. 그는 텍스트 편집상의 변화와 예상되는 독자들의 반응을 고려하면서, 저자와 독자 간의 관계에 개입되는 책의 물리적 형태라는 요소를 인식한다. 또한 "의미의 부과와 의미의 전유 간의" 유기적 권력관계가 "모든 사람과 모든 시간에 있어 동일하지 않음"(Chartier, viii)에 대한 인식을 보여주면서, 저자인 자신의 소유권을 주장하면서 독서의 장을 통제하려 한다.

무엇보다도, 워즈워스는 자신이 원하는 형태로 작품을 문학 시장에 공급하고자 했던 것이다. 공정한 저작권법은 "임기가 만료된 저작권을 얼른 움켜쥐려는 출판업자들이 저자가 최근에 했거나 마지막으로 한 보충이나 수정을 반영하지 않고 출판해버리는 것을 미연에 방지하고, 책이 올바르게 인쇄되는 것을 보장하기 위해 아무리 오랫동안 대중들에게 공개되어왔다 할지라도 저자가 위임한 사람의 통제 하에서 작품을 인쇄하는"(Owen and Smyser 3:313-14) 것을 보장해야 한다. 저자의 창의적 저작물은 사회의 전반적 향상을 초래한다는 것이 워즈워스의 입장이기에, "인간의 마음을 진정으로 개선시키는 책은 반복해서 숙독하게 하는 것이며, 이 책은 마음에 새겨질 때까지 독서해야 하는 것이기도 하다. 따라서 책은 독자가 저자가 그에게 베푼 선에 대해 감사함을 처음 느꼈을 때 가졌던 바로 그 형태로 소중하게 보존되어야"(Letters LY 2:938) 함을 주장하는 것은 당연한 귀결일 것이다.

워즈워스는 후대의 독자들을 염두에 두면서, 텍스트 구성을 주관하는 인자로서 저자만큼이나, 산출된 텍스트가 형상화시키는 구조물로서 저자라는 실체에 관심을 두고 있다. 이런 경우, 자신의 저작물에 대해 일정한 수준의 질을 확보하고 문체상의 통일성과 개념적 일관성을 이룩한다는 것은 저자로서 자신이 독자들의 독서 행위를 통해 어떻게 형상화되느냐와 불가분의 관계를 지닌다. "저자란 무엇인가?"에서, 푸코는 동일한 저자의 이름을 가진 텍스트들은 서로 간에 "유사성과, 계통성, 상호적 설명 관계, 진정성의 부여, 공통적으로 이용할 수 있는 관련성"(123)을 함의함을 지적한다. 워즈워스에게도, 저자란 통일성의 원칙에 입각하여 텍스트의 이질적 요소들과 상치되는 속성들을 서로 관련시키거나 화해, 통합시키는 텍스트의 구성인자로서 작용한다. 워즈워스가 예상하듯이, "교육이 확대되고 사회의 부가 증대되는 결과로 서적에 대한 수요가 급증"(Letters LY 2:937)하게 되고, 서적상들이 경쟁적으로 점점 더 값싼 가격으로 서적을 출판하려 한다면, 저자의 후손은 어떻게 이러한 시장의 요구에 대응할 것인가? 무엇보다도, 저작권 연장은 그에 대한 반대자들이 주장하는 것처럼 서적의 가격을 올리지 않을 것이라고 말한다. 그는 최선의 방법으로서 서적 출판에 관한 "독점권"을 주장하며, 이러한 독점권은 가격을 낮추고, 상품의 다양화와 독자의 여러 가지 사정을 고려할 수 있음을 주장한다. 또한, 저자의 이름과 가족에 대한 "명예와 명성"(Letters LY 2:938)을 지키려는 노력으로 인하여, 수량적인 시장 경제 논리에 따라, 질적 가치를 고려하지 않고 서적 판매량만을 늘려 이윤을 추구하는 서적상들이나 지식의 양적 팽창만을 주장하는 저작권 개혁안의 반대자들과는 대조적으로, 서적 출판의 독점권은 대중들에게 저자의 진정한 판본만을 공급하게 할 것이다. 저자나 저자의 위임을 받은 사람은 "대중에게 내던져진 저가 판본에서 나타나는 오류들보다 더 지식에 혐오스럽고 해로운 것은 없음"(Letters LY 2:938)을 표방할 것이라고 그는 생각하기 때문이다.

워즈워스가 자신의 문학 작품을 구성하는 본질적 요소로서 꼽고 있는 창의성은 문학 작품의 본질을 구성하는 것에 관한, 그리고 저작권이 보호하는 대상에 대한 질문을 야기한다. 18세기 저작권 논쟁의 결과로 통용되고, 적어도 로맨티시즘 유기체 이론이 본격화되기 이전까지 확실하게 받아들여진 것은, 사상은 재산이 될 수 없다는 것이었다. 1774년의 도널드슨과 베켓 소송 이후 저자의 사상은 출판과 동시에 공적 재산이 되며, 따라서 어느 누구도 배타적 소유권을 주장할 수 없게 된다. 1838년 5월에 로버트 필(Robert Peel)에게 보낸 편지에서 워즈워스는 "발견된 사실, 확인된 진리는 전 인류의 재산이 되어, 용인되고, 진술되며, 추론된다. 그리고 저자에게 남겨지는 모든 것은 표현되는 문체"(*Letter LY*, 2:935)라고 적고 있다.[10) 책 속에 구현된 내용은 서적 판매와 더불어 구입자들에게 넘어가버리지만, 내용이 제시되는 형식적 요소인 문체는 여전히 저자의 독점적 재산으로 남게 된다는 것이다.

이미 1800년의 「서문」에서 시의 본질을 논하면서, "좋은 시"란 "강력한 감정이 자연스럽게 흘러나옴"(*Wordsworth & Coleridge*, 157)으로 규정했을 때, 워즈워스는 작가의 정서가 표현되는 문체적 측면을 고유한 시적 영역으로 인정한다.[11) 또한, 같은 글에서, 인간의 "열정"(passion)과

---

10) 우드만시는 문학 작품을 구성하는 본질에 관하여 논의하면서, 피히테(Fichte)를 인용하고 있다. 피히테는 「재출판의 불법성 입증: 근본적 원칙과 비유」(1793)에서 책을 물질적 측면과 이상적 측면으로 구분한 후, 다시 이상적 측면을 책이 표현하는 사상인 내용(content)과 사상이 표현되는 어법과 어휘의 결합인 형식(form)으로 세분한다. 피히테는 책의 내용은 재산이 될 수 없지만, 책의 형식은 저자의 영구적 재산임을 말한다("The Genius and the Copyright," 444-45).
11) 작가의 고유한 문체를 저작권의 보호대상으로 주장한 사람은 워즈워스가 처음이 아니다. 이미 한 세대 전에 윌리엄 블랙스톤(William Blackstone)은 『영국 법률에 대한 논평』에서 문체와 정서를 저자의 창의력의 본질적 요소로서 보았기 때문이다(2:406).

"고양된 상태에서 사상을 연상시키는 방법"을 거론하며, "소박하고 꾸미지 않은 표현 속에서 감정과 개념을 전달"하는 사람들을 옹호하고, 우리의 "생각"은 사실상 "과거의 모든 감정 표시된 것"임을 말할 때, 그리고 「가시나무에 붙인 주」("The Note to 'the Thorn'")에서 "시란 열정이며, 감정의 역사 혹은 감정의 과학"(Owen, *Wordsworth & Coleridge*, 140, 156-58)임을 말하면서 자신의 시어에 관한 생각을 논하기 위해 되풀이와 동의어 반복의 중요성을 강조할 때, 워즈워스는 시의 본질이 "정서"와 "언어"라는 형식적 측면임을 밝히고 있다. 시의 본질은 창의성에 두고, 천재의 가장 확실한 징표는 "행해질 가치가 있지만, 이전에는 결코 행해진 적이 없는 것"을 잘하는 "인간의 감수성을 넓히는 것"(*Literary Criticism* 187)이라 말하는 것은 사물에 대한 새로운 시각을 표현하는 창작품의 본질을 표시한다. 시인의 개인적 특질을 시 속에 구현하며, 시의 특징을 "감정과 정서의 심적 상태를 주로 표현하는"(Abrams 226) 것에서 구하는 로맨티시즘 저자는 자신의 창의성을 문체나 언어적 요소로 표현한다.

워즈워스가 독창성을 교환과 유통 경제에서 상품으로 인식하는 것은 확실하지만, 어느 정도까지가 창의적이며, 어느 정도까지가 모방인지에 관해서는 그 자신도 명확한 답을 내리지 못한다. 1838년의 한 편지에서 "표절과 구분되는 독창적 작품을 구성하는 것이 무엇인지를 결정하는 어려움"(*Letters LY* 2:939)을 토로하며, 그해 6월에 윌리엄 글래드스턴(William Ewart Gladstone)에게 보낸 편지에서 로버트 필이 의회에서 저작권 연장 법안을 보류한 이유를 설명하면서 워즈워스는 자신이 파악한 필이 겪고 있는 세 가지 어려움을 말하고 있다. 그중에서 두 번째는, "표절과 구분될 수 있는 작품의 독창성을 어떻게 정의할 수 있는가? . . . 나는 이러한 반대 점들을 최선을 다해, 그리고 내가 생각할 수 있는 만큼 만족스럽게 답을 했다. 그러나 로버트 경을 설득시킬 만큼은 아니라는 생각이 든다(*Letters LY* 2:949)"라고 적고 있다.

저작권은 문화의 전통 계승을 위해서이든, 사상의 민주화를 위해서이든, 혹은 자유시장경제의 원칙을 위해서이든, 어떠한 식으로 그 기한이 한정되어 왔고, 현재에도 한정되고 있다. 지식과 사상의 공적인 속성은 저작권과 마찰을 겪으면서 사상의 자유로운 유통을 방해하는 개인의 소유권에 대해 제한을 가해왔기 때문이다. 독창성은 저작권으로 보장해야 하지만, 독창적인 작가의 수는 극소수 일 수 있으며, 또 어느 정도까지가 보호받아야 하는 독창성인지를 결정해야 하는 것은 난해한 문제이다. 더욱이 동시대의 모든 사상과 지식은 본질적으로 상호텍스트적일 수밖에 없다.12)

워즈워스의 저작권에 관한 글은 예술과 시장 간의, 미학과 물질적 관심사 간의 상호관련성을 입증하는 사례가 된다. 보르뒤에(Pierre Bourdieu)는 "엄격하게 '문화적' 또는 '미학적' 관심사, 즉 현실적 이해에 초연한 관심사는 이데올로기적 노동의 모순적 산물이다. 여기에서 상징적 관심사는 물질적 관심사와 대조되면서, 달리 말해 관심사로는 상징적으로 무화되면서, 자율적이 된다(*Outline of a Theory of Practice* 177)고 언급한다. 워즈워스는 저작권 정치학에 적극적으로 개입하면서 그의 시가

---

12) 노드롭 프라이(Northrop Frye)는 「비평의 해부」에서 모든 문학의 "관습성"을 말한다. "시는 다른 시들로부터 만들어져 나올 뿐이며, 소설들도 다른 소설들로부터 만들어져 나올 뿐이다"(96). 후기구조주의의 상호텍스트성을 예견하는 그의 주장은 독창성을 전제로 하는 저작권 개념과 관습성의 한계에 붙잡혀 있는 문학적 혹은 비평적 사고 간의 틈새를 가리키고 있다. 저작권은 그 본질에 있어서 텍스트 간의 분명한 경계를 전제로 삼지만, 후기구조주의 상호텍스트성은 텍스트 간의 상호지시성과 혼재를 말하면서 경계의 불명확함 또는 와해를 말하고 있다. 그렇다면 저작권은 또 하나의 관습적 틈새 위에서 지탱되고 있다.

생산관계의 역동적 장에서 생산됨을 단적으로 입증한다. 우드만시는 자족적 예술 작품이나 독립된 학문의 분야로서 미학은 보편적 관심사가 아니라는 점을, 비록 "너무나 깊숙이 박혀있어 항상 존재해왔던 것처럼" 착각하게 하지만 주로 18세기에 역사적으로 결정된 현대적 가치라고 말한다(*The Author, Art, And the Market* 8).

워즈워스에게 저작권은 자신의 생물학적 죽음을 예기하면서, 동시에 생물학적 죽음과는 무관하게 자신의 흔적을 사후에도 각인시키는 상징물이며 자신의 불모성을 탈색시켜 신비화하는 기념물이기도 하다. 그가 진정으로 바란 것은 영구적 저작권이었다. 저자/아버지라는 세습 재산 지형학에 근거한 그의 저작권 담론은 저자의 정체성을 텍스트/자녀에게 각인하려 하며, 자신의 창조적 에너지를 교환 경제 원칙에 따라 움직이는 시장의 혼란스러움과 예측 불가능성에 대비시킨다. 또한, 문학 시장이 추구하는 이윤의 동기를 저자/아버지가 추구하는 의무와 명성의 수사학으로 계도하려 하고 저자의 생물학적 죽음이라는 현실을 문자의 다생산성으로 치환시켜 끝없는 차연의 가능성으로 재탄생시키려 한다. 그는 영문학사상 최초로 "나"를 문학의 본격적 주제로 삼으면서, "나"의 심리를 자신만의 독특한 언어적 움직임을 통해 그려내었고, 한편으로는 독자들에 의해 형상화되는 자신의 특이한 개별성에 대해 끊임없이 노심초사 하면서, 인간의 유한함에 대한 영구적 기념비로서 저작권을 주장한 것이다.

# | 인용문헌 |

Abrams, M. H. *The Mirror and the Lamp: Romantic Theory and the Critical Tradition*. Oxford: Oxford UP, 1953.

Blackstone, William. *Commentaries on the Laws of England (1765-69)*. 4 vols. Chicago, 1979.

Bourdieu, Pierre. *Outline of a Theory of Practice*, trans. Richard Nice. NY, 1985.

_____. "The Production of Belief: Contribution to an Economy of Symbolic Goods." *Media, Culture and Society*. eds. R. Collins. trans. Richard Nice. Newbury Park: Sage, 1980.

Chartier, Roger. *The Order of Books*. Trans. Lydia G. Cochrane. Stanford: Stanford University Press, 1992.

Coleridge, Samuel Taylor. *Collected Letters of Samuel Taylor Coleridge*. ed. Earl Leslie Griggs. 6 vols. Oxford: Clarendon Press, 1956-1971.

Eagleton, Terry. *The Ideology of the Aesthetic*. Oxford: Basil Blackwell, 1990.

Eilenberg, Susan. "Mortal Pages: Wordsworth and the Reform of Copyright." *ELH* 56 (1989): 351-74.

Enfield, William. *Observations on Literary Property*. London, 1774. Ferguson, Frances. *Wordsworth: Language as Counterspirit*. New Haven: Yale UP, 1977.

Foucault, Michel. *Language, Counter-memory, Practice; Selected Essays and Interviews*. ed, Donald F. Bouchard. Ithaca: Cornell UP, 1977.

Fry, Northrop. *Anatomy of Criticism*. Princeton: Princeton University Press, 1956.

Jaszi, Peter. "Toward a Theory of Copyright: The Metamorphoses of Authorship." *Duke Law Journal 1991* (1991): 455-502.

Locke, John. *Two Treatises of Government*, ed. Peter Laslett. Cambridge, 1967.

McKenzie, D. F. *Bibliography and the Sociology of Texts*, The Panizzi Lectures, 1985. London: The British Library, 1986.

Noyes, Russell. "Wordsworth and the Copyright Act of 1842: Addendum." *PMLA* 76 (1961): 380-83.

Owen, W. J. B. "Wordsworth and Jeffrey in Collaboration," *R.E.S., N.S.*, xv (1964): 161-67.

Pocock, J. G. A. *Virtue, Commerce, and History.* Cambridge: Cambridge UP, 1985.

Rose, Mark. "The Author as Proprietor: Donaldson v. Becket and the Genealogy of Modern Authorship." *Representations 23* (1988): 51-85.

_____. *Authors and Owners: The Invention of Copyright.* Cambridge: Harvard UP, 1993.

Simpson, David. *Wordsworth's Historical Imagination: The Poetry of Displacement.* NY: Methuen, 1987.

Swartz, Richard G. "Wordsworth, Copyright, and the Commodities of Genius." *Modern Philology 89* (1992): 482-509.

Talfourd, Thomas Noon. *Three Speeches Delivered in the H Commons In Favour of an Extension of Copyright.* London: E. Moxon, 1840.

Weiskel, Thomas. *The Romantic Sublime: Studies in the Structure and Psychology of Transcendence.* Baltimore: Johns Hopkins UP, 1976.

Williams, Raymond. *Culture and Society 1780-1950.* London: Chatto & Windus, 1958.

Woodmansee, Martha. *The Author, Art, And the Market: Rereading the History of Aesthetics.* New York: Columbia UP, 1994.

_____. "The Genius and the Copyright: Economic and Legal Conditions of the Emergence of the Author." *Eighteenth-Century Studies 17* (1984): 425-48.

Wordsworth, William. *The Letters of William and Dorothy Wordsworth: The Middle Years.* 3 vols. ed. Ernest De Selincourt. Oxford UP, 1937.

_____. *The Letters of William and Dorothy Wordsworth: The Later Years.* 3 vols. ed. Ernest De Selincourt. Oxford UP, 1939.

_____. *Literary Criticism of William Wordsworth.* ed. Paul M. Zall. Lincoln: U of Nebraska P, 1966.

_____. *The Prose Works of William Wordsworth.* ed. Alexander B. Grosart. The Echo Library, 2005.

_____. *The Prose Works of William Wordsworth.* ed. W. J. B. Owen and Jane

Worthington Smyser. 3 vols. Oxford: Clarendon Press, 1974.

*Wordsworth & Coleridge: Lyrical Ballads*. ed. W. J. B. Owen. 2nd ed. Oxford: Oxford UP, 1969.

Young, Edward. *Conjectures on Original Composition: In a Letter to the Author of Sir Charles Grandison*. Ed. L. E. Kastner. London: Longmans, 1918.

Zall, Paul M. "Wordsworth and the Copyright Act of 1842." *PMLA* 70 (1955): 132-44.

# 9

---

## 예이츠와 로맨티시즘 시인들과의 대화:
## 「학동들 사이에서」의 경우

예이츠의 시를 로맨티시즘 시와 대화라는 관점에서 읽어내려는 노력이 아주 낯설지만은 않다.[1] 예이츠 자신이 이러한 방향으로 물꼬를 먼저 터주었다는 점도 있겠지만, 특히 로맨티시즘 시인 셸리(Percy Bysshe Shelley)의 영향은 예이츠의 언어, 상징, 인물 설정, 그리고 시적 비전에 짙게 드리워져 있다. 조지 번스타인(George Bornstein)은 예이츠의 모더니즘 취향에 깔려있는 로맨티시즘적 충동을 설명하면서 그를 "때로는 양

---

[1] 예컨대, 존 하우드는 예이츠가 로맨티시즘 유산을 결코 벗어나지 못했으며, 자신도 모르게 이를 드러내고 있다고 언급한다(59-82). 매튜 깁슨(Matthew Gibson)은 예이츠의 시들이 코울리지의 마술적 요소를, 워즈워스의 「도붓장수」의 자연 철학을, 그리고 셸리의 감각적 요소를 연관시키고 있다고 설명한다(87).

가적이지만 평생 로맨티시즘적"인 시인으로 설명한다(24). 사실 예이츠가 어떤 방식으로 선행 로맨티시즘에 대해 응답하는지를 살펴보는 것은 그의 시가 영시 전통에 확고히 뿌리내리고 있음을 재차 확인하는 방편이 될 수 있다. 또한, 로맨티시즘과 모더니즘의 상관관계를 연속선상에서 따져본다는 의미도 있다. 예이츠의 「학동들 사이에서」("Among School Children")는 로맨티시즘 자연 서정시(Romantic nature lyrics)라는 한 특정한 문학적 갈래를 계승하고 있다고 볼 수 있다. 이 글은 주로 코울리지의 「한밤의 서리」("Frost at Midnight")와 워즈워스의 「틴턴 사원」("Tintern Abbey")이라는 대표적 로맨티시즘 자연 서정시들이 어떻게 시대를 건너뛰어 예이츠의 「학동들 사이에서」에서 되살아나고 있는지를 살펴보려 한다. 이들 간의 대화와 전이의 과정에서 나타나는 굴절, 의식적 배제, 창의적 계승이라는 주제들은 헤럴드 블룸의 "시적 영향에 대한 불안"이나 존 홀랜드가 언급한 "메아리의 수사"(the figure of echo), 혹은 전통적인 수사법의 하나인 "인유"(allusion)와도 일맥상통한다.[2]

　　로맨티시즘 자연 서정시라는 고유한 시적 갈래는 워즈워스와 코울리지의 공동 노작의 산물로 보아도 무방할 것이다. 이들을 한곳에 묶을 수 있는 많은 특징들이 있겠지만, 무엇보다도 「한밤의 서리」나 「틴턴사원」에서 예시되듯이 대화체 양식을 가진다. 이러한 대화체 양식을 강조하면서 코울리지는 별도로 "대화 시"라는 용어를 사용하고 있다. 이 용어는 그와 워즈워스가 공저하여 1798년에 최초로 출간된 『서정 민요집』(Lyrical Ballads)에 실린 스물세 편의 시들 가운데 하나인 「나이팅게일」

---

[2] 홀랜드는 인유(allusion)을 의식적인 것과 무의식적인 것으로 나누며, 무의식적 인유를 "echoes"라고 명명한다. 그는 전통 수사학에서 그다지 중요하게 취급되지 않았던 metalepsis를 정당한 수사로 격상시키면서, 이를 통하여 앞, 뒤 시대 간의 시적 영향 관계를 설명하려 한다(114).

("The Nightingale")에서도 등장한다. 이보다 앞서, 코울리지는 그의 시 「은둔처를 떠났음을 반추하며」("Reflection on Having Left a Place of Retirement")에서 호라티우스(Quintus Horatius Flaccus)의 "대화에 적합한"("Sermoni propriora")이라는 구절을 인용하고 있다. 이 두 편의 시는 코울리지가 워즈워스와 마찬가지로 일상적인 대화체의 언어를 명실상부한 시적 언어로 끌어들이려는 일종의 시적 실험을 하고 있음을 엿보게 해준다. 이후 그의 대화체 양식은 「나의 감옥인 라임 나무 정자」("The Lime-Tree Bower My Prison"), 「한밤의 서리」("Frost at Midnight")라는 주옥같은 시 들에서 완전히 꽃피게 되는데, 특히 「한밤의 서리」에서 구현되고 있는 코울리지의 물오른 시적 기교와 독특한 구조 그리고 독창적인 시쓰기의 기법은 워즈워스의 대화체 시이며 대표적 로맨티시즘 서정시 중의 하나인 「틴턴 사원」에 결코 지울 수 없는 자취를 드리우고 있다.

「한밤의 서리」와 「틴턴 사원」 사이에서 시적으로 오가는 것들은 적어도 부분적으로는 많은 관심을 받아왔다. 대화체의 도입, 시적 양식과 비유, 구조, 수사법, 의식적인 구어체 언어 활용, 그리고 약강 오보격이나 밀턴식 무운 시 형태의 사용과 같은 명백한 유사점들이 있다. 문제는 시들 간의 공통적 특징들이 어떻게 「학동들 사이에서」에서 구현되고 있는지를 파악하는 것이 될 것이고, 따라서 이 글은 주로 세 편의 서로 다른 시 간의, 그리고 조금 욕심을 부려서 이들 세 명의 시인 간의 시적인 대화가 어떠한 방식으로 예이츠의 시에서 전개되고 있는지를 알아보려 할 것이다. 세 명의 시인이 쓴 시에서 개별 이미지가 서로 연관되는 어떤 공통 방식과 서로를 되비추는 양식을 지적해내는 것은 이 글의 주 관심사가 될 것이다.

코울리지나 워즈워스의 앞서 언급된 시에서와 같이, 예이츠의 시도 어떤 특정한 장면을 제시하면서 시작하여 시상을 일상적인 대화체의 언어로 기술한다. 또한, 영시 전체의 흐름을 볼 때 워즈워스에 이르러 비로소 본격적으로 실행되고 있는 일인칭 "나"에 관한 자서전적 요소를 강하게 풍기면서 전체적으로는 예술의 본성과 삶의 의미에 관한, 자연과 인간 그리고 자아와 타자 간의 상호 교감과 교감의 단절에 관한 어떤 존재론적인 명상 과정을 전개한다. 첫 번째 연은 시인 예이츠가 아일랜드 몬테소리 학교(Waterford School)를 방문한 실제적 사건을 기술한다.

> 나는 기다란 교실을 걸으며 물어본다.
> 흰 두건을 쓴 한 친절한 수녀가 답하길,
> 학동들은 셈하고 노래하는 것을 배우며,
> 독서와 역사를
> 재단과 바느질을, 모든 것에 효율적이도록
> 가장 현대적인 방식으로 배웁니다ー학동들의 눈들이
> 한순간 놀라움에
> 육순의 미소 짓는 공인을 쳐다본다.

> I walk through the long schoolroom questioning;
> A kind old nun in a white hood replies;
> The children learn to cipher and to sing,
> To study reading-books and history,
> To cut and sew, be neat in everything
> In the best modern way—the children's eyes
> In momentary wonder stare upon
> A sixty-year-old smiling public man. (1-8)[3]

---

3) Yeats, W. B. William Butler. *Yeats—Selected Poems And Four Plays*. ed M. L. Rosenthal. 4th ed. NY: Scribner Paberback Poetry, 1996. 인용된 예이츠의 시는 이 판본에 따른다.

묻는 행위에서 시작되는 첫째 연은, 두 명의 선행 시인에서와 마찬가지로, 예이츠에게서도 시 창작의 과정은 동시에 탐색과 의문의 과정임을 말해준다. 또한, 걷는 과정과 시적 명상의 전개가 동시에 진행되며, 이러한 사실은 시의 각운의 배열과 무관하지 않다.[4] 걸음은 목적지를 염두에 두지 않고 자유로운 정신적 산책을 한다는 의미를 지니며, 한편으로는 감각적 기관을 작동시켜 시적 자유와 상상력을 펼치게 한다. 전체적 흐름을 살펴보면 "cipher"에서 강하게 코울리지적 중의성을 풍기면서, 대칭의 구조 속에서 계속적인 반복을 통해 무미건조한 분위기를 만들고, 이 분위기를 여섯째 행의 "현대적"(modern)이라는 낱말을 통해 가볍게 반어적으로 제시하다가, 마지막 두 행에 이르러 극적인 전환을 이루면서 조응 또는 메아리(echo) 효과를 만들어낸다. 메아리 효과는 「틴턴 사원」이나 「한밤의 서리」에서도 중요한 시적 모티브로 작용한다. 즉, 시의 초반부는 화자가 학동들을 관찰하는 것으로 시작되지만, 후반부에 이르러 화자는 한순간 자신이 학동들의 관찰 대상이 됨을 의식한다. 화자가 자신을 바라보고 있는 아이들의 눈을 통해서 자신을 바라보고 있음을 일컫는다. 순간적으로 서술의 관점이 이동한 것이다. 이와 함께, 관찰의 주체인 첫째 행의 일인칭 "나"는 여덟째 행에서 삼인칭 "육순의 미소 짓고 있는 공인"으로서 대상화되고 있다. 거울 앞에서 거울 속의 자신을 바라보고 있는 것과 같은 "되비추기" 효과가 생겨난 것이다.[5] 영어에서 어원상

---

4) 코울리지의 대화 시 "This Lime-tree Bower My Prison"은 신체 일부분인 "발"과 시 창작에 있어서의 각운의 전개를 병렬시킨다.

5) 잘 알려진 대로, 예이츠는 코울리지의 『문학 전기』(*Biographia Literaria*)를 숙독했고, 제 7장에서 코울리지가 하틀리의 기계적 연상(mechanical association)에 근본을 둔 심리학을 반박하면서, 하틀리의 자아개념은 "거울 뒷면에 입혀놓은 수은 피막에 불과한 것: 여기에서만 가엾고 아무런 쓸모없는 내가 존재한다"(the mere quick-silver plating behind a looking-glass: in this alone consists the poor worthless I")(119)라고 서술한 것은

"mirror"는 "speculation"과 연결된 다는 사실을 고려해보면, 예이츠의 시는 로맨티시즘 서정시에서와 같이 사변적 논의와 "되비추기" 효과를 밀접하게 연관시켜 동시에 전개시킴을 알 수 있다. "되비추기" 효과가 동시에 사변적 과정임은 첫 번째 행의 "물으면서"에서 확인될 수 있다. 대칭의 구조 속에서 계속되는 반복은 워즈워스의 「틴턴 사원」의 첫 번째 운문 단락을 연상 시키지만, 워즈워스의 화자가 이를 통해 강렬한 감정이나 정서적 위기감을 나타내고 있다면, 예이츠의 화자는 상대적으로 가벼운 반어의 분위기가 지배적이다.

자아를 전면에 내세우면서 동시에 자아를 관찰의 대상으로 객관화시키는 것은 코울리지뿐만 아니라 특히 워즈워스의 시에서 자주 나타나는 사실이다. 예를 들어, 워즈워스의 『서시』(*The Prelude*)에 나타나고 있는 여러 구절들은 프로이트(Sigmund Freud)에 앞서 이미 관찰이나 기억의 주체를 동시에 관찰이나 기억의 대상으로 객체화시키고 있다. 내적 대화의 과정에서 사변적 논의가 진행되는 양상은 공통적으로 세 편의 시에서 나타난다. 눈(eye)의 모티브 또한 인용된 예이츠의 시에서와 마찬가지로 「틴턴 사원」에서도 시 전체를 통하여 반복적으로 나타나고 있다. 워즈워스의 시적 화자는 자신이 이전에 지녔던 쾌락을 누이의 길들여지

---

예이츠에게 많은 영향을 준다. 예이츠는 자기가 읽은 『문학 전기』에다 "거울 뒷면의 피막"(plating behind a looking-glass)이라는 구절을 적은 쪽지를 끼워 두었다. 코울리지는 상상력 과정에서 자아는 완전히 수동적인 역할을 하는 것도 아니며, 완전히 능동적인 것도 아니라고 주장한다. 개인적 자아가 연상 과정이나 상상력에 직접 영향을 미치고 있음을 인정하면서, 이들 간의 상호작용에 중점을 두는 것이 그의 이론이다. 이 경우 개인적 자아는 신성한, 무한의 자아에게 종속된다. 또한, 코울리지에게 있어 의식은 (consciousness) 물질과 상호작용을 통해 생겨나는 것도 아니다. "거울" 이미지는 「쿨호의 야생백조」("The Wild Swan at Coole")에서 어떤 초월적 이미지로 제시된다. 셸리의 플라토니즘의 영향일 것이다.

지 않은 강렬한 눈빛에서 읽어내려 한다. 즉, "이전의 나의 기쁨을 / 그대의 열렬한 눈에서 분출하는 빛에서 / 읽는다"(read / My former pleasures in the shooting lights / Of thy wild eyes). 「한밤의 서리」는 각 운문 단락마다 이러한 되비추기 효과를 특이한 양상으로 전개시킨다. 시적 화자는 자신과 요람에 누워 평온하게 잠든 자신의 아들의 관계를 반복과 연속, 그리고 단절이라는 두 개의 서로 상반된 관점으로 바라보고 있다. 또한, 어린 시절로 시간을 거슬러 올라가 누이와 자신을 같은 옷을 입은 한 쌍의 놀이 동무로, 달리 말해 자신과 누이를 마치 서로를 되비치는 거울 이미지로 파악하기도 하며, 자연의 한 모습을 서로 다른 모습과 겹치거나 조응시키기도 한다.

예이츠의 화자와 마찬가지로, 코울리지의 화자도 자신의 사고 과정에 잠겨 하나의 사물이나 사건에서 촉발된 사색을 시간과 공간의 굴레에서 벗어나 끊임없이 다른 대상과 연관시키고 있다. 이러한 화자의 연상 행위는 사물이나 사태를 되비춤의 과정을 통해 연결시키는 것을 의미한다. 「한밤의 서리」의 첫 번째 운문 단락은 메아리나 거울의 이미지를 가장 직접적으로 표현함으로써, 예이츠의 시에서와 마찬가지로 아예 시작부터 중심 시상으로서 메아리를 제시한다. 서리가 소리도 없이 내리는 한 겨울밤, 모두가 잠든 한적한 시골집에서 시적 화자는 심원한 명상에 빠져들며, "수많은 온갖 세상사"를 들을 수 없어 초조해 한다. 이 과정에서 자신과 마찬가지로 고요와 정지의 상태에 만족하지 못한 채 팔락이는 벽난로 장작 받침대의 "검댕"을 발견하여 서로 마음이 통하는 벗으로 삼아 해석과 연상의 나래를 펼쳐나간다.

지금 자연의 고요함 속에서 그것의[검댕] 움직임은

그것을 벗 삼고 있는

나에게 모종의 공감을 준다 생각하며,

구속받지 않는 정신은 그것의 미세한 팔락거림과 기형을

기분에 따라 해석하고,

사방에서 자신의 메아리나 거울을 찾으면서,

생각 거리로 만든다.


Methinks, its motion in this hush of nature

Gives it dim sympathies with me who live,

Making it a companionable form,

Whose puny flaps and freaks the idling Spirit

By its own moods interprets, every where

Echo or mirror seeking of itself,

And makes a toy of Thought. (16-23)[6]


사유의 주체 또는 대행자로서 화자의 "구속 받지 않는 정신"은 도처에서 자신의 복제 이미지 또는 메아리를 찾으려 하며, 벽난로 장작 받침대의 검댕의 "미세한 팔락거림과 기형"은 바로 이것의 한 예가 될 수 있다. 예이츠의 시적 화자가 마침내 자신의 모습을 학생들의 시점에서 객체화시켰을 때, 즉 주체의 객체화가 성립되는 그 순간에 시상을 촉발시키는 것은, 코울리지의 화자가 마침내 찾아낸 자신의 메아리 이미지를 생각 거리로 삼아 다음 대상으로 건너뛰는 것과 조응한다.

　　「학동들 사이에서」의 둘째 연은 갑자기 시점이 과거로 건너뛰게 되는데, 코울리지의 「한밤의 서리」도 첫 번째 운문 단락에서의 현재 시점

---

6) Coleridge, Samuel Taylor. *The Complete Poems*. ed. William Keach. London: Penguin Books, 1997. 인용된 코울리지의 시는 이 판본을 따른다.

이 두 번째 단락에서는 과거 시점으로 갑자기 전환한다. 둘째 연에서 예이츠는 펼쳐지는 연상 과정을 "꿈꾼다"("dream")로서 시작한다. 이 낱말은 「한밤의 서리」의 두 번째 운문 단락에서도 비슷한 취지로 사용되고 있다. 예이츠는 자신이 모드 곤(Maud Gonne)과 맺었던 상호교감 관계를 회상한다. 현재까지 지속된 것은 아니지만, 분명히 어떤 한 시점에서는 적어도 정서적 일치성을 누렸던 것이다. 코울리지의 경우에도 첫 번째 운문 단락에서 벽난로에서 팔락이는 검댕을 보면서 시작한 공감의 대상에 대한 기다림과 이것과의 결합에 대한 바람은 두 번째 운문 단락에서 자신의 누이를 "나의 놀이 동무"("My playmate")라 지칭하는 데서 나타난다. 그러나 예이츠와 마찬가지로 이러한 교감 대상과 결합은 어느 한 시점에서만 가능하고 지속되지 못한다. 따라서 예이츠가 둘째 연에서 언급하고 있는 유년 시절의 "비극"은 코울리지의 경우에도 마찬가지로 비슷하게 적용된다고 할 수 있다. 예이츠가 모드 곤과 상호교감 상태를 빗대어서 표현하기 위해 플라톤에게서 가져온 "알 속의 노른자위와 흰자위"라는 비유는 코울리지가 누이와 유년 시절에 나누던 정서적 교감을 표현하기 위해 사용하는 "같은 옷을 차려입었을 때"와 서로 병렬 관계를 맺고 있다. 예이츠가 양성 간의 완벽한 구현을 나타내고 있는 플라톤의 우화를 인용하고 있는 것은 코울리지가 벽난로 장작 받침대에서 팔락이는 검댕을 보면서 친구나 반가운 손님이 찾아올 것이라는 미신을 제시하는 것만큼이나 의도적 행위임이 분명하다.

예이츠와 코울리지가 대상과 교감을 꾀하려는 것처럼, 워즈워스도 「틴턴 사원」에서 이상적인 대상과 완전한 합일을 시도한다. 워즈워스는 자신의 시에서 상상력이 가지는 치유력을 찬미할 뿐만 아니라, 비록 이루기는 어렵지만 모든 요소들 간의 역동적인 융합의 가능성을 탐색하고 있다. 시의 후반부에 이르러 워즈워스 화자는 자신과 함께 그 자리에 계속 있었던 "친구"로 표현되는 누이의 존재를 자기가 죽은 후 자신을 대행할 수 있는 존재로 각인시킨다.

> 아니, 어쩌면
> 내 더 이상 그대의 목소리를 듣지 못하게 될지라도,
> 그대의 길들여지지 않은 눈빛에서 과거의 찬연함을
> 보지 못하게 될지라도, 그래도 그대는 잊지 말지니
> 우리 이 즐거운 강둑에
> 함께 서 있었음을.

> Nor, perchance,
> If I should be, where I no more can hear
> Thy voice, nor catch from thy wild eyes these gleams
> Of past existence, wilt thou then forget
> That on the banks of this delightful stream
> We stood together; (147-52)

워즈워스는 과거에 그가 이룩했던 타자와 이상적 합일을 현재에서 바라보고 있는 것이 아니라, 기억을 매개로 하며, 자연의 치유력에 의존하여, 현재의 타자 모습에 투사되거나, 미래에 성취될 수 있는 가능성을 희구하고 있다. 이 경우 합일의 주체는 화자인 자아만이 아니라, 가능성으로 열려있는 미래의 대상인 누이도 되는 것이다. 「한밤의 서리」에서 코울리지 화자도 마찬가지로 자아와 타자 간의 상호교감을 이루려 하지만, 상대적으로 워즈워스 화자보다 회의적이다. 서리는 어떤 일을 (대행)하고 있음을 화자는 말하고 있지만, 서리라는 자연현상이 말하는, 혹은 이를

통하여 전달되는 언어의 의미를 판별할 수 없음을 토로한다. 마침내 그는 자신의 아들은 자기와 다른 환경 속에서 성장하여, 자연에서 어떤 불안감이나 초조함을 느끼고 있는 자신과는 달리, 자연을 통하여 말해지는 "영원한 언어"를 배워 자연의 아름다운 일들을 "보고 듣게" 되기를 바란다. 화자의 비극은 이러한 자연의 언어와 완벽한 의사소통을 할 수 있는 상태로부터 자신이 유리되어 있음을 분명한 사실로 받아들여야만 한다는 점에 있다.

「학동들 사이에서」의 각 연들은 매우 독특한 방식으로 서로 연결된다. 일곱 번째 과 여덟 번째 연은 형식상으로 경계가 구분될 수 있겠지만, 통사적으로는 연결되어 작가의 어떤 의도가 개입되고 있음을 나타낸다. 이 경우를 제외하면, 하나의 연에서 다음 연으로의 전이는 갑작스러운 비약 속에서 이루어진다. 그렇지만, 숫자가 부여된 각각의 연들은 전체를 이루는 개별적 부분의 역할을 수행하며, 순서를 정하는 작가의 어떤 원칙에 따라 서로 묶여져 있다고 보아야 할 것이다. 각각의 연들이 나름의 고유한 특이성을 지니는 만큼, 연들의 집합체로서의 시 전체도 고유한 특이성을 지닌다. 구조적인 관점에서 보면, 「틴턴 사원」은 먼저 창작된 「한밤의 서리」를 모방하고 있으며, 이들 두 시에서 겉보기에는 서로 이질적인 운문 단락들은 나름의 논리성을 유지하면서 동질성을 이루는 시 전체 속으로 통합된다. 「틴턴 사원」이 전적으로 워즈워스에 의해서 쓰였다는 사실은 분명하지만, 이 시가 최초로 출간된 1798년도 판 『서정 민요집』은 저자가 정확히 누구인지를 가리기 어려울 정도로 워즈워스와 코울리지의 흔적이 얽혀있는 만큼 두 시인 간의 미학적 정치성도 시의 구성이나 이해에 고려되어야 할 것이다. 전체적으로, 세 편의 시 구조를 이해하기 위해서 독자들은 개별적인 연들이나 운문 단락들에서 응집성을 찾아내려는 노력만큼이나, "어떤 이유로 시들이 개별적인 부분들로 나누어지는가?"에 관심을 가져야 할 것이다. 셰익스피어의 『소네트집』(Sonnets)의 구조 양식, 즉 대화 틀에 따라 한 소네트가 다른 소네트에 연관되면서 동시에 서로의 의미를 보강해주는 구조가 이들 세 편의 시 각각에 적용될 수 있을 것이다. 달리 말해, 의미의 급진적 전개를 만들어내는 「학동들 사이에서」의 각 연의 경계는 저자의 의도와 독자의 독서 행위가 서로 만나 힘겨루기를 하는 해석의 게임이 펼쳐지는 의미의 장으로 이해되어야 할 것이다.

코울리지는 오드(Ode)에 각별한 관심을 가졌으며, 이를 로맨티시즘 서정시의 구성 원칙에 적용시키려 애썼다. 『서정 민요집』 출간에 앞서 출판업자 조셉 코틀(Joseph Cottle)에게 보낸 편지에서 코울리지는 여러 가지 이질성, 비규칙성, 일탈성에 유기적 통일성을 부여하는 오드의 구성 원리에 대해 언급하고 있다.[7] 1976년에 출간된 그의 시집 『다양한 주제들에 관한 시들』(Poems on Various Subjects)도 이러한 이질적 요소를 조화시킬 수 있는 오드의 형식에 대한 시적 실험을 행하고 있다고 할 수 있다. 워즈워스도 1800년도 판에 실린 「틴턴 사원」에 덧붙인 짧은 설명에서 운문 단락 간의 급격한 전이는 오드의 형식과 관련이 있음을 인정하고 있다.[8] 이렇게 놓고 보면, 「학동들 사이에서」에서 진행되는 각 연들 간의 급진적 전이와 의미 도약을 이해하는 한 방편으로 코울리지나 워즈워스가 인정하고 있듯이 정도는 다르겠지만 본질적으로는 오드의 시적 구조 양식이 지니는 의미를 고려해 볼 수 있다. 「학동들 사이에서」의 둘

---

7) 코울리지가 코틀에게 May 28-Jun 4 무렵에 쓴 편지 참조(Collected Letters I, 412).
8) 해당 내용을 인용하면, "나는 이 시를 오드라고 억지로 부르지는 않았다. 그러나 이 시는 시의 전개와, 그리고 운율구조가 감정을 강하게 드러내는 음악성을 갖는 면에서 오드에 합당한 원칙이 발견될 수 있을 것이라고 바라며 쓰였다."(Owen 149)

째 연과 셋째 연 간의 연결 과정을 설명하자면, 둘째 연에서 모드 곤의 유년 시절 비극에 관한 이야기는 연민의 감정을 불러일으켜 그녀와 어린 시절 예이츠를 하나의 구체처럼 융합시켰고, 이러한 과거 사실에 기대어 예이츠는 모드 곤을 현재 자기가 보고 있는 학동들과의 관계에서 생각하게 된다. 이렇게 되자, 예이츠의 가슴은 걷잡을 수 없이 되고, 모드 곤은 "마치 생기 가득한 아이처럼 예이츠 앞에 서게 된다." 다시 말해, 예이츠는 학동에게서 유년 시절의 모드 곤의 모습을 읽어내고 있다.

「학동들 사이에서」의 넷째 연은 모드 곤의 쇠락한 현재 모습에 대한 서술로 건너뛴다. 갑작스러운 전이임이 분명하지만, 첫째 행은 각각의 연들 간의 틈새가 어떻게 메워지는지에 관한 중요한 모티브를 제시한다. "그녀의 현재 모습이 마음속으로 전해온다"(Her present image floats into the mind)에서 영어 동사 "floats"는 시 전체에서 "Ledaean body," "paddler," "Ledaean kind," "bird" 등의 형태로 반복적으로 나타나고 있는 새의 이미지와 연관된다. 또한, 같은 연의 마지막 행에서 "허수아비"가 직접적으로 제시되는 것도 새의 이미저리의 존재를 더욱 강화시키고 있다. 달리 말해, 새가 시적 영역을 가로질러 서로 다른 연들을 날아다니는 것처럼, 새의 모티브는 개별적 연들을 연결해주고 있다는 것이다. 이질적 요소를 담고 있는 각각의 연들을 상호 연관시키는 작용에 관한 정서적 배경은 셋째 연의 끝에서 두 번째 행 "가슴이 걷잡을 수 없게 된다"에서 실마리를 찾을 수 있다. 고양된 정서의 상태에서 사상들을 연관시키는 마음의 작용을 언급하고 있는 워즈워스의 시 창작의 원리와 상통하기 때문이다.[9]

이렇게 보면, 물질적 형태도 없이 단지 흔적만으로 독자들의 눈과,

---

9) 워즈워스의 『서정 민요집』 「서문」에 나타나는 "정서의 고양상태에서 사상을 연관시키는 방식"(Owen 156) 참조.

하얀 페이지 위의 검은 글자의 조형물인 시와, 그리고 그것의 하위 단위인 개별적 연, 그리고 그러한 연과 그 연들 간의 경계를 무너뜨리면서 날아다니는 새는, 로맨티시즘과 예이츠 간의 시간상 그리고 공간상 제약을 무너뜨리는 행위를 수행하는 보이지 않는 이 새는, 워즈워스와 코울리지 그리고 예이츠 시 간의 동일성과 차이성을 끊임없이 직조해내는 흔적만으로 존재하는 어떤 매개체이자 그 자체가 메타포일 수 있다.[10] 메타포는 어원을 따져보면 경계를 넘나든다는 의미를 가지고 있다. 따라서 「학동들 사이에서」에서 흔적으로 존재하는 새는 로맨티시즘과 예이츠 시, 그리고 이들을 넘어서는 또 다른 접합점을 지칭하는 시적 또는 언어적 기호이다. 새의 흔적과 움직임을 염두에 두고 "그녀의 현재 모습이 마음 속으로 전해온다"를 다시 살펴보면, 마음이 공간성의 개념으로 제시되는 것을 알 수 있다. 프로이트의 개념과 흡사한 지형학적 성질을 띠는 인간의 마음이라는 개념은 워즈워스식 사고의 뚜렷한 특징이며, 장소와 개성을 동일 선상에 두고 서로 호환될 수 있는 것으로 보는 것은 로맨티시즘 시적 사고의 한 전형이다.

시적 상호작용과 모방, 이로 인한 불안감을 염두에 두고서 넷째 연에서 그려지고 있는 모드 곤의 생기 빠진 쇠락한 모습은 쓰고 있는 시에 드리워지고 있는 선배 시인들의 흔적과 목소리를 점차 의식하는 시인 예이츠의 초조함을 반영하고 있는 것은 아닐까? "바람을 마신 듯, 고기 대

---

10) 시어의 본성을 탐색하는 로맨티시즘 새의 원형은 대표적으로 워즈워스의 「뻐꾸기에게」("To the Cuckoo")나 코울리지의 「노수부의 노래」("The Rime of the Ancient Mariner")에 나오는 알바트로스(Albatross), 그리고 잘 알려진 대로 셸리의 「종달새에게」("To a Skylark")등을 예로 들을 수 있다. 예이츠의 경우에도 많은 시들이 새를 소재로 하고 있으며, 특히 「재림」("The Second Coming")의 초반부의 매(falcon)의 이미지는 이러한 주제와 관련지어 아주 흥미롭다. 대화의 매개체로서의 새는 코울리지의 또 다른 대화체 시인 「나의 감옥인 이 라임 나무 정자」의 당까마귀(rook)도 해당된다.

신 허상을 먹은 듯 홀쭉한 뺨"에서 "마시고"와 "먹고"라는 동사의 쓰임이 예사롭지 않다. 이들은 덧붙임을 통해 결핍을 표시하는 것이지, 단순히 박탈의 의미만을 전달하는 것은 아니다. 이 구절은 타인의 존재는 자신의 글을 형성하고 성장시키는 필연적 인과 관계를 맺는 고리의 역할을 하지만, 동시에 결핍을 초래할 수 있다는 불안감의 근거가 된다는 점을 암시한다. 예이츠는 모드 곤의 현재 불모의 이미지에서 자신이 쓴 글에서 슬금슬금 흘러나오는 인정할 수밖에 없는 타인의 목소리와, 타인의 목소리를 자기 성장을 위해서 나름의 방식으로 재생해내는 과정에서 발생할 수 있는 부정적 효과를 동시에 보고 있다.

타인의 목소리에 대한 불안감은 코울리지와 워즈워스에게도 나타난다. 코울리지의 「나이팅게일」에서 화자는 「한밤의 서리」와 비슷하게 자아와 비자아, 좁게는 자신과 아들 간에 완벽한 일치를 이루지 못함을 의식하며, 자신과는 달리 아들이 나이팅게일과 의사소통을 하는 것을 서술하고 있지만, 한편으로는 이러한 의상소통을 재현할 때, 아들의 모습을 마치 인간과 나이팅게일이 혼합된 인간-나이팅게일로 묘사하고 있다. 많은 해석이 가능한 구절이겠지만, 적어도 아들은 자연의 완전한 복제품이 아니라 새도 아닌, 사람도 아닌 어떤 우스꽝스러운 존재의 가능성을 암시하고 있다. 또한, 이 시에서 직접 거명되고 있는 밀턴이라는 고유명사의 존재는 글쓰기라는 이름 붙이기 행위가 안고 있는 위작의 가능성을, 또 경우에 따라서는 의도적 위작의 가능성을 내포하고 있다.

전체적인 관점에서 볼 때, 「학동들 사이에서」의 다섯째 연에서 일곱째 연까지는 "인간의 성장"이라는 워즈워스식 주제를 구체적 예시를 통해 다루고 있지만, 워즈워스가 기억을 매개체로 삼아 성장의 지속성을 말한다거나 혹은 적어도 지속의 가능성을 추구하는 것을 예이츠는 부정한다. 다섯째 연에서 예이츠는, 인간이 어떻게 유년기를 지나 성인이 되고 마침내는 죽음을 앞에 두고 있는 노인으로 쇠락해 가는지에 관한 논의를 다루면서, 지금 무릎 위에 올려놓은 하나의 "형상"과 같은 어린 아들이 성장하여 육순을 훌쩍 넘긴 백발이 성성한 노인이 되어버린 것을 본다면 그를 출산의 고통에 대한 보상으로 여기는 젊은 어머니는 없을 것이라 말한다. 또한, 여섯째 연에서 플라톤, 아리스토텔레스, 피타고라스를 예시하면서, 그들이 추구했던 이상의 허망함과, 한낱 이미지로 고착화된, 허수아비에 불과한, 그들의 불모성을 말한다. 인간의 정신 또는 사상과 육체의 관계에 대한 이러한 논의는 예이츠가 자주 사용하는 주제이기도 하다. 예이츠가 사용하는 "형상"은 잠재성과 실재성 모두를 지칭한다. 즉, "형상"은 젊은 어머니가 무릎 위에다 두고 바라보고 있는 실재의 아이인 동시에, 어떤 미래의 가능성만을 내포하고 있는 현재의 시점에서는 막연한 어떤 것을 의미할 수도 있다. 코울리지도 「노수부의 노래」("The Rime of the Ancient Mariner")의 세 번째 부분(Part III) 서두에서 연속적 변용과 끊임없이 새로운 의미를 산출하는 과정에 있는 어떤 형체를 표시하기 위해 예이츠와 같은 은유적 표현인 "형상"을 사용하고 있다.[11]

---

11) 코울리지의 노수부의 노래의 Part III 초반부를 소개하자면,

I saw a something in the Sky
  No bigger than my fist;
At first it seem'd a little speck
  And then it seem'd a mist:
It mov'd and mov'd, and took at last
  A certain shape, I wist.

A speck, a mist, a shape I wist!
  And still it ner'd and ner'd; (139-46)

이러한 실재성과 가능성의 주제는 예이츠가 예시하고 있는 플라톤, 아리스토텔레스, 피타고라스 모두에게 적용될 수 있는 것이기도 하다.

「학동들 사이에서」의 시적 담화를 전개하는 구동력은 일곱 번째 연에서 드러나듯 화자가 "인간의 일"에 대해 반어적 자세를 취한다는 점이다. 화자의 반어적 태도가 최초로 나타나는 시점은 첫 번째 연에서 늙은 수녀의 대답을 통해 그가 이전에 던진 질문의 내용이 유추될 때이다. 즉, 화자가 질문을 한다는 사실만 제시될 뿐, 그 질문의 내용이 무엇인지는 드러내지 않고 있으며, 질문의 내용은 늙은 수녀가 학동들은 그들이 해야 할 일들을, 달리 말해 가장 일상적인 일들을 "가장 현대적인 방식으로"하고 있다는 답을 할 때 유추된다. 결과에서 원인을 유추하는 시적 사고의 한 양식은 「틴턴 사원」의 첫 번째 운문 단락에서 화자가 숲에서 올라오는 연기 따리를 보고 집 없이 떠도는 사람들이나 화롯가에서 홀로 앉아있는 은둔자가 숲 속에 있을 것이라고 유추해 보는 것과 병치된다. 수녀의 틀에 박힌 말투는 바로 이어서 서술되는 호기심 어린 학동들의 눈들과 대비된다. 그들의 일상을 깨뜨리고 등장한 화자에게, 즉 육순의 "미소 짓는 공인"에게 호기심과 궁금함을 표시하는 아이들을 생생하게 묘사하는 것이다. 이 시점에서 호기심 많은 학동들 앞에 나타난 나이 든 공인은 「한밤의 서리」의 두 번째 운문 단락에서 코울리지 화자가 그 얼굴을 보고 싶어 하는 "낯선 사람"(stranger)을 연상시킨다. 시적 호기심은 또한 워즈워스의 「틴턴 사원」을 실감나게 그려주는 근거가 된다. 「틴턴 사원」은 5년의 기간을 사이에 두고 같은 장소를 다시 방문한 화자가 이 기간 동안 자신에게 어떤 변화가 초래했는지를 스스로에게 질문하면서 자아의 연속성에 대해 긍정과 회의를 동시에 표출한다. 예이츠의 시는 답변이 의례적이며 판에 밖인 일상으로 가득 차 있음을 보여줌으로써 첫 행의 질문 자체가 적합하지도 않고 효과적이지도 않다는 점을 시사한다.

예이츠의 시적 사고는 연과 연, 이미지와 이미지의 접속점을 만들어 내는 과정에서 드러난다. 「학동들 사이에서」의 일곱 번째 연과 마지막 연은 경계가 불분명하다. 이것은 다른 연들 간의 급격한 전이와 확연하게 구분된다. 시적 조응관계의 여러 형식들, 예를 들어 단절, 발전, 되비추기, 계승, 거부 등의 형식 중에서 성장과 계승에 해당되는 항목들을 극적으로 제시한다 할 수 있다. 일곱 번째 연이 인간의 성장에 관한 연속성을 부정하고 있고, 마지막 연 여덟 번째 연이 결론의 역할을 하면서 통합의 이미지들을 논의한다는 점을 감안하면, 두 연 간의 경계는 명목상의 구분을 수행하기보다는 통합의 주제를 다루는 마지막 연을 극적으로 이끌어내는 역할을 한다고 볼 수 있다. 한편, 일곱 번째 연의 "존재들"("Presences")은 문맥상 앞서 나오는 "형상들"("images")과 유사한 의미로 쓰이고 있다. 이것은 코울리지와 워즈워스의 주된 관심사이기도 한 시적 재현과, 한편으로는 재현의 불가능성을 동시에 표시해 주는 낱말이기도 하다. 이 낱말은 모든 양태의 가능성, 실재성, 성장, 쇠락, 행위, 노동, 쾌락, 낙담, 그리고 세속적, 자연적 문제들을 포괄한다. 동시에 이 낱말은 시에서 제시되는 것처럼 "인간의 일을 비웃는 스스로 태어난 것들"(self-born mockers of man's enterprise)이기도 하다. 또 다른 로맨티시즘 시인 셸리를 연상시키는 이 구절은 중의적 해석이 가능하다.

에이브럼스(M. H. Abrams)가 정의하는 대로, 로맨티시즘 서정시, 특히 코울리지나 워즈워스의 대화 시는 주로 화자의 사색 과정을 기술한다. 이들 시에서 화자의 사색은 특정 장소에서 주변 배경과 자신의 정서적 환경을 기술하면서 시작하여, 시간적 그리고 공간적 시점의 변화를 통해 다른 장소들과 다른 시간대에 들러 해당 장소와 시점과 관련된 자신의 철학적 사변을 기술한 다음, 마침내 심리적 여행을 시작한 출발지로 되돌아오면서 내적 명상의 긴 여정을 종결한다. 시작과 끝은 같은 지점이며 주로 현재의 특정한 장소이지만, 회귀 과정에서 화자는 내적 변화를 경험하게 된다. 이 점은 「틴턴 사원」이나 「한밤의 서리」에도 지켜지지만, 예이츠의 「학동들 사이에서」는 이러한 순환성 회귀의 패턴에서 벗어난다. 예이츠의 시는 친숙한 태도로 특정 장소를 묘사하면서 시작하지만, 시적 담화는 전적으로 시인-화자의 내적인 명상에 치중하며, 무엇보다도 시작한 지점의 묘사는 있지만, 끝난 지점에 대한 묘사는 없다. 눈여겨볼만한 점은, 화자인 일인칭 "나"는 마지막 연에서 완전히 소멸되어 버리고 복수인 "우리"가 등장한다는 사실이다. 실제로 일인칭 "나"는 다섯 번째 연부터 점차 사라지기 시작하며, 그것이 "우리"로 대치되는 마지막 연은 시 전체의 극적 결말 부분이다. 분명 "우리"의 등장은 로맨티시즘 서정시의 수미상관의 원칙을 파괴해 버린다.

　　복수형 "우리"의 등장은 「틴턴 사원」의 두 번째 운문 단락에도 이루어진다. 또한 「학동들 사이에서」는 앞 연에서 이루어진 시적 효과를 다음 연으로 전달하면서 계속 누적시키다가 마지막 연에서 응집된 시적 효과를 극적인 방법으로 발산한다. 시상을 전개하는 수단으로 시적 효과의 점진적 누적 현상과 극적인 방출은 무려 15행에 이르는 「틴턴 사원」의 두 번째 운문 단락의 마지막 문장에서도 찾을 수 있다. 다만 예이츠의 경우 시적 효과는 한 연이 다음 연으로 전이하는 과정에서 점진적으로 누적되지만, 워즈워스의 경우에는 한 어절에서 다음 어절로 반복, 심화되면서 누적된다. 워즈워스의 경우를 살펴보면,

못지않게, 나는 믿는다,

그들에게 또 다른 선물을, 보다 숭엄한 면을 지닌 또 다른 선물을

빚고 있을 수 있음을. 그 축복받은 기분,

그 속에서 불가해 한 것들에 대한 부담이,

그 속에서 세상의 이 모든 알 수 없는

힘겹고 지리한 무게가 가벼워진다,

─그 평온하고 축복받은 기분,

그 속에서 감정은 부드러이 우리를 이끌어,

마침내, 이 육신의 숨결과

심지어 인간의 혈액의 움직임도

거진 정지되어, 육체는 잠재워지고,

살아있는 영혼이 되어,

조화의 힘과 그윽한 기쁨의 힘에 의해

차분해진 눈으로

사물의 생명을 인식한다.


Nor less, I trust,

To them I may have owed another gift,

Of aspect more sublime; that blessed mood,

In which the burthen of the mystery,

In which the heavy and the weary weight

Of all this unintelligible world

Is lighten'd: ─that serene and blessed mood,

In which the affections gently lead us on,

Until, the breath of this corporeal frame,

And even the motion of our human blood

Almost suspended, we are laid asleep

In body, and become a living soul:

While with an eye made quiet by the power

Of harmony, and the deep power of joy,

We see into the life of things. (36-50)


무려 열다섯 행으로 한 문장에서 워즈워스 화자는 반복과 멈춤, 시작과 휴지를 적절히 조절하면서, 언어의 복잡하고 정교한 움직임을 통해 자신의 사고 과정을 묘사한다. 자세히 살펴보면 "또 다른 선물"은 짧은 휴지를 거치면서 "보다 숭엄한 면을 지닌 또 다른 선물"로서 구체화 된다. 이구절은 다시 "그 축복받은 기분"으로 달리 표현되며 이 표현은 두 개의 관계절에 의해 의미를 한정, 서술 받는다. 휴지와 반복, 부연 설명으로 여태껏 눈송이처럼 불어난 의미는 이 시점에서 고정되는 것이 아니라, 또다시 "그 평온하고 축복받은 기분"("that serene and blessed mood")으로 재진술되며, 이것은 다시 의미를 부가적으로 설명을 들으며, 이 과정에서 시적 사고는 계속 이어진다. 달리 말해 시적 화자의 사고는 정적인 개념이라기보다는 동작과 행위를 이루며, 이러한 정신적 행위의 과정은 문장의 통사적 형태와 문장 부호에 의해 진행되고 있다. 사고의 진행 서술은 개념에 대한 정의나 이를 기대하는 예상을 깨뜨리고 통사 구조는 의미의 닫힘을 거부한다. 이 과정에서 시적 담론을 구성하는 주체였던 일인칭 "나"는 신체적 성질이 제지되면서 비물질적(혹은 탈 물질적) 정신적 존재로 전이된다. 이와 함께, 상상력의 작동에 특이한 수동성이 개입되고, 사물을 통찰하는 비전이 동시에 생겨나게 된다. 워즈워스 화자가 첫 번째 운문 단락에서 주변 사물의 현상적 모습을 관찰하면서 시작하여 마침내 사물의 본질과 그들 간의 조화("harmony")를 내면화 했다면, 이러한 조화의 주제는 예이츠의 화자에게도 적용되어 「학동들 사이에서」 첫 번째 연에서 복도를 걸으며 주변을 관찰하는 것으로 시작하여 마지막 연에서는 마침내 사물들 간의 통합성과 조화에 관한 비전을 제시하기에 이른다. 위에서 인용한 워즈워스의 마지막 행은 간결한 구어체 낱말들 속에 시적 화자가 겪었던 온갖 종류의 경험을 극적으로 접합시켜 분출하는 로맨티시즘 숭고미의 표상적 진술문이 된다. 이와 유사한 시적 효과가 예이츠의 「학동들 사이에서」의 마지막 연에서 전개되는 전체성과 통합성에 대한 인식의 과정에서도 이루어진다.

「학동들 사이에서」의 마지막 연은 존재하는 모든 것들의 다양한 상태나 상황들 간의 유기적 조화나 통합을 찬양하고 있다.

> 오 밤나무여, 굳건히 뿌리내린 꽃피우는 자여,
> 너는 잎인가, 꽃인가 아니면 줄기인가?
> 오 음악에 따라 춤추는 육체여, 오 빛나는 눈빛이여,
> 우리가 어떻게 춤과 춤추는 이를 구별할 수 있으랴?

> O chestnut tree, great rooted blossomer,
> Are you the leaf, the blossom or the bole?
> O body swayed to music, O brightening glance,
> How can we know the dancer from the dance? (61-64)

인용문은 행위자가 행위가 되고, 행위가 행위자를 만들어내는 통합의 순간과, 춤을 추고 있기 때문에 춤추는 사람이 되고, 그 둘은 서로 뗄 수 없기에, 춤추는 사람은 춤을 추는 그 순간에만 춤추는 사람이 될 수 있다는 내용을 표현하고 있다. 이러한 통합의 주제와 그리고 이것을 탐색하고 재현해내는 방법상의 유사성은 이 시가 바로 로맨티시즘 시들의 전통을 계승하고 있음을 말해준다.[12] 주의를 끄는 것은 단언적 진술이 아니라

수사학적 질문으로 시가 종결되고 있다는 점이다. 자연계에서 가져온 "밤나무"와 인간계에서 가져온 "춤추는 사람"이라는 두 개의 개별적 이미지들은 의식적으로 병치된다. 또한, 로맨티시즘 시인들이, 특히 키츠나 워즈워스가 시적 재현과, 동시에 그것의 불가능성을 표시하기 위해 종종 의존했던 문자 "O"도 반복적으로 사용된다. 예이츠가 이 시를 통해 성취하고 있는 것을 자세히 관찰하기 위해서는 워즈워스의 경우에서처럼 문장 형태나 이미지, 반복법, 그리고 다른 수사적 장치들의 쓰임을 꼼꼼하게 분석해야 한다. 밤나무는 부분으로 존재하는 것이 아니라, 개별적인 부분들이 모인 총합체라는 사실은 워즈워스의 시들에 나타나고 있는 많은 인물들이 현재와 과거, 실재와 허구, 의식과 무의식, 쾌락과 공포가 기억을 매개로 뒤섞여 있는 총합적 인물이라는 사실과 연관된다.

예이츠의 수사학적 질문의 의미는 코울리지가 「한밤의 서리」에서 토로하고 있는 문제에 대한 나름의 해결책을 암시한다. 코울리지가 비록 그 자신은 이루지 못함을 토로하지만 자신의 아들에게는 실현되기를 간절히 원했던 미래의 어떤 순간, 달리 말해 인간과 자연, 자아와 "무한한 나"와의 완벽한 상호작용과 공감의 순간을 예이츠가 적어도 수사학적 측면에서 그려내는 것이다. 그러나 워즈워스가 「틴턴 사원」에서 정작 제목에서 제시된 사원 그 자체에 대해서는 어떠한 직접적 진술이나 서술을 하지 않고 있듯이, 예이츠의 시도 수사적 질문만으로 자신의 시적 주제에 대한 답을 암시할 따름이다. 이 경우 수사적 질문을 담고 있는 문장들이 바로 예이츠의 생각을 대행하고 있다고 할 수 있을 것이다. 워즈워스

---

12) 코울리지의 대화 시 「이올리안 하프」("The Eolian Harp") 존재의 통합성이라는 주제를 음악성과 연결시키고 있다. 1886년 새뮤얼 퍼거슨 경의 시에 관한 비평에서, 예이츠는 "시는 모든 현을 켜는 유령의 손가락"이라고 적고 있다(*Uncollected Prose* 84).

와 마찬가지로 예이츠는 말의 힘에 의존하지만, 자신의 질문에 대한 답은 그 말이 직접적으로 재현해낼 수 있는 능력과 범위를 벗어남을 의식하며, 따라서 말이 지시하는 내용 그 자체보다는 말의 움직임을 통해 그려질 수 있는 생각의 궤적을 제시하고 있다 할 것이다. 어떤 시각에서는, 이 시에서 제시되고 있는 통사적 변용이나 배열, 문장부호, 운율과 각운, 수사적 질문, 그리고 언어적 기교는 바로 시인의 사상 그 자체이며, 이들의 배열이 의미 그 자체가 된다.

　이제 시적 조응이라는 주제로 되돌아가서 예이츠를 워즈워스나 코울리지를 조응시키는 의도에 관하여 생각해 보자. 「한밤의 서리」는 개별적 이미지들이 조응하는 방식에 관한 구체적 예시를 담고 있다. 첫 번째 운문 단락에서는 시적 화자의 "구속되지 않은 정신"("idling Spirit")의 해석 행위는 벽난로 장작 받침대의 검댕이 미세하게 움직이며 변하는 모습의 의미를 결정하면서 자신의 "메아리나 거울이미지"를 어느 곳에서나 찾으려 한다. 두 번째 운문 단락에서는 누이를 자신을 복제 대상으로, 다음 운문 단락에서는 자신과 그의 혈육인 아들 간의 상호일치성을 꾀하려 한다. 그러나 대상과 완전한 조응관계를 추구하는 그의 시도는 결국에는 모두 실패를 자인하게 된다. 이와 대조적으로, 아들과 자연에 대한 완전한 호응은 간절히 기원 되며, 비자아로서 제시되는 자연물들 간의 상호교환성은 완벽한 것으로 서술된다. 이러한 관점에서 첫째 운문 단락에서 "바다, 언덕, 그리고 숲" 구절의 반복은 의도적이라 할 수 있다. 세 번째 운문 단락에서는 마치 자신이 이룩하지 못한 비자아와의 완전한 결합에 대한 실패를 보상하려는 듯 통사적 대칭, 교차대구법(chiasma) 그리고 낱말과 시의 중심 주제를 수사적으로 반복함으로써 자연물들 간의 완벽한 조응관계와 아들과 자연 간의 상호 공감에 대한 그의 기원을 잘 담아낸다.

하지만 내 아들! 그대는 산들바람처럼 걸어 다니리라
호숫가와 모래 해변을, 태고의 바위산 아래에서, 구름 아래에서,
그 구름은 커다랗게 호수와 해변을,
산의 바위들 형상을 만든다. 그리하여 그대는 보고 들으리라
그대의 신이 말하는
저 영원한 언어로 이해될 수 있는 아름다운 형상들과 소리를,
그대의 신은 무한에서 가르치리라
모든 것에 내재하는 자신과, 자신 속에 내재하는 모든 것을.

But thou, my babe! shalt wander like a breeze
By lakes and sandy shores, beneath the crags
Of ancient mountain, and beneath the clouds,
Which image in their bulk both lakes and shores
And mountain crags: so shalt thou see and hear
The lovely shapes and sounds intelligible
Of that eternal language, which thy God
Utters, who from eternity doth teach
Himself in all, and all things in himself. (54-62)

「한밤의 서리」의 마지막 운문 단락은 자연에 내재하는 완벽한 상호 일치
성을 제시한다는 측면에서, 그리고 화자의 되비추기 혹은 명상을 촉발시
킨 서리 이미지를 서술하면서 시의 결말을 되돌리는 구조를 가진다.

세찬 바람이 멈추는 틈을 타 잠시 들리는
처마 밑에 듣는 낙숫물이든,
혹은 서리가 비밀스런 일을 (대)행하여
낙숫물 방울을 말없는 고드름으로
조용한 달을 조용히 비추면서 매달아 두든.

whether the eave-drops fall

Heard only in the trances of the blast,

Or if the secret ministry of frost

Shall hang them up in silent icicles,

Quietly shining to the quiet Moon. (70-74)

여러 차례 대폭 수정을 거친 이 구절에는 코울리지의 예술적 장인정신이 깃들어 있다. 1798년 판은 결말이 약간 길고 산만하며, 아들 묘사에 치중한다. 위에서 제시되고 있는 수정판은 시 전체에 균형과 대칭미를 실어주면서, 시작과 끝이 맞물리는 순환적 구조를 만들어낸다. 코울리지는 되비추기라는 시적 주제를 구조와 형식, 언어의 운용이라는 복합적 측면에서 조망하고 있다. 거센 바람 소리가 잠깐 멈추는 틈에 들려오는 처마의 낙숫물 소리를 묘사하는 장면은 연속적인 움직임 속에서 한순간의 정지상태를 표현해낼 뿐만 아니라, 동질한 배경 속에서 시적 대상을 부각시키는 화자의 정신 활동을 암시하며, 동시에 첫 번째 단락의 서두에서 제시된 있음과 없음, 움직임과 정지, 들림과 들을 수 없음의 병치 기법을 계속 사용하고 있다. 시 전체 배경을 이루면서 창작 활동의 틀인 서리가 행하거나 혹은 대행하는 어떤 은밀한 일이 적어도 부분적으로는 제시된다. 우선, 처마의 낙숫물을 말 없는 고드름들의 형태로 매달아 둔다는 것인데, 고드름은 원래 물이 아래로 타고내리면서 자란다는 사실을 염두에 두면, 고드름은 매달려 있는 동시에 스스로를 매단다는 의미도 가능하다. 또한 "말 없는 고드름들은 조용한 달을 향해 조용히 빛난다"는 뜻으로 해석될 수 있는 마지막 두 행에서 고드름이 빛나는 방식에는 시적 반어가 있다. 고드름은 자체적으로 빛을 내지는 못하며, 다만 달빛을 반사할 따름이기 때문이다. 마지막 삼행은 중의적 해석이 가능하며, 서리가 행/대행하는 은밀한 일의 정체는 적어도 언어적으로는 완전한 규명이 불가능하며 따라서 미지의 영역으로서 여전히 신비롭기만 하다.

인용된 구절은 메아리 효과, 되비추기 효과 혹은 사변적 행위에는 "어디에서, 누가, 언제 시작했느냐?"에 대한 답이 불분명하며, 원작과 복사본 간의 문제시되는 관계를 암시한다. 서리와 고드름, 고드름과 달의 관계에 담긴 내용은 적어도 언어적 차원에서는, 적어도 문학적 행위에 있어서는 시작점의 진위성이 항상 의문시되며, 원작과 복사판의 관계가 본질적으로 서로 얽매여 있다는 것이다. 이 점은 코울리지와 워즈워스 그리고 예이츠의 시들 간의 조응 효과를 분석함에 있어서도 적용된다. 시적 조응관계는 원작과 복사본의 관계보다, 본질적으로 상호연관의 문제이다. 예이츠가 워즈워스나 코울리지보다 후대의 시인임은 부정될 수 없는 사실이며, 그가 앞선 로맨티시즘 선배 시인들의 영향을 확인할 수 있는 전기적 사실도 더욱 세밀하게 고증될 수 있겠지만, 중요한 것은 예이츠가 얼마나 충실하게 로맨티시즘 시인들을 모방하고 있느냐가 아니라, 시들 간의 대화성이며, 주제와 기법, 그리고 언어적 측면에서 조응하는 정도를 파악하는 문제이다. 살펴본 대로, 예이츠, 워즈워스, 그리고 코울리지는 모두 언어를 단순히 사상을 표현해주는 매체로서만 정의하기보다는, 언어 그 자체가 동작이나 행위를 통해 사상을 움직여 가는 측면을 부각한다.[13] 시적 대화성은 전기적, 역사적 사실성보다는 차용과 계승 그

---

13) 예이츠가 코울리지를 이해함에 있어 결정적 매개체로서 작용한 Charpentier가 쓴 책의 한 구절은 코울리지의 시적 언어가 만들어내는 행위성에 대해 언급하고 있다. "코울리지는 말이라는 매체를 통하여 특정한 순간들에 왈칵 열리는 주술적 힘을 타고났다"(He was gifted with the magic power to fling open at certain moments, through the medium of words, 313). 이 말은 시적 언어가 가지는 어떤 사태를 만들어내거나 도입시키는 힘을 제시한다.

리고 창의적 발전이라는 언어적 차원의 상호연관성의 문제이다. 「위낸더 소년」("The Boy of Winander")으로서 통용되는 워즈워스의 단편은 거울 효과 또는 메아리 효과로서 지칭되는 시적 조응관계 더욱 잘 설명해줄 수 있다. 이 시에서는 올빼미 소리가 언제부터 시작되었는지 그리고 소년의 올빼미 소리를 모방하는 행위가 언제 끝나는지를 정확히 가려낼 수 없다. 분명한 것은 이들이 반복과 메아리 효과로 아주 복잡하게 뒤섞여 있다는 점이다.

예이츠의 「학동들 사이에서」, 코울리지의 「한밤의 서리」, 워즈워스의 「틴턴 사원」을 비교할 때, 어휘 선택이나, 수사나 비유, 시적 구성, 그리고 주제 면에서 뚜렷한 접합점을 찾을 수 있지만, 예이츠는 시의 마지막 연에 이르러 시작과 결말의 조응이라는 로맨티시즘 서정시 유산을 따르지 않는다. 예이츠는 이미지들을 극화시키는 것에 치중하면서 이미지들이 사물의 본질을 담을 수 있다는 가능성을 타진한다. 본질과 이미지의 구분이 본질이나 이미지 자체의 의미를 규명하지 못한다는 점이 확실하다면 예이츠가 굳이 워즈워스나 코울리지의 선례를 따라 시의 결말을 시작으로 되돌릴 필요는 없을 것이다. 예이츠의 기나긴 시적 여정은 어떤 구체적 장소에서 끝나는 것은 아니며, 따라서 물리적 장소성의 개념에서 보면 오히려 도착지가 없는 것이 되어버리기에, 끊임없이 정해진 여정을 벗어나는 여행이며 어떤 의미에서는 출발점을 스스로 지우는 여행이기도 하다. 그러나 예이츠의 시적 여행은 납득할 수 있으며, 사실 매력적이다.

## | 인용문헌 |

Bornstein, George. "Yeats and Romanticism." *The Cambridge Companion to W. B. Yeats.* Eds. Marjorie Howes and John Kelly. Cambridge: Cambridge UP, 2006.

Coleridge, Samuel Taylor. *Biographia Literaria: Or Biographical Sketches of My Life and Work.* Ed. James Engell and W. Jackson Bate. 2 parts. vol 7. *The Collected Works of Samuel Taylor Coleridge.* London: Routledge, 1983.

_____. *Collected Letters of Samuel Taylor Coleridge.* Ed. Earl Leslie Griggs. 2 vols. Oxford: Oxford UP, 1956.

_____. *The Complete Poems.* Ed. William Keach. London: Penguin Books, 1997.

Wordsworth, William and Coleridge, Samuel Taylor. *Lyrical Ballads 1798.* Ed. W. J. B. Owen. 2nd ed. Oxford: Oxford UP, 1969.

Yeats, W. B. *William Butler Yeats—Selected Poems And Four Plays.* Ed. M. L. Rosenthal. 4th ed. NY: Scribner Paberback Poetry, 1996.

_____. *Uncollected Prose by W. B. Yeats.* Vol. 1. Ed. John P. Frayne. London: Macmillan, 1970.

Charpentier, John. *Coleridge, The Sublime Somnambulist.* Trans. M.V. Nugent. London: Constable Press, 1929.

Gibson, Matthew. Yeats, *Coleridge and The Romantic Sage.* NY: St. Martin's Press, 2000.

Harwood, John. *Olivia Shakespeare and W. B. Yeats.* London: Macmillan, 1989.

Hollander, John. *The Figure of Echo: A Mode of Allusion in Milton and After.* London and Berkely: U of California P, 1981.

# 10

## 로버트 프로스트와 워즈워스, 코울리지의 언어 실험

윌리엄 워즈워스(William Wordsworth)와 새뮤얼 테일러 코울리지(Samuel Taylor Coleridge)는 1798년의 『서정 민요집』(*Lyrical Ballads*)의 「공지문」("Advertisement")에서 일상 언어가 지닌 시적 가능성을 제시하면서 그들의 시가 이를 입증하기 위한 "실험"(Owen 3)이라고 천명한다. 일상어를 활용한 참신한 시적 메타포를 중시함은 이러한 실험의 두드러진 결과이며, 관습의 굴레에 얽매인 사물은 이동하고, 치환되고, 전이되는 과정에서 생생한 존재 양식을 찾게 된다. 시적 메타포의 속성을 담고 있는 일상어에 대한 두 시인의 통찰력은 로맨티시즘 수사학의 한 특징을 이루고 있다. 로버트 프로스트(Robert Frost)는 이러한 워즈워스와 코울리지의 시적 실험을 계승하여 자신의 작품에 시적 정통성을 부여하면서, 시대를 건너뛰어 존속하는 문학 작품의 삶을 입증한다. 그는 「시를 통한 교육」

("Education by Poetry")에서 "시는 하찮은 메타포, 괜찮은 메타포, '우아한' 메타포로 시작하여, 우리의 가장 심원한 사고로 나아간다"(*Prose* 36)고 말한다. 프로스트가 구사하는 메타포는 로맨티시즘 시인들과 마찬가지로 기호의 이동성이나 지시 관계나 의미의 비결정성을 함의한다. 프로스트가 재현하는 로맨티시즘 수사학은 기원을 따지면서도 그 거리를 의식하고 있고, 대상과의 동일성에 대한 욕망을 느끼면서도 한편으로는 이러한 대상에 대한 향수를 자의식적으로 거부하며, 또한 표면적인 미학적 통일성 이면에 감추어진 화해될 수 없는 모순이나 갈등을 간결하고 섬세한 문장 구조로 드러낸다.

이러한 점을 염두에 두고서, 프로스트의 시 「그것의 최대치」("The Most of It"), 「시골의 일들을 잘 알아야 할 필요성」("The Need of Being Versed In Country Things"), 「새들의 노래는 다시는 같지 않을 것이다」("Never Again Would Bird's Song Be the Same")를 시적 대화라는 주제적 측면에서 워즈워스나 코울리지의 시들과 함께 읽을 수 있다. 「그것의 최대치」는 워즈워스의 「한 소년이 있었다」("There Was a Boy")에 시적 응답을 보내고 있다. 이들 간의 시적 대화에서 논제로 다루어지고 있는 언어의 이동성과 대상을 전이, 치환시키는 언어의 성질은 코울리지의 「노수부의 노래」("The Rime of the Ancient Mariner")에서 더욱 상세하게 극화되어 있다. 이 시들은 모두 언어적 재현의 범위 밖에 놓여 있는 사물에 대한 문제를 제기하고 있으며, 이러한 문제를 시적 계보학과 대화의 관점에서 분석해보는 것은 이 글의 주요 논점에 포함된다.

프로스트는 자신을 로맨티시즘자로 자처하기도 하지만(*Letters* 20), 그의 로맨티시즘에 대한 태도는 복합적이다. 한 예로, 그는 에드거 리 마스터스(Edgar Lee Masters)를 "지나치게 로맨티시즘"이라 말하면서 현실성이 왜곡되어 있음을 비판하기도 한다(*Letters* 189). 한편, 몽고메리 (Marion Montgomery)는 프로스트와 워즈워스 간의 근본적인 차이점을 지적한다(139-41). 그러나 이러한 평가를 고려하더라도, 프로스트의 시 「그것의 최대치」는 워즈워스와 코울리지의 계보에 프로스트가 얼마나 가까운지를 바로 보여주는 사례가 될 수 있다. 프로스트의 시는 로맨티시즘 선배들의 시에 말을 건네고 응답함으로써 로맨티시즘-모더니즘의 시적 계보학에 편입된다. 시 제목에서 대명사 "그것"(It)은 복합적 지시 기능을 한다. 시 속에 있는 "그것"을 지칭할 수도 있지만, 상호텍스트성의 매개체로서 시인이 겨냥하고 있는 특정한 지시대상을 지시할 수도 있다. 또한, 파운드의 모더니즘 선언문인 "새롭게 하다"("make it new")에서처럼 막연한 상황을 지시할 수도 있으며, 로빈슨(Edwin Arlington Robinson)의 시집 『재스퍼 왕』(*King Jasper*)의 서문에서 프로스트 자신이 말한 "새롭게 되기 위한 오래된 방식"(*Selected Prose* 59)을 염두에 둔다면 자신이 물려받은 언어에 이미 각인된 것들을 암시할 수도 있다. 그러나 무엇보다도 "그것"은 워즈워스의 「한 소년이 있었다」를 지시대상으로 삼으면서, 서로를 개연성 있는 상호텍스트성으로 엮어주고 있다.

워즈워스는 「한 소년이 있었다」가 자신의 "시적 교육에 관한 시"(Butler and Green 379)의 일부분임을 밝히고 있다. 텍스트의 변천을 살펴보면, 원고 상태에서는 이 소년은 워즈워스 자신을 지칭하고 있다 (Butler and Green 140). 워즈워스가 자서전적인 일인칭 화자를 내세워 유년기에 경험한 것을 서술하려 했음을 추측해볼 수 있는 대목이다. 개작의 과정에서 소년은 삼인칭 "그"로 변화되며, 어린 나이에 죽는 것으로 바뀌게 된다. 실명이 없는 "그"는 어느 누구도 지칭할 수 있는 일반성을 띠게 된다. 시는 전체적으로 자연과 자연 속에서의 교육의 과정을 다루면서,

책을 직접 언급하지 않지만, 루시 뉴린(Lucy Newlyn)이 지적하듯이, 배움과 듣기, 응답하기, 읽기와 쓰기에 관련된 모티브를 가지고 있다(627). 올빼미 소리를 듣고 있는 시 속의 소년은 올빼미에게 답을 하려고 한다.

> 한 소년이 있었다. 그대들은 그를 잘 알고 있다, 그대들
> 위낸더의 절벽과 섬들이여!
> 여러 번, 저녁때, 이른 별들이, 뜨거나 지면서,
> 언덕의 능선을 따라
> 움직이기 시작할 때면, 그는
> 나무 아래에서, 혹은 희미한 빛을 반짝이는 호숫가에,
> 홀로 서서, 그곳에서, 손가락을 겹쳐 꼬고,
> 손바닥을 밀착시켜 양손을 입에다
> 들어 올려, 그는, 마치 악기를 부는 것처럼,
> 말 없는 올빼미들에게, 어쩌면 답을 할 수도 있도록,
> 울음소리를 흉내 내어 불었다. (1-11)

> THERE was a Boy; ye knew him well, ye cliffs
> And islands of Winander!—many a time,
> At evening, when the earliest stars began
> To move along the edges of the hills,
> Rising or setting, would he stand alone,
> Beneath the trees, or by the glimmering lake;
> And there, with fingers interwoven, both hands
> Pressed closely palm to palm and to his mouth
> Uplifted, he, as through an instrument,
> Blew mimic hootings to the silent owls,
> That they might answer him.

소년은 예술 행위를 하고 있다. 그는 자기 손을 마치 악기처럼 다루면서 올빼미를 관중으로 일종의 공연을 하고 있다. 공연의 매체는 의미성을 지닌 언어가 아니라 소리 그 자체이다. 올빼미들의 화답은 소음에 가까운 "떨리며 울리는 큰소리, / 길게 어-이 하는 소리, 그리고 외침"("quivering peals, / And long halloos, and screams")(13-14)이며 인간 언어 형태는 아니지만, 기이하게도 대화의 효과를 만들어낸다. 그러나 11행의 조동사 "might"는 시의 초반부에서 형성되어온 소년과 자연과의 공생적 상호관계를 의문시하면서 이들 간의 교환 행위에 내재되어 있는 불안의 요소를 드러낸다. 소년과 올빼미 간의 대화는 소년의 올빼미 소리 흉내와 올빼미의 특이한 소리, 그리고 이들이 뒤섞인 메아리가 걷잡을 수 없이 울려 퍼짐에 따라 "떠들썩하고 유쾌한 소동의 / 걷잡을 수 없는 장면"(15-16)을 연출하다가, 어느 순간 깊은 침묵이 찾아들고 남겨진 것이라고는 아무것도 없게 되어버린다. 프로스트의 표현에 따르면, "그런 다음, 불현듯 깊은 침묵으로 멈추게 되어 / 소년의 기술도 낭패를 보게 하였고"("And, when it chanced / That pauses of deep silence mock'd his skills")(16-17).

바로 이렇게 모든 것이 한순간 정지해버린 그 지점에 소년에게 그가 예상치 못했던 새로운 것이 찾아든다. 직접 경험에서 벗어난 어떤 계시적 비전이 발현되는 이러한 순간은 소년의 마음이 외부의 사태에 가장 민감하게 반응할 자세를 취하고 있는 동안에, "그 침묵 속에서, 그가 귀 기울여 듣고 있는 동안"(18)에, 일어난다. 소년의 마음은 감각적 재료를 받아들이는 것에 맞추어져 있고, 받아들일 만반의 태세를 갖추고, 동시에 불안감 속에서 초조하게 기다린다. 드디어 "가벼운 놀라움의 잔잔한 충격"을 그는 경험하게 된다.

그때, 간혹, 그 침묵 속에서, 그가 귀 기울여 듣고 있는 동안,
가벼운 놀라움의 잔잔한 충격이
그의 가슴 속 깊숙이
산속의 급류의 목소리를 가져다주었고, 혹은 가시적인 풍경이
고요한 호수의 가슴속으로
받아들여진 그 풍경의 온갖 근엄한 형상들과,
바위들과 숲, 그리고 흐릿한 하늘을 가지고서
그의 마음속으로 저절로 찾아들곤 했다. (18-25)

Then, sometimes, in that silence, while he hung
Listening, a gentle shock of mild surprise
Has carried far into his heart the voice
Of mountain-torrents; or the visible scene
Would enter unawares into his mind
With all its solemn imagery, its rocks,
Its woods, and that uncertain heaven received
Into the bosom of the steady lake.

이 구절에서 "그때, 간혹"이라는 두 낱말의 조합은 사태의 극적인 속성을
표현하면서, 예상치 않은 전개를 도입한다. "깊숙이"라는 특정한 낱말은
소년의 내면을 공간화하면서 그 지형학적 깊이를 표시한다. 드퀸시
(Thomas De Quincey)는 "깊숙이"라는 낱말의 사용에 주목하면서, 워즈워
스가 인간의 마음을 성층화된 공간의 개념으로 이해하고 있음을 지적한다.

공간과 공간의 무한한 성질들이 인간의 가슴에, 그리고 자연의 숭고
함을 되비칠 수 있는 인간 가슴의 능력에 부여되는 '깊숙이'라는 바로
이 표현은 숭엄한 계시의 섬광을 언제나 주어왔다. (Wu 324)

소년에게 전달되는 것은 급류의 단순한 소리가 아니라 급류의 "목소리"이다. 자연물이 의인화되어 인간의 목소리를 가지고 있다. 소년이 경험한 "잔잔한 충격"은, 그 실체가 정확히 무엇인지는 표시되지 않지만, 감각 수용의 폭을 더욱 확장해, 외부 자연을 더욱 깊게 인식하게 하는 계기가된다. 세미콜론으로 문장이 구분된 후 나타나는 "혹은"은 자연과 소년이서로에게 자신의 존재를 소통시키는 과정을 두 단계로 구분 짓는다. 세미콜론 이전의 첫 번째 단계는 소년이 자신의 가슴에 자연을 주로 청각적으로 수용하는 단계로서, 직접적 감각이 더욱 강하게 작용한다. 다음단계는 인식의 주체와 객체가 완전히 역전되어, 자연이 소년과는 무관하게 소년의 마음에 자신의 직접적 시각적 이미지와 복제된 이미지를 동시에 자리 잡게 한다.

두 번째 단계에서 소년의 마음속으로 찾아드는 자연의 풍경은 호수의 표면에서 먼저 반사된 풍경이다. 이중 반사 과정을 거치게 됨을 의미한다. "흐릿한 하늘"은 호수 표면에 비추어진 하늘을 말한다. "흐릿한"에서 어쩌면 18세기와 19세기 시각 예술에 많은 영향을 준, 특히 픽처레스크 회화와 여행에 많이 활용된 클로드 글래스(Claude Glass)와의 관련성을 찾을 수 있을 것이다. 워즈워스는 관찰자의 시각적 경험에서 (불)투명한 이미지와 물리적 현상이나 경험을 변조시키는 상상력과 이에 따른 예술적 비전을 말하고 있다. 아무튼, 시에서 표현되는 자연의 풍경은 바위, 숲, 하늘, 호수의 형상들로 구성되어 있으며, 인간의 가슴을 가지게 됨으로써 의인화된 호수는 그 자신의 가슴속으로 바위와 숲 그리고 하늘을받아들인다. 자연의 풍경은 호수의 표면에서 반사되거나 흡수되며, 그런다음 다시 소년의 마음에 자신을 각인시킨다. 따라서 소년의 마음에 인상을 남기는 풍경은 이중적 반사 과정을 거치면서 반사나 흡수의 과정에서 굴절되고 변형된 이질적 요소들을 담고 있다. "저절로"는 이러한 사태가 단지 발생했기 때문에 발생했다는 것이며, 소년의 언어 행위와는 무관하며, 따라서 그의 언어로서는 정확히 기술될 수 없는 사태임을 표시한다. 발생한 것은 그 자체로서 완결될 뿐 언어적 설명은 불가능하다. 통사적 특이성을 살펴보면, 주체는 "소년"이 아니라 "풍경"이다. 전체적으로, 소년의 마음 깊숙한 곳으로 들어온 풍경은 반복과 동화, 그리고 복사의 과정에 대한 예시가 된다. 이러한 과정은 청각적일 뿐만 아니라 시각적 반복을 포함한다. 제프리 하트만(Geoffrey Hartman)이 말하는 텍스트는 "수많은 가닥과 부호로 불연속적으로 직조되어 있음"(254)을 예시하는 단적인 구절이다.

「한 소년이 있었다」의 초반부는 자연물들과 소년 간의 흥미로운 상호작용을 기술한다. 그러나 "그때, 간혹"(18)에 이르면, 상호작용 과정에서 어느 순간 예기치 않게 발생하는 침묵과 대화의 단절, 혹은 공백을 표시하면서, 이러한 순간에 드러나는 자연의 언어가 지니는 의미화 이전의 물질성을 제시한다. 소년은 단절과 공백의 순간에서 의식적인 인식이나 의미화를 벗어난 어떤 비인식적 인식의 순간을 맞게 된다. 동시에 이러한 순간에는 어떤 계시적 통찰이 발현된다. 코울리지의 「한밤의 서리」("Frost at Midnight"), 워즈워스의 「틴턴 사원」("Tintern Abbey")과 『서시』(The Prelude)의 여러 단편은 한순간의 공백 상태, 인간의 모든 기호와 친숙한 언어가 증발하여버리는 순간, 시간의 영속성이 와해하는 이러한 공백 상태에서 일어나는 변화의 과정을 시적 형상화를 통해 재현한다. 소년도 마찬가지로 이러한 계시적 순간에서 분명 그가 바라던 것과는 다른 무엇을 경험하게 되며, 워즈워스는 소년의 심리 내면에서 일어나는 것을 시적 형상화를 통해 재현하고 있다.

「한 소년이 있었다」에서 소년이 자연과의 직접적인 대면에서 겪게 되는 단절과 통찰의 순간은, 「그것의 최대치」에서 "그"라는 시적 인물이 겪게 되는 인식 과정에서도 나타난다. 프로스트의 시적 인물도 기대했던 것과는 다른 무엇을 얻거나 인식하게 되는 과정을 경험한다. 텅 빈 호숫가에서 자연을 홀로 직접 대면하는 프로스트의 "그"는 워즈워스의 소년과 마찬가지로 우주 속에서의 존재의 고독을 의식한다.

> 그는 우주를 홀로 지녔다고 생각했다.
> 대답으로 그가 깨울 수 있는 모든 목소리는
> 호수 건너 저 나무로 가려진 절벽에서 들려오는
> 그 자신의 목소리를 흉내 내기만 하는 메아리뿐.
> 어느 아침 표석 부서진 해변에서
> 그는 삶에 대해 절규했고, 그것이 원한 것은
> 모사된 말로 되돌아오는 그것 자체의 사랑이 아니라
> 화답해 주는 사랑, 원래의 응답이다. (1-8)

> He thought he kept the universe alone;
> For all the voice in answer he could wake
> Was but the mocking echo of his own
> From some tree-hidden cliff across the lake.
> Some morning from the boulder-broken beach
> He would cry out on life, that what it wants
> Is not its own love back in copy speech,
> But counter-love, original response.

"그"가 대하고 있는 풍경은 다른 사람의 흔적이 없으며, "나무로 가려진 절벽"이나 두운이 두드러지는 "표석 부서진 해변"은 길들지 않은 원시적 힘을 가지고 있다. 자연 속에서, 자연을 대면하고 있는 불확정적인 "그"
는 「한 소년이 있었다」에서의 소년처럼 관찰을 하면서 동시에 청각적 수
용행위를 한다. 그는 어떤 응답을 바라고 있다. 그가 기다리고 있는 것은
복사된 거짓 메아리가 아니라 "화답해 주는 사랑, 원래의 응답"이다.

프로스트의 시가 표현하는 자연과의 관계는 비평적 논점이 되어왔
다. 예컨대, 리브만(Sheldon W. Liebman)은 프로스트가 창조성을 발휘하
는 동안에는 외부세계와 조화를 이루게 되는 점을 주장한다(433-34). 그
러나 이 시는 "그"와 자연과의 상호관계에는 어떤 불안정한 속성이 개입
되어 있음을 보여준다. 워즈워스 시 속의 소년과 자연과의 관계도 마찬
가지로 이러한 불안정한 속성을 지닌다. 존 댄비(John F. Danby)는 「한
소년이 있었다」를 담고 있는 『서정 민요집』(Lyrical Ballads)이 "인간과 자
연의 불일치를 지적하는 것에 전념"(200)하고 있음을 지적한다.

동시에 오비드(Ovid)에서 밀턴(John Milton)으로, 그리고 워즈워스로
이어지는 메아리를 모티브로 삼고 있는 이 시는 자기애적인 세계관을 담
고 있다. 우리가 듣는 것은 우리 자신의 "목소리를 흉내 내기만 하는 메
아리뿐"이라는 것이다. 우리는 우리들 자신의 목소리를 투사한 것만을
들을 수 있기에, 우리가 만들어낸 메아리로 둘러싸이게 되고, 타인과의
진정한 교섭은 그만큼 어렵다는 내용이다. 프로스트는 자기애적인 요소
를 담고 있는 메아리를 의식하고 있다. 워즈워스의 소년의 모습은 이 점
에서도 겹쳐진다. 워즈워스가 「한 소년이 있었다」의 26행에서 과거시제
를 현재시제로 갑자기 전환하면서 시제 변화로 또 다른 겹의 시적 의미
를 만들어내듯이, 프로스트도 이 시의 7행에서 과거 시제를 현재 시제로
전환한다. 소년이 처한 상황이 보편적일 수 있음을 암시한다.

그러자 그가 외친 것 때문에 일어난 것은
반대편 절벽의 애추로 난입한 구현체가 아니면
아무것도 아니었다.
그런 다음 저 먼 곳에서 물이 철벅였고,
그러나 시간이 지나 그것이 헤엄친 다음,
가까이 왔을 때는 인간임을 입증하거나
다른 사람이 아니라,
물살을 머리 앞으로 밀어내면서
커다란 수사슴처럼 힘차게 나타났고,
그런 다음 폭포처럼 물을 쏟아 내리며 땅에 올라섰고,
그런 다음 발정한 걸음으로 암석 사이를 비틀대며 걸었고,
그런 다음 덤불을 헤치고 나아갔다―그리고 그것이 전부였다. (9-20)


And nothing ever came of what he cried
Unless it was the embodiment that crashed
In the cliff's talus on the other side,
And then in the far-distant water splashed,
But after a time allowed for it to swim,
Instead of proving human when it neared
And someone else additional to him,
As a great buck it powerfully appeared,
Pushing the crumpled water up ahead,
And landed pouring like a waterfall,
And stumbled through the rocks with horny tread,
And forced the underbrush―and that was all.


그의 외침에 대한 응답은 "구현체"의 등장이다. 그러나 이것의 등장은 이
중부정으로서 제시된다. 예상과 실현 간에 어떠한 차이를 암시한다고 할

수 있다. 처음에는 단순히 "그것"으로 제시되는 이 구현체는 명명될 수 없는 모든 것을 구현하고 있다. "그것"의 지시 대상은 여섯 행을 건너뛴 후, 그리고 시각과 청각을 통한 형상화 과정을 거쳐, 마침내 "커다란 수사슴처럼"으로 재현된다. 분명히 인간의 형체는 아니다. 또한, 수사슴이 아니라 "커다란 수사슴처럼"이라는 직유의 형태로 나타난다. 프로스트의 시적 수사는 처음부터 구체적 대상을 지시하지 않고, 기표의 연쇄에 의미를 정치시킴으로써 확정된 의미를 계속 유보한다. 대상과의 동일시를 부정하는 "처럼"은 재현 자체의 한계를 암시한다. 대상과의 동일화가 아니라 유사성으로만 가늠될 수 있는 본질적 틈새가 문제시되고 있다.

이러한 동일화의 부정이나 재현의 불가능성의 문제는 통사적으로도 표현되고 있다. 지시대상을 애초부터 대명사 "그것"으로 설정한 후, 주어 자리에 두고 주어와 동일화를 표시하는 be 동사를 사용하지만, 동일화의 대상은 "embodiment"이다. 프로스트는 "body"와 "embodiment"의 대비를 통해, "그것"을 구체적 "body"로 정의하여 한정하기보다는, "embodiment"를 의도적으로 사용함으로써 "그것"을 무엇으로 어떻게 시각화, 형상화시킬 것인가의 문제를 계속 남겨둔다고 할 수 있다. 재현은 가능성으로서만 계속 유보된다. 결국, 프로스트의 "그"가 가질 수 있는 것은 매개되지 않은, 이질적 요소가 정화된, "원래의 응답"이 아니라, 이미 첨가된 무엇, 원래부터 모호한 무엇, 이미 적혀 있지만, 또다시 적어 넣어야만 하는 무엇이다. 마찬가지로, 앞서 살펴본 워즈워스의 소년의 마음으로 각인되는 것도 동일화될 수 없는, 이중적 반사의 과정에서 굴절되거나 변형된 것이다.

이러한 반사, 굴절, 변형의 과정을 통해 「한 소년이 있었다」는 예술 행위의 본질인 창의성과 응답성에 관한 문제를 제기한다. 소년과 올빼미와의 상호작용의 일화는 이 점을 잘 표현한다. 시 속의 소년은 올빼미를 불러내려 하지만, 그의 부름은 이미 "흉내" 낸 부름이기에, 이전에 그가 들은 올빼미 소리가 있어야만 성립된다. 그렇다면, 소년과 올빼미 간의 대화를 촉발한 것은 올빼미인가 아니면 소년이냐는 해결될 수 없는 문제가 제기된다. 예술적 창의성은 응답성과 되비추기 효과에 의존하지만, 기원을 결정하기는 어렵다는 암시이다. 기원 설정의 문제는 워즈워스의 시작 활동 초기부터 다루기 힘든 문제로 제시된다. 1799년 판 『서시』에서도 "내가 그때 느꼈던 것의 기원을 / 추구하는 역사를 어떻게 추적할 것인가?"(How shall I trace the history, where seek / The origin of what I then have felt?)(395-96)를 토로한다.

워즈워스가 추구하고 있는 이러한 기원의 탐색에 관한 주제는 프로스트에게 그대로 계승되고 있다. 제시된 두 편의 시들은 문학에서의 독창성은 이미 첨가된 무엇을 다르게 표현하는 것일 수 있음을 말하고 있다. 그러나 이러한 무엇이 정확히 무엇인가는 모호하다는 사실이 바로 문학적 예술성의 문제이기도 하다. 동시에 워즈워스는 상호작용의 과정에서 소년의 마음에서 일어나는 예술적 되비추기, 이동, 전이, 치환의 과정을 섬세하게 그려내고 있다. 이러한 형상화의 과정은 또 다른 예술적 독창성을 이루는 순간이기도 하다. 프로스트의 「그것의 최대치」도 이러한 주제를 다루면서, 한편으로는, 자신의 응답을 워즈워스에게 보내고 있다. 이 과정에서 프로스트는 예술 행위의 본질에 대한 질문을 던지고 있다. 그가 채워 넣고 있는 언어는 워즈워스가 탐색한 주제를 반영하면서 인간의 인식이나 언어 행위로는 길들 수 없는 대상, 혹은 언어적 재현의 범위 밖에서 낯섦의 상태를 유지하고 있는 대상에 대한 시적 탐색을 보여준다. 수사슴과 같은 그것이 무엇인지, 왜 나타났는지, 어디로 가는지와 같은 문제들은 본질에서 인간 중심적인 언어 현상으로는 규명될 수 없는 것들이다. 시는 단음절로 된 네 단어로 끝나면서, 이전에 행해진 모든 언어적 행위를 무화시켜버린다. 수사슴 같은 그 무엇은 멜빌(Herman Melville)의 흰 고래와 같이 붙잡을 수 없고, 붙잡히지 않는 낯섦의 총체인 것이다.

「그것의 최대치」에서 프로스트의 또 다른 시적 작업은 합의된 메타포의 허구성을 들추어내는 것이다. 그는 윌리스 스티븐스(Wallace Stevens)가 「키웨스트에서 질서의 생각」("The Idea of Order at Key West")에서 말하는 "질서를 만들어내려는 축복받은 격정"(Blessed rage for order)(106)을 제시하면서도, 또 다른 한편으로는, 형성된 메타포를 풀어헤치는 행위가 자신의 고유한 시적 창작 활동임을 보여준다. 프로스트의 시적 재현은 존재에 대한 성찰을 통해 관습화된 현실의 관점에서는 존재하지 않는 것을 형상화 시키는 과정이기도 하다.

프로스트의 시에서 시적 형상화 과정은 형체를 띠고 있지만, 식별할 수 없는 대상물을 주변의 상황이나 배경으로부터 구분시켜 식별하는 것에서 시작된다. 이 대상물은 고정된 것이 아니라 끊임없이 움직이면서 이동하고 있다. "그것"은 이전에 자신이 있었던 영역에서 낭떠러지 아래로 떨어져 부스러진 돌무더기로 이동함으로써 자신의 존재를 부각시키고, 먼 곳에서 물을 소리 내어 튀기고, 헤엄을 치기 시작하고, 관찰자의 잘못된 판단이나 성급한 오해를 뒤집으면서 자신을 재현한다. 마침내 관찰자인 시적 화자는 이것에 "수사슴"이라는 이름을 붙이지만, 그 이름이 사물과 일치하는 것은 아니다. "수사슴"은 이미 메타포인 것이다.

니체(Friedrich Nietzsche)의 "반복에 반복을 거듭하여 원래의 감각적 활력을 모두 잃어버린 닳아빠진 메타포"(876)가 된 이 수사슴을ㅡ보다 구체적으로, 수사슴이 아니라 "커다란 수사슴처럼" 나타난 이 구현체를-어떻게 이해하고 어떻게 명명할 것인가의 문제는 본질에서 언어 재현의 문제이다. 프로스트의 명명 행위는 수사적으로 치장되고, 이미 굳어진 수사슴이라는 기호를 관습에서 해방하려 한다. 그는 "처럼"이라는 비유를 통해 관습적 이름을 사물과의 일치성에서 벗어나게 하고 유사성에 의해 또 다른 이름으로 사물을 이동시키고 치환시킨다. 이 구현체는 "땅에 올라섰고," "비틀대며 걸었고," "헤치고 나아갔다"는 구절에서 표현되듯이 계속해서 움직이고 있다. 이 움직이는 대상물에 고정된 이름을 부여하는 것은 이동에 기반을 둔 유사성을 일치성으로 억압하는 것이 된다.

결국, 「그것의 최대치」는 특이한 시적 형상화 과정을 재현함으로써 궁극적 진리, 전체성, 혹은 초월적 존재의 탐색에 관한 패러디의 속성을 보여준다. 수사슴의 출현은 "그"의 외침에 대한 화답일 수도 있지만, 그의 외침과는 아무런 관련이 없는 사태의 우연한 발생일 수도 있다. 두 번째 경우에는 인과성에 기반을 두기보다는 "발생의 우연함에 기인"(de Man, *Rhetoric of Romanticism* 122)하는 우연한 효과가 「그것의 최대치」라는 시가 된다. 주된 요소로 다루어지는 것은 사태의 예상치 않은 우연한 발생과 이러한 사태를 형상화하는 시적 화자의 감각에 기반을 둔 상상력이다. 이러한 조건으로는 사건은 뚜렷한 인과관계가 없이 발생하며, 그 결과도 마찬가지로 모호하다. 시작이나 끝점이 중요시되는 것이 아니라, 진행 과정 그 자체가 사태를 형성해 간다. 또한, 시적 인물 "그"와 수사슴과의 관계는 표면적 사실로만 병치 된다. 프로스트는 해석 행위보다는 사태의 발생과 그 우연성에 더욱 많은 관심을 보인다. 나타난 구현체는 시의 끝부분에서도 영역을 벗어나 이동해 버림으로써 언어가 본래 지니는 행로를 이탈하는 모습을 보여주면서 이러한 떠도는 움직임을 통해 미학의 역사는 이데올로기를 공고히 하는 동시에 이러한 이데올로기의 허구성을 노정시키는 행위임을 재현한다.

프로스트의 「그것의 최대치」에 나타난 시적 언어의 속성이나 재현의 문제점들은 『서정 민요집』의 1798년 「공지문」("Advertisement")에서 대문자 "저자"(the Author)라는 실체가 선언하고 있는 시적 언어의 실험성을 극화시키고 있는 「노수부의 노래」제3부(Part III)에 이미 드러나 있다. 코울리지는 『문학 전기』(*Biographia Literaria*)에서 "실체를 공급하고" 상상력으로 "변화되는 형태"를 제시하고 있는 "절대적 천재의 자기 충족적 힘"(32-33)을 구현하는 이상적인 시인의 모습을 제시하고 있다. 제3부에서 노수부는 바로 이러한 코울리지의 시인을 구현한다. 노수부는 자신이 관찰한 것을 서술하고 상상의 기능을 통해 관찰하는 대상을 변형시켜가는 능력을 보여줌으로써 코울리지가 워즈워스의 시적 위대성으로 찬미한 상상력이 사물을 형성시키면서 변형시키는 능력, 즉 "깊은 감정과 심오한 사상의 결합, 관찰에서 드러난 진리와 관찰된 사물을 변형시키는 상상적인 기능의 조화"(80)를 구현한다.

　나는 하늘에서 내 주먹보다 크지 않은
　　　무엇을 보았어,
　그것은 처음에는 작은 반점으로 여겨졌고
　　　그런 다음에는 안개로 여겨졌어.
　그것은 움직이고 움직여 마침내
　　　어떤 환영의 모습을 띠게 되었어.

　작은 반점, 안개, 환영이었어!
　　　그런 다음에도 그것은 계속해서 가까이 왔고

그런 다음, 마치 물의 요정을 살짝 피하는 듯
　　자맥질하고, 바람을 받기도, 바람을 타기도 했어.

갈증에 겨운 목으로, 검게 바싹 타 버린 입술로
　　우리는 웃을 수도, 울부짖을 수도 없었어.
갈증으로 모두가 말을 못하고 서 있을 때
나는 내 팔을 물어뜯어 피를 빨았고
　　그런 다음 외쳤어. 돛이다! 돛이다! (139-53)

I saw a something in the Sky
　　No bigger than my fist;
At first it seem'd a little speck
　　And then it seem'd a mist:
It mov'd and mov'd, and took at last
　　A certain shape, I wist.

A speck, a mist, a shape, I wist!
　　And still it ner'd and ner'd;
And, an it dodg'd a water-sprite,
　　It plung'd and tack'd and veer'd.

With throat unslack'd, with black lips bak'd
　　Ne could we laugh, ne wail:
Then while thro' drouth all dumb they stood
I bit my arm and suck'd the blood
　　And cry'd, A sail! a sail!

노수부는 언어의 지시 과정을 극화하고 있다. 그는 다른 수부들이 보지 못한 것을 처음 목격한다. 동시에 의도적이며 조심스러운 관찰을 수행하면서 관찰 대상이 움직이는 양식을 세밀하게 살피고, 이를 언어로 기술한다. 프로스트의 소년처럼 노수부는 대상을 읽고 쓰는 과정을 수행하며, 그의 독서와 글쓰기는 연극의 장면들을 만들어내는 행위와 유사하다. 각 장면은 극화된 사고의 양식을 재현한다.[1] 실제로 프로스트는 시쓰기에서 극적 기법을 유난히 강조한다. 그는 문장이 본질에서 극적 속성을 지니며, "쓰인 모든 것은 극적이나 다름없다. 형태상으로 표시할 필요는 없지만, 극적이 아니면 아무것도 아니다"(*Selected Prose* 13-14)라고 말한다. 그의 시에서 극적인 효과는 문장이 작동하는 방식, 특히 어조의 변화에 많이 의존하고 있다.

노수부가 처음 관찰한 것은 부정관사로 한정되는 "무엇"이다. 부정관사가 없다면, "무엇"은 구체적 사물이 아니면서, 또한 구체적 지시대상을 지칭하지도 않으면서, 그 자신의 어떤 고유한 속성을 지칭하지 못하면서, 형태를 벗어나고, 형태를 가지지 못하면서, 그런데도 볼 수 있고, 인식될 수 있는 어떤 흔적의 부호이다.[2] 프로스트의 "그것"처럼 이러한 흔적의 부호가 주변 배경에서 자신을 분리하면서 고유성을 식별시키고 각인시킨다. 명명할 수 없이, 하늘에서 본 "무엇"은 한정될 수 없는 기호이며, 그 의미를 결정지을 수 없다. 지금까지 알려진 적이 없는 자연의 질서를 뛰

---

1) 이러한 극적인 장면을 만들어내는 행위로서의 글쓰기는 코울리지의 시들뿐만 아니라, 키츠(John Keats)의 "채프먼의 호머를 처음 보고서"("On First Looking into Chapman's Homer")에도 나타난다. "Then felt I like some watcher of the skies / When a new planet swims into his ken"(9-10). 예이츠(William Butler Yeats)의 「레다와 백조」("Leda and Swan"), 「학동들 사이에서」("Among School Children")에서도 이러한 행위로서의 글쓰기가 잘 드러난다.

2) 「노수부의 노래」의 "무엇"에 관한 수사학적 분석을 코울리지의 입장에서가 아니라 1798년 판 『서정 민요집』의 저자로서 표기되고 있는 고유대명사 저자의 입장에서 시도하고 있는 것에 관해서는 본 논문 저자의 학위논문 82-88을 참조할 것.

어넘는 이 "무엇"은 바람이나 조수의 도움을 받지 않고서도 움직이고 있다(161-62). 부재에서 동력을 얻는 이러한 초자연적 사실은, 전체적으로는 아무런 동기도 없이 앨버트로스를 죽이는 노수부의 행위와 맞닿아 있다.

이 "무엇"은 "작은 반점"으로 보였고, 자신의 의미를 의미화의 연쇄 과정에서 정치시키는 일련의 과정을 겪으면서 "안개," "환영"으로 형태를 변환시킨다. 그 후에는 특이한 움직임을 보이면서 관찰의 기준점인 노수부에게로 점차 다가오며, 노수부는 마침내 "돛"이라고 외친다. 그러나 라캉(Jacques Lacan)의 언어이론을 상기시키는 이 "돛"은 또 하나의 치환된 메타포에 불과하다.[3] 이러한 대치와 치환의 과정은 기호의 의미화의 과정이며, 이 과정에서 펼쳐지는 유희성을 구성하는 생생한 이미지들의 움직임은 단연 압권이다. 이미지들은 비유적 유희를 통해 끊임없이 전이하며 결합하고 변형된다. 이들은 대치의 과정에서 서로 구분되지만, 각각은 모두 형체가 모호하기에 서로 간에 어떻게 구분되는가는 명확하지 않다. 그러나 동시에 연결되어 있다. 모두는 고정되어 있지 않으며, 각각은 뒤에 오는 것에 자리를 내주면서 서로를 지시한다. 이들은 끊임없이 움직이기 때문에, 의미의 확정은 불가능하게 된다. 움직이는 한에서는 그들의 의미는 유동적이며 따라서 비결정적이다. 이들 간의 유사성의 유희는 병치를 통해 수사의 굽이와 우회를 보여주면서, 정신과 대상 간의 통합이 아니라 그들 간의 상호보완성 양식을 표현한다.

---

3) "돛"이라는 말은 노수부가 자신에게 어떤 메타포로 다가온 앨버트로스를 쏘고 난 다음, 최초로 "나"라는 말을 쓰게 되며, 이러한 행위로 인해 고난을 당한 후, 처음으로 발화하는 낱말이다. 돛은 부분으로서 전체를 지칭하거나, 혹은 정확히 그 대상이 아니라 유사한 성질을 지닌 다른 어떤 것을 지칭한다는 점에서 제유나 알레고리의 속성을 지니며, 노수부가 이러한 문학적 언어를 마침내 구사하게 된다는 점은 그가 본격적인 언어 과학자로서, 혹은 시인으로서 성장하는 과정에 진입하고 있음을 보여준다. 라캉의 "sail"에 관한 직접적 언급은 *Ecrits* 421을 참조할 것.

"무엇," "작은 반점," "안개," "환영," "돛"으로 이어지는 수사적 전이 과정은 이후에도 계속되어 "그 이상한 형태"(that strange shape)(167)로, 마침내는 "유령-선"(the Spectre-ship)(200)으로 재현된다. 그러나 "유령-선"은 두 개의 명사로 이루어진 관습화된 "유령 선"이 아니다. 대문자화되고 개별화되지 않은 "유령-"은 "-배"라는 낱말에 의존하면서, 동시에 배를 자신에게 의존시키며, 두 낱말은 서로의 의미를 살리기 위해 기이한 형태로 결합한다. "유령-"은 사물에 정체성을 부여하기보다는 이름의 불가능성을 재현하며, 한정되지 못하지만 존재하는 무엇에 대한 두려움을 표현한다. "유령-선"은 배의 물질화된 특정한 형태를 말하는 것이라기보다는, 명명될 수 없는, 명명이라는 언술 행위 이전에 존재하는, 물체를 갖지 않는 물질성을 재현하면서, 끊임없이 이전의 모습을 치환시키면서 탈정체성으로서 정체성을 표시하는 의미의 중첩된 구현체이다. "유령-선"은 배의 효과를 재현하지만 배는 아니다.

"무엇," "작은 반점," "안개," "환영," "돛," "그 이상한 형태," 그리고 "유령-선"으로 이어지는 수사적 전이는 재현 불가능성의 대상을 메타포화 시키는 과정을 표시한다. 이들은 언어의 본래적 (혹은 이데올로기적) 기능인 명명 행위를 수행하지만, 대상을 명확하게 지시하거나 재현하지 못한다. 이는 곧 사물과 결별하여 고아가 되어 계속해서 떠돌게 될 기호의 운명을 표시한다. 노수부가 메타포를 통해 사물을 이름에 고정시켜 사물과 이름을 일치시키려는 시도는 일시적이면서 우연한 환유적 연접에 불과하다.[4] 코울리지의 "무엇"은 프로스트의 "구현체"와 마찬가지로 정체불명의 것에 대한 총합이다. 어떤 형체를 띠게 되었지만, 형체일 뿐

---

4) 은유와 환유에 관한 논의는 라캉의 글 "Seminar on *The Purloined Letter*"와 "The Instance of the Letter in the Unconscious"를 주로 볼 것(*Ecrits* 11-48; 493-41).

이름을 정확히 결정할 수 없다. 노수부의 언어는 특정한 존재를 말하는 것이 아니라 부재로서 존재하는 어떤 것을 탐색한다. 그의 언어적 실험은, 워즈워스나 프로스트에게도 그대로 적용되어, 현존만을 관심의 대상으로 하는 관점에서는 부재하는 어떤 것을 재현하려 한다.

프로스트의 「그것의 최대치」에서의 "그"는 워즈워스의 「한 소년이 있었다」에서의 소년이나 코울리지의 노수부처럼 예상한 것과는 다른 무엇의 출현을 목격하고 있으며, 혹은 바랄 수 없는 무엇이 자신의 눈앞에서 재현되고 있음을 관찰한다. 코울리지의 노수부는 사태의 추이를 끊임없이 관찰하면서도 대상에 대한 확정된 지식을 얻지 못하며, 한편으로는 대상의 움직임을 수동적으로 지켜볼 수밖에 없는 처지에 놓여있다. 노수부는 경험과 지식의 단절을 입증하면서 끊임없는 반복의 움직임에 갇혀버린다. 이와 비교해 볼 때, 워즈워스는 소년의 관찰을 언어적 기술이 불가능한 계시의 순간이 현현하는 지점으로 이끌어간다. 그러나 세 시인들은 공통으로 상상력이나 인식의 과정에 개입하여 진행하는 특이한 수동성과 능동성의 공존 현상을 다루고 있다. 워즈워스의 「틴턴 사원」은 이러한 수동성과 능동성의 공존이 상상적 변환을 일으켜 비전으로 승화되는 단적인 과정을 보여준다.[5]

> 그리고 심지어 인간의 피의 움직임도
> 거의 정지된 채, 우리는 육체로는
> 잠들게 되고, 그러면 살아있는 영혼이 된다.
>
> ‧ ‧ ‧ ‧ ‧
> 우리는 사물의 생명을 들여다본다. (45-49)

---

5) 제이코부스(Mary Jacobus)도 이 점을 코울리지와 관련지어 지적하고 있다(70).

And even the motion of our human blood
Almost suspended, we are laid asleep
In body, and become a living soul:

. . . .

We see into the life of things.

그러나 프로스트는 자신의 주인공 "그"의 인식 과정에서 이러한 시적인 승화의 과정을 배제한다. 그는 사실적인 언어적 현상으로 나타나는 이동성과 치환성을 보다 현실적 경험과 관찰에 기대어 기술하면서, 어떤 의미에서는 워즈워스의 초월적 비전에로의 승화의 과정에 대해 반어적 자세를 취하고 있다. 그러나 이 과정에서 프로스트가 구사하는 서술 기법은 워즈워스와 마찬가지로 시적 의미는 시어를 어떠한 방식으로 사용하느냐에 따라 결정된다는 점을 보여준다. 인용된 워즈워스의 「틴턴 사원」의 구절이 연속적인 단음절어로 종결되면서 극적인 효과를 야기하는 것처럼, 「그것의 최대치」의 단음절로 구성된 종결부도 어조의 변화에 따른 독특한 시적 효과를 만들어낸다.[6)]

코울리지와 프로스트가 극화시키고 있는 언어적 이동성이나 치환성, 그리고 이름과 사물 간의 틈새는 드 만(Paul de Man)의 이데올로기 개념으로 설명될 수 있다. 드 만은 "이데올로기라고 일컫는 것은 정확하게 말해 언어적 실재와 자연적 실재를, 지시 작용과 현상론을 혼동하는 것"(*Resistance to Theory* 11)임을 지적한다. 언어적 수사가 가진 권력은 언어 자체의 물질성과 의미를 혼동하게 하고, 사물에게 현상을, 즉 잘못된 현존을 부여한다는 것이다. 또한, 드 만은 "파스칼의 설득의 알레고

---

6) 보그트(Victor E. Vogt)는 프로스트의 시적 재현 방식이나 극적 기법에 관해 상세한 논의를 펼친다(529-33).

리"("Pascal's Allegory of Persuasion")에서 "낱말은 기호나 이름으로 작용하는 것이 아니라 . . . 벡터, 즉 단지 방향 전환으로서만 제시되는 지시적 움직이며" "낱말이 방향을 트는 목표물은 알 수 없다"(*Aesthetic Ideology* 56)고 말한다. 그는 언어적 수사의 본성을 비유에서 찾으며, 기호는 서로 간에 "대체"됨으로써 의미를 부여받게 되지만, 의미는 고정되거나 결정될 수 없음을 지적한다(*Aesthetic Ideology* 56). 드 만의 시적 언어 체제에서는 지시 대상이나 지시 작용 자체가 부정되는 것은 아니지만, 언어의 움직임으로 인해 고정되고 유일한 권위를 갖는 의미는 부정되고 있다. 언어적 수사는 사물에 대해 가상적인, 이데올로기적인 관계를 강요하며, 따라서 언어 사용자는 사물 자체에 대한 진정한 이해가 아니라, 이름과 사물 간의 관계에 대해 필연적으로 오도된 인식을 가지게 될 수밖에 없다는 이러한 논지는 프로스트와 워즈워스 그리고 코울리지의 시들에서 공통적으로 나타나고 있는 점이기도 하다.

명명될 수 없고 언어적 재현이 불가능하지만 동시에 엄연한 물질성으로 존재하는 그 무엇에 관한 재현의 문제들은, 예를 들어 해체주의적 시각에서 볼 때, 언어의 비인지적이며 물질적 차원에 귀속된다. 이러한 텍스트의 비인지적이며 수행적인 차원(performative)은 텍스트에 대한 인식적 접근을 통해 지식이나 이해를 목표로 하는 독서 방식을 끊임없이 불안정하게 만들고 좌절시킨다. 노수부가 관찰한 "그 무엇"은 단순히 자신을 드러낼 뿐만 아니라, 스스로 끊임없는 행위를 통해 예상되지 않은 의미의 층을 의미화의 과정에서 만들어낸다. "그 무엇"은 매개되지 않은 물질성의 상태에서, 계속해서 변화되며, 고정된 형식을 와해시키면서 확립된 언어 간의 틈 사이로 흘러 다닌다. "그 무엇"은 언어적 구성체는 허구이며, 언어는 대상에 대한 이데올로기적 지식을 주는 동시에 대상에 대한 읽기의 불가능성을 진실하게 드러냄으로써, 오도된 명명 행위의 허구성을 타파하는 독서의 원래의 목적을 끊임없이 일깨운다.

시적 언어의 재현 가능성과 관련된 문제점들, 즉 시적 언어가 확정된 지식을 부여할 수 있는가의 문제와 허구적 명명 행위, 그리고 언어 행위에서의 인간 중심성의 주제는 프로스트의 「시골의 일들을 잘 알아야 할 필요성」("The Need Of Being Versed In Country Things")에서도 잘 드러난다. 시의 제목에 나타난 "versed"는 시를 직접적으로 언급하면서 배움을 표시한다는 점에서 중의적이다. 프로스트에게서 시는 주변에 관하여 아는 것을 통해 경험을 쌓는 한 양식이 된다. 로맨티시즘 시에서 매개되지 않은 지식을 인간에게 직접적으로 전수하면서, 시적 영감을 고취시키는 새는 프로스트의 시에서는 또 다른 차원의 영감을 전달한다. 워즈워스의 「마이클」("Michael")에서 폐허가 된 채 돌무더기로만 남아있는 양의 우리와 유사한 이미지를 가지고 있는 이 시는 화재를 당하고 난 뒤 폐허가 된 건물을 "꽃잎이 지고 난 뒤 암술과 같이"(4) 굴뚝만이 남아 있다고 표현함으로써 예사롭지 않은 비유를 구사한다. 화마가 삼켜버린 본채와는 달리 길 건너편의 헛간은 화재에서 살아남아 폐허가 된 장소의 이름을 말해 주지만, 헛간이 화염에 휩싸이지 않았던 것은 우연히 바람이 그곳으로 불지 않았기 때문이다. 이러한 우연성은 한때 활기에 넘치던 모습과는 극명한 대조를 이룬다. 이 폐허에 이제는 다른 생명활동이 진행된다.

> 이곳으로 찾아든 새들은
> 깨어진 창문으로 날아서 드나들며,
> 그들의 웅얼거림은 지금까지의 일들을
> 너무 많이 생각함으로써 우리가 쉬는 한숨과 흡사하다. (13-16)

The birds that came to it through the air
At broken windows flew out and in,
Their murmur more like the sigh we sigh
From too much dwelling on what has been.

"dwelling"은 동사로서 쓰이고 있지만, 명사적 의미인 집을 암시할 수 있다. 품사 간의 이동성을 예시하는 구절이다. 낱말의 의미는 그 자체의 역사성에 의해 전적으로 결정되는 것이 아니라 선택된 낱말들 간의 "의도적 협력의 결과"(Friedman 1038)라는 점이 부각된다. 정해진 공간적 한계를 넘나들면서 위치를 바꾸는 새들은, 다른 한편으로는, 비유적 언어의 속성인 이동성을 제시한다. 이동성은 새의 의인화까지도 포함한다.

그들에게는 정말로 슬픈 것은 없다.
그러나 그들이 틀고 있는 둥지를 좋아했지만,
딱새가 울었다고 믿지 않으려면
우리는 시골의 일들을 잘 알아만 했다. (21-24)

For them there was really nothing sad.
But though they rejoiced in the nest they kept,
One had to be versed in country things
Not to believe the phoebes wept.

그러나 새들에게는 슬픈 것은 없다. 새들의 한숨은 메타포이며, 말의 오용이며, 관습성에 얽매인 합의된 허구적 명명 행위에 지나지 않는다. 무엇보다도 실체를 지시하기보다는 현상에 자신의 감정을 투사한 것이며, 사태에 도덕성을 억지로 부과시킴으로써 언어를 인간 중심으로 환원시킨 것이다. 새들은 새들에 불과하며, 이전에 일어난 화재에 관해서 명상하거나 인간의 감정을 표현할 수는 없는 것이다. 그들이 표출하는 감정은, 인간의 정서적 측면에서 살펴본다면, 둥지를 터는 과정에서 비롯되는 기쁨이나 한숨이며, 인간의 욕망이나 사태의 추이와는 관계없다. 그럼에도 인간 언어의 이동성은 교환될 수 없는 영역을 교차시켜 사물들을 그들의 세계에서 분리시키고 치환시켜 삶과 죽음에 관한 인간적 욕망을 투사시킨다. 자연 그 자체는 죽음도, 슬픔도 알지 못한다. 새들의 정서를 인간에게 연결한다는 것은 한마디로 이데올로기, 즉 알튀세르(Louis Althusser)가 말하는 대로 "존재의 실질적 조건"(162)을 잘못 이해한 것이다.

1798년의 『서정 민요집』에 실린 「나이팅게일」("The Nightingale")은 이러한 시적 언어의 이데올로기적 허구성을 폭로하는 시이다. 이 시에서 워즈워스와 코울리지의 대문자 저자(the Author)는 그 자체로서는 "우울함이 없는"(15) 자연의 "모든 부드러운 소리를 / 자신의 슬픈 이야기를 되받아하게 한"(20-21) 불행한 사람이 범하는 의인화의 오류와, 이러한 개인적 감정의 투사를 맹목적으로 받아들여 복제해 냄으로써 오도된 시적 표현을 권위적인 표현으로 확립시킨 후대의 사람들이 만들어낸 관습화된 시적 재현의 허구성을 지적하고 있다. 활동한 시대는 다를지라도, 워즈워스와 코울리지 그리고 프로스트는 공통적으로 시적 표현에 개입되는 이데올로기와 맹목적 반복에 붙잡혀 있는 시적 표현의 인습을 타파하는 시적 계보학을 형성하고 있다.

프로스트의 「새들의 노래는 다시는 같지 않을 것이다」("Never Again Would Bird's Song Be the Same")는 시대를 초월하는 시적 대화와 형상화의 계보성을 알레고리로 표현하는 시로 읽힐 수 있다. 또한, 이 시는 새를 중심 모티브로 삼으면서 남성 화자인 "그"를 내세우고 있다. 시는 아담과 이브가 살고 있던 에덴동산을 배경으로 시작된다. 아담은 시 속에서 존재하지만 마지막까지 명명되지 않는다는 점은 코울리지의 시를 떠올리게 한다. 이브의 목소리는 새들의 노랫소리에 "낱말을 사용 않고 그녀가 의미하는 음조를"(5) "겹친 소리"(4)로 덧붙였다. 다시 말해, 이브의 목소리는 "호소력 있는"(6) 자신의 음악을 새의 노래에 부가시킨 것이다.

> 어찌 되었든, 그녀는 새들의 노래 속에 담겨있다.
> 더구나 그녀의 목소리는 새들의 목소리와 뒤섞여
> 이제 숲 속에서 아주 오랫동안 있어왔기에
> 아마도 결코 없어지지 않을 것이다. (9-12)

> Be that as may be, she was in their song.
> Moreover her voice upon their voices crossed
> Had now persisted in the woods so long
> That probably it never would be lost.

이러한 사태는 이브가 먼저 "부름이나 웃음을 하늘에 띄웠을 때"(8) 일어난 것이다. 즉 부름과 소통이라는 워즈워스의 주제가 이 시에서도 성립된다. 동시에 워즈워스의 「한 소년이 있었다」의 경우와 같이, 기원과 독창성에 대한 탐색의 주제를 제시하는 이 대목은 시의 영속성이라는 주제를 연관시킨다면 내포된 의미는 더욱 복잡해진다. 에덴에서의 이브의 소리는 낱말이 아닌 소리의 형태로 새들에게 전달됨으로써, 인간과 새들 간의 영역의 상호교환이 일어났으며, 이 소리는 다시 새들에게서 반복되고 재생산되어 "노래"로서 인식된다. 이러한 노래는 분명 의미를 지니지만, 인간의 언어로서 전달되는 것은 아니다. 시의 마지막 두 행은 극적인 전환을 일으킨다.

새들의 노래는 다시는 같지 않을 것이다.
그리고 그녀가 새들에게 있는 이유는 이를 위함이다. (13-14)

Never again would birds' song be the same.
And to do that to birds was why she came.

단음절어가 연속되면서, 의도적으로 독립적 문장으로 이루어진 마지막 행의 어조가 긍정적인 것만은 아니다. 반어적 어조는 12행의 "아마도"에서 이미 풍겨진다. 새들이 구현하는 이브의 목소리에 대한 아담의 관점은 후대의 사람들의 그것과는 분명히 구분된다. 살펴본 대로, 워즈워스의 「한 소년이 있었다」는 호수의 표면에서 반사되거나 흡수된 풍경이 소년에게 다시 스스로를 각인시키는 과정에서 발생하는 굴절이나 변형을 서술한다. 마찬가지로, 프로스트 시에서 후대의 새들의 노래는 수용되어 재생산되는 과정에서 반복되어 변형된 노래이다. 더구나 새들은 이제 더 이상 에덴동산에 있지 않다. 새들의 노래는 변형을 겪기 이전과는 분명히 다른 의미를 지니게 될 수밖에 없다.

워즈워스, 코울리지, 프로스트가 엮어내는 시의 계보학은 단절과 연속을 통해 현재와 과거를 공존시키는 효과를 만들어낸다. 프로스트는 전승된 언어에 이미 첨가되어 있고 각인되어 있는 로맨티시즘 선배들의 목소리와 이들의 시적 언어에 대한 실험을 의식하고 있으며, 이를 계승하여, 대상을 변형시키고 이동시키는 언어적 행위에 대한 통찰력을 보여주고 있다. 그는 자신의 시들을 시간과 공간의 제약을 탈피하여 교차하는 메아리들이 공명하는 부름과 화답의 장으로 만들어낸다. 로맨티시즘 문학 작품의 삶은 이러한 공명의 장에서 시대와 장소를 초월하여 영위되고 있다.

# | 인용문헌 |

Althusser, Louis. *Lenin and Philosophy and Other Essays*. Trans Ben Brewster. New York: Monthly Review Press, 1972.

Butler, James and Karen Green, eds. *Lyrical Ballads, and Other Poems, 1797-1800 by William Wordsworth*. Ithaca: Cornell UP, 1992.

Coleridge, Samuel Taylor. *Biographia Literaria*. Ed. Jackson Bate. Princeton: Princeton UP, 1983.

Danby, John F. *The Simple Wordsworth — Studies in the Poems of 1797-1807*. New York: Barnes & Noble, Inc., 1961.

de Man, Paul. *Aesthetic Ideology*. Ed. Andrzej Warminski. Minneapolis: University of Minnesota Press, 1996.

_____. *The Resistance to Theory*. Minneapolis: University of Minnesota Press, 1986.

_____. *Rhetoric of Romanticism*. New York: Columbia UP, 1984.

Friedman, Norman. "Diction, Voice, and Tone: The Poetic Language of E. E. Cummings." *PMLA* 72.5 (1957): 1036-59.

Frost, Robert. *The Poetry of Robert Frost*. Ed. Edward Connery Lathem. New York: An Owl Book, 1969.

_____. *Selected Prose of Robert Frost*. Eds. Hyde Cox and Edward Connery Lathem. New York: Holt, 1966.

_____. *Selected Letters of Robert Frost*. Ed. Lawrance Thompson. New York: Holt, 1966.

Lacan, Jacques. *Ecrtis*. Trans. Bruce Fink. New York: W.W. Norton, 2006.

Liebman, Sheldon W. "Robert Frost, Romantic." *Twentieth Century Literature* 42 (1996): 417-37.

Hartman, Geoffrey. *The Fate of Reading and Other Essays*. Chicago: University of Chicago Press, 1975.

Jacobus, Mary. *Tradition and Experiment in Wordsworth's Lyrical Ballads* (1798). Oxford: Clarendon Press, 1976.

Joo, Hyeuk Kyu. *The Game of Proper Nouns and the Production of the Poet: Lyrical Ballads, 1798-1800.* ProQuest Information and Learning Company: Ann Arbor, 2005.

Montgomery, Marion. "Robert Frost and His Use of Barriers." *Robert Frost: A Collection of Critical Essays.* Ed. James M. Cox. Englewood Cliffs: Prentice, 1962. 138-50.

Nietzsche, Friedrich. "On Truth and Lying in a Non-Moral Sense." *The Norton Anthology of Theory and Criticism.* Ed. Vincent B. Leitch. New York: W. W. Norton, 2001. 874-84.

Newlyn, Lucy. "'Reading After': The Anxiety of the Writing Subject." *SiR* 35 (1996): 609-28.

Stevens, Wallace. *Collected Poetry & Prose.* New York: Literary Classics of the United States, Inc., 1997.

Owen, W. J. B., ed. *Wordsworth and Coleridge. Lyrical Ballads.* Oxford: Oxford UP, 1969.

Vogt, Victor E. "Narrative and Drama in the Lyric: Robert Frost's Strategic Withdrawal." *Critical Inquiry* 5.3 (1979): 529-51.

Wu, Duncan, ed. *Romanticism: An Anthology.* 2nd Oxford: Blackwell Publishers, 1998.

# | 찾아보기 |

지은이 **주혁규**

현재 진주시 소재 국립 경상대학교 영어영문학과 교수이다. 국제 로터리 클럽 장학생으로 미국 Tuscaloosa 시에 있는 University of Alabama와 연을 맺게 되어 리처드 랜드 교수에게서 글 읽기를 배우며, 윌리엄 워즈워스와 새뮤얼 테일러 코울리지의 문학 협업에 관한 주제로 박사학위를 취득했다. 미국에서 영문학을 가르치는 수련을 받고 경험을 쌓았다. 밀턴, 워즈워스, 낭만주의 문학론, 후기구조주의 문학 이론, 19세기 미국 문학을 주로 강의하고 있다. 현재 19세기영어권문학회 부회장, 한국영어영문학회 편집이사로 있으며, 새한영어영문학회, 한국문학과종교학회를 비롯한 여러 학회에 참여하고 있다. 최근에는 북미19세기문학회, P-19, 델라웨어 밸리 문학연구회, 뉴욕지역 낭만주의 연구회를 비롯한 해외학술활동에 관심을 가지고 있다. 바다를 내려다보는 부산시 마린시티소재 아파트에서 거주하면서, 자동차 몰기, 산악자전거 타기, 걷기, 강아지와 놀기, 내적 격렬함 지탱하기를 취미로 가지고 있다. 젊은 시절 사회 문제에 관심이 있었고, 현재 중등 영어교육을 비롯하여 영어교육 분야에도 활동하며, 변화된 시대 추세를 반영하는 문학연구와 그 방법론을 모색하고 있다.

# 워즈워스와 시인의 성장

초판 1쇄 발행일 2016년 12월 30일

**지은이** 주혁규
**발행인** 이성모
**발행처** 도서출판 동인
**주 소** 서울시 종로구 혜화로3길 5, 118호
**등 록** 제1-1599호
TEL    (02) 765-7145 / FAX (02) 765-7165
E-mail  dongin60@chol.com
I S B N  978-89-5506-741-5
정 가  18,000원

※ 잘못 만들어진 책은 바꾸어 드립니다.